plaisir
d'amour

FSC
www.fsc.org
MIX
Papier aus ver-
antwortungsvollen
Quellen
Paper from
responsible sources
FSC® C105338

SAWYER BENNETT

BADEN

PITTSBURGH TITANS

Ins Deutsche übertragen
von Lisa Blume

Sawyer Bennett
Pittsburgh Titans Teil 1: Baden

Aus dem Amerikanischen ins Deutsche übertragen
von Lisa Blume

© 2022 by Sawyer Bennett unter dem Originaltitel
„Baden: A Pittsburgh Titans Novel"
© 2023 der deutschsprachigen Ausgabe und Übersetzung by Plaisir d'Amour Verlag, D-64678 Lindenfels
www.plaisirdamour.de
info@plaisirdamourbooks.com
© Covergestaltung: Sabrina Dahlenburg
(www.art-for-your-book.de)
ISBN Print: 978-3-86495-614-0
ISBN eBook: 978-3-86495-615-7

Vorwort

L iebe Leserin, lieber Leser,

ich hoffe, dass Ihnen das Lesen dieses ersten Buches aus einer neuen und wunderbaren Eishockey-Romanzen-Serie viel Freude bereiten wird.

Wie Sie sicher wissen, ist dies nicht meine erste Eishockeyserie. Nach meiner ersten Serie, Carolina Cold Fury, folgte eine zweite über die Arizona Vengeance. Nun führt Baden uns an eine neue Eishockeyspielergeneration heran, die Pittsburgh Titans.

Diese Bücher werden ein klein wenig anders sein.

Es wird emotionaler und es wird ein größeres Augenmerk auf die Hintergrundgeschichte gelegt. Und, sofern es mir gelingt, werde ich Ihnen die eine oder andere Träne entlocken. #sorrynotsorry

Selbstverständlich gibt es wieder eine epische Liebesgeschichte, einige prickelnde Liebesszenen und einen atemberaubenden Helden.

Die Pittsburgh Titans sind am Ende, und aus dieser Mannschaft wieder ein Team zu machen, wird eine schmerzhafte und schweißtreibende Angelegenheit sein.

Es ist mir wichtig, auf die Notwendigkeit einiger kreativer Freiheiten in dieser Geschichte hinzuweisen. Wie Sie sicher wissen, handelt es sich bei meiner Liga um eine rein fiktive. Dennoch versuche ich, die Regeln und Gepflogenheiten der NHL nach bestem Wissen und Gewissen abzubilden. Um so authentisch wie möglich zu bleiben, greife ich auf die Erfahrungen eines ehemaligen professionellen

Eishockeyspielers zurück. Dennoch sind die Umstände, die dazu führen, dass Baden in Pittsburgh landet, ziemlich dramatisch. So komme ich nicht umhin, die eine oder andere Regel ein wenig zu umgehen.

Sollten Sie ein Pittsburgher sein, werden Ihnen hier und da einige Anpassungen an das Stadtbild mit Sicherheit nicht entgehen. Pittsburgh ist in der westlichen Hemisphäre meine Lieblingsstadt, und ein Großteil meiner Familie stammt aus West Pennsylvania. Dennoch könnte es sich zutragen, dass ich aus dramaturgischen Gründen das Eishockeystadion (und, wie Ihnen nicht verborgen bleiben wird, ein paar andere Gebäude) umsiedeln muss. Ebenfalls verbergen sich in dieser Buchreihe einige „Ostereier", die Ihnen als sportbegeisterter Pittsburgher sicher nicht verborgen bleiben werden. Viel Spaß beim Suchen.

Reden wir nun über das Gesetz. In diesem Buch werden auch strafrechtlich relevante Angelegenheiten von mir angesprochen. Als ehemalige Anwältin möchte ich nicht unerwähnt lassen, dass ich mir ein ordentliches Stück künstlerischer Freiheit genehmige, um die Mühlen des Justizsystems schneller mahlen zu lassen. Denn die Mühlen der Justiz mahlen langsam – sehr, sehr langsam.

Zu guter Letzt: Badens Verletzungen. Als ich begonnen habe, über einen Spieler nachzudenken, der sich nach seinem verletzungsbedingten Karriereaus wieder zurück an die Spitze kämpft, diente mir zunächst Ryan Shazier als Vorbild.

Sollte Ihnen dieser Name nichts sagen, googeln Sie ihn. Er spielte für meine beiden Lieblingsteams, die

Buckeyes und die Steelers. Er wurde damals durch einen Zusammenprall mit einem anderen Spieler teilweise gelähmt. Über die Jahre habe ich ihm dabei zugesehen, wie er sich zurück ins Leben gekämpft und gelernt hat, wieder zu gehen. Bei einer so schwerwiegenden Verletzung liegt die Chance, dass man sich wieder davon erholt, bei eins zu einer Million.

Ich weiß, dass es bei Baden genauso wäre. Auch hier nehme ich mir die Freiheit, seine Genesung und die Wiederherstellung seiner Mobilität zu beschleunigen. Das, wofür Baden einige Monate braucht, hat bei Ryan Jahre gedauert. Seien Sie sich also bitte im Klaren darüber, dass all das durch mich beschleunigt wird, um den Verlauf der Geschichte so kompakt wie möglich zu halten. Ich hoffe, dass es mir gelingt.

Aber nun lassen Sie mich Ihnen bitte vorstellen … die Pittsburgh Titans.

Xoxo,

Sawyer

Prolog

Baden

Zwei Trauerfeiern gleich hintereinander.

Erst gestern habe ich die Trauerrede für meinen besten Freund Wes gehalten. Seine Eltern saßen in der ersten Reihe ihrer Kirche in Montreal. Es war dieselbe Kirche, in die ich als Kind mit meinen Eltern gegangen bin. Hier sind wir uns zum ersten Mal begegnet. Wir waren von Anfang an dicke Freunde. Lange bevor wir uns darüber bewusst waren, dass wir beide Eishockey liebten oder gar gut darin sein würden. Auch wenn uns altersmäßig nur drei Monate getrennt haben, war er derjenige, an den ich mich wandte, wenn ich Rat suchte.

Für ihn war ich der Mann, bei dem er Rat suchte.

Und jetzt ist er nicht mehr da und es zerreißt mich innerlich.

Ich sitze im Eishockeystadion der Titans bei einer kollektiven Gedenkfeier für all die, die ihr Leben bei dem Flugzeugunglück verloren haben. Die Organisation hat eine Veranstaltung für die Öffentlichkeit gewollt, da die breite Masse der Fans vor Trauer und Schock wie gelähmt waren. Für die Fans, die Dauerkarten besaßen, gab es Sitzplätze. Alle übrigen sind ausgelost worden.

Im Stadion, in dem auch das städtische Profi-Basketballteam spielt, ist der Boden heute eisfrei. Auf der Spielfläche sind Stuhlreihen für Familienmitglieder und Freunde der Opfer aufgebaut worden. Man hat mir einen dieser Sitzplätze zugewiesen, weil ich die

Hollyfield-Familie repräsentierte. Nachdem sie ihren Sohn erst gestern zu Grabe getragen hatten, brachten Wes' Eltern es einfach nicht übers Herz, auch noch an dieser Trauerfeier teilzunehmen.

Ich wünschte, ich wäre nicht gekommen.

Bei jedem Redner, der das Podium betritt, fühlt es sich an, als triebe man ein Messer Stück für Stück immer tiefer in die Wunde. Niemand kann sich hinstellen und die Dinge so positiv darstellen, wie man es bei der Trauerfeier für eine einzelne Person tun könnte. In diesem Fall wäre es durchaus akzeptabel, zu sagen: „Er ist jetzt an einem besseren Ort" oder „Die Zeit wird den Schmerz lindern". Aber verdammt, wenn das Leben Dutzender Menschen einfach so ausgelöscht wurde, dann fühlt sich jede weitere traurige Ansprache wie Folter an.

Zweiundvierzig Menschen sind bei dem Flugzeugunglück ums Leben gekommen, manche davon nicht sofort. Es war ein entsetzlicher Unfall. Das Flugzeug hat sich beim Aufprall erst überschlagen, ist dann auseinandergebrochen und in Flammen aufgegangen.

Wenn ein Flugzeug abstürzt, kann man davon ausgehen, dass man innerhalb von Millisekunden einen schmerzlosen Tod stirbt, sobald das Flugzeug mit der Kraft einer Bombe auf die Erde aufprallt. Dieses Flugzeug ist nicht plötzlich vom Himmel gefallen. Einige der Passagiere mussten vor ihrem Tod sehr leiden. Alle kamen ums Leben: Zwei Piloten, drei Flugbegleiterinnen, fünf Trainer, zweiundzwanzig Spieler, sechs Spielerbetreuer, ein Geschäftsführer, ein Miteigentümer des Teams, ein Analyst und der Service-Direktor des Teams.

Noch bevor die Trauerfeier vorüber ist, entschließe ich mich, zu gehen. Mir ist nicht danach, herumzustehen und mit Menschen zu reden. Viele Spieler aus der Liga sind gekommen. Man hat bis übermorgen eine ligaübergreifende Spielpause ausgerufen, damit die Spieler Zeit haben, zu trauern.

Ich habe genug von Trauerfeiern und Kummer.

Ich will einfach nur zurück zu meinem Leben in Phoenix.

Für den Fall, dass ich früher gehen will, habe ich mir einen Sitzplatz in der hintersten Reihe gesucht. An mir vertrauten Orten, an denen ich mich sicher fühle, kann ich mich ohne Krücken bewegen. Dennoch habe ich sie jetzt dabei. Nicht nur, um besser durch das Stadion und all die Menschen manövrieren zu können, sondern auch, weil meine Beine nach dem Unglück vor lauter Schock und Trauer wieder schwächer geworden sind.

Leise entferne ich mich von den Trauergästen zu einem Ausgang, durch den ich zu einem Aufzug gelange, der mich ins Erdgeschoss bringt. Dort kann ich mir ein Uber bestellen. Auch wenn mein Rückflug erst in sechs Stunden ist, ziehe ich es vor, die Zeit in der Club Lounge des Flughafens zu verbringen. Ich habe mich blicken lassen und mit allen gemeinsam getrauert. Jetzt bin ich damit durch.

„Mr. Oulett", spricht mich jemand an, noch bevor ich den Ausgang erreicht habe.

Ich bleibe stehen, werfe einen Blick über meine Schulter und sehe, dass ein Mann in einem dunklen

Anzug auf mich zukommt. Ich drehe mich um und sehe ihn direkt an.

„Mr. Oulett", wiederholt er mit gedämpfter Stimme, als er mich erreicht hat. „Wie ich sehe, wollen Sie gerade gehen. Ms. Norcross würde dennoch gern wissen, ob Sie kurz Zeit für sie hätten. Ich weiß, dass sie nach dem Ende der Zeremonie auf Sie zukommen wollte."

Mir fallen fast die Augen aus dem Kopf. Es gibt nur eine Ms. Norcross, die er meinen kann, und das ist Brienne Norcross, Miteigentümerin der Pittsburgh Titans. Sie war nicht auf dem Flug gewesen, aber ihr Bruder Adam – der Miteigentümer.

Ich hatte bisher keine Ahnung, dass sie überhaupt weiß, wer ich bin, noch weniger weiß ich, weshalb sie mit mir reden will. Es ist überall bekannt, dass ihr Bruder alles gemanagt hat, obwohl ihr das Titans-Eishockeyteam zur Hälfte gehört. Sie war eher ein stiller als ein aktiver Teilhaber. Aber wenn ich darüber nachdenke, hat sie jetzt wohl keine andere Wahl, als das Ruder zu übernehmen.

Andererseits, was zum Teufel gibt es da noch zu managen? Das gesamte Team ist tot.

„Ich bleibe nicht bis zum Ende", sage ich zu ihm. Wahrscheinlich ist er einer von Ms. Norcross' Assistenten.

„Selbstverständlich, Sir", erwidert er, eine Verbeugung andeutend. „Ich kann Sie zur Loge der Besitzer begleiten, und wenn Sie möchten, können Sie dort warten. Ich vermute, dass die Feier in etwa fünfzehn Minuten vorbei sein wird."

Ich möchte nichts lieber, als einfach nur weg von hier, aber es wäre mehr als unhöflich, sich zu weigern, mit der nun einzigen Besitzerin eines toten Teams zu sprechen. Besonders, wenn man explizit um ein Gespräch gebeten wird. Also nicke ich und folge dem Mann, der mich zur Loge der Teameigentümerin bringt.

***

Brienne Norcross ist eine wunderschöne Frau. Aber mehr, als dass sie nach dem Tod ihres Vaters vor zwei Jahren gemeinsam mit ihrem Bruder das Team geerbt hatte, weiß ich nicht über sie. Ich habe keine Ahnung, wie alt sie ist, ich schätze sie auf Anfang dreißig. Sie ist dem Anlass entsprechend schwarz gekleidet. Ihr aschblondes Haar trägt sie in einem Knoten straff im Nacken zusammengebunden, wodurch die Konturen ihres Gesichts betont werden. Ihre Augen sind tiefblau und von all den vergossenen Tränen rot umrandet. Die dunklen Ringe unter ihren Augen deuten darauf hin, dass sie kaum geschlafen hat.

Wer könnte es ihr verdenken?

„Mr. Oulett“, begrüßt sie mich, als sie die Eigentümerloge betritt, dicht gefolgt von demselben Assistenten, der mich hergebracht hat. Er bleibt in der Nähe der Tür stehen. „Ich bin Brienne Norcross.“

Sie hält mir ihre Hand hin und ich ergreife sie. Meine Krücken habe ich abgelegt, um mich mit dem Ellbogen auf einem der Stehtische abzustützen.

„Ms. Norcross, es tut mir leid, Sie unter diesen Umständen kennenzulernen.“

„Nennen Sie mich bitte Brienne“, sagt sie und fragt dann höflich: „Darf ich Sie Baden nennen?“

„Sehr gerne“, erwidere ich.

Wir lassen unsere Hände los, sie stellt sich mir gegenüber, legt ihre Unterarme auf dem Tisch ab und hält sich an der Tischkante fest während sie mich ansieht.

„Mein Beileid“, sage ich, um die Trauerbekundungen endlich hinter mich zu bringen. Ich habe keinen blassen Schimmer, wie nahe sie ihrem Bruder gestanden hat. Da sich ihre Augen mit Tränen füllen, gehe ich davon aus, dass sie sich sehr nahegestanden haben.

Sie nickt und lächelt kaum merklich. „Danke sehr. Ich habe es immer noch nicht ganz begriffen. Wenn ich richtig informiert bin, waren Sie und Wes Hollyfield eng miteinander befreundet?“

Die Überraschung darüber, dass sie etwas derart Persönliches über mich weiß, steht mir offensichtlich buchstäblich ins Gesicht geschrieben.

„Verzeihen Sie bitte“, entschuldigt sie sich mit sanfter Stimme. „Ich habe mich gestern mit Dominik Carlson über Sie unterhalten, und er hat gesagt, dass Sie und Wes befreundet waren. Daher wusste ich auch, dass ich Sie hier treffen würde.“

Jetzt bin ich wirklich verdammt verwirrt, und in Anbetracht der Ereignisse der vergangenen Woche bin ich nicht gerade erfreut darüber. „Sie haben mit Dominik über mich gesprochen? Warum?“

„Weil ich das Team wieder aufbauen muss. Und …“

Ich schnaube heftig. Ich bin mir durchaus der Unhöflichkeit meiner Geste bewusst, aber ich bin gerade nicht in der Stimmung für Entschuldigungen. „Falls es Ihnen nicht aufgefallen ist, meine Beine funktionieren gerade nicht richtig. Mir ist klar, dass Sie ein neues Team aufstellen müssen, aber ganz sicher bin ich nicht die erste Wahl, wenn Sie nach einem Goalie suchen.“

Brienne errötet und entschuldigt sich. „Es tut mir leid. Ich bin nicht sehr gut darin, ein professionelles Eishockeyteam zu leiten. Selbstverständlich bin ich mir Ihres derzeitigen Gesundheitszustandes völlig bewusst, aber ich bin nicht auf der Suche nach einem neuen Goalie.“

„Und wonach suchen Sie dann?“, frage ich zögerlich.

„Nach einem neuen Goalie-Trainer.“ Sie fixiert mich mit ihrem Blick. Jeder Hauch von Entschuldigung ist verschwunden. „Da Dominik mir keine Auskunft über Ihren aktuellen Gesundheitszustand geben wollte, habe ich die Zusammenfassung eines Presseartikels über Ihre Verfassung gelesen. Ich weiß nicht, ob Sie jemals wieder spielen können, aber falls nicht, möchte ich Ihnen eine Alternative anbieten.“

„Eine Alternative?“

„Als Goalie-Trainer für unsere Mannschaft“, erklärt sie. Ich kann ihr ansehen, dass sie sich nicht sicher ist, ob ich ihr Angebot verstehe.

„Ich bin kein Trainer“, erwidere ich und leugne damit sofort meine Fähigkeiten.

„Sie sind aber auch kein Spieler“, antwortet sie ruhig.

Ich zucke innerlich zusammen. Zugegeben, das war heftig, aber auch die Wahrheit.

„Warum ich?", frage ich. Ich muss wissen, ob sie mich für einen Wohltätigkeitsfall hält oder ob sie nur ins Blaue hinein fragt und sich in Wahrheit gar nicht für das Team interessiert.

„Nun ja, mein Bruder Adam hatte Sie ins Auge gefasst." Als sie seinen Namen ausspricht, versagt ihr kurz die Stimme. Sie sieht auf ihre Hände hinab, bis sie sich gefangen hat. Als sie wieder aufblickt, sind ihre Augen zwar mit Tränen gefüllt, aber auch voller Entschlossenheit. „Er wollte Sie kontaktieren, um zu fragen, ob Sie an einer Position als Goalie-Assistenz-Trainer interessiert wären. Unser aktueller Trainer – ich meine den, der sich im Flugzeug befand – wollte zum Ende dieser Saison in den Ruhestand gehen."

„Oh." Ich blicke links an ihr vorbei, um zu sehen, was außerhalb der Eigentümerloge vor sich geht. Und obwohl wir zu weit vom Geländer entfernt stehen, als dass wir die gesamte Arena überblicken könnten, kann ich erkennen, dass sie sich bereits größtenteils geleert hat.

„Ich weiß, dass es erst einmal viel zu verarbeiten ist. Insbesondere, nachdem Sie Ihren Freund verloren haben. Es ist mein Ziel, das Team so schnell wie möglich wieder aufzubauen, und ich brauche deshalb schon bald eine Antwort. Ich habe hier ein schriftliches Angebot für Sie …"

„Wieder aufbauen?", rufe ich aus und unterbreche damit ihre sehr auswendig gelernt klingende Ansprache. „Wie zur Hölle wollen Sie ein komplettes Team wieder aufbauen?"

Die Vorstellung, dass die Spieler so einfach zu ersetzen sind, lässt Wut in mir hochkochen.

Viel mehr noch der Gedanke daran, dass Wes so einfach zu ersetzen sein könnte.

„Größtenteils haben wir auf Spieler aus den Minors, den niedrigeren Ligen, zurückgegriffen", sagt sie emotionslos. „Andere haben wir aus dem Ruhestand zurückgeholt."

„Das Flugzeug ist erst vor einer Woche verunglückt", sprudelt es aus mir heraus. „Wie wäre es, wenn Sie den Leuten ein bisschen Zeit gäben, um damit klarzukommen?"

Wütend funkelt sie mich an. „Mein Bruder ist bei dem Unglück ums Leben gekommen. Auch wenn ich Sie um den Luxus beneide, Ihre Trauer entsprechend ausleben zu können, so trauere ich nicht nur um meinen Bruder, sondern ich muss auch noch ein Unternehmen leiten. Ich trage die Verantwortung für Hunderte Menschen, die auf ihre Jobs angewiesen sind, und auch diese Firma hier muss ihre Rechnungen bezahlen. Entweder bringe ich eine Mannschaft aufs Eis oder das gesamte Unternehmen geht den Bach runter."

Das hat gesessen. Schon der Hinweis auf den Verlust ihres Bruders hat mich hart getroffen, und ich kann mir nicht einmal ansatzweise den Druck vorstellen, unter den gegebenen Umständen auch noch ein professionelles Eishockeyteam leiten zu müssen. Ganz zu schweigen davon, dass ich mich, wenn ich nicht gleichzeitig so verwirrt wäre, geschmeichelt fühlen sollte, dass sie schon lange vor dem Flugzeugabsturz an mir als Assistenztrainer interessiert waren.

„Entschuldigen Sie bitte", sage ich, meinen Ausbruch aufrichtig bedauernd. „Es ist alles sehr viel gerade. Bis wann brauchen Sie eine Antwort?"

„Gestern." Sie lächelt freudlos und ausdruckslos. „Ich weiß, dass Sie über vieles nachzudenken haben …"

„Ich brauche ein paar Tage", unterbreche ich sie. „Ich muss erst mit meinen Ärzten und Therapeuten sprechen. Und mit Dominik."

„Sie wollen erst ausloten, wie Ihre Chancen stehen, wieder aktiv auf dem Spielfeld zu stehen", murmelt sie wissend.

„Ich weiß bereits, dass es eine Chance gibt." Ich fühle mich nicht angegriffen, weiß ich doch selbst, dass die Chance bei eins zu einer Million liegt. „Ich brauche nur eine ehrliche Meinung dazu, wie realistisch das ist, und dann kann ich es gegen Ihren Vorschlag abwägen."

„Das klingt fair." Sie deutet auf ihren Assistenten, der immer noch an der Tür wartet. „Wenn Sie so freundlich wären, Michael Ihre Kontaktinformationen inklusive Ihrer E-Mail-Adresse zu geben, werden wir Ihnen unser Angebot umgehend zukommen lassen, sodass Sie darüber nachdenken können."

Somit wäre ich auch mit spannender Lektüre für den Flug versorgt.

Nicht, dass ich es ernsthaft in Erwägung ziehen würde. Der bloße Gedanke an mich in der Rolle eines Trainers ist lächerlich. Es wäre dumm, meinen Traum von der Rückkehr aufs Spielfeld aufzugeben. Auch wenn dieser Traum vermutlich genauso wahnwitzig ist wie dieses Angebot. Außerdem würde ich,

falls ich mich entschließen sollte, das Angebot anzunehmen, all die Menschen verlassen müssen, die
mich die ganze Zeit über unterstützt haben, sowie all
meine durchaus fähigen Ärzte und Therapeuten.

Es wäre ein vollkommen neuer Lebensabschnitt,
und ich bin mir nicht sicher, ob ich bereit dafür bin.
Aber natürlich war ich auch nicht darauf vorbereitet
gewesen, meine Beine zu verlieren, und dennoch ist
es geschehen. Ich habe sehr hart an meiner Genesung
gearbeitet. Im Moment steht es noch in den Sternen,
ob sich die ganze Mühe auszahlen wird und ob ich
jemals wieder als Goalie auf dem Spielfeld stehen
werde.

Auf der anderen Seite eröffnet Brienne mir mit ihrem Angebot die Möglichkeit eines Neustarts und einer Karriere. Eine, die mir so bisher nicht vorge-
schwebt hat, die mir aber Sicherheit bieten würde
und durch die ich weiterhin mit dem verbunden
wäre, was ich mindestens genauso liebe wie mein Leben: das Eishockey.

Ich muss eine wichtige Entscheidung fällen. Bevor
ich das tun kann, muss ich mich mit einigen Leuten
besprechen. Viel Zeit bleibt mir dafür nicht.

Kapitel 1

Baden

M r. Carlson ist nun bereit, Sie zu empfangen", sagt die Empfangsdame und ich blicke von meiner Sportzeitschrift auf.

Ich bin überrascht, denn ich warte erst seit zehn Minuten. Da ich keinen Termin vereinbart hatte, habe ich mit einer wesentlich längeren Wartezeit gerechnet. Jemand, der so wichtig und beschäftigt ist wie Dominik, unterbricht seine Arbeit nicht einfach, nur um einen Plausch zu halten. Als ich aber vorbeigekommen bin, um einen Termin für mich zu vereinbaren, war die Empfangsdame gern bereit, ihren Boss zu fragen. Obwohl er ein Multimilliardär ist, ist Dominik Carlson ein ziemlich entspannter Zeitgenosse. Ich war gern bereit, so lange zu warten, bis er ein paar Minuten Zeit für mich hat.

Ich muss mit ihm über das Angebot von Brienne Norcross sprechen.

Wie zugesagt, hat sie mir einen Arbeitsvertrag per E-Mail gesendet, und ich habe ihn auf meinem Rückflug nach Phoenix mehrfach durchgelesen. Genau diesen Vertrag halte ich in meiner Hand, als ich der Empfangsdame in Dominiks Büro folge.

Es ist luftig, mit breiter Fensterfront, durch die man die gesamte Innenstadt und im Hintergrund die Berge überblickt. Opulent ausgestattet mit Designermöbeln und Kunst, sieht Dominik Carlsons Büro exakt so aus, wie man es von einem Besitzer eines erfolgreichen Eishockeyteams erwarten würde. Er ist auch Eigentümer eines Profi-Basketballteams in Los Angeles und hat dafür gesorgt, dass das Team der Arizona Vengeance innerhalb von einer Spielsaison vom Expansion Team zum Cup-Gewinner aufgestiegen ist.

Dieser Mann hat also genügend Gründe, ein riesiges Ego zu haben, und dennoch ist er einer der bodenständigsten Menschen, die ich je kennenlernen durfte.

Dominik erhebt sich von seinem Schreibtischstuhl und grinst mich schief an. Während ich mit ausgestreckter Hand auf ihn zugehe, schließt die Empfangsdame die Tür hinter mir. Über seinen Schreibtisch hinweg schütteln wir uns zur Begrüßung die Hände. Sein Grinsen wird noch breiter, als er wohlwollend scherzt: „Da sieh einer an, ganz ohne Krücken und Rumgewackele."

Er hat recht, ich habe meine Krücken diesmal zu Hause gelassen. Auch in Pittsburgh hätte ich sie nicht gebraucht. Dort haben sie mir aber zur Stabilisierung meiner Seele, nicht meines Körpers gedient. Ich hatte befürchtet, die vielen Menschen dort könnten mich aus dem Gleichgewicht bringen. Aber ich habe keinerlei Probleme gehabt, mich bei den Trauerfeiern durch die Menschenansammlungen zu bewegen.

Ich habe heute sogar auf meinen behindertengerecht mit Handsteuerung ausgestatteten Van verzichtet. Der Van ist für mich Mittel zum Zweck, während ich daran arbeite, dass meine Beine wieder stärker werden und mir wieder gehorchen. Es fühlte sich gut an, heute Morgen endlich wieder in meinem Geländewagen zu sitzen und in die Innenstadt zu fahren.

Von meinen Ärzten werde ich dafür später wohl eine Standpauke kassieren. Offiziell bin ich bisher noch nicht wieder als fahrtüchtig eingestuft worden, aber ich weiß, was ich kann und was nicht. Wenn ich es schaffe, drei Meilen auf einem Laufband zu laufen, liegt es auf der Hand, dass ich auch in der Lage bin, das Gas- und das Bremspedal in meinem Wagen mit Automatikschaltung zu bedienen.

„Setz dich", fordert Dominik mich auf und nickt zu einem Besucherstuhl. Er tut es mir gleich und lässt sich auf seinem Stuhl nieder, lehnt sich zurück und schlägt seine Beine übereinander.

„Danke, dass du dir so kurzfristig Zeit für mich nimmst", sage ich.

„Für meine Spieler nehme ich mir immer Zeit. Was kann ich für dich tun?"

Ich wedele mit dem mehrseitigen Dokument, dem Anstellungsvertrag der Titans. „Ich hatte nach der gestrigen Gedenkfeier ein interessantes Gespräch mit Brienne Norcross."

Dominik nickt wissend. „Ich war nicht sicher, ob sie dir das Angebot tatsächlich unterbreiten wird, aber sie hat mich kontaktiert, um sich nach dir zu erkundigen."

„Ja, sie hat erwähnt, dass sie mit dir gesprochen hat."

Dominiks Gesichtsausdruck ist voller Mitgefühl. „Ja, sie wurde einfach so ohne Rettungsleine ins kalte Wasser geworfen. Sie weiß noch nicht so recht, was sie tun soll, also helfe ich ihr, wo ich nur kann."

Das überrascht mich nicht. Brienne ist nun alleinige Eigentümerin der Pittsburgh Titans, einem Rivalen der Arizona Vengeance. Auch wenn die gesamte Liga den Verlust des Teams betrauert, bezweifle ich, dass ihr viele hilfreich zur Seite stehen werden. Nicht etwa, weil sie eigennützig wären oder es schlicht und ergreifend nicht wollten, sondern weil sie alle genug damit zu tun haben, ihre eigenen Unternehmen am Laufen zu halten.

„Sie wollen mich als ihren Goalie-Trainer", sage ich immer noch in demselben ungläubigen Ton wie gestern.

Dominik sieht mich eindringlich an. „Und?"

„Ich bin kein Trainer."

Dominik schaut mich weiterhin stoisch an.

„Ich bin ein Eishockeyspieler. Ich bin ein Goalie. Ich coache nicht."

Dominik lehnt sich vor und faltet die Hände auf dem Tisch. „Ich verstehe, dass du darüber nachdenkst, ob du in der Lage bist, ein Team auf professionellem Niveau zu coachen. Normalerweise kommt es nicht vor, dass man einen Trainer ohne Erfahrungen einstellt. Also denke ich, dass es etwas zu bedeuten hat, wenn Brienne mit einem solchen Angebot an dich herantritt."

Ich hasse es, das zu sagen und wie ein Arsch zu klingen, aber es muss gesagt werden. „Sie hat keinen blassen Schimmer von dem, was sie da tut. Seit sie und ihr Bruder das Team geerbt haben, hat sie sich doch vollkommen rausgehalten. Er hat alles gemacht. Wie kann ich mir da sicher sein, dass sie nicht den größten Fehler ihres Lebens begeht, wenn sie mir diese Position anbietet?"

Dominik zuckt mit den Schultern. „Du weißt doch gar nicht, ob es ein dummes Angebot ist. Du weißt nur, ob du die Eier hast, es zu versuchen. Aber das ist nicht der eigentliche Grund für deinen Besuch."

Jetzt ist es so weit. Das Thema ist auf dem Tisch. Dominik zwingt mich dazu, mich mit der eigentlichen Frage auseinanderzusetzen, über die wir seit dem Tag meiner Verletzung vor sieben Monaten nicht mehr gesprochen haben: Ob ich je wieder professionell Eishockey spielen können werde.

Dominik ist weder Arzt noch Trainer, sondern Geschäftsmann. Ihm gehört das Team und er hat normalerweise nichts mit Spielerentscheidungen zu tun. Dennoch war er stets im Bilde über meine medizinische Behandlung. Ich habe meine Ärzte von ihrer ärztlichen Schweigepflicht entbunden und ihnen erlaubt, meinen Gesundheitszustand mit Dominik und den Mitgliedern des Trainerteams zu besprechen, für die diese Informationen von Bedeutung sind. Dominik weiß über jedes noch so kleine Detail Bescheid, das meine Ärzte und ich besprechen. Auch die Akten meines Orthopäden, meines Neurochirurgen und meiner Therapeuten liegen den Ärzten des Vengeance Teams vor, damit wir uns miteinander besprechen und sie Dominik auf dem Laufenden halten können.

Er weiß genauso gut wie ich, wie meine Chancen stehen, wieder in der Liga zu spielen. Ich möchte nur, dass er mir bestätigt, was ich bereits vermute. Ich muss es einfach von ihm hören.

So einfach macht er es mir aber nicht. „Es besteht die Chance, dass du wieder aufs Eis gehen kannst."

„Keine besonders große“, brumme ich.

Mit Sicherheit kennt er die neueste Einschätzung. Ich kann inzwischen schmerzfrei laufen. Meistens kann ich die Balance halten. Krücken brauche ich nur, wenn ich das Gefühl habe, ich müsste mich stabilisieren. Aber wirklich brauchen tue ich sie nicht.

Ich trainiere mittlerweile meinen Unterkörper mit Squats, Gewichtheben und Beinpressen. Auch wenn ich im Vergleich zu früher mit wesentlich leichteren Gewichten trainiere, mache ich weiterhin Fortschritte. Ich habe sogar schon einige Kastensprünge zu meinem Trainingsplan hinzugefügt. Auf dem Laufband kann ich ebenfalls laufen, auch wenn ich zugeben muss, dass ich die Handläufe als Vertrauenshilfe benutze.

Selbstverständlich habe ich keinerlei Ausdauer. Meine Beinmuskulatur ist verkümmert und muss erst wieder aufgebaut werden, um zum Rest von mir zu passen. Dennoch bin ich verdammt noch mal ein Wunder auf Beinen.

Und ich bin fleißig und ehrgeizig und werde alles in meiner Macht Stehende tun, um mein Potenzial voll auszuschöpfen. Die Frage ist nur … wie genau sieht mein maximales Potenzial aus?

„Natürlich auf lange Sicht gesehen“, sagt er mit gesenkter Stimme, „Aber für die nächste Saison sehe ich schwarz. Damit du wieder ganz der Alte wirst, steht dir noch ein gutes Jahr harter Reha bevor. Aber ich bin gewillt, dich in meinem Team zu behalten und es dich versuchen zu lassen, wenn du willst.“

Das hilft mir kein Stück weiter. Wenn überhaupt, lässt er den kleinen Hoffnungsschimmer meiner aktiven Rückkehr aufs Eis etwas heller aufleuchten. Ich würde weiter sehr hart trainieren müssen, noch härter, als ich es ohnehin schon tue. Endlose und zermürbende Stunden bei Therapeuten und im Fitnessstudio, um Muskeln erst aufzubauen und sie dann zu formen, damit sie wieder flexibel werden. Beweglichkeit ist für einen Goalie unabdingbar. Immer und immer wieder wiederhole ich ein und dieselben Übungen, um mein Muskelgedächtnis zu trainieren.

Und nachdem all das ausgestanden ist, werde ich mich gegen jüngere Goalies mit perfekten Körpern durchsetzen müssen, die ebenfalls nach dieser Position lechzen.

„Um das jetzt noch mal auf den Punkt zu bringen … Es ist mehr als unwahrscheinlich, dass ich jemals wieder als aktiver Goalie für das Team spielen werde. Selbst wenn, wäre es irgendwann in ferner Zukunft. Ich weiß nicht, wie man ein Team trainiert, aber ich weiß eine ganze Menge darüber, wie es ist, ein Goalie zu sein. Seit ich zum ersten Mal auf Schlittschuhen gestanden habe, habe ich den Leuten, die mich trainiert haben, gut zugehört. Ich werde also vielleicht der schlechteste Goalie-Trainer der Liga sein, aber ich kann dazu beitragen, ein stark dezimiertes Team wieder aufzubauen.“

„Um darauf zu kommen, hättest du nicht extra herkommen müssen.“ Dominik lacht. „Du hast schon alles selbst auf die Reihe bekommen.“

Habe ich nicht. Nicht wirklich.

Mich zu entscheiden, fällt mir nicht leicht. Ich könnte den Trainerposten annehmen und somit der Möglichkeit, je wieder als aktiver Spieler auf dem

Spielfeld zu stehen, den Rücken kehren. Es wäre das Ende meiner Spielerkarriere.

Ich könnte der Goalie-Trainer der Pittsburgh Titans werden, und die Chancen, dass ich dabei voll versage, sind hoch. Meine Ersatzkarriere könnte ein furchtbares Desaster werden.

Auf der anderen Seite könnte ich meinen Körper mit viel Blut, Schweiß, Tränen und Hingabe wieder so weit fit bekommen, dass ich versuchen könnte, meinen Posten in meinem Team wiederzubekommen. Ich könnte Monat um Monat daran arbeiten und immer noch nicht stark oder stabil genug sein. Bis dahin könnte die Gelegenheit, es als Trainer zu versuchen, verstrichen sein. Ich würde als ausgelaugter Eishockeyspieler in Frührente enden, mit einem Finanzpolster, das nur für wenige Jahre ausreicht. Ich würde das Programm der Liga durchlaufen müssen, um mir eine neue Karriere aufzubauen, und momentan habe ich keinen blassen Schimmer, welcher Posten mir überhaupt gefallen würde. Alles, was ich mit Sicherheit sagen kann, ist, dass es auf jeden Fall irgendetwas mit Eishockey zu tun haben soll.

Während ich Dominik direkt in die Augen sehe, verlange ich zu wissen: „Was soll ich tun?"

Er schaut mich kopfschüttelnd an. „Das kann ich dir nicht sagen. Das ist eine zu persönliche Entscheidung."

„Na ja", sage ich gedehnt, während ich versuche, mir nicht anmerken zu lassen, wie sehr es mich ärgert, dass er mir nicht einfach sagt, was ich tun soll. „Was würdest du an meiner Stelle tun?"

„Ich bin nicht an deiner Stelle, Baden“, sagt er leise und voller Mitgefühl. „Ich kann mir nicht einmal ansatzweise vorstellen, was du bisher körperlich und emotional durchgestanden hast. Nicht einmal in einer Million Jahren könnte ich das Pro und Kontra dieser Entscheidung abwägen. Nur du kannst die beiden Möglichkeiten gegeneinander aufwiegen, nach deinem Maßstab und anhand deiner Erfahrungen. Ich kann dir nur raten, auf dein Bauchgefühl zu hören.“

***

Ich würde gern behaupten, dass Dominik keine sonderlich große Hilfe war, aber in Wirklichkeit ist das Gegenteil der Fall. Seine letzten Worte hallen nach … dass ich so viel durchgemacht habe, dass nur ich entscheiden kann, was das Beste für mich ist. Auch wenn mir die Wahl wirklich schwerfällt und jede der beiden Optionen ihre Tücken und möglichen Chancen birgt, tendiere ich doch in eine ganz bestimmte Richtung.

Und genau aus diesem Grund sitze ich nun mit Riggs beim Lunch im Sneaky Saguaro. Ich muss nur noch eine einzige Meinung hören, um mir ganz sicher zu sein, dass meine Tendenz die richtige ist.

Nach dem Austausch der üblichen Phrasen, die in Anbetracht der Tatsache, dass ich ihn über die Trauerfeier in Pittsburgh auf den neuesten Stand gebracht habe, nicht gerade erfreulich gewesen sind, erzähle ich ihm von meinem Jobangebot. Er hört sich an, was ich zu sagen habe, stellt hier und da eine Frage und wechselt schließlich das Thema.

Obwohl das ziemlich irritierend ist, da es ja immerhin um mein Leben geht, das vollkommen aus dem Gleichgewicht geraten ist, spiele ich das Spiel mit.

So sitzen wir nun seit einer halben Stunde bei Chicken Wings und in Bierteig frittierten Zwiebelringen – zweifelsohne Junkfood, das ich niemals angerührt hätte, wenn ich im Training wäre – und reden über Veronica. Riggs ist im siebten Himmel und ich gönne es ihm. Nach all dem, was er durchgemacht hat, verdient er sein kleines Stück heile Welt.

Erst als wir unsere Teller von uns weggeschoben haben, nimmt er mich über den Tisch hinweg ins Visier und fragt: „Wann fragst du mich denn endlich, was du mit dem Angebot der Titans machen sollst?"

„Wann hörst du endlich mit diesem albernen Liebesgesäusel über Veronica auf?", entgegne ich.

Riggs bellt ein Lachen heraus, sagt aber nichts weiter. Er ist bereit, sich meine Überlegungen zu der mir bevorstehenden Entscheidung anzuhören.

Halbherzig zucke ich mit den Achseln. „Ich habe Dominik gefragt. Er meinte nur, ich sei der Einzige, der diese Entscheidung fällen könne. Niemand außer mir könne das."

„Schwachsinn", sagt Riggs zu meiner Überraschung. „Frag mich und ich sage dir, was ich an deiner Stelle tun würde."

„Ist das so?" Damit habe ich nicht gerechnet. Niemand will mich in eine Richtung lenken, die ein böses Ende nehmen könnte. Zugegebenermaßen könnten beide schlecht enden. Aber meine Neugierde ist groß genug, um mir Riggs' Meinung dazu anzuhören. „Okay, dann sag mir doch, was ich tun soll."

„Nimm den Trainerjob an." Ohne jedwedes Zögern, ganz so, als hätte er sich monatelang über die Lösung des Problem Gedanken gemacht und jeden Blickwinkel genauestens analysiert. Das kann aber nicht sein, denn seit ich ihm von Briennes Angebot erzählt habe, hat er über nichts anderes als über Veronica geredet.

Mit leicht gerunzelten Augenbrauen schaue ich ihn an. „Und deine Entscheidung basiert auf was genau?"

Auch wenn es ihm nicht leichtfällt, bleibt er bei der traurigen Wahrheit. „Deine Chancen, ein guter Goalie-Trainer zu werden, stehen weitaus besser als die, dass du jemals wieder professionell spielen könntest, so wie du es gern möchtest. Auch wenn es bedeutet, dass deine Tage als aktiver Spieler gezählt sind, solltest du dich für den Weg entscheiden, der dir die größtmögliche Chance auf Erfolg bietet, und das bedeutet, deine Tage als Spieler hinter dir zu lassen."

Gott, ich habe schon in diese Richtung tendiert, aber als ich es ihn laut sagen höre, tut es dennoch weh. Es macht es so real, wenn jemand anderes — jemand, dem ich sehr vertraue — tief im Innersten weiß, dass meine Rückkehr aufs Eis bestenfalls in sehr ferner Zukunft möglich sein wird.

Doch andererseits bestätigt es mein Bauchgefühl, das mich seit dem Gespräch mit Dominik nicht mehr losgelassen hat.

„Lass mich dir eine Frage stellen", sagt Riggs. Die Arme auf dem Tisch überkreuzt, lehnt er sich weiter nach vorn. „Was würde Wes dir raten?"

Es trifft mich wie ein Stich ins Herz. Es ist gerade mal etwas mehr als eine Woche vergangen, seit er gestorben ist, und ich versuche immer noch, mit der Trauer über den Tod meines besten Freundes fertig zu werden.

„Er hatte mir nach dem Spiel in Columbus geschrieben." Das war nur wenige Stunden vor dem Flugzeugunglück. „Wir hatten geplant, hier in Phoenix gemeinsam etwas zu unternehmen, nach dem nächsten Spiel der Titans gegen unser Team in zwei Wochen."

„Hattet ihr schon eine Idee?", fragt er.

Achselzuckend erwidere ich: „Uns war es eigentlich egal, wo wir uns auf ein paar Bier treffen würden. Er hat aber gesagt, dass er mir etwas Wichtiges sagen wolle und dass er meinen Rat brauche."

„Allmächtiger", entfährt es Riggs, als ihm bewusst wird, dass ich nie erfahren habe, wobei Wes Hilfe gebraucht hätte.

Vielleicht ging es um den Wechsel in ein anderes Team, vielleicht war er verliebt oder vielleicht passierte auch gerade etwas Schreckliches in seinem Leben. Ich bin vollkommen ahnungslos. Ich weiß nur, dass wir von Angesicht zu Angesicht darüber reden wollten, wenn er nach Phoenix kommen würde.

Beim Gedanken an meinen Freund lächle ich voller Zuneigung. „Ich möchte gern glauben, er würde es genauso machen wie du gerade und mir ohne Umschweife sagen, was er denkt."

„Du hast dich entschieden", schlussfolgert Riggs.

Fest entschlossen, Nägel mit Köpfen zu machen, nicke ich und hole mein Handy aus der Tasche. „Ich muss kurz telefonieren."

In der E-Mail mit dem Jobangebot, die mir Brienne Norcross' Assistent gesendet hat, hat er auch Briennes Handynummer hinterlassen, mit dem Vermerk, ich solle mich melden, sobald ich mich entschieden habe.

Während ich die Nummer eingebe, schaue ich Riggs in die Augen und warte auf das Freizeichen.

„Brienne Norcross", meldet sie sich nach dem ersten Klingeln.

„Hi, Brienne, Baden Oulett hier."

„Sagen Sie mir bitte, dass Sie mein Angebot annehmen", begrüßt sie mich. Ihre Stimme klingt sehr erschöpft und auf positive Nachrichten hoffend.

„Ich nehme an." Ihr erleichtertes Aufatmen ist kaum zu überhören. „Wann brauchen Sie mich?"

„Gestern", antwortet sie mit exakt dem gleichen Wort, das sie bei unserem ersten Aufeinandertreffen gebraucht hat. „Aber morgen wäre auch ganz hilfreich. Wir haben ein Treffen mit den Trainern geplant, und Ihr Vertrag war der letzte, auf den ich noch gewartet habe. Ich habe mich mit Callum Derringer, unserem neuen Manager, zusammengesetzt, und wir haben uns schon auf so gut wie alle Spieler festgelegt, die wir aus den Minor Leagues ins Team holen möchten. Wir haben auch ein paar Angebote gemacht, mit denen wir Spieler aus dem Ruhestand zurückholen möchten. Es gibt da aber noch die eine oder andere Entscheidung, die wir gern bei einem gemeinsamen Brainstorming näher beleuchten wollen."

„Callum Derringer, sagen Sie?" Er ist vor ein paar Jahren als General Manager der Ottawa Cougars gefeuert worden, weil das Team sich nicht

„weiterentwickelt habe". Um genau zu sein, war das Team grottenschlecht, das schlechteste der gesamten Liga. Wenn er nicht damit beschäftigt war, das Team zu trainieren oder bei Spielen zu sein, war es seine Aufgabe, neue Spielertalente zu rekrutieren.

Und nun wird er ein Team managen, das quasi das Äquivalent zum Liga-Loser ist. Für ihn kann es also nur noch besser werden.

„Ich bin davon überzeugt, dass Callum der Richtige für diese Aufgabe ist", sagt Brienne diplomatisch.

„Ich freue mich darauf, mit ihm zu arbeiten", antworte ich entsprechend höflich.

„Ich weiß, dass Sie noch viele Vorbereitungen für Ihren Umzug hierher treffen müssen. Mein Assistent Michael Taft, den sie bei der Trauerfeier schon kennengelernt haben, wird sich dann um Ihre vorübergehende Unterbringung kümmern und um einen Immobilienmakler für eine dauerhafte Lösung. Lassen Sie ihn einfach wissen, wie er Sie bei Ihrem Umzug unterstützen kann."

„Okay … danke."

Für einen kurzen Moment ist es still in der Leitung, bis Brienne schließlich sagt: „Ich bin wirklich froh darüber, Sie als Teil meines Unternehmens verpflichten zu können."

Wir verabschieden uns und ich lege mein Telefon auf den Tisch. Ich schaue Riggs an. „Sieht ganz so aus, als würde ich morgen nach Pittsburgh umziehen."

„Morgen?", fragt er überrascht.

„Sie wollen das Team neu zusammenstellen und es so schnell wie möglich aufs Eis bringen."

„Wow", murmelt er, während ihm klar wird, was für eine gewaltige, scheinbar unlösbare Aufgabe mich erwartet. Sein Blick schweift kurz in die Ferne, bevor er mich wieder ansieht. „Weißt du, was wir jetzt brauchen?"

„Was?"

Seine Mundwinkel sind nach oben gezogen und er funkelt mich verschwörerisch an. „Eine Abschiedsparty. Heute Abend. Ich kümmere mich um die Vorbereitungen."

„Nur der harte Kern, okay?" Es wird mir das Herz brechen, mich von meinem Team verabschieden zu müssen. Emotionale Abschiede liegen mir nicht. Ich möchte es kurz und schmerzlos halten.

Riggs nickt. Er weiß, wen ich mit dem harten Kern meine. Nicht das gesamte Team, und ganz sicher nicht die Rookies. Nur die Jungs, mit denen ich mich am besten verstehe. Ich weiß, dass ich mich dahingehend auf ihn verlassen kann.

Kapitel 2

Der aufkommende Verkehr vor dem Bürofenster meines Hauses weckt meine Neugierde. Ein Polizeiauto mit Blaulicht, aber ohne Sirenen fährt langsam vorbei. Dahinter fährt ein schwarzer Leichenwagen, gefolgt von einer schwarzen Limousine mit getönten Scheiben. Den drei Fahrzeugen folgt eine lange Schlange weiterer Fahrzeuge in Richtung des Friedhofs. Der Friedhof liegt drei Blocks von meinem Haus auf den Duquesne Heights entfernt. Alle Fahrzeuge fahren mit hell erleuchteten Scheinwerfern.

Gestern habe ich in der Zeitung gelesen, dass nach der Trauerfeier im Stadion der Titans in den nächsten Tagen weitere Beisetzungen stattfinden werden. Auch wenn ich nicht weiß, ob die Trauerprozession, die gerade an meinem Fenster vorbeizieht, für jemanden ist, der bei dem Flugzeugunglück ums Leben gekommen ist, muss ich sofort daran denken. Es gibt kein anderes Thema mehr.

Örtliche Fernsehnachrichten, Zeitungen und die sozialen Netzwerke überschlagen sich. Zunächst ist es nur um die Schreckensnachricht des Unglücks gegangen und um die vielen Menschen, die dabei ihr Leben gelassen haben. Inzwischen geht es darum, wie wohl die Zukunft der Titans aussehen wird.

Pittsburgh ist für vieles bekannt. Für seine lang vergangene Blütezeit in der Stahlproduktion, welche mittlerweile durch das Finanzwesen, die Tech-

Branche und ein exzellentes Gesundheitswesen abgelöst wurde. Die geschäftigen Straßen der Innenstadt mit ihren gotischen Gebäuden werden von pittoresken Flüssen und sanft anmutenden Hügellandschaften umschlossen. Sie lenken den Blick von all dem Stahl und Beton ab und machen Pittsburgh zu einem wunderschönen und einmaligen Ort, an dem man gern leben möchte.

Doch ist Pittsburgh vor allem für eines bekannt – Sport. Die Stadt kann sich mit einem erfolgreichen Footballteam sowie mit einem sehr guten Baseball- und Eishockeyteam rühmen. Die Fans sind die besten, die sich ein Team nur wünschen kann – jedes Team wird unabhängig von Sieg oder Niederlage verehrt. In meinem Kleiderschrank hängen von jedem Team in Pittsburgh Shirts, Jacken und Trikots.

Der Verlust der Pittsburgh Titans stellt für die Stadt einen herben Schlag dar, und die Menschen sind am Boden zerstört, weil das Team einfach Teil ihrer Identität ist. Sie sehnen sich nach einem Hoffnungsschimmer, dass für unser Eishockeyteam doch noch nicht alles verloren ist.

Ich habe in den Morgennachrichten gesehen, dass Brienne Norcross, die Eigentümerin der Titans, versprochen hat, hart dafür zu arbeiten, das Team so schnell wie möglich wieder aufzubauen, damit unsere Saison weitergehen kann. Sie klang sehr diplomatisch, als sie sagte: „Wir fangen bei null an. Es könnte Jahre dauern, bis wir wieder zu alter Form auflaufen. Aber jeder einzelne Spieler, den wir bis dahin aufs Eis bringen können, wird den Geist jener talentierter und hartnäckiger Spieler in sich tragen, die wir auf so tragische Weise verloren haben."

Es war ein Hinweis darauf, dass wir zumindest ein Team hätten, auch wenn es auf die Schnelle zusammengewürfelt und wahrscheinlich ziemlich schlecht sein würde. Ich bin schon ganz gespannt darauf, wie es letztendlich ausgehen wird.

Ich wende mich wieder meinen Laptop zu und lenke meine Aufmerksamkeit weg von dem Trauerzug, hin zur Überprüfung und Fertigstellung meines Reiseplans für den kommenden Monat. Es gehört zu meinem Job, zu koordinieren, welcher unserer Schulungsleiter wann wohin reist, und dafür Sorge zu tragen, dass sowohl die Reise als auch die Unterbringung entsprechend angenehm ausfallen.

Es ist eine stupide, langweilige und viel zu einfache Aufgabe für mich, aber in der Not frisst der Teufel Fliegen. Schließlich habe ich eine Hypothek und ein Auto abzubezahlen und noch einige andere offene Rechnungen, welche sich während des Erwachsenwerdens so ansammeln. Und da die Möglichkeiten, von zu Hause aus zu arbeiten, begrenzt sind, füge ich mich lächelnd und treu ergeben meinem Schicksal.

Gerade als ich meine Tabelle abspeichere und dabei bin, Excel zu schließen, heult mein Telefon mit einer Warnung des Bewegungsmelder-Alarms meiner Überwachungs-App auf. Ich hasse es, wie mein Herz vor Angst sofort mit voller Wucht loshämmert. Gemäß der Instruktionen meiner Therapeutin atme ich ein paarmal tief ein und aus. Ich entscheide mich dagegen, zu meinem Medizinschrank zu eilen und mir eine kleine Dosis Xanax einzuwerfen, die mir mein

Arzt für den Fall, dass meine Angststörung wieder zuschlägt, verschrieben hat. Stattdessen stelle ich mich mutig der Herausforderung und sehe nach, was draußen vor meinem Haus vor sich geht.

Mir ein paar Klicks auf meinem iPhone öffne ich die Kamera meiner Sicherheits-App und rufe die Aufzeichnungen des Bewegungsmelders auf.

Als ich feststelle, dass es sich bei dem Eindringling lediglich um eine der Hinterhofkatzen handelt, die es sich auf einem Pfosten meines zwei Meter hohen Sicherheitszaunes gemütlich gemacht hat, löst sich meine Anspannung augenblicklich in Wohlgefallen auf. Mein Vorgarten und auch der Garten hinter meinem Haus sind vollständig mit Bewegungsmeldern ausgestattet. Die Gesamtfläche ist recht überschaubar, um genau zu sein, sind es zusammengenommen nicht einmal vierhundert Quadratmeter, und es gibt nicht einen Quadratzentimeter, den ich dank meines exzellenten Sicherheitspakets nicht einsehen kann. Nachdem ich im vergangenen Jahr in Phoenix überfallen worden war, habe ich es von Jameson Force Security installieren lassen, einer hier ansässigen Sicherheitsfirma. In den seither vergangenen Monaten habe ich mich hier halbwegs sicher gefühlt.

Auch wenn ich weiß, dass der Sensor sehr wahrscheinlich wieder anschlagen wird, sobald die Katze sich noch einmal bewegt, aktiviere ich ihn wieder. Ich beschließe, den Eindringling zu verscheuchen, damit ich nicht ständig von den Benachrichtigungen meiner App gestört werde, wenn er an meinem Zaun entlang streift und damit die anderen Sensoren auslöst. Das System zu deaktivieren, bis die Katze sich dazu entschließt, weiterzuziehen, stellt für mich keine Option dar. Ich könnte nie auf das System verzichten, das mich ein kleines Vermögen aus meinen Rücklagen gekostet hat.

Während ich mich von meinem Schreibtischstuhl erhebe, greife ich nach meiner Tasse. Wenn ich schon einmal nach unten gehe, kann ich mir auch nachschenken.

Als ich aus dem zum Büro umfunktionierten Schlafzimmer hinausgehe und die Treppe hinunter, knarrt der Holzboden unter meinen Füßen. Auch die Treppenstufen knarren, und einige klingen sogar so, als würden sie meinem Gewicht nicht standhalten. Viele würde das stören, aber für mich gehört es zum Charme dieses kastenförmigen Prärie-Hauses aus den 1940er-Jahren, welches ich mir vor ein paar Jahren gekauft habe. Ich habe es in meiner Freizeit umgebaut, aber einiges habe ich aus Nostalgie erhalten. Der alte Holzboden mit den breiten Dielen hat es mir besonders angetan. Mein Vater und ich haben Raum für Raum das wunderbare Holz erst abgeschliffen, dann gebeizt und versiegelt. Nun sieht es aus wie neu.

Es ist vielleicht nicht das schönste Haus, und ich bin kein großer Fan dieser hellbraunen Ziegel und der braunen Verkleidung, aber es steht in einer schönen kleinen Wohngegend am äußeren Rand der Duquesne Heights. Es ist ein einfaches kastenförmiges Haus mit einem pyramidenförmigen Dach und Mansardenfenstern. Die Doppelgarage ist separat und über eine kleine Gasse hinter dem Haus zu erreichen. Wenn ich auf meiner vorderen Veranda stehe, mich ganz weit über das rechte Geländer beuge und meinen Hals ganz weit strecke, kann ich durch die dicht aneinandergebauten Häuserreihen entlang des Hügels sogar ein Stück der Skyline von Pittsburgh erkennen.

Meine Nachbarn sind freundlich, aber nicht aufdringlich, man ist schnell auf der I-376 und der Flughafen liegt nur zwanzig Autominuten entfernt. Angesichts meines Jobs als Vertreterin für medizinische Geräte und der vielen damit verbundenen Inlandsreisen ist die Nähe zum Flughafen wirklich von Vorteil.

Jetzt reise ich natürlich nicht mehr umher.

Seit ich im vergangenen Juli während einer dreitägigen Schulung in Phoenix überfallen worden bin, war ich einfach nicht mehr in der Lage, den sicheren Hafen meiner Heimatstadt zu verlassen. Also arbeite ich nun als Sekretärin für einen der Manager. Gnädigerweise hat er mir erlaubt, von zu Hause aus zu arbeiten, weil mich manchmal sogar leichte Panikattacken überkommen, wenn ich nur das Haus verlassen muss.

Na ja, vielleicht ist er nicht ganz so gnädig. Er hat schon sehr oft nachgefragt, wann ich denn meinen alten Job wieder aufnehmen könne, und so langsam gehen mir die Entschuldigungen aus. Mein ständiges „Ich habe Angst davor, zu reisen“ zieht bei ihm nicht mehr. Heute ist für sechzehn Uhr eine Zoom-Konferenz geplant, um meine Wiedereingliederung als Ausbilderin für die Ärzte zu besprechen, wie er sagt. Vielleicht sollte ich davor besser eine Xanax nehmen.

Es ist nie mein Traum gewesen, als Vertreterin und Ausbilderin für Medizinprodukte zu arbeiten. Dafür bin ich nicht aufs College gegangen. Vor vier Jahren habe ich die Penn State Universität mit einem Titel in Englischer Literatur abgeschlossen. Auch wenn ich keine Ahnung hatte, was ich damit anfangen soll, weiß ich eines doch ganz genau: Ich liebe Literatur. Ich habe viel darüber nachgedacht, zu unterrichten, bin dann aber irgendwie in meinen jetzigen Job bei Reynis hineingestolpert. Reynis stellt Herzkatheter und das zugehörige Equipment her. Meine Mitbewohnerin und beste Freundin Francesca „Frankie" Dillard hat damals angefangen, dort zu arbeiten, und mich bekniet, mich auch zu bewerben. Die Bezahlung war unglaublich gut, und die Möglichkeit, viel zu reisen, aufregend.

Es war keine gewöhnliche Vertreterstelle. Den Verkauf wickeln bereits die Manager über mir ab. Nachdem ich über mehrere Wochen intensiv angeleitet und geschult worden war, bis ich mich wirklich gut auskannte, wurde ich dann in die jeweiligen Krankenhäuser entsendet, um den Ärzten und Technikern beizubringen, wie man die Geräte bediente. Frankies Hauptaugenmerk war, neben den guten Verdienstmöglichkeiten, vor allem darauf gerichtet, sich einen heißen Mediziner zu angeln. Für mich hat es sich nach einem interessanten Job angehört.

Aber das ist damals gewesen, damals, als ich noch gern gereist bin und meinen Job motiviert und mit Begeisterung ausgeübt habe.

Jetzt ist es anders.

So, wie seit Phoenix alles anders ist.

Von drei Männern mit den bösesten Absichten angegriffen zu werden, hat mich mit Sicherheit schon schwer traumatisiert. Dann aber auch noch hilflos dabei zusehen zu müssen, wie mein Retter in der Not von diesen Kerlen aufs Übelste zusammengeschlagen wird, hat meine schlimmsten Albträume Realität werden lassen. Dieser Vorfall hat die Person, die ich bis dahin war, vollkommen zerstört. Nun erkämpfe ich mir Tag für Tag und Stück für Stück mein altes Ich zurück.

So sitze ich also hier, erstelle für einen Bruchteil meines vorherigen Gehaltes Tabellenkalkulationen und bin so gar nicht glücklich damit.

Ich bin aber auch noch nicht bereit für etwas anderes.

Man könnte also sagen, ich stecke fest.

Ich habe mich an die Annehmlichkeiten meiner eigenen vier Wände und an all die Bewegungsmelder, Überwachungskameras und die Notrufstandleitung gewöhnt, die sofort aktiviert wird, sobald ich einen der vielen in meinem Haus verteilten Panikknöpfe drücke. Ich gehe nicht mehr mit meinen Freunden aus, auch wenn Frankie es immer wieder versucht, und ich gehe an keine Orte, an denen ich mich nicht auskenne.

Ich habe mich nicht vollkommen abgeschottet. Ich fahre noch immer runter nach Mount Lebanon, um meine Eltern zu besuchen, wenn auch nur bei Tageslicht. Und da sie darauf besteht, fahre ich auch zu meiner Therapeutin, und gelegentlich besuche ich Frankie. Zugegeben, es gibt schlimme Tage, an denen mich die Angst schlichtweg übermannt. Dann kann ich mein Haus gar nicht verlassen und Dinge tun, die für mich eigentlich selbstverständlich sein sollten. So bin ich zum Beispiel dazu übergegangen, mir meine Einkäufe liefern zu lassen, statt selbst zu gehen. Ich belüge mich selbst, indem ich mir vorgaukle, dass mir diese Annehmlichkeit die Freiheit gibt, mich um wichtigere Dinge zu kümmern. Denn in Wahrheit bin ich viel zu traumatisiert, um einige meiner Ängste zu überwinden.

Manchmal fühle ich mich wie ein kleines Kind und wie ein kompletter Versager, weil ich mich immer noch nicht vollständig erholt habe. Es gibt Momente, in denen fühle ich mich mutig. Wenn ich zu meinen Eltern fahre, zum Beispiel. Doch wenn ich ankomme und sehe, dass mein Dad auf der Veranda auf mich wartet, damit ich mich auf dem kurzen Stück Weg vom Auto ins Haus sicher fühle, weiß ich wieder, dass ich alles andere als mutig bin. Er ist besorgt und überfürsorglich, und ich lasse es zu.

Frankie hingegen weigert sich, mir solche Zugeständnisse zu machen. Sie ist davon überzeugt, dass meine Ängste durch das Verhalten meines Dads nur noch befeuert werden – und vermutlich liegt sie damit gar nicht mal so falsch. Ich brauche es, dass Frankie mich herausfordert, und ich brauche es, von meinem Vater voller Rücksichtnahme behandelt zu werden.

Obwohl ich immer noch sehr eingeschränkt bin, geht es mir schon sehr viel besser als vorher. Im ersten Monat nach dem Überfall ist es mir unmöglich gewesen, überhaupt aus dem Haus zu gehen. Schon in der allerersten Woche habe ich die Firma Jameson damit beauftragt, mein Haus mit einem Sicherheitssystem auszustatten. Ich habe Frankie überredet, für die ersten beiden Wochen zu mir zu ziehen, und immer wenn sie das Haus verließ, litt ich unter schrecklichen Panikattacken. Aber ich bin weiß Gott nicht dumm. Ich bin mir durchaus darüber im Klaren, dass ich unter einer posttraumatischen Belastungsstörung leide, weshalb ich auch in Therapie bin.

Mentale Gesundheit ist mir schon immer wichtig gewesen, und obwohl ich meine Ängste stellenweise als irrational empfinde, sind sie mir keineswegs peinlich. Die Therapie hilft mir wirklich ein ganzes Stück weiter, und ich fange an, mich besser zu fühlen. Jeder Besuch eines Fitnessstudios oder Supermarktes in Begleitung von Frankie oder meinen Eltern stellt eine große Errungenschaft dar. Auch weil mein Selbstbewusstsein danach verlangt hat, bin ich auch noch einmal nach Phoenix gefahren.

Um mir ein gutes Gefühl zu geben, begleiteten mich meine Eltern auf der Reise, bei der ich Baden Oulett in der Reha besuchte. Er war ein Schatten seiner selbst. Er war gelähmt und hat meine Anwesenheit kaum wahrgenommen. Ich habe ihm eine einfallslose, dämlich Pflanze mitgebracht und bin kaum länger als zehn Minuten geblieben. Für mich war es ein sehr zerstörerischer Besuch, der meine Schuldgefühle noch um ein Zehnfaches verschlimmerte, statt sie zu mindern. Für mich war es ein herber Rückschlag, und als wir wieder nach Pittsburgh zurückkehrten, brauchte ich einen ganzen Monat, bis ich das Haus verlassen konnte.

Meine aktuellen Einschränkungen rühren von etwas Tieferliegendem als der Angst, wieder angegriffen zu werden. Meine Therapeutin erinnert mich unentwegt daran, dass die Angst vor einer erneuten Attacke immer mehr abnehmen wird, sobald ich mir im Klaren darüber bin, dass die Wahrscheinlichkeit, noch einmal angegriffen zu werden, sehr gering ist. Woran ich unbedingt arbeiten muss, ist das zermürbende Gefühl, für das verantwortlich zu sein, was meinem Retter angetan wurde. Beim bloßen Gedanken daran wird mir übel. Man hat mir gesagt, ich solle mich den Erinnerungen an diese Nacht stellen, statt sie zu verdrängen.

Nachdem ich zunächst versucht hatte, mich von zweien der drei Angreifer zu befreien, ist es Baden gelungen, mich ihnen zu entreißen und mir zuzurufen, ich solle weglaufen. Und genau das habe ich getan.

Ich hatte weder meine Handtasche noch mein Handy, um Hilfe zu rufen – meine Angreifer hatten mir alles entrissen. Bis es mir, nachdem ich einen Block weit gerannt war, gelang, ein Auto anzuhalten, waren diese miesen Typen bereits über alle Berge und hatten einen halb toten, zusammengeschlagenen Mann in einer Blutlache zurückgelassen. Badens Anblick, wie er da wie eine kaputte Marionette am Boden lag, während ein Polizeibeamter bis zum Eintreffen des Krankenwagens Erste Hilfe leistete, werde ich nie vergessen.

Die Schuldgefühle sind sofort da gewesen, erdrückend und mir den Atem raubend. Ich stand da und sah zu und konnte fühlen, wie die Wände Stück für Stück näher kamen. Sie umschlossen mich fest, sodass es immer angenehmer wurde, innerhalb dieser metaphorischen Wände zu verharren. Schon bald würden sie zu den realen Wänden meines Hauses werden. Innerhalb dieser Wände fühlte ich mich sicher und musste mich nicht mit dem beschäftigen, was außerhalb dieser Wände geschah.

Wenn ich an diese Zeit zurückdenke, legt sich wieder ein dunkler Schatten auf meine Seele. Ab und zu träume ich von dieser Nacht. Das Gefühl des Horrors wird aber nicht etwa durch die Erinnerung an die Männer ausgelöst, die mich, nachdem sie mir bereits meine Handtasche abgenommen hatten, schlugen und herumschubsten und offensichtlich noch ganz andere Dinge mit mir vorhatten. Sondern durch die Erinnerung daran, dass ich beim Weglaufen hören konnte, wie sie auf Baden einschlugen. Diese Erinnerung reißt mich stumm schreiend und tränenüberströmt aus dem Schlaf. Dann möchte ich am liebsten in einem schwarzen Loch verschwinden und mich vor der ganzen Welt verstecken, weil ich einer der größten Feiglinge bin, die auf diesem Planeten wandeln.

Ich hätte bleiben und ihm helfen sollen.

Ich hätte nicht weglaufen sollen.

Ich schrecke aus den Erinnerungen auf und stelle fest, dass ich in meiner Küche stehe und mich nicht daran erinnern kann, die letzten paar Schritte von der Treppe bis hierher gegangen zu sein. Ich werfe einen Blick aus dem Fenster der Hintertür; die Katze ist nirgends zu sehen. Kein Grund mehr, sie zu verscheuchen.

Als das Klingeln meines Telefons ertönt und die Nummer meines Chefs angezeigt wird, stelle ich meinen Becher ab und nehme den Anruf entgegen.

„Hi, James“, sage ich förmlich.

„Ich weiß, wir haben für sechzehn Uhr ein Zoom-Meeting geplant, aber so lange kann ich nicht warten“, sagt er rundheraus. Er ist der Typ Mensch, der sich während der Arbeitszeit nur mit geschäftlichen Angelegenheiten befasst. Da wir ansonsten nichts miteinander zu tun haben, weiß ich nicht, ob er außerhalb des Büros lockerer drauf ist.

„Ist schon okay. Worum geht es?“

„Sharon hatte heute früh einen Autounfall und hat sich dabei einen ziemlich komplizierten Beinbruch zugezogen. Sie muss operiert werden.“

„Das ist ja schrecklich.“ Es klingt unwahrscheinlich schmerzhaft.

„Ja“, brummt er. „Sie war für die nächsten drei Tage für Schulungen eingeplant. Die heutige Einweisung konnten wir verschieben. Die beiden anderen Tage müsstest du allerdings übernehmen.“

Im ersten Moment irritiert es mich, wie gefühllos James auf Sharons Verletzungen reagiert, aber mindestens genauso sehr irritiert es mich, dass er etwas von mir verlangt, was ich ihm nicht geben kann.

„Aber … sie … sie ist in Chicago“, stammle ich ins Telefon.

„Ja, genau. Du musst sofort los.“

„Ich kann nicht“, sage ich ohne Umschweife. Jede Faser meines Körpers weiß, dass ich es nicht kann.

„Du musst“, erwidert er.

„Ich schaffe das nicht, James. Ich bin noch nicht so weit.“

Frustriert stöhnt er auf. „Es sind nun sieben Monate, Sophie. Wir sind dir sehr entgegengekommen.

Wir haben dir Raum gegeben und für dich diese Stelle hier geschaffen, bis du wieder in der Lage bist, als Ausbilderin zu arbeiten. Wir können jetzt aber nicht mehr warten. Das wollte ich dir heute auch bei unserem Zoom-Meeting sagen. Ich wollte mit dir ein festes Datum für deine Rückkehr festlegen. Aber nun hatte Sharon diesen Unfall, und es ist zwingend erforderlich, dass du wieder anfängst zu reisen."

Ich verstehe seinen Hinweis auf die Dringlichkeit. Schließlich verkaufen wir den Krankenhäusern nicht nur medizinisches Equipment, wir schulen die Ärzte auch im Umgang damit. Um genau zu sein, zeigen wir ihnen, wie sie die Maschine, welche die Kontrastmittel in die Koronararterien leitet, bedienen müssen. Wir zeigen ihnen, wie das Ultraschallgerät in die Arterien eingeführt wird. Sie können damit Ablagerungen erkennen oder überprüfen, ob sich Öffnungen in bereits existierenden Stents befinden. Anschließend zeigen und erklären wir die Benutzung des Katheters, mit dessen Hilfe die Ärzte über den Umfang und die Art zukünftiger Behandlungsschritte entscheiden. Wir spielen also eine sehr wichtige Rolle.

Und genau das fand ich damals sehr aufregend – dass ich nichts anderes vorzuweisen hatte als die firmeneigenen Schulungen, aber daherkommen und den Ärzten beibringen konnte, wie sie unsere Geräte zu bedienen haben. Ich habe sie Schritt für Schritt angeleitet, während sie die Geräte bei echten Eingriffen an echten Patienten testeten. Ich fühlte mich wie ein Teil des Heilungsprozesses.

Ich mochte meine Arbeit sehr.

Aber nun nicht mehr. Jedenfalls nicht genug, um in ein Flugzeug zu steigen und Pittsburgh zu verlassen.

„Ich kann nicht", flüstere ich und stelle fest, dass ich ihm das bereits zum dritten Mal sage. Ich habe keine andere Erklärung. Ich weiß einfach nur … ich kann nicht.

„Sophie." James senkt die Stimme und sie klingt scharf. Ich spüre, dass aus dem Mitgefühl für meine Situation Ungeduld geworden ist. „Es gibt zwei Möglichkeiten. Entweder fliegst du nach Chicago und übernimmst Sharons Schulungen, oder du suchst dir einen neuen Job."

„Es tut mir leid", antworte ich leise. „Aber ich kann es einfach noch nicht."

„Also kündigst du?", fragt er barsch.

Wenn ich kündige, bekomme ich kein Arbeitslosengeld. Das brauche ich aber, um die Zeit zu überbrücken, in der ich mich nach einem neuen Job umsehe. „Nein, ich kündige nicht. Ich bin immer noch bereit, in dem Job zu arbeiten, den ihr mir für die Zeit gegeben habt, bis ich wieder in das Verkaufsteam zurückkehren kann."

„Dann bist du gefeuert", knurrt er ins Telefon. „Mit sofortiger Wirkung."

Während James einfach auflegt, starre ich geschockt auf mein Telefon, bevor ich es ablege.

Ich bereite den Kessel vor, um mir einen Tee zu machen. Ich brauche etwas, um mich zu beruhigen, und Kaffee ist dafür nicht das richtige Getränk. Während ich darauf warte, dass das Wasser anfängt zu kochen, sitze ich an meinem Küchentisch. Ich bin jetzt arbeitslos und ich muss mir etwas einfallen lassen.

Genau das würde Frankie mir jetzt auch raten. Sie würde mir sagen, ich solle mich hinsetzen und mir verdammt noch mal etwas einfallen lassen. Ich rufe sie nur nicht sofort an. Ich will erst ein paar mögliche Optionen für mich bedenken, die ich dann mit ihr besprechen kann.

Bei Reynis habe ich verdammt gut verdient und viel von dem Geld habe ich auf die hohe Kante gelegt. Das Arbeitslosengeld und meine Ersparnisse werden erst mal ausreichen, bis ich etwas anderes gefunden habe. Falls nötig, könnte ich ein Jahr überbrücken. Ich werde noch heute Nachmittag mit der Suche nach einem neuen Job beginnen, und ich bin zuversichtlich, dass ich einen finden werde. Wichtig ist, dass ich von zu Hause aus arbeiten kann. Zumindest so lange, bis ich wieder ohne Angst vor die Tür gehen kann.

Seufzend mache ich mir Vorwürfe, weil das Trauma dieses Überfalls mir so viele Steine in den Weg legt. Ich weiß, dass ich mich zusammenreißen muss. Ich möchte so nicht sein. Ich bin immer abenteuerlustig gewesen – wandern, skydiven, schnorcheln, die Welt bereisen, egal was, ich war dabei. Ich liebte es, mit meinen Freunden durch die Clubs zu ziehen und auf Roadtrips zu gehen. Eines Tages will ich all das wieder tun, und ich bin immer noch bereit, hart an mir zu arbeiten, um es wieder zu können.

Es ist nur so, dass ich mich jedes Mal, wenn ich darüber nachdenke, abenteuerliche und aufregende oder auch nur ganz einfache alltägliche Dinge zu unternehmen, frage: Was ist mit Baden? Kann der Mann, der für mich sein Leben riskiert hat, dieselben Dinge tun wie ich? Es scheint mir einfach nicht fair, ein unbeschwertes Leben zu führen, wenn es Baden verwehrt bleibt.

Es ist kein Geheimnis, dass meine Schuldgefühle wegen dem, was mit Baden Oulett passiert ist, der Grund dafür sind, dass es mir nicht möglich ist, mich auch nur an den kleinsten Dingen des Lebens zu erfreuen. Meine selbst auferlegte Strafe ist es, genauso zu leiden, wie er es vermutlich auch tut. Ich weiß zwar nicht wirklich, wie es ihm gerade geht, aber ich schätze mal, ihm geht es nicht gut. Ich gehe bei dieser Annahme von seinem Zustand bei meinem letzten und auch einzigen Besuch bei ihm nach dem Überfall aus.

Diese dämliche Pflanze, die ich ihm mitgebracht habe! Als ob sie ihm helfen könnte.

Es ist eine schmerzhafte Erfahrung gewesen, während meine Eltern in der Lobby auf mich warteten. Baden konnte mich kaum anschauen. Unsere einseitige Unterhaltung bestand hauptsächlich aus meinem Gefasel über meine Dankbarkeit und wurde von ihm mit dem Hinweis, er sei nun müde, beendet.

Die Absolution, welche ich doch so sehr gebraucht hätte, ist mir verwehrt worden, und so bin ich bis heute gefangen in meinem Netz aus Schuldzuweisung und Selbstgeißelung.

Als der Kessel auf dem Herd pfeift, bereite ich meinen Tee zu und stelle ihn zum Ziehen beiseite. Wenn er durchgezogen ist, werde ich mich an meinen Rechner setzen und anfangen, nach einem neuen Job zu suchen. Ich hoffe, dass ich etwas finde, bevor meine Eltern mitbekommen, dass ich arbeitslos bin. Sie würden mich sonst bedrängen, in unser Familienunternehmen einzusteigen. Ich habe weiß Gott kein Interesse daran, dort zu arbeiten. Sosehr ich meine Eltern auch liebe, möchte ich auf gar keinen Fall Möbelverkäuferin werden.

Mein Telefon klingelt erneut, und ich ertappe mich beim Gedanken daran, dass James noch einmal anruft, um mir mitzuteilen, dass er seine Meinung geändert hat. Als ich jedoch die Nummer auf dem Display sehe, schwindet jede Hoffnung und mir wird schwer ums Herz. Nicht nur, weil es nicht James ist, der da anruft, sondern weil ich die Vorwahl von Phoenix erkenne. Das kann nur eines bedeuten.

Obwohl ich das Gespräch nicht annehmen möchte, habe ich keine andere Wahl. „Hallo.“

„Sophie … hier spricht Detective Gilmore.“

Ich erkenne die Stimme des leitenden Ermittlers in meinem Fall wieder. Wir haben in den vergangenen sieben Monaten sehr oft miteinander gesprochen.

Während ich darauf warte, welche Neuigkeiten er für mich hat, läuft mir ein kalter Schauer über den Rücken. Egal, worum es diesmal geht, es wird mich wieder aus dem Gleichgewicht bringen. Es soll endlich ein für alle Mal aufhören.

„Es gibt zwei weitere Verdächtige“, sagt er einfühlsam, weil er ganz genau weiß, dass es mich eiskalt erwischt, obwohl es gute Neuigkeiten sein sollten. „Ich weiß, Sie wollen nicht hierherkommen, deshalb wäre es sehr hilfreich, wenn Sie an einer weiteren Fotogegenüberstellung auf Ihrer örtlichen Polizeiwache teilnehmen könnten.“

Ich kenne diese Prozedur schon von damals, als sie den ersten Verdächtigen gefasst haben. Ich habe mich geweigert, für eine direkte Gegenüberstellung wieder nach Phoenix zu reisen, und so haben sie das Foto an das Polizeipräsidium in Pittsburgh gesendet. In Pittsburgh haben sie mich dann auf die Wache bestellt und mir, um fair zu sein, das Foto zusammen mit fünf anderen Fahndungsfotos ähnlich aussehender Männer gezeigt. Ich konnte den Mann nicht eindeutig identifizieren, und das hat mir das Gefühl gegeben, total versagt zu haben.

„Sophie?", fragt Detective Gilmore. „Könnten Sie das für mich tun? Zur Wache gehen? Ich habe ihnen die Bilder schon zugesendet, und wir würden Ihnen den gleichen Officer wie beim letzten Mal zur Seite stellen, Josh Kapersky."

„Okay ... das schaffe ich", höre ich mich sagen, obwohl ich ihm viel lieber gesagt hätte, dass er mich endlich in Ruhe lassen solle und ich nichts mehr mit der Sache zu tun haben wolle. Ich kann nicht anders und frage ihn: „Hat Mr. Oulett schon an einer Gegenüberstellung teilgenommen?"

„Ihn werde ich als Nächstes anrufen", antwortet er.

Mehr sagt er nicht, und ich traue mich nicht, weiter nachzufragen. Detective Gilmore weiß mit Sicherheit, wie es Baden geht, aber ich habe Angst vor der Antwort.

„Ich werde noch heute zur Wache kommen, Detective." Ich will meinen Teil beitragen, auch wenn ich weiß, dass es letztendlich nur ein sehr kleiner Teil sein wird. An vieles von diesem Tag kann ich mich nicht mehr erinnern. Laut meiner Therapeutin hat mein Hirn die Erinnerung an diesen Tag womöglich ausgeblendet. Aber ich werde es versuchen.

Er bedankt sich bei mir und wir beenden das Gespräch.

Seufzend rufe ich meinen Vater an, um ihn zu fragen, ob er mich in die Innenstadt fährt.

Kapitel 3

Baden

Ich komme zu spät zu meiner eigenen Party, aber immerhin habe ich eine gute Entschuldigung. Vor einige Stunden habe ich einen Anruf von Detective Gilmore erhalten, der für das Phoenix Police Department arbeitet. Sie haben in meinem Fall zwei weitere Verdächtige in Gewahrsam und wollten, dass ich mir bei einer Gegenüberstellung Fotos ansehe.

Schon drei Wochen zuvor hatte ich einen meiner Angreifer erfolgreich identifizieren können, und dessen Festnahme hatte Detective Gilmore auf die Spur der beiden anderen potenziell Verdächtigen geführt.

Mein heutiger Besuch auf der Polizeiwache war nur teilweise erfolgreich. Bei der ersten von zwei separaten Gegenüberstellungen ist es mir gelungen, einen weiteren meiner Angreifer zu identifizieren. Genau wie an den, den ich vor ein paar Wochen wiedererkannt hatte, konnte ich mich auch an diesen hier nur zu gut erinnern. Als ich zum Angriff der Männer auf Sophie dazukam, ist es mir gelungen, sie zweien von ihnen zu entreißen. Sie haben sich sofort auf mich gestürzt, und derjenige, den ich heute identifiziert habe, hat ein Messer gezogen. Er holte zu schnell aus, als dass ich hätte ausweichen können. Ich habe nicht einmal gespürt, wie er mir mit der Klinge mein Gesicht von der Schläfe bis zum Kiefer aufgeschlitzt hat. Aber ich habe gefühlt, wie mir das Blut übers Gesicht geströmt ist. Dass er mir danach mit dem

Messer in den Bauch gestochen hat, *das* habe ich gespürt. Ich habe ihm direkt ins Gesicht gesehen, während er das Messer wieder herausgezogen hat. Also ja, meine Erinnerung an diesen Kerl ist klar und deutlich.

Ich habe Sophie zugerufen, sie solle wegrennen. Das Letzte, woran mich erinnern kann, bevor der Schmerz in meinem Hinterkopf explodierte und die Welt um mich herum schwarz wurde, ist die Unentschlossenheit in ihrem Gesicht.

Bei der zweiten Gegenüberstellung heute habe ich niemanden identifizieren können. Dieser Angreifer attackierte mich von hinten, sodass ich ihn nicht habe sehen können. Obwohl die Ärzte rostige Metallteilchen in meiner Kopfwunde und auch an den Knochen meines gebrochenen Schädels gefunden haben, konnten sie nicht mit Sicherheit sagen, ob er mich mit einem Wagenheber oder einem Stemmeisen niedergeschlagen hat. Jedenfalls hat sein Schlag zu einer kleinen Hirnblutung geführt, wodurch ich das Bewusstsein verloren habe.

Und obwohl ich bereits bewusstlos und unfähig, mich zu wehren, am Boden gelegen habe, bedeutete das noch lange nicht das Ende der mir zugefügten Grausamkeiten. Die Angreifer schlugen weiter auf mich ein. Ich vermute, sie waren außer sich, dass ich das Mädchen gerettet und ihre Pläne durchkreuzt habe. Sie stachen weiter auf mich ein und schlugen mit dem Metallgegenstand auf meinen Rücken.

In der darauffolgenden Notoperation, in der die Ärzte versuchten, meine Stichwunden zusammenzuflicken, wurde mir die Milz entfernt. Wie durch ein

Wunder haben alle anderen Organe nichts abbekommen. Gegen die Rückenmarksprellung haben sie zunächst nichts unternehmen können. So war ich fortan von der Hüfte abwärts gelähmt, und sie mussten warten, bis die Schwellung zurückging.

All das scheint eine Ewigkeit her zu sein.

Es waren aber nur sieben Monate, und ich habe mir seither den Arsch aufgerissen, um meine Genesung voranzutreiben. Die Ärzte haben mich dabei immer ermutigt, am Ball zu bleiben. Nachdem mein Rückgrat in einer zweiten Operation stabilisiert worden war, sagten sie mir, die Chancen, dass ich wieder gehen können werde, ständen nicht schlecht. Sie wollten, dass ich mir das als Ziel setze. Aber das war mir nicht genug.

Ich wollte wieder aufs Eis.

Es ist schon interessant, wie das Schicksal so spielt. Statt wieder auf dem Eis zu stehen, werde ich mich morgen früh auf den Weg nach Pittsburgh machen, um dort der neue Goalie-Trainer für die Titans zu werden.

Das Schicksal kennt keine Pause. Ich kann es nicht fassen, dass ich nur wenige Stunden zuvor entschieden habe, den Job anzunehmen. Ich weiß Riggs' deutliche Worte sehr zu schätzen und werde ihm für seine Hilfe auf immer und ewig dankbar sein. Ob es die richtige Entscheidung war, steht noch in den Sternen, aber ich fühle mich gut damit. Ein wenig traurig bin ich aber auch. Denn ich verlasse die Menschen, die zu meiner Familie geworden sind.

Die Party findet im Haus unseres Team-Captains statt. Bishop Scott hat einen großen Anteil an meiner

Karriere in diesem Team. Ich bin nicht der Nummer-eins-Goalie. Diese Ehre gebührt Legend Bay, und ich werde mich nie und nimmer darüber beklagen, sein Ersatz gewesen zu sein. Er ist einer der besten Goalies in dieser Liga.

Als Ersatz-Goalie habe ich jeden Moment darauf gefasst sein müssen, aufs Eis zu gehen. Das bedeutete, dass ich trainieren und mein Bestes geben musste, um so nah wie möglich an die Fähigkeiten von Legend heranzukommen, ohne den Vorteil zu haben, in der gleichen Anzahl von Spielen in Echtzeit zu üben. Der Druck für einen Ersatz-Goalie und die Erwartungen an ihn sind hoch, und Bishop hat einen wesentlichen Teil dazu beigetragen, dass ich fokussiert geblieben bin und meinen Job gut gemacht habe. Auch wenn er nicht der Coach war, so war er doch ein Mentor, und genau diese Erfahrung werde ich bei meinem neuen Job einbringen. Mit anderen Worten: Ich muss meinen Goalies sowohl in mentalen als auch in physischen Aspekten zur Seite stehen.

Als ich bei Bishop klingele, öffnet niemand. Ich drücke die Türklinke herunter, öffne die Tür und lasse mich selbst herein. Vom Foyer aus überblicke ich den großzügigen Wohnbereich mit den raumhohen Fenstern, die den Blick in den Garten freigeben. Obwohl die Sonne gerade untergeht, sitzen die Jungs auf der Terrasse. Hier soll die Party also steigen. Ich geselle mich auf die Terrasse zu meinen Mitspielern – meinen ehemaligen Mitspielern, sollte ich wohl besser sagen. Der Qualm von Zigarren umhüllt mich.

„Wird verdammt noch mal Zeit, dass du auftauchst", werde ich von Erik aus einem der niedrigen

Gartenstühle heraus begrüßt. Er winkt mir zu und schwenkt dabei die Zigarre in der einen und ein mit einer bernsteinfarbenen Flüssigkeit gefülltes Cognacglas in der anderen Hand. „Nimm dir etwas zu trinken und zu rauchen und geselle dich zu uns, Alter."

Ich verzichte auf die Zigarre und schenke mir einen Drink ein. Bishop hat eine ganze Cocktailbar aufgebaut, aber ich entscheide mich für einen einfachen Jacky Cola. Es wird für heute mein erster und letzter Drink sein, aber ich brauche mich auch nicht zu betrinken, um dies zu einer guten Abschiedsparty zu machen.

Ich lasse mich auf einem der Terrassenstühle nieder und stelle fest, dass Riggs auf mich gehört und nur meine engsten Freunde eingeladen hat.

Bishop, Erik, Legend, Dax, Tacker, Aaron, Jett, Bane, Jim und Riggs. Schaut man sich die Männer genauer an, erkennt man die First Line und die Second Line der Arizona Vengeance. Das ist aber nicht unbedingt, wie die Freundschaften innerhalb des Teams funktionieren. Es hat sich einfach so ergeben, dass diese beiden Lines über die vergangenen anderthalb Jahre zusammengewachsen sind und dass sich daraus einige enge Freundschaften entwickelt haben.

Ich schaue Bishop an. „Ich vermute mal, wir sind wegen des Zigarrenrauchs hier draußen?"

Bishop schnaubt. „Brooke würde mich killen, wenn sie davon wüsste. Bevor sie später nach Hause kommt, muss ich wohl noch meine Klamotten waschen."

Ich schaue mich um. „Anscheinend sind Frauen nicht in der Lage, sich auf spontane Zusammenkünfte einzulassen?", frage ich in die Runde.

„Sie hatten alle schon etwas anderes vor. Brooke ist zu ihrem Vater gefahren und leistet ihm Gesellschaft, damit das hier auch ein echter Männerabend wird."

Beim Gedanken an Coach Perron, der zufällig Brookes Vater ist, muss ich unwillkürlich lächeln. Ich habe ihn heute in seinem Büro aufgesucht, um ihn persönlich über meine Entscheidung, das Team zu verlassen, zu unterrichten. Mein Entschluss schien ihn nicht sonderlich zu überrascht zu haben, und er hat mir einige Tipps gegeben, die ich gern beherzigen werde. Auch bestärkte er mich in meiner Meinung, mich für die bestmögliche Option entschieden zu haben.

„Ich kann nicht glauben, dass du uns verlässt", sagt Bane. „Du und ich sind die einzigen Singles in unserer Gruppe. Von jetzt an bin ich der absolute Außenseiter."

Tacker, Anführer durch und durch, hält mit seinen Weisheiten nicht hinter dem Berg. „Genieße das Singleleben, Bane. Denn wenn es dich erst mal erwischt hat, gibt es kein Zurück mehr."

Jett lacht auf und gibt seinen Ratschlag. „Ja, und spätestens dann musst du auch aufhören, die Puck-Häschen zu vögeln."

Bane verzieht das Gesicht. „Dazu bin ich noch nicht bereit."

Wir lachen alle. Einer der Vorteile, die das Leben als professioneller Spieler mit sich bringt, sind all die Frauen, die sich einem an den Hals werfen. Nicht, dass mir das in letzter Zeit passiert wäre. Sex ist in meinem Leben kein Thema. Viele Monate lang ist er mir aufgrund meiner Verletzungen schlichtweg nicht möglich gewesen. Nachdem es mir besser ging, wurden meine Möglichkeiten durch meine Lebensumstände, nämlich erst in einem Krankenhaus und dann in einem Rehabilitationszentrum zu wohnen, stark eingeschränkt. Danach habe ich jeden noch so kleinen Fetzen Energie und Kraft in die Wiederherstellung meiner Kondition verwendet und hatte schlichtweg keine Zeit, mich flachlegen zu lassen.

Da meine Beine wieder wissen, wo es langgeht, gehe ich einfach mal davon aus, dass mein Schwanz sich im Fall des Falles auch daran erinnern wird, was zu tun ist. So oder so bleibt es erst einmal Zukunftsmusik. Mein neuer Job wird mich mit Sicherheit sehr fordern und da wird nicht viel Zeit für andere Dinge bleiben.

Legend räuspert sich und erhebt sein Glas. „Ich würde gern den ersten Trinkspruch des Abends auf Badens Wohl loswerden. Ich bin mir sicher, jeder wird sich mir anschließen, wenn ich sage, dass er der Kleber war, der dieses Team zusammengehalten hat. Nicht nur seine außerordentlichen spielerischen Leistungen, sondern auch die Arbeit an seiner Genesung haben das Team zusammengeschweißt."

Verdammt, ich habe mich zwar auf herzergreifende Ansprachen eingestellt, aber das berührt mich wirklich, und dabei läuft Legend gerade erst warm.

Er hebt sein Glas noch weiter in die Höhe, „Du bist ein verdammt großartiger Goalie, und ich bin mir sicher, du wirst ein großartiger Trainer sein. Du hast genau das, was es dafür braucht: Inspiration. Du kannst Hoffnungen wecken und motivieren. Die Titans können sich glücklich schätzen, denn ich garantiere dir, jeder Goalie unter deiner Fittiche wird es zu etwas bringen. Du wirst uns fehlen, Alter."

Die Männer stimmen zu und wir nehmen einen Schluck von unseren Drinks.

Und so geht es in der nächsten Stunde immer weiter. Ich nehme möglichst kleine Schlucke, damit mein Drink so lange wie möglich hält. Die Trinksprüche werden immer länger und gefühlsduseliger und ich genieße jede einzelne Sekunde.

Dennoch muss ich die Party schweren Herzens irgendwann verlassen. Ich muss morgen früh los und ich habe noch nicht gepackt. Auf meine Ankündigung, ich müsse nun gehen, folgen noch weitere fünfzehn Minuten voller Umarmungen, Händeschütteln, Schulterklopfen und ein kräftiger Schlag auf meinen Arsch von Jett. Riggs begleitet mich schließlich zu meinem Wagen.

Nachdem ich meinen Escalade aufgeschlossen habe, halte ich noch einen Moment inne. Obwohl Riggs und ich uns erst in den vergangenen Wochen so richtig angefreundet haben, werde ich ihn doch am meisten von allen vermissen. Er erinnert mich an Wes, und ich schätze mich glücklich, ihn in meinem Leben zu haben.

Als ich mich umdrehe und ihn ansehe, fragt er: „Brauchst du für morgen eine Mitfahrgelegenheit zum Flughafen?"

Ich schüttele den Kopf, „Ich muss sehr früh am Flughafen sein, und das möchte ich dir nicht zumuten. Ich bestelle mir ein Uber."

Riggs widerspricht nicht, und das weiß ich zu schätzen. Ich würde mich ja doch nicht umstimmen lassen, und wir wissen beide, dass es nicht darum geht, ihm keine Umstände zu machen. Ich möchte den Abschied einfach heute hinter mich bringen.

„Danke für deine Hilfe dabei, mich richtig zu entscheiden." Ich halte ihm meine Hand hin.

Er ergreift und schüttelt sie und zieht mich für eine brüderliche Umarmung an sich heran.

Als er mich loslässt, schmunzelt er. „Ich bin froh, dass du es für die richtige Entscheidung hältst. Sollte es nicht so sein, werde ich mich beschissen fühlen. Wirst du Sophie ausfindig machen?"

Bei der Frage halte ich inne.

Er meint Sophie Winters, die Frau, die ich vor dem Angriff gerettet habe.

Ich verziehe das Gesicht und sehe ihn fragend an. „Wieso sollte ich?"

Riggs legt seine Stirn in Falten. „Was spricht dagegen? Ihr habt gemeinsam Schreckliches erlebt. Sie lebt in Pittsburgh. Du bist jemand, der sich um andere kümmert. Ich habe es einfach angenommen."

Um ehrlich zu sein, habe ich gar nicht daran gedacht. Ich war zu beschäftigt, und es ist mir nicht einmal in den Sinn gekommen, dass sie in Pittsburgh lebt.

Natürlich habe ich in den vergangenen Monaten während meiner Genesung immer mal wieder an Sophie gedacht. Sie hat mich kurz nach dem Angriff im

Krankenhaus besucht. Das war schrecklich. Ich wollte nicht mit ihr reden, und ich bin mir ziemlich sicher, sie vergrault zu haben. Seither hat sie jedenfalls nicht mehr versucht, mich zu kontaktieren, und ich habe mich auch nie bei ihr gemeldet.

Aber vielleicht sollte ich es tun. Sie hat, genau wie ich heute, ebenfalls an einer Fotogegenüberstellung zur Identifizierung der Verdächtigen teilgenommen. Sollte es ihr gelingen, auch nur einen der Angreifer zu identifizieren, könnten wir diese Sache vielleicht bald ein für alle Mal hinter uns lassen. Detective Gilmore scheint überzeugt zu sein, dass eine eindeutige Identifizierung zu einem Schuldeingeständnis führen könnte. Wir hätten also etwas, über das wir reden könnten, nachdem wir monatelang keinen Kontakt gehabt haben.

Also ja, vielleicht werde ich sie kontaktieren und sehen, wie es ihr geht.

Kapitel 4

Baden

Das Stadion der Pittsburgh Titans befindet sich in North Shore – dem Sportviertel Pittsburghs. Es liegt am Allegheny River, kurz bevor der Monongahela in ihn mündet und beide Flüsse zum Ohio River verschmelzen. Das Eishockeystadion liegt zwischen dem Football- und dem Baseballstadion der Stadt. Für all die Sportfans, die es hier gibt, ist das sehr praktisch.

Das mehrstöckige Stadion aus Glas und Beton ist vor gerade einmal zehn Jahren erbaut worden. Bei den Fenstern hat man auf Umweltfreundlichkeit geachtet. Sie lassen Licht herein, absorbieren Hitze und weisen Luftverschmutzung ab. Geht man den Hauptgang entlang, überblickt man die gesamte Skyline von Pittsburgh auf der anderen Seite des Flusses.

Wie bei den meisten Eishockey-Profiteams befinden sich die Verwaltungsbüros im Inneren des Stadions. Um so ein riesiges Unternehmen am Laufen zu halten, braucht es viele Angestellte. Verdammt viele Menschen, die Anweisungen geben. Den verantwortlichen Leiter, den Leiter der Finanzen, den Leiter der Buchhaltung und den technischen Leiter. Dann gibt es da noch die Abteilungsleiter für Finanzen, Gebäude, Ticketverkauf, Analytik, Personalwesen, öffentliche Angelegenheiten und Merchandise. Diese wiederum haben alle ihre kleinen Angestelltenarmeen, die den Laden in Schwung halten.

Michael, Briennes Assistent, hat mich vom Flughafen abgeholt und direkt hierher gebracht. Von der unterirdischen Mitarbeiterparkgarage aus nehmen wir den Aufzug in den dritten Stock, und ich folge Michael durch die Vorstandsetage, wie ich aufgrund all der Designermöbel und Ausstattung annehme. Am Ende des Gangs befindet sich ein wunderschönes Eckbüro, von dem aus man den Fluss und die gesamte Skyline überblicken kann. Auf einem Messingschild neben der Tür steht *Adam Norcross, Geschäftsführer*.

Briennes Bruder, der auch in dem Flugzeug war.

„Wo ist Briennes Büro?“, frage ich.

„Sie hat hier kein Büro“, antwortet Michael über seine Schulter hinweg. „Sie leitet das Familienimperium von einem Büro im Fifth Avenue Place aus.“

Er sagt es so, als müsste ich wissen, was das bedeutet, aber ich weiß es nicht. Bisher bin ich nur in Pittsburgh gewesen, um Eishockey zu spielen.

„Fifth Avenue Place?“

Michael wirft mir einen entschuldigenden Blick zu, verlangsamt seinen Schritt aber keineswegs. „Sorry. Ich habe vergessen, dass Sie nicht von hier sind. Das ist das große Bürogebäude mit dem pyramidenförmigen Dach und dem Turm auf der anderen Seite des Flusses. Dort gibt es Büros, Restaurants und Geschäfte. Es ist recht schön dort, aber ich denke mal, Brienne wird von nun an öfter hier im Stadion arbeiten müssen.“

Ein weiterer deutlicher Hinweis darauf, dass Brienne nie wirklich mit der Leitung des Teams betraut gewesen ist und diese vollkommen ihrem Bruder überlassen hat.

Die Norcross-Familie gehört zum alten Geldadel des 19. Jahrhunderts. Die Familie hat damals ihr Geld in Kohle, Stahl, Öl und Land investiert und schließlich die Norcross-Bank gegründet. Inzwischen gehören sie zu den fünfzig reichsten Familien in den USA und sind milliardenschwer.

Bevor ich den Job angenommen habe, habe ich mich ein wenig umgehört und herausgefunden, dass Brienne und Adams Mutter vor einigen Jahren gestorben war. Ihr Vater Marcus hat daraufhin eine zwanzig Jahre jüngere Frau geheiratet. Als er dann vor zwei Jahren an einem Herzinfarkt starb, hat er aber den Großteil seines Vermögens seinen Kindern hinterlassen. Zwar hat er seine Frau ebenfalls mit ausreichend Vermögen ausgestattet, sodass sie nie wieder auch nur einen Finger krumm machen muss, aber die Unternehmensanteile hat er zu gleichen Teilen seinen Kindern übertragen.

Nach Adams Tod ist Brienne nun alleinige Erbin des Norcross-Nachlasses, bestehend aus den verschiedensten Vermögenswerten, zu denen unter anderem auch ein stark dezimiertes Eishockeyteam gehört.

„Brienne leitet alle Norcross-Unternehmen?“, frage ich neugierig.

„Jedes Unternehmen wird von einem eigenen Geschäftsführer geleitet, aber Brienne sitzt bei jedem Unternehmen im Vorstand und ist jetzt Mehrheitsanteilseignerin. Zusätzlich zu ihrer gemeinnützigen Arbeit hatte sie die Aufsicht über sämtliche

Unternehmen der Norcross-Gruppe, nur nicht über die Titans. Die Titans waren Adams Baby."

„Und nun ist es das ihre", murmele ich. O Mann, diese Lady hat einiges zu stemmen.

„Da wären wir." Michael öffnet die Tür zu einem Konferenzraum.

Als ich eintrete, drehen sich alle Köpfe in meine Richtung. An dem langen Konferenztisch sitzen sechs Leute und haben allerlei Dokumente und Mappen ausgebreitet vor sich. Brienne sitzt am Kopfende des Tisches und erhebt sich lächelnd von ihrem Stuhl. Sie trägt Businesskleidung, einen Rock und eine Bluse, und ihre blonden Haare sind wie bei der Trauerfeier in einem straffen Knoten am Hinterkopf zusammengebunden.

„Nehmen Sie Platz, Baden. Ich hoffe, Sie hatten einen angenehmen Flug."

Ich nicke und Michael schließt hinter mir die Tür. „Der Flug war prima. Ich freue mich, hier zu sein."

Ich gehe zu einem freien Platz mit einem Stapel Mappen davor, die anscheinend für mich gedacht sind.

Brienne richtet das Wort an mich. „Nach dem Meeting wird Michael Sie in Ihr Hotel bringen."

„Klingt gut", erwidere ich, während ich in Gedanken kurz abschweife und an all die Dinge denke, die ich noch zu erledigen habe, um hier wirklich anzukommen. Ich habe mir keine Gedanken darüber gemacht, wo ich wohnen oder was ich mit meinem Haus in Phoenix anstellen werde. Ich lebe nun also quasi erst einmal aus dem Koffer.

Brienne setzt sich wieder. „Einige der Anwesenden dürften Sie ja bereits kennen, aber ich stelle Sie einander dennoch vor." Während sie spricht, nickt sie jedem Einzelnen am Tisch zu. „Ich bin mir sicher, Callum Derringer, unseren neuen Geschäftsführer, kennen Sie bereits. Zu seiner Rechten haben wir Matt Keller, unseren Cheftrainer. Er kommt von der Universität von Minnesota zu uns. Dort hat er im vergangenen Jahr die Gophers bis in die nationalen Meisterschaften geführt. Neben ihm sitzen unser neuer Co-Trainer, Bill Perry, und die beiden Trainerstellvertreter Sam Thatcher und Maurice DuPont."

Ich lächle jedem Einzelnen zu, und in der Tat weiß ich bereits ein wenig mehr als nur ihre Namen. Brienne hat mir vorab ihre Lebensläufe zukommen lassen, welche ich mir spätabends noch angesehen habe. Ich bin mir sicher, dass die anderen meinen Lebenslauf ebenfalls zugesendet bekommen haben.

Damit ist die förmliche Vorstellungsrunde abgeschlossen und der neue, von einem neuen Geschäftsführer geleitete Trainerstab der Pittsburgh Titans gilt damit als offiziell einberufen.

Wir sind uns alle fremd und noch kein eingespieltes Team. Vor uns liegt also noch ein langer Weg. Unsere heutige Aufgabe besteht darin, uns mit den neuen Spielern vertraut zu machen, uns über ihre möglichen Positionen innerhalb des Teams auszutauschen und ein paar spontane Entscheidungen zu fällen.

Da ich verspätet aus Phoenix angereist bin, hatte das Meeting bereits ohne mich begonnen. Wenn ich es richtig verstanden habe, sind fast alle Angebote, die rausgegangen waren, auch angenommen worden.

Wir sind uns aber alle darüber im Klaren, dass wir es hier hauptsächlich mit Minor-League-Spielern und einigen aus dem Ruhestand zurückgeholten Spielern zu tun haben. Eine Handvoll Titans-Spieler, die aufgrund von Verletzungen oder Krankheit nicht an Bord des verunglückten Fluges waren, sind dem Team erhalten geblieben. Heute geht es einzig und allein um die Dynamik und darum, wie wir das Team zum Laufen bringen, damit wir es so schnell wie möglich wieder aufs Eis schicken können.

Die meisten, die sich so einer Herausforderung gegenübersähen, würden sagen, unsere Saison sei gelaufen. Nicht so Brienne. Sie ist fest davon überzeugt, dass dieses Team es noch zu etwas bringen kann. Bevor das Flugzeug abgestürzt ist, war Pittsburgh Erster in der Conference-Tabelle. Sie hatten sich acht Punkte Vorsprung vor dem zweitplatzierten Team erspielt und waren auf dem besten Weg, nicht nur den ersten Platz für die Play-offs zu ergattern, sondern sie waren auch einer der Favoriten auf den Stanley Cup.

Ich glaube nicht, dass irgendjemand davon ausgeht, das Team hätte jetzt noch den Hauch einer Chance, dieses Jahr den Cup zu gewinnen. Aber wir können die Saison zu Ende spielen, und es besteht trotz des Mangels an Talenten die klitzekleine Möglichkeit, dank unseres derzeitigen Punktevorsprungs in die Play-offs zu schlittern. Wir müssten lediglich unseren Punktevorsprung verteidigen und andere Teams müssten straucheln.

Ein durchaus kühnes Unterfangen.

Wir bräuchten immer noch mindestens eine Woche, bis wir die Spieler so weit hätten, dass sie an den Ligaspielen teilnehmen können. In dieser Zeit würden die anderen Teams weiter Spiele bestreiten und Punkte machen. Pittsburgh würde also seinen Punktevorsprung verlieren und die Chancen, zu gewinnen, stehen ebenfalls schlecht – auch wenn niemand das laut aussprechen würde.

„Baden", wendet sich Brienne an mich. „Wir sind die Spieler der möglichen Second und Third Line durchgegangen. Ihnen sollte für jeden von ihnen eine Zusammenfassung vorliegen."

„Ich habe mir alle angesehen", bestätige ich.

„Prima", sagt Callum Derringer und zieht damit meine Aufmerksamkeit auf sich. Es wird sicherlich interessant werden, ihm dabei zuzusehen, wie er diese Herausforderung angeht. Er hat in der Liga seinen Tiefpunkt erreicht, nachdem man ihn aus seinem vorherigen Posten entlassen hatte, weil sein Team zwei aufeinanderfolgende schlechte Saisons zu verzeichnen gehabt hatte. „Wir sollten uns noch einige der Spieler anschauen."

Als hätte er auf sein Stichwort gewartet, zieht Coach Keller ein Blatt Papier aus einem der Aktenordner heraus. „Wir denken da an Gage Heyward als Right Winger in der First Line."

„Ist er nicht nach der letzten Saison in den Ruhestand gegangen?", frage ich, überrascht, seinen Namen zu hören. Er ist ein verdammt guter Spieler, aber inzwischen gibt es jüngere und schnellere Spieler auf dem Eis. Wenn sich ein Spieler entschließt, sich ohne medizinische Gründe vom aktiven Spiel zurückzuziehen, tut er dies in dem Wissen, dass seine Glanzzeiten vorüber sind.

„Ja, so ist es“, bestätigt Keller. „Er ist aber nach wie vor in Topform, und so, wie ich es sehe, hat er noch einige gute Jahre als Spieler vor sich.“

„Er ist fünfunddreißig Jahre alt“, betont Bill. „Und du glaubst, er hat immer noch das Zeug, in der First Line zu spielen?“

Normalerweise steht man mit fünfunddreißig Jahren in der Blüte seines Lebens, aber in Anbetracht der körperlichen Belastung, die diese Sportart mit sich bringt, gehört man mit fünfunddreißig bereits zum alten Eisen.

„Ich denke, er hat das Zeug dazu, in der First Line zu spielen, auch wenn das noch zu beweisen wäre. Mir geht es hauptsächlich um seine Reife“, bringt Callum es auf den Punkt, während er Bill direkt ansieht. „Wir brauchen jemanden, der das Team als Mentor führt.“

„Dafür haben wir Coen Highsmith“, wirft Brienne ein.

Auch wenn Brienne versucht, sich einzubringen, ist es doch mehr als offensichtlich, dass sie weder von Eishockey noch von den Spielern Ahnung hat. Coen Highsmith ist ein brillanter Spieler, einer der wenigen, die nicht in dem Flugzeug waren. Er hatte, glaube ich, die Grippe. Als Center der First Line hat er die meisten Punkte für das Team erzielt und ist damit der viertbeste Scorer der gesamten Liga. Aber er ist jung, gerade einmal fünfundzwanzig, und frech, arrogant und übermütig. Nicht etwa auf eine schlechte Art, aber er hat einfach gern Spaß und nimmt das Leben abseits des Eises nicht sonderlich ernst. Auf seiner Instagram-Seite sieht man ihn in der Off-Season hauptsächlich dabei, wie er Party mit seinen Freunden macht und sich mit schönen Frauen umgibt. Auf den Punkt gebracht: Auch wenn er der beste Spieler des Teams ist, verfügt er nicht über die nötige Reife, das Team zu führen. Er ist ein Hoffnungsschimmer für die Titans, aber er wird nicht mit Weisheit für den Zusammenhalt im Team sorgen.

Genau das ist es, was Callum Brienne nun erklärt. Er tut dies auf eine Art, die die hier vorherrschende Dynamik verdeutlicht, aber dennoch nicht bevormundend wirkt. Er lehrt sie, und davor habe ich großen Respekt. Das Letzte, was sie jetzt braucht, ist *Mansplaining* – männliche überhebliche Ratschläge.

Ich bin beeindruckt. Ihre Wissenslücken scheinen ihr keineswegs peinlich zu sein. Stattdessen macht sie sich zu den Dingen, die Callum ihr erklärt, Notizen.

„Wenn das so ist, bin ich dafür, Gage Heyward ein Angebot zukommen zu lassen."

Es wird noch über den ein oder anderen potenziellen Spieler diskutiert, und da keiner dieser Spieler ein Goalie ist, habe ich nicht viel beizutragen.

Callum schenkt der Mappe auf dem Tisch vor ihm keine Beachtung und schaut sich um. „Lasst uns über die Left Winger reden … hier steht Stone Dumelin zur Debatte."

„Ist das ein Mitleidsangebot?", fragt Keller und bringt es ohne Umschweife auf den Punkt.

Mitleid deswegen, weil Stones Bruder Brooks mit in dem Flugzeug gesessen hat. Der zwei Jahre jüngere Brooks hat ebenfalls links außen gespielt und das Eis für die Titans als zweitbester Torschütze dominiert. Stone hat im letzten Jahr in den Minors gespielt und ist auch dort nicht sonderlich positiv aufgefallen.

„Ich bin davon überzeugt, Stone hat noch nicht die Möglichkeit gekriegt, sein Potenzial voll auszuschöpfen“, erwidert Callum unnachgiebig. Seine Entscheidung steht und er wird sich nicht umstimmen lassen.

Keller sagt nichts mehr, öffnet stattdessen eine Spielerakte und beginnt, darin zu lesen. Ich vermute mal, dass es sich hierbei um Stones Statistiken handelt. Auch wenn ich Stone nicht kenne, kann ich erahnen, wie überwältigend es sein muss, die Position seines gerade verstorbenen Bruders angeboten zu bekommen.

Und schon beginnen die Diskussionen – nicht etwa zwischen dem Cheftrainer und Callum, sondern zwischen Bill Perry, dem Co-Trainer, und Callum. Perry hat Stone in den Minors trainiert und ist der Meinung, dass er ein bisschen zu sehr von sich eingenommen ist. Ich lehne mich zurück und beobachte, wie sich allmählich eine Hackordnung bildet.

Letzten Endes ist es Brienne, die das Zepter ergreift und entscheidet. „Macht Stone ein Angebot, und dann sehen wir, was er auf dem Kasten hat.“

Dann ist es endlich an der Zeit, über die Goalies zu sprechen. Gestern Abend habe ich meinen einzigen Spielervorschlag an Brienne gesendet, und über diesen wird nun diskutiert.

„Drake McGinn.“ Callum greift sich die Spielerakte.

Keller verzieht das Gesicht, und die anderen Trainer werfen sich vielsagende Blicke zu, während Callum die Statistiken herunterrasselt und sich das

Wichtigste bis zum Schluss aufhebt. „Als er die Liga verlassen hat, hatte er einen Gegentorschnitt von 2,207 und eine Fangquote von 91,7 Prozent.“

„Das sind ja wunderbare Zahlen“, erwidert Keller verächtlich, „aber wie du schon sagtest: ‚Als er die Liga verlassen hat‘. Er ist schon ein ganzes Jahr raus.“

Callum nickt bestätigend, aber sein Tonfall deutet darauf hin, dass dies kein Argument für ihn ist. „Genau wie Hayward hat er sich fit gehalten und spielt immer noch in einer leistungsstarken Amateurliga.“

„Dann sprechen wir mal das eigentliche Problem an.“ Briennes Wortwahl deutet darauf hin, dass sie sich diesmal auf Kellers Seite schlägt. Sie will Drake nicht. „Er genießt einen fragwürdigen Ruf und ich habe keine Lust auf dieses Drama in meinem Team und drumherum. Für die PR-Abteilung wäre es ein Albtraum.“

„Alles Gerüchte.“ Mein erster richtiger Kommentar seit dem Beginn dieses Meetings. Brienne schaut in meine Richtung und blinzelt. Ich nutze meine Chance. „Es sind alles nur Gerüchte, und ich weiß, dass sie nicht stimmen.“

Ich spiele damit auf die fadenscheinigen Anschuldigungen an, die seine Ex-Frau nach seiner Knie-OP im vergangenen Jahr gegen ihn vorgebracht hat. Was auch immer in ihrer Ehe schiefgelaufen ist, sie befand sich im Angriffsmodus und schreckte nicht davor zurück, die Medien einzuschalten. Sie behauptete, Drake habe auf seine eigenen Spiele gewettet und absichtlich Spiele verloren, nur um den Wettgewinn abzugreifen. Nachdem er sich dann wieder von der Operation erholt hatte, wollte ihn sein Team nicht mehr haben, und so wurde er entlassen. Sie behaupteten, er wäre aufgrund seiner Verletzung nicht mehr im Spiel zu gebrauchen, aber jeder in der Liga kannte den wahren Grund – die Anschuldigungen seiner Ex-Frau. Außer Gerüchten und an den Haaren herbeigezogenen Anschuldigungen gibt es bis heute keine Beweise für den Wahrheitsgehalt ihrer Vorwürfe. Drake gegenüber war das nicht fair. Für ihn bedeutete es das Ende seiner Karriere.

„Und Sie sind sich da ganz sicher?", will Brienne wissen. „Wir können uns nämlich so jemanden in unserem Team nicht leisten."

„Ich bin mir vollkommen sicher." Ich kenne Drake ziemlich gut. Wir haben damals gemeinsam für die Buffalo Wolves gespielt und er war – und ist es immer noch – ein guter Freund. „Seine Frau wollte ihm eins auswischen, weil er die Scheidung wollte. Sie ist fremdgegangen und hat Drogen genommen. Er hat damals darauf verzichtet, das öffentlich zu machen. Er wollte das Sorgerecht für die Kinder beantragen, und da kam sie mit diesen falschen Anschuldigungen um die Ecke. Es hat daraufhin ordentliche Ermittlungen gegeben, bei denen ihm nichts nachgewiesen werden konnte."

Brienne sieht Callum an.

Achselzuckend sagt er: „Ich verfahre nach dem Prinzip: Unschuldig, bis die Schuld bewiesen ist."

Kopfschüttelnd gibt Keller zu bedenken: „Egal, ob schuldig oder nicht, schon allein die Vorwürfe reichen aus, um das Team in ein schlechtes Licht zu rücken."

Einen Moment ist es still. Niemand sagt etwas, bis ich mit meinen Fingern auf den Tisch trommle. „Ich bin der Goalie-Coach dieses Teams. Sie haben mir diese Position angeboten, weil Sie auf meine Fähigkeiten vertrauen. Ich sage Ihnen, Sie werden keinen besseren Nummer-eins-Goalie als Drake McGinn finden. Er sollte nicht aufgrund von Gerüchten verurteilt und bestraft werden. Sollten Sie anderer Meinung sein, bin ich mir nicht sicher, ob wir die gleichen Werte teilen.“

Brienne ist amüsiert über mein vehementes Auftreten, nimmt sich und das Team als Ganzes jedoch sofort in Schutz. „Unser Team steht für Integrität. Und auch wenn es nicht nur verboten, sondern auch illegal ist, auf seine eigene Leistung zu wetten, so muss ich doch zustimmen, dass es sich hierbei lediglich um Gerüchte handelt. Wir würden wahre Größe zeigen, wenn wir die Anschuldigungen unter den Tisch fallen ließen und ihm eine Chance gäben.“

Keller schnaubt verächtlich über ihre Bereitschaft, über dieses mögliche Problem hinwegzusehen, und ich überlege, wie oft er und ich uns in Zukunft wohl noch die Zähne aneinander ausbeißen werden. Er wirkt wie jemand, der gern seinen Willen bekommt.

Am Ende hat Callum das letzte Wort. Alle Blicke sind auf ihn gerichtet. Er wirft Drakes Mappe zur Seite und sagt schließlich: „Unterbreiten wir ihm ein Angebot. Baden, du kannst ihn anrufen. Kommen wir also zu einem Goalie aus den Minors, auf den ich ein Auge geworfen habe, und …“

Meine Gedanken schweifen ab. Ich habe mir die Goalies angesehen und sie sind gut. Wir werden ausreichend Talente im Team haben, und ich bin froh darüber, die Zustimmung für Drake erhalten zu haben. Auch wenn er das Angebot vielleicht nicht annimmt, wird ihm wenigstens eine Chance gegeben.

Eine Stunde später ist das Meeting beendet. Alle Entscheidungen sind getroffen und alle Angebote sind telefonisch oder per E-Mail rausgegangen. Ich werde Drake anrufen, sobald es etwas ruhiger ist.

Nach weiteren fünfzehn Minuten Small Talk erheben wir uns vom Tisch. Wir beschließen, uns später auf ein paar Drinks zu treffen, um uns besser kennenzulernen, und vereinbaren einen ersten Trainingstermin für übermorgen. All jene, von denen wir schon Zusagen haben, befinden sich bereits auf dem Weg nach Pittsburgh und wären dann bereit.

Ein paar Nachzügler, so wie Drake, falls er das Angebot annimmt, werden später noch dazustoßen. Bis zum Ende der Woche sollten wir dann ein komplettes Team auf dem Eis stehen haben. Was es für ein Team sein wird, steht noch in den Sternen, aber es verspricht, spannend zu werden, und ich freue mich darauf.

„Wenn die Herren mich bitte entschuldigen", unterbricht Brienne den Small Talk. „Ich habe noch einen Termin, zu dem ich muss."

Die Trainer und Derringer verabschieden sich. Ich folge ihr noch zur Tür.

„Brienne … hätten Sie noch eine Minute?"

„Ja, natürlich", antwortet sie lächelnd. „Sie können mich zu meinem Wagen begleiten."

Wo auch immer ihr Meeting stattfindet, im Stadion jedenfalls nicht. Gemeinsam gehen wir zum Aufzug und ich komme ohne Umschweife zur Sache. „Ich weiß, dass das gerade keine Priorität hat, aber ich habe mich gefragt, ob Sie nicht jemanden für Ihre Marketing- oder PR-Abteilung suchen.“

Sie schaut mich kurz an, dann drückt sie den Knopf für den Aufzug. „Warum? Sucht jemand aus Ihrer Familie einen Job?“ Sie klingt weder abweisend noch verächtlich, eher neugierig.

„Um ehrlich zu sein, geht es dabei um eine Freundin“, erkläre ich ihr. „Sie hat vorher für die Printmedien gearbeitet, möchte sich aber beruflich verändern.“

Als sich die Fahrstuhltüren öffnen, blockiere ich den automatischen Schließvorgang mit meinen Händen und lasse Brienne den Vortritt. Nachdem ich den Aufzug betreten habe, drückt sie den Erdgeschossknopf und die Türen schließen sich.

„Eine Freundin also?“ Sie lächelt höflich, aber distanziert, und faltet die Hände vor sich. „Ich bin mir nicht ganz sicher, ob wir jemanden suchen, aber fragen Sie doch in der Personalabteilung nach.“

Mir wird bewusst, dass ich die Sache nicht richtig angehe, und ich schüttele den Kopf. Sie geht davon aus, dass ich eine Stelle für meine Freundin hier in Pittsburgh suche, das merke ich an ihrem Ton.

„Nur eine Freundin“, sage ich bestimmt. „Aber eine Freundin, mit der mich viel verbindet.“

„Was genau verbindet Sie mit ihr?“, fragt sie, wieder interessiert. Sie weiß, dass ich nicht einfach bin.

„Ihr Name ist Jenna Holland. Ihre Schwester Emory ist mit Jett Olsson, einem Right Winger der Vengeance, liiert.“

Die Fahrt im Aufzug ist kurz. Die Türen gleiten auf und wir betreten die Haupthalle. Draußen vor den gläsernen Türen wartet eine Limousine. Brienne schaut mich mit leicht geneigtem Kopf an. Ihr Interesse scheint geweckt.

„Jenna hat bei einem Hausbrand am ganzen Körper schlimme Brandwunden erlitten. Einige davon sind sichtbar und sie hat sich in den vergangenen Jahren ziemlich zurückgezogen. Sie braucht eine Möglichkeit, sich wieder beweisen zu können."

„Inwiefern?", fragt Brienne, ihre Stimme voller Empathie.

Um ihr alles über Jenna zu erzählen, brauche ich mehr als die eine Minute, um die ich Brienne gebeten habe. Ich erzähle ihr, was ich über sie auf der Verlobungsparty meines Vengeance-Teamkollegen Aaron Wilde vor drei Wochen erfahren habe. Wir hatten uns vorher bereits kennengelernt, und da wir beide Überlebende traumatischer Verletzungen sind und langwierige und schmerzhafte Genesungsprozesse durchlaufen haben, haben wir uns von Anfang an miteinander verbunden gefühlt. Zunächst saßen wir einfach nur bei Small Talk auf der Verlobungsparty beisammen und später dann redeten wir über unsere Zukunftspläne. Normalerweise teile ich meine tief sitzenden Sorgen hinsichtlich meiner Rückkehr ins Profi-Eishockey nicht mit Menschen, aber bei Jenna fiel es mir leicht. Sie konnte besser als jeder andere verstehen, wie es sich anfühlt, zu versuchen, wieder ins normale Leben zurückzufinden. Jenna hat bei diesem Gespräch zugegeben, dass sie sich wie in einem Hamsterrad fühlt. Sie lebt mit ihrer Schwester Emory zusammen, arbeitet in einem Job, den sie nicht mag, und muss lernen, sich in der Öffentlichkeit wieder wohlzufühlen, was angesichts ihrer Narben im Gesicht und am Hals nicht so einfach ist. Auch wenn mich ihre Narben nicht im Geringsten stören, fühle ich mit ihr. Auch ich habe seit dem Messerangriff eine Narbe im Gesicht.

„Ich brauche wirklich einen Neuanfang, einen, der mich quasi dazu zwingt, meine Komfortzone zu verlassen." Ihre Worte haben mich nachdenklich gestimmt. Seit ich meine Komfortzone verlassen und den Job in Pittsburgh angenommen habe, muss ich immer öfter an sie denken.

Dabei weiß ich nicht einmal, ob Jenna Arizona überhaupt den Rücken kehren würde, aber es kann nie schaden, die Augen nach potenziellen Gelegenheiten offen zu halten. Sie hätte zumindest schon einmal einen Freund hier in Pittsburgh.

Nachdem ich Brienne Jennas Geschichte erzählt habe, füge ich noch eine Entschuldigung hinzu, weil ich sie länger als vereinbart aufgehalten habe.

Sie winkt nur ab, als ob ihre Zeit nicht ganz so rar bemessen wäre. Ich weiß aber, dass das Gegenteil der Fall ist. „Jenna kann mir gern ihren Lebenslauf schicken, und ich sehe, was ich tun kann. Der Job wäre vermutlich nicht bei den Titans, aber bei der Norcross Holding."

„Ich weiß Ihre Unterstützung sehr zu schätzen. Um ehrlich zu sein, Jenna weiß nichts davon. Sie könnte auch noch nicht bereit für einen Neuanfang sein, aber fragen kostet ja nichts."

„Verstehe ich absolut“, bestätigt Brienne lächelnd und wendet sich dem Ausgang zu. Nach einem kurzen Zögern dreht sie sich noch einmal zu mir um. „Es war sehr mutig von Ihnen, wie Sie sich für Ihren Freund Drake eingesetzt haben, damit er ein Angebot erhält.“

„Würde ich nicht an ihn glauben, hätte ich es nicht getan“, entgegne ich.

„Davon bin ich überzeugt“, sagt sie ein wenig brüsk, und ich kann sehen, wie sie versucht, vorurteilsfrei zu bleiben. „Sollte er unser Angebot annehmen und sich später, als Teil dieses Teams, etwas zuschulden kommen lassen und das Team in Verruf bringen, werde ich Sie persönlich dafür verantwortlich machen.“

„Ist notiert.“ Ich nicke.

Mir wird bewusst, dass Brienne Norcross vielleicht nicht in ihrem Element ist, wenn es darum geht, ein Eishockeyteam zu leiten, dass sie jedoch eine erfahrene und kluge Geschäftsfrau mit klar definierten Grundwerten ist, bei denen sie niemals Kompromisse eingehen wird. Schon deshalb bin ich überzeugt, dass sie dieses Team zum Erfolg führen kann.

Ich sehe Brienne zu, als sie in die Limousine steigt. Michael hat gesagt, er würde mich zum Hotel bringen, aber es gibt da noch etwas, was ich vorher erledigen muss. Dafür brauche ich einen Mietwagen, denn ich möchte Sophie Winters besuchen.

Kapitel 5

Sophie

Meine Wohnzimmercouch wird mir allzu bequem. Ich richte mich wieder auf und lehne mich ans Kissen, nachdem ich mich zuvor herrlich ihrer Flauschigkeit ergeben habe und darin versunken bin. Ich muss mich immer wieder selbst daran erinnern, dass ich als Arbeitslose nicht zu behäbig werden darf. Dazu gehört auch, meine Jobsuche eingekuschelt auf meiner Couch vor einem im Kamin prasselnden Feuer durchzuführen. Den Nachrichtenkanal des Fernsehers habe ich leise gestellt, damit er mich nicht ablenkt, während ich meinen Laptop auf den Knien balanciere und mein LinkedIn-Profil aktualisiere.

Heute früh habe ich von John eine E-Mail erhalten, in der er meine Kündigung bestätigte. Die E-Mail enthielt auch ein Abfindungsangebot, falls ich mich entschließen sollte, selbst die Kündigung auszusprechen. Das Angebot ist nicht schlecht, und es wäre sogar mehr als das, was ich in den nächsten Wochen als Arbeitslosenunterstützung bekäme. Mir gefällt aber nicht, dass es so wirkt, als würden sie sich freikaufen. Ich bin keineswegs verärgert darüber, dass sie mich gefeuert haben. Schließlich haben sie mich monatelang in einem für mich sicheren und vertrauten Umfeld arbeiten lassen. Dafür bin ich dankbar. Es gibt nicht viele Firmen, die mir diese Möglichkeit eingeräumt hätten. Ich weiß auch, dass sie mich gern wieder in meinem alten Job gesehen hätten. In dem bin ich nämlich verdammt gut gewesen.

Gutes und fähiges Schulungspersonal zu finden, ist nicht einfach. Es ist nicht leicht, einem Laien ohne jedwede medizinische Vorbildung beizubringen, wie man Ärzte darin schult, neue Gerätschaften zu bedienen. Die Person muss intelligent und anpassungsfähig sein und vor allem an sich und ihre Fähigkeiten glauben. Offensichtlich hatten sie es satt, weiter darauf zu warten, dass ich wieder zu mir selbst finde.

All das sollte bei einem Zoom-Meeting besprochen werden. Ich bin davon ausgegangen, dass sie mir eine Frist setzen würden, auf die ich hinarbeiten könnte. Stattdessen hat James von mir erwartet, noch gestern in ein Flugzeug zu steigen, um nach Chicago zu fliegen. Auf gar keinen Fall hätte meine noch immer schwer traumatisierte Psyche so eine Reise verkraftet. Selbst wenn ich es irgendwie bis nach Chicago geschafft hätte, hätte ich wegen meines angeschlagenen Selbstvertrauens spätestens bei der Schulung absolut versagt. Auch wenn ich nicht sauer auf sie bin, so finde ich es dennoch traurig, dass sie sich dessen nicht bewusst sind. Schon aus Prinzip werde ich den Aufhebungsvertrag nicht unterschreiben und ihr Abfindungspaket ablehnen.

Ich war sehr gut in meinem Job, und um wieder daran anknüpfen zu können, brauche ich mehr Zeit. Ich habe hart an mir gearbeitet, habe mich in Therapie begeben und Medikamente eingenommen. Ich habe Fortschritte gemacht. Aber unter dem Strich ist es ein großer Konzern und ich bin nur ein kleines, leicht zu ersetzendes Rädchen im Getriebe. Wahrscheinlich werde ich es noch bereuen, das Abfindungspaket abgelehnt zu haben. Spätestens, wenn der Gerichtsvollzieher vor meiner Tür steht. Dennoch muss ich einfach an mich glauben und weiterhin fest davon überzeugt sein, dass ich einen anderen Job finden werde und dass sich spätestens dann alles zum Guten wenden wird.

Ich nehme hier und da noch ein paar Änderungen an meinem LinkedIn-Profil vor und aktualisiere dann meinen Lebenslauf im Textverarbeitungsprogramm. Nachdem auch das erledigt ist, stelle ich den Laptop auf meinem Beistelltisch ab und kuschele mich wider besseres Wissen in meine Kissen. Ich greife zur Fernbedienung und richte sie auf den Fernseher, um die Lautstärke zu erhöhen und mir die Fünf-Uhr-Nachrichten anzusehen.

Ich schaffe es, bis zu den Verkehrsnachrichten – für mich nicht von Bedeutung – aufmerksam zuzuschauen, bevor meine Gedanken abschweifen. Die Unfähigkeit, sich zu konzentrieren, ist eine häufige Begleiterscheinung bei Angststörungen. Ich bin nicht sonderlich überrascht, dass es mich heute erwischt, zumal ich ja gestern nicht nur meinen finanziellen Rückhalt verloren habe, sondern zusätzlich auch noch zur Wache fahren und versuchen musste, anhand von Fotos einen der Täter zu identifizieren. Jedoch war das einzige Resultat dieses Ausfluges, dass die Traumata jenes Abends vor sieben Monaten wieder zum Leben erweckt wurden.

Ich bin ein absoluter Versager, und war das sogar schon vor diesem verhängnisvollen Abend. Ich habe nicht darauf geachtet, wo ich mein Auto abstellte, und bin so in einer Gegend gelandet, die viel zu weit weg vom Eingang des Einkaufszentrums lag. Ich hatte immer so weit weg wie möglich entfernt geparkt, um mein tägliches Schrittpensum zu erreichen. An eine potenzielle Gefahr für mich habe ich dabei nie gedacht.

Als ich dann angegriffen wurde, habe ich mich nicht einmal gewehrt. So konnten sie mich wie eine Puppe herumwirbeln. Wäre Baden nicht eingeschritten, wer weiß, was sie noch mit mir angestellt hätten.

Ich habe nicht einmal versucht, Baden zu helfen. Ich bin einfach so schnell ich konnte davongelaufen und habe dabei einzig und allein an meine Sicherheit gedacht. Ich habe ihn im Stich gelassen.

Und nicht einmal jetzt bin ich von Nutzen, wo es darum geht, die Polizei dabei zu unterstützen, diese widerlichen Kerle zu fassen, die Badens Leben ruiniert haben. Schon bei der ersten Gegenüberstellung konnte ich niemanden identifizieren, und gestern war ich auch nicht in der Lage, auch nur einen der Angreifer zu erkennen.

Sie hatten zwei Verdächtige, also musste ich auch an zwei Gegenüberstellungen mit Fotos teilnehmen. Jedes Set enthielt sechs Fotos, eines vom mutmaßlichen Angreifer und fünf weitere von Männern mit ähnlicher Statur und ähnlichem Aussehen, aber niemand stach heraus. Sie alle sahen gemeingefährlich aus und jeder dieser Männer hätte einer der Täter sein können. Alles, was ich aussagen konnte, war, dass die Täter weiß waren – und nicht einmal diesbezüglich war ich mir absolut sicher.

So viel also zu meinem Beitrag zur Suche nach Gerechtigkeit für Baden.

Ich bemerke, wie ich in eine depressive Stimmung abdrifte. Beim bloßen Gedanken daran, wieder angegriffen zu werden, fühle ich mich wie paralysiert. Doch mein größtes Trauma liegt in dem begründet, was Baden aufgrund seines heldenhaften Einsatzes widerfahren ist. Er hat mich gerettet. Wenn ich es nicht schaffe, an etwas anderes zu denken, als dass ich sein Leben ruiniert habe, laufe ich Gefahr, mich zu weit zurückzuziehen, und oft ist es sehr schwer, da wieder herauszukommen.

Aber wie schon gesagt, ich habe fleißig an mir gearbeitet. Ich erkenne, was gerade mit mir passiert, und so zwinge ich mich dazu, von der Couch aufzustehen. Ich weiß, dass ich mich jetzt mit etwas beschäftigen muss, was mir Freude bereitet.

Ich liebe es zu kochen, aber gerade gibt es nichts zu kochen, da bereits ein Chili auf meinem Herd köchelt. Spazieren gehen wäre schön, wenn es draußen nicht so dunkel und eisig kalt wäre, und natürlich bin ich so oder so viel zu ängstlich, um allein spazieren zu gehen.

Ich überlege, ob ich mir eine romantische Komödie anschauen soll. Gerade als ich mich dazu durchgerungen habe, meldet sich der Bewegungsmelder meiner Haustür und es klingelt. Für einen Moment verfalle ich in Panik, die ich sofort verdränge. Das Alarmsystem sichert mich ab. Ich mache mir nicht die Mühe, in meiner Sicherheits-App nachzusehen, und gehe stattdessen zur Eingangstür, um durch den Spion zu schauen.

Ich kann nicht glauben, was ich da sehe.

Durch die Fischaugen-Linse ist das Bild verzerrt, aber ich kann ganz genau erkennen, dass Baden Oulett auf meiner Veranda vor meiner Tür steht. Er ist attraktiv, hat dunkles Haar und hellbraune Augen. Sein Gesicht ist wunderschön – trotz der dünnen roten Narbe, die sich von seiner rechten Schläfe sein Gesicht entlang zieht und dann in einem Dreitagebart, der ihm sehr gut steht, verschwindet.

Was mich jedoch am meisten überrascht … er steht auf seinen eigenen Beinen. Keine Lähmung zu sehen. Kein Rollstuhl. Keine Krücken. Kein unsicherer Stand. Er sieht vollkommen gesund und normal aus. Ich muss blinzeln, nur um ganz sicherzugehen, dass ich nicht träume.

Es klingelt erneut. Erschrocken weiche ich zurück und lege die Hände auf meine Brust. Mein Herz pocht wild vor Fassungslosigkeit, dass Baden wohlbehalten vor meiner Tür steht. Ich schaue noch mal durch den Spion. Baden steht wirklich da. Die Hände lässig in den Jackentaschen, betrachtet er interessiert den Vorgarten meines Nachbarn.

Erst als er stirnrunzelnd einen flüchtigen Blick auf seine Uhr wirft, erwache ich aus meiner Schockstarre. Er ist im Begriff, sich umzudrehen und zu gehen. Wahrscheinlich denkt er, ich wäre nicht zu Hause. Ich werde aktiv, schiebe den Riegel zurück und öffne die Tür.

Unglücklicherweise habe ich vergessen, das Sicherheitssystem zu deaktivieren, und in dem Moment, in dem der Kontakt der Sensoren unterbrochen wird, schrillt mein Alarm los. Die fürsorglichen Jungs von

Jameson Force Security haben mich überzeugt, ein Systempaket zu installieren, bei dem neben dem ohrenbetäubend kreischenden Lärm auch noch eine tiefe männliche Stimme dermaßen laut aus dem Lautsprecher ertönt, dass man sie noch einen Block entfernt hören kann.

„Einbrecheralarm! Achtung! Gehen Sie vom Haus weg. Die Polizei ist informiert."

Baden weicht vor Schreck einen Schritt nach hinten und wäre beinahe die Stufen heruntergestolpert. Er schafft es aber noch, sich am Geländer festzuhalten.

„Scheiße!", rufe ich und eile zum Bedienpanel der Alarmanlage. Wie wild hämmere ich den Sicherheitscode in die Tasten und drücke auf Enter, aber nichts passiert.

„Scheiße!", rufe ich wieder und versuche es noch einmal.

Der Alarm verstummt, aber ich kann mich noch nicht auf Baden konzentrieren. Ich haste um die Couch herum, um zu meinem Telefon zu gelangen, und wie aufs Stichwort ruft die Sicherheitsfirma wegen des ausgelösten Alarms an.

Ich werfe einen Blick Richtung Tür und sehe, dass Baden zögerlich auf der Schwelle steht. Ich nehme den Anruf an.

„Hallo, hier ist Cindy von Ihrer Sicherheitsfirma", meldet sich eine weibliche Stimme ohne Umschweife. „Wir wurden darüber in Kenntnis gesetzt, dass Ihr Alarm aktiviert wurde. Ich rufe an, um nachzufragen, ob bei Ihnen alles in Ordnung ist. Können Sie mir Ihr Sicherheitspasswort nennen?"

Dieses ganze peinliche Fiasko treibt mir die Schamesröte ins Gesicht und ich wende meinen Blick von Baden ab und flüstere „Scrappy Doo“ ins Telefon.

Die Dame bestätigt die Richtigkeit meines Passwortes und fragt noch einmal nach, ob ich mich in Sicherheit befinde.

„Ja“, versichere ich ihr. „Ich habe versehentlich meine Tür geöffnet, ohne den Alarm vorher auszuschalten.“

„Machen Sie sich keine Sorgen“, beruhigt mich die Frau. „Das passiert ständig. Ich wünsche Ihnen noch einen schönen Tag.“

Ich beende das Gespräch, werfe mein Telefon auf die Couch und atme frustriert und laut hörbar aus.

Als ich mich zur offenen Tür umdrehe, weht kalte, nach Schnee riechende Luft herein, und ich merke, dass ich meine Manieren völlig vergessen habe.

„Komm doch bitte rein.“ Ich winke Baden herein und stolpere ihm entgegen.

Lächelnd kommt er herein und ich schließe die Tür hinter ihm. Noch bevor ich ihn ordentlich begrüße und ohne mir dessen bewusst zu sein, sondern eher aus der Gewohnheit heraus, aktiviere ich den Alarm erneut.

Ich kenne diesen Mann nicht einmal. Wir sind uns erst zweimal begegnet. Einmal auf einem dunklen Parkplatz, als er mein Leben gerettet hat, und einmal, als er gelähmt in seinem Krankenzimmer auf der Reha-Station lag. Trotzdem öffne ich ihm Tür und Tor. Ich kenne diesen Mann nicht. Aber ich vertraue blindlings darauf, dass er mir nichts antun wird, weil er mich schon einmal vor großem Schaden bewahrt hat.

„Du kannst laufen", begrüße ich ihn dümmlich, wobei dümmlich noch maßlos untertrieben ist.

„Ich kann laufen", bestätigt er mir lächelnd und breitet seine Arme aus.

„Was führt dich hierher?" Auch wenn es für meine Ohren unhöflich klingt, muss ich doch erst verarbeiten, dass er wahrhaftig in meinem Wohnzimmer steht.

Baden schiebt seine Hände in seine Taschen. „Man wird es wahrscheinlich heute in den Nachrichten bringen. Ich habe eine Stelle als Goalie-Trainer bei den Pittsburgh Titans angenommen. Ich bin erst heute früh angekommen und wollte sehen, wie es dir geht."

Ich schwöre, dass irgendjemand da oben einen ziemlich schrägen Sinn für Humor haben muss, denn just in diesem Moment erscheint der örtliche Sportreporter mit einem Bericht über die Pittsburgh Titans auf dem Bildschirm. Wir drehen uns beide um, und ich starre entgeistert auf den Fernseher, während Chuck Holderness berichtet, wie hart die Titans daran arbeiten, wieder ein Team aufzubauen. Er stellt das neue Trainerteam und auch die neuen Geschäftsführer vor. Fotos von jedem neuen Mitglied flackern über den Bildschirm.

Selbstverständlich auch eines von Baden.

Dem neuen Goalie-Trainer der Titans.

Während alle anderen Trainer auf ihren Fotos Poloshirts oder Anzugjacken tragen, verwenden sie von Baden ein Bild, auf dem er sein Arizona-Vengeance-

Trikot trägt. Wahrscheinlich ist es das aktuellste professionell aufgenommene Foto von ihm. Mir fällt vor Schock die Kinnlade runter, und obwohl es gerade in den Nachrichten gezeigt wird, schaue ich Baden nach Bestätigung suchend an.

Meine Überraschung bemerkend, nickt er. „Ja, es stimmt.“

Der Reporter fährt mit seinem Bericht fort. Als er den Namen Gray Brannon erwähnt, horche ich erneut auf. Auch wenn ich mit Leib und Seele Titans-Fan bin, bin ich über die anderen Teams ebenfalls sehr gut im Bilde, insbesondere, wenn sie eine interessante Geschichte haben. Gray Brannon ist zum Beispiel die Geschäftsführerin der Carolina Cold Fury – die erste und bisher auch die einzige weibliche Geschäftsführerin der Liga.

Chuck Holderness lehnt sich, einen Unterarm auf dem Tisch abgelegt, schmierig grinsend vornüber und spricht direkt in die Kamera. „Es sieht ganz so aus, als hätte Gray Brannon die inzwischen einzige Eigentümerin der Pittsburgh Titans, Brienne Norcross, kontaktiert und ihr angeboten, sie bei der Neuorganisation und bei der Rückkehr der Titans auf das Spielfeld zu unterstützen. Ms. Brannon hat bei einer Pressekonferenz heute Nachmittag sämtliche Teameigentümer dazu aufgerufen, den Punktestand der aktuellen Tabelle einzufrieren. Falls Sie es noch nicht wussten, der Eigentümer der Carolina Cold Fury ist kein Geringerer als Brian Brannon, Grays Vater.“

Die Kamera zoomt von Holderness weg, und die zuvor aufgezeichnete Pressekonferenz, bei der Gray auf einem Podium mit dem Emblem der Carolina

Cold Fury zu sehen ist, wird eingeblendet. Sie ist eine schöne Frau, aber ich bewundere sie hauptsächlich für das, was sie im Leben erreicht hat. Gray Brannon hat die Eishockeywelt auf den Kopf gestellt. Sie hat nicht nur das Team der Cold Fury übernommen, sondern sie hat es auch in zwei aufeinanderfolgenden Saisons zu Stanley-Cup-Siegern gemacht.

Sie sieht direkt in die Kamera. „Mein Vater und ich sind fest davon überzeugt, dass wir in der Pflicht stehen, die Liga zu schützen und den hervorragenden Ruf, den sie genießt, zu erhalten. Fakt ist: Zum Zeitpunkt des Flugzeugabsturzes waren die Pittsburgh Titans mit erstaunlichen acht Punkten Vorsprung an der Spitze ihrer Conference. Ich habe mit Brienne Norcross gesprochen, die unermüdlich daran arbeitet, das Team der Titans wieder aufzubauen, und sie brauchen mindestens noch eine Woche, bis sie so weit sind, an den regulären Saisonspielen teilzunehmen. In seiner Funktion als CEO der Carolina Cold Fury ruft mein Vater alle Teameigentümer der Liga dazu auf, sich uns anzuschließen und eine Resolution zu verabschieden, nach der rückwirkend zum Datum des Flugzeugunglücks der Titans eine Punktesperre in Kraft tritt. Die Punktesperre wird bis zum Ende der nächsten Woche bestehen bleiben und dann wieder aufgehoben. Wir sehen dies als den einzigen Weg an, die Unverfälschtheit der Tabelle zu gewährleisten und Pittsburgh eine faire Chance zu gegeben, wieder in den Wettbewerb einzusteigen.“

Als Chuck Holderness wieder eingeblendet wird, sehe ich Baden an. Erstarrt vor Schock starrt er auf den Bildschirm. Anscheinend wusste er auch nichts davon.

„Sieh einer an", murmelt er erstaunt.

„Meinst du, es wird verabschiedet?", frage ich neugierig. „Das Abkommen?"

Er sieht mir in die Augen, und ich bin erstaunt, wie hypnotisierend seine Augen sind. Sie sind beinahe goldfarben und voller Wärme. Bei meinem Besuch im Krankenhaus ist mir das nicht aufgefallen. Er trägt sein dunkles Haar nun länger. Er trägt sein dunkles Haar oben lang, an den Seiten kürzer, aber nach hinten gekämmt. Sein Bart, den Konturen seines Gesichtes entsprechend getrimmt, betont seine vollen Lippen. An nichts von alledem kann ich mich erinnern. Ich muss auch gestehen, dass ich an dem Tag im Krankenhaus nicht wirklich auf sein Äußeres geachtet habe. Ich habe stattdessen auf seine leblosen Beine unter der Krankenhausdecke gestarrt.

Achselzuckend gibt Baden zu: „Ich hatte nicht die geringste Ahnung, aber ich finde es beeindruckend, dass Gray Brannon dazu aufruft. Sie ist eine Pionierin und eine Regelbrecherin vor dem Herrn."

Und plötzlich fühlt es sich irgendwie seltsam an, hier zu stehen und über Eishockey zu reden. Für mich ist es, als hätten wir etwas ganz Erhebliches außer Acht gelassen – nämlich wie es kommt, dass er wieder laufen kann. Wann ist denn dieses Wunder passiert?

In meiner Erinnerung ist er ein gebrochener Mann gewesen. In eine Decke gehüllt in seinem Rollstuhl sitzend und sich vielleicht sogar in eine Depression trinkend. Ich habe es absichtlich vermieden, mich über ihn zu informieren, weil es mir das Herz gebrochen hätte, wenn sich meine schlimmsten Befürchtungen bewahrheitet hätten. In Anbetracht der Schwere seiner Verletzungen konnte ich nur vom Schlimmsten ausgehen. Mein Gehirn hat sich schlichtweg geweigert, sich das bestmögliche Szenario auszumalen, und so ist es nun mehr als befremdlich, ihn so gesund vor mir stehen zu sehen.

„Können wir uns setzen?", fragt er zögerlich und deutet ins Wohnzimmer.

Verdammt, ich bin so verdammt unhöflich. „Ja, natürlich. Du musst dich bestimmt erst einmal setzen."

„Nein", antwortet er, zwar nicht wirklich schroff, aber dennoch blicke ich ihn überrascht an. Sein Gesichtsausdruck wird wieder weicher. „Ich *muss* mich nicht setzen. Ich würde es einfach nur gern."

„Entschuldige bitte." Während meine Entschuldigung eher wie ein klägliches Stöhnen herauskommt, wird mir bewusst, dass ich jede Menge Mutmaßungen über ihn anstelle. „Ich bin nur … Es ist nur …"

„Ganz schön viel auf einmal?"

Tränen schießen mir in die Augen. „Ich wusste nicht, dass du wieder laufen kannst. Ich hatte angenommen, du wärst für den Rest deines Lebens gelähmt."

Baden verzieht das Gesicht, sagt aber nichts. Sicherlich hält er mich für ein riesiges Arschloch, weil ich mich nicht nach ihm erkundigt habe und nichts Näheres über seinen Zustand wusste. Ich bin wie erstarrt, gefangen in einer Hölle aus selbst auferlegter Schuld, und unfähig, das Richtige zu sagen.

Vielleicht liegt es an meinem Reh-im-Scheinwerfer-licht-Gesichtsausdruck oder dem Tränenschleier in meinen Augen, aber Baden wird galanter. Ich gehe davon aus, dass dies einfach seinem Naturell entspricht.

„Entschuldige bitte, dass ich hier einfach so unangemeldet auftauche. Ich habe Detective Gilmore angerufen und er hat mir deine Adresse gegeben. Sei aber bitte nicht wütend auf ihn. Ich habe ihn mit Tickets für Vengeance-Spiele bestochen. Ich weiß, dass deine Daten nicht herausgegeben werden dürfen, aber ich musste dich einfach sehen."

„Ich bin nicht wütend", versichere ich ihm. „Immerhin bin ich ja auch einfach unangemeldet bei dir im Krankenhaus aufgetaucht, und das war absolut unangebracht. Also vermute ich mal, dass wir jetzt quitt sind."

Baden lacht in sich hinein und nickt in Richtung Wohnzimmermöbel. „Darf ich?"

„Verdammt", fluche ich wegen meiner andauernden Unhöflichkeit. Ich gehe ums andere Ende der Couch herum und deute auf einen der Sessel. „Selbstverständlich. Es tut mir leid. Ich bin absolut verwirrt."

Bei genauerem Hinsehen erkennt man, dass seine Bewegungen etwas holprig und kalkuliert wirken, als er sich auf einem der Sessel niederlässt.

„Möchtest du etwas trinken?", frage ich.

Er schüttelt den Kopf. „Danke, ich brauche nichts."

„Oh, okay."

Baden schaut mich eindringlich an. „Willst du dich nicht auch setzen?"

Scheiße, ich bin total von der Rolle.

Ich haste zum gegenüberliegenden, am weitesten von ihm entfernten Ende der Couch, schnappe mir die Fernbedienung und stelle den Ton des Fernsehers ab. Ungelenk lasse ich mich auf die Couch fallen.

Baden schenkt mir ein verständnisvolles Lächeln. „Möchtest du hören, wie es mir in den vergangenen sieben Monaten ergangen ist?"

Ich nicke.

„Gut, denn auf deine Geschichte bin ich ebenfalls sehr gespannt."

Kapitel 6

Baden

Ich weiß nicht sonderlich viel über Sophie Winters. All meine Erinnerungen an sie sind negativer Art, und so habe ich die ganze Zeit versucht, nicht an sie zu denken. Das erste Mal habe ich sie gesehen, kurz nachdem ich ihre Schreie gehört hatte. Sie hatten mir das Blut in den Adern gefrieren lassen, und ich wusste sofort, dass etwas nicht stimmte. Sie lag am anderen Ende des Parkplatzes zwischen dem Bordstein und einem großen Pick-up-Truck auf dem Boden. Zwei der drei Männer hievten sie dann hoch, während der dritte ihre Handtasche durchwühlte.

Sophie hat mich kurz nach dem Überfall im Krankenhaus besucht. Es war nur ein kurzer Besuch, bei dem sie direkt neben meinem Bett stand. Doch mir ist erst jetzt, als sie mir die Tür öffnete, aufgefallen, dass sie blondes Haar hat. Ein Detail, das ich bis zum jetzigen Zeitpunkt nicht bewusst wahrgenommen habe. Ich erinnere mich nicht daran, dass ihr Haar die Farbe eines Karamellbonbons hat, oder daran, dass es lang und lockig ist. Auch an ihre grünen Augen und die Sommersprossen auf ihrem Nasenrücken erinnere ich mich nicht.

Sophie Winters ist in meinen Erinnerungen definitiv nicht als wunderschön abgespeichert. Es hat damals keine Rolle gespielt. Um ehrlich zu sein, sollte es das jetzt auch nicht. Es ist einfach nur eine Feststellung. Davon abgesehen bin ich keineswegs überrascht, sie in diesem aufgelösten Zustand anzutreffen. Detective Gilmore hat mir schon gesagt, dass sie unter einer posttraumatischen Belastungsstörung leidet, ist aber nicht ins Detail gegangen.

Das brauchte er auch nicht. Ich erinnere mich noch sehr gut an den Ausdruck auf ihrem Gesicht. In dem Moment, als ich damals sah, was sich da zutrug, war mir sofort klar, dass die Männer mehr von ihr wollten als nur ihre Handtasche. Das Einzige, was ich nicht mit Sicherheit sagen konnte, war, ob sie sie „nur" vergewaltigen oder ob sie sie auch töten wollten.
In jedem Fall fühlte ich mich zum Handeln veranlasst. Ich überraschte die Männer mit meinem Eingreifen und erwischte einen von ihnen mit dem Ellbogen, wodurch es mir irgendwie gelang, Sophie aus ihren Fängen zu befreien. Ich entriss sie ihnen, und ich kann mich daran erinnern, wie sie einige Schritte über den Parkplatz taumelte, bevor sie ihr Gleichgewicht wiedererlangte.

Unsere Blicke trafen sich, und ihre Augen waren so voller Furcht, dass ich nach Atem ringen musste. Ich schrie sie an, sie solle wegrennen, und genau das tat sie dann auch.

Gott sei Dank.

Ich habe Riggs gegenüber einmal erwähnt, dass ich es manchmal bereue, eingegriffen zu haben. Dieses Gefühl währt aber nie sehr lange. Nun, da ich diese Frau vor mir sehe und erkenne, wie sehr sie immer noch unter den Ereignissen dieses Abends leidet, bereue ich es nicht mehr. Besser, sie ist traumatisiert und am Leben, als tot. Auch besser, sie ist am Leben und ich war gelähmt, als tot.

„Es überrascht dich also, dass ich wieder gehen kann?", versuche ich, die Unterhaltung locker in Gang zu bringen. Allerdings funktioniert es nicht so gut, wie ich es mir erhofft habe. Ihre Augen verdunkeln sich voller Leid und Schuld.

Ich lehne mich auf dem Sessel leicht nach vorn und schaue sie direkt an. „Sophie, es geht mir gut."

Sie senkt ihren Blick auf meine Beine und schaut dann langsam wieder zu mir hinauf. „Wie gut?"

Ich grinse und lehne mich wieder zurück. Ich nehme meinen Fuß nach oben und lege meinen Knöchel auf meinem Knie ab, um ihr zu zeigen, wie gut ich mich bewegen kann. „Meine Ärzte nennen mich ein verdammtes Wunder. Aber ich muss gestehen, dass sie dieses Wunder vollbracht haben. Ich habe mir nur den Arsch aufgerissen, um wieder stark zu werden."

„Wie stark?", fragt sie leise flüsternd.

„Sehr stark." Ich übertreibe ein wenig. Sie sieht so aus, als bräuchte sie die Bestätigung. Man kann sehen, wie sich ihre Anspannung ein wenig löst, aber dann senkt sie ihren Blick wieder.

„Entschuldige bitte, dass ich mich nicht erkundigt habe, wie es dir geht."

„Ich habe dich nicht gerade dazu ermutigt", erwidere ich. Sie hebt den Kopf und ich blicke in ein überraschtes Gesicht. Ich spreche weiter. „Du bist gekommen, um nach mir zu sehen, und ich habe mich wie ein Arschloch aufgeführt. Ich habe mich nicht mit dir unterhalten. Die Situation war unangenehm. Nachdem du weg warst, wusste ich, dass ich dich vermutlich nicht wiedersehen würde, und das war meine eigene Schuld.“

„Nein“, sagt sie entschieden, richtet sich in ihren Kissen auf und schüttelt heftig den Kopf. „Dir ist nichts vorzuwerfen. Du bist derjenige, der ernsthaft verletzt wurde. Du warst derjenige, der mich vor Schlimmerem …“ Sie hält inne, und ich kann verstehen, dass sie die Wörter „Vergewaltigung“ und „Mord“ nicht über ihre Lippen bringt. „Ich hätte deine Genesung mehr verfolgen müssen“, murmelt sie, während ihr Blick wieder abschweift.

„Du schuldest mir nichts“, versichere ich ihr.

„Ich schulde dir alles“, entgegnet sie.

Sophie bedeckt das Gesicht mit ihren Händen und weint. Ich habe keine Erfahrung in diesen Dingen. Ich kann mich nicht daran erinnern, es jemals mit einer weinenden Frau zu tun gehabt zu haben, abgesehen von meiner Mutter nach meiner OP. Alle meine Beziehungen – auch wenn es nur wenige waren – sind für Tränen zu oberflächlich gewesen.

Mehr oder weniger aus Intuition setze ich mich zu Sophie auf die Couch. Als ich meinen Arm um ihre Schultern lege, schreckt sie nicht zurück. Sie lässt sich aber auch nicht in die Umarmung fallen, sondern verharrt weinend in ihrer steifen Haltung. Als sie beginnt, sich zu beruhigen, teile ich mit ihr das Einzige, von dem ich weiß, dass es wahr ist.

„Du musst lernen, die Vergangenheit hinter dir zu lassen, Sophie.“

Schniefend hebt sie den Kopf. Ihre grünen Augen leuchten durch ihre Tränen hindurch. „Darf ich mich wenigstens schlecht dafür fühlen, dass du mich nun tröstest, obwohl du derjenige bist, der verletzt worden ist?“

„Nö“, antworte ich und lasse es dabei bewenden.

Sophie stößt ein ersticktes Lachen aus, erhebt sich von der Couch und mein Arm fällt einfach von ihr ab. Sie geht zu einem Büfett an der Wand und greift nach einer Taschentücherbox. Sie schämt sich nicht für das laute Schnäuzen ihrer Nase. „Es ist sehr nett von dir, dass du mir diese Last abnehmen willst.“

„Ich bin nicht nett, Sophie“, belehre ich sie. „Ich bin pragmatisch.“

Sie nickt verstehend, aber ich sehe ihre Zweifel. Ich rutsche auf der Couch beiseite, lasse ausreichend Platz und klopfe einladend auf das Kissen, auf dem sie eben gesessen hat. „Komm, setz dich wieder zu mir, und ich erzähle dir alles über meine Genesung. Ich erzähle dir, wie gut ich im Fitnessstudio bin und weshalb ich mich, anstatt aufs Eis zurückzukehren, für die Trainerstelle entschieden habe.“

„Du hättest wieder spielen können?“, erkundigt sie sich zögerlich, jedoch ohne sich vom Fleck zu bewegen.

„Die Chancen dafür sind gering, aber unmöglich wäre es nicht.“

„Wow, einfach nur wow“, murmelt sie. Sie schüttelt den Kopf ebenso ungläubig wie die meisten Leute, die meinen Genesungsprozess miterleben. „Hör mal … ich bereite gerade ein Chili zu. Es köchelt schon auf dem Herd und ich wollte gerade noch ein Maisbrot backen. Magst du zum Abendessen bleiben?“

„Ist mit Sicherheit besser als die Speisen des Zimmerservices, die heute Abend bei mir auf dem Plan stehen", antworte ich. Schon als ich hereingekommen bin, habe ich mich gefragt, was hier so herrlich duftet.

„Dann komm bitte mit in die Küche und erzähl mir mehr darüber, wie knallhart du bist, während ich das Abendessen vorbereite."

Es tut gut, ihre witzige Seite kennenzulernen. Dennoch, die Anspannung um ihre Augen herum ist immer noch da. Ich weiß, sie wird nicht einfach aufhören, unter diesen Schuldgefühlen zu leiden, nur weil ich sage, alles sei okay.

Aber ich werde sie gern immer wieder daran erinnern. Denn ich möchte nicht, dass sie auch nur ansatzweise unter dem leidet, was geschehen ist. Wäre sie vergewaltigt oder gar getötet worden, wäre es für mich nicht zu ertragen gewesen.

Während ich Sophie in die Küche folge, sehe ich mich in ihrem Haus um. Es ist definitiv ein älteres Haus, aber es wurden einige Modernisierungen vorgenommen. Ich frage mich, ob sie das selbst gemacht hat oder ob es schon in dem Zustand war, als sie es gekauft hat. Die Küche besteht aus einer Mischung aus Altem - einem verblichenen Linoleumboden - sowie neuen Schränken und Arbeitsplatten aus Granit. Im Wohnzimmer wurde der Parkettboden erst kürzlich abgeschliffen, neu versiegelt und auf Hochglanz poliert. An den Wänden befinden sich noch die alten Holzverkleidungen.

Ich biete ihr meine Hilfe an, aber Sophies Antwort besteht darin, mir einen Stuhl zuzuweisen und ein Glas Limonade vor mir abzustellen. Während sie das Maisbrot zubereitet und das Chili weiter würzt, erzähle ich ihr alles über meinen langwierigen Genesungsprozess, bis hin zu dem Moment, als man mir anbot, Trainer bei den Titans zu werden.

Mit dem Kochlöffel in der Hand sieht Sophie mich direkt an. „Also musstest du so oder so ein Risiko eingehen. Entweder weiter an dir arbeiten, um wieder auf dem Eis stehen zu können, oder einen neuen Job annehmen, den du vorher noch nie gemacht hast."

„Darauf läuft es hinaus."

„Keine einfache Entscheidung", sagt sie grüblerisch, bevor sie sich wieder dem Chili zuwendet.

Ich gebe mir alle Mühe, nicht darauf zu achten, wie gut sie gebaut ist. Sie trägt ausgeblichene Jeans, ein langärmliges Shirt und dunkelgraue Socken. Erst jetzt bemerke ich, dass sie ein Fan-Shirt trägt mit dem Logo der Titans, ein silbern umrandetes, dunkellila geflammtes T. Es ist ziemlich ausgewaschen, also muss sie es schon lange haben. Bisher ist mir nie in den Sinn gekommen, dass sie Fan genau des Teams sein könnte, das ich trainieren werde. Aber eigentlich hätte ich es wissen müssen. Pittsburgh ist eine dieser Städte, in denen die Fans ebenso zahlreich wie treu und leidenschaftlich sind.

„Wie ich sehe, bist du ein Fan."

Über ihre Schulter hinweg schaut sie mich an. „Finde mal einen gebürtigen Pittsburgher, der kein Fan der Titans ist."

Lachend nicke ich. „Ich kann dir für jedes Spiel deiner Wahl Tickets besorgen."

Ich rechne fest damit, dass sie sich über mein Angebot freut. Stattdessen bemerke ich, wie sie sich ein wenig anspannt.

Den Rücken mir zugewandt sagt sie: „Das ist wirklich süß, aber um ehrlich zu sein, ist mir nicht wohl dabei, dorthin zu gehen."

Einen Moment lang bin ich überrascht und verstehe nicht, was sie meint. Bevor ich nachfragen kann, dreht sie sich zu mir um, und ich kann in ihrem Gesicht erkennen, dass sie beschlossen hat, mir nichts zu verheimlichen. Es freut mich, denn gerade weil wir doch miteinander verbunden sind, sollten wir nichts zurückhalten.

„Ich … ähm … Es fällt mir ziemlich schwer, meine Angst, erneut angegriffen zu werden, zu überwinden. Ich gehe also nicht viel raus."

Sobald die Worte ausgesprochen sind, macht sie sich auf meine Antwort gefasst. Sie spannt sich an, reckt das Kinn vor und der Ausdruck in ihren Augen bekommt eine kühle Note. An ihrer Reaktion kann ich ablesen, wie die Menschen um sie herum mit ihrer offen ausgesprochenen Angst umgehen, und ich vermute stark, dass man sie nicht respektiert.

„Es tut mir sehr leid, dass du so fühlst", sage ich. „Traumata wie unsere können verdammt schwerwiegend und langwierig sein."

Als sich ihre Schultern leicht entspannen und Dankbarkeit in ihren Augen aufleuchtet, weiß ich, dass ich die richtigen Worte gewählt habe. Ihr Blick bleibt auf mich gerichtet.

„Hast du Angst?"

Ich entscheide mich, ehrlich zu sein. „Nicht davor, wieder angegriffen zu werden. Bei mir ist es die Angst, nie wieder normal zu werden."

Sophie stößt ein humorloses Lachen aus. „Ich fühle mich so dümmlich dabei, dermaßen von dieser Angst besessen zu sein. Die Chancen, dass mir so etwas noch einmal passieren wird, sind gering.“

„Extrem gering, wenn du nirgendwo mehr hingehst.“

Mit einem kurzen Nicken bestätigt sie meine Aussage und ihre Wangen erröten vor Verlegenheit. „Man hat mich gestern entlassen, weil ich nicht mehr in der Lage bin, in meinen alten Job zurückzukehren.“

„Das tut mir leid“, sage ich ernst. „Das ist wirklich mies.“

„Ich mache alles richtig. Ich habe mich in Therapie begeben, ich gehe manchmal unter Menschen und ich bin auch schon mutiger geworden. Es dauert einfach so verdammt lange.“

„Sei nicht so streng mit dir.“

Sie lächelt und bückt sich, um nach dem Maisbrot zu sehen. Während sie das Brot aus dem Ofen holt, entschließe ich mich, zu testen, wie mutig sie wirklich geworden ist. „Wenn ich dich also zum Mittagessen einladen würde, würdest du dich dort mit mir treffen?“

Sie stellt das Maisbrot auf der Arbeitsfläche ab, zieht sich die Ofenhandschuhe aus und schaut mich mit einer erhobenen Augenbraue an. „Wie weit weg?“

„Wie weit entfernst du dich normalerweise von deinem Zuhause?“, will ich wissen.

„Um meine Eltern zu besuchen, fahre ich bis Mount Lebanon. Ansonsten sind es nur ein paar Meilen.“

Ich denke kurz nach, bevor ich antworte. „Nun ja, ich bin traditionell veranlagt, und wenn ich dich zum Mittagessen einlade, beinhaltet das normalerweise, dass ich dich abhole. Allerdings finde ich, dass du deine Komfortzone erweitern solltest. Wie wäre es also, wenn wir uns im Fairview treffen und dort zusammen essen?“

„Wohnst du da?“

„Bis ich mich entschlossen habe, wie und wo ich zukünftig leben möchte. Ich weiß noch nicht genau, ob ich mieten oder kaufen oder ob ich in der Stadt oder außerhalb wohnen möchte. Ich denke, ich werde mich am Wochenende einmal umsehen.“

Sophie lehnt sich gegen die Arbeitsplatte, verschränkt ihre Arme und mustert mich. „Du wirst mich herausfordern, nicht wahr?“

„Yep.“

„Aber du weißt schon, dass ich nicht gerettet werden muss, oder?“

„Irgendwie habe ich mich aber daran gewöhnt“, entgegne ich grinsend.

Sophie lacht schallend. Verdammt, wenn das nicht wunderschön ist. Sie schüttelt den Kopf, diesmal nicht ablehnend, sondern aus purer Belustigung.

„Wir werden sicher gute Freunde, Sophie“, versichere ich ihr. „Seit jenem Abend habe ich einiges erreicht und ich werde dich nicht zurücklassen.“

Ihr Gesichtsausdruck wird sanfter, ihre Augen füllen sich mit Tränen. Nickend blinzelt sie heftig. „Danke.“

„Keine Ursache“, antworte ich lächelnd und nicke vielsagend in Richtung Chili. „Ist das Essen jetzt fertig? Ich bin nämlich am Verhungern.“

Sie lacht wieder. „Es ist fertig. Ich werde es anrichten.“

Kapitel 7

Sophie

Meine Handflächen sind feucht, als ich in die Liberty Avenue einbiege und das Fairview Hotel sehen. Erfolglos habe ich versucht, den heutigen Lunch mit Baden abzusagen. Heute früh bin ich mit heftigem Nervenflattern aufgewacht – nur beim Gedanken daran, nach Downtown fahren und dort parken zu müssen, wurde mir speiübel. Also habe ich beschlossen, zu kneifen und abzusagen.

Es war viel weniger die Fahrt nach Fairview, die mir Sorgen bereitete, sondern eher, dort parken und zu Fuß zum Hotel gehen zu müssen. In der Nähe der U-Bahn-Station Wood Street gibt es ein Parkhaus. Es liegt nur einen Häuserblock von unserem Treffpunkt entfernt. Aber der bloße Gedanke daran, dort an den vielen Schatten und Versteckmöglichkeiten zwischen den Autos vorbeigehen zu müssen, ließ mich schier verzweifeln.

Es war einfach zu viel für mich und ich habe Baden eine Nachricht geschickt. *„Ich werde es heute nicht schaffen. Tut mir leid."*

Ich rechnete mit einer Antwort wie *„Alles gut, wir können uns ein andermal treffen".*

Aber als Baden gestern gesagt hat, wir würden gute Freunde werden und dass er mich nicht zurücklassen würde, meinte er es auch so. Ohne jegliche Umschweife antwortete er: *„Woran auch immer es liegt, dass du zu viel Angst hast, herzukommen, lass uns darüber reden und einen Weg finden, damit umzugehen."*

Ungläubig starrte ich auf mein Telefon. Er forderte wirklich von mir, über meinen Schatten zu springen.

Ich war gerade dabei, eine Antwort zu verfassen und ihn abzuwimmeln, als mein Telefon klingelte und sein Name auf dem Display aufleuchtete. Zögernd nahm ich das Gespräch entgegen. „Hallo?"

„Das hier ist einfach zu wichtig, als dass wir hin- und herschreiben sollten", sagte Baden forsch und lachte dann. „Oh, und guten Morgen."

„Guten Morgen", antwortete ich automatisiert und mit leicht pochendem Herzen. Ich hatte Angst davor, dass er mich überreden würde, zu kommen, war aufgeregt, seine Stimme zu hören, und angetan davon, dass ich ihm so wichtig bin, dass er mich anruft, statt einfach nur eine Nachricht zu senden.

„Wovor fürchtest du dich am meisten?", fragte er. Die Entschlossenheit in seiner Stimme machte mir klar, dass er sich nicht so einfach abwimmeln lassen würde.

Ich beschloss, ehrlich zu sein. „Ich möchte nicht ins Parkhaus und dann zu Fuß bis zum Fairview gehen. Der bloße Gedanke daran lässt die Angst in mir aufsteigen."

Und dann bewies dieser Mann, weshalb wir wirklich gute Freunde werden würden. Er versuchte nicht, mich dazu zu bringen, meine Grenzen zu überschreiten, obwohl ich mich noch nicht so weit fühlte. Er gab mir nicht das Gefühl, mich dafür schämen zu müssen. Er ließ sich nicht anmerken, ob es ihn frustriert oder nicht. Stattdessen sprach er meine Ängste aus.

„Ich verstehe das vollkommen. In Parkhäusern ist es meist ziemlich dunkel, und da du auf einem Parkplatz angegriffen wurdest, ist es viel verlangt, sich wieder in so eine Situation zu begeben. Ich habe aber eine Lösung. Fahr einfach direkt vor das Fairview und ich übernehme die Kosten für den Parkservice. Ich werde vor der Tür auf dich warten. Ganz einfach.“

Er konnte mich ja nicht sehen, aber seine liebevolle Art hat mir die Tränen in die Augen getrieben. Ich musste heftig schlucken, bevor ich antworten konnte. „Okay, dann bis zum Mittag.“

Als ich zum halbkreisförmigen Parkservice-Bereich des Fairview fahre, steht dort eine kleine Gruppe Menschen. Ich suche nach Baden. Ich weiß tief in mir, dass ich vorbeifahren und mich auf den Weg nach Hause machen werde, falls er nicht dort ist.

Ich habe Monate in Therapie verbracht, in der meine Therapeutin meine Ängste anerkannt und mir versichert hat, ich müsse mich nicht dafür schämen. Sie sind das Ergebnis eines Traumas. Aber in diesem Moment, als ich bereits dabei bin, meine Fluchtroute zu planen, weiß ich mit absoluter Sicherheit, dass ich irrational handele.

Genau wie er es zugesagt hat, steht Baden draußen vor den Türen der Lobby und unterhält sich mit einem der Parkservice-Angestellten. Er sieht mich heranfahren, erkennt mich hinter dem Lenkrad und schenkt mir ein strahlendes Lächeln. Seltsamerweise verlangsamt sich vor Erleichterung, dass er da ist, mein Puls und ich atme tief aus.

Doch sofort schlägt mein Puls wieder höher, als mir bewusst wird, wie unwahrscheinlich attraktiv er ist. Ich weiß nicht, ob ich so empfinde, weil er dort steht und auf mich wartet, damit ich keine Angst habe, oder ob sein Aussehen bei mir die richtigen Knöpfe drückt. Er trägt Jeans, einen dunkelblauen Kurzmantel gegen die Kälte und schwarze Wildlederschuhe. Wie er da so steht, lässig und doch modisch mit seinem Gentleman-Style und seinem dunklen, perfekt zurückgekämmten Haar, kann ich mich des Gedankens nicht erwehren, dass er aus dem Stoff ist, aus dem weiße Ritter gemacht sind.

Noch während ich die Auffahrt zum Hotel entlangfahre, schelte ich mich dafür, in Baden einen weißen Ritter zu sehen.

Nicht, dass er das nicht ist oder besser gesagt, war. In der Vergangenheit. Er hat mich bereits einmal gerettet, aber ich muss nicht noch einmal von ihm gerettet werden. Ausgenommen natürlich dieses eine Mal, bei dem er auf mich wartet, damit ich nicht in einer Tiefgarage parken muss.

Der Parkservice öffnet mir die Tür. Baden steht direkt neben ihm. Während ich aussteige, steckt er dem Parkservice-Mitarbeiter Geld zu.

Baden grinst mich an. „Hi.“

„Hi“, antworte ich, unfähig, mein Lächeln im Zaum zu halten.

Baden schüttelt sich vor Kälte und verzieht das Gesicht. „Es wird wohl noch eine Weile dauern, bis ich mich wieder an die Kälte gewöhnt habe.“

„Wieder?“, frage ich, während Baden meine Hand ergreift und sie bei ihm unterhakt. Es ist eine charmante Geste, aber am meisten beeindruckt mich, dass ich mich beschützt und sicher fühle.

„Ich komme aus Montreal, wir kennen uns mit kaltem Wetter aus. Und ich habe in Buffalo gespielt“, erklärt er mir, während wir in Richtung der Türen zur Lobby gehen. „Aber Arizona hat mich wohl doch ein wenig verweichlicht.“

Bei der Drehtür angekommen, lässt Baden mir den Vortritt. Als ihn die Tür hinter mir wieder freigibt, nehme ich mir einen Moment Zeit, das Innere des Hotels zu bewundern. Ich habe noch nie im Fairview übernachtet, aber ich war schon einmal für ein Abendessen hier. In der strahlenden Lobby blickt man auf Marmor, Leder und Chrom, und neben dem Empfangstresen befindet sich ein Kamin aus Granit. Was mir aber am besten am ganzen Hotel gefällt, ist das frei herumlaufende Maskottchen – ein Pitbull-Boxer-Mix namens Orbie. Er ist vom Geschäftsführer des Hotels gerettet worden und begleitet sein Herrchen nun jeden Tag zur Arbeit. Orbie ist das Aushängeschild des Hotels.

Orbie kommt mit seinem wackelnden Stummelschwänzchen auf mich zugetrottet, und ich beuge mich zu ihm hinab, um ihm die Ohren zu kraulen. Baden tut es mir gleich und nennt ihn beim Namen. Sie haben sich also bereits kennengelernt.

Wir erheben uns und er sagt: „Der absolute Pluspunkt dieses Hotels – ein Hund in der Lobby, um die Gäste zu begrüßen.“

„Ich kann mir vorstellen, dass dir bei den vielen Hotels, die du das ganze Jahr über zu Gesicht bekommst, schon einige Annehmlichkeiten begegnet sind.“

Baden führt mich in Richtung Treppe, die zum Restaurant führt. „Mir sind in einigen der gehobenen Hotels tatsächlich einige Besonderheiten begegnet, ein Hund ist aber immer noch das Beste.“

„Du magst also Hunde?“

„Ich mag *alle* Tiere“, erklärt er, während wir die Treppe hinaufgehen. Mir fällt auf, dass er, obwohl sein Gang normal erscheint, das Geländer als Stütze nutzt. „Aber Hunde mag ich am liebsten. Ich bin mit Hunden aufgewachsen. Meine aktuellen Lebensumstände lassen es aber leider nicht zu, einen Hund zu halten. Zu viele Reisen.“

„Kann ich mir vorstellen.“

Baden sagt nichts mehr und wir werden fast unmerklich langsamer. Es scheint, als würden ihn die letzten Stufen ein wenig mehr fordern, und ich muss mich beherrschen, ihn nicht zu fragen, ob alles okay ist. Seine Genesung ist noch nicht ganz abgeschlossen und ich möchte ihn nicht bloßstellen. Nicht, dass er einen Grund hätte, sich bloßgestellt zu fühlen. Noch vor sieben Monaten ist er von der Hüfte abwärts gelähmt gewesen. Auch wenn ich der Meinung bin, Schwierigkeiten dabei zu haben, eine Treppe hinaufzugehen, ist kein Grund, sich zu schämen, weiß ich nicht, wie Baden mit Druck umgeht, und ich entscheide mich für Small Talk.

„Während meiner Zeit als Referentin für Medizinprodukte bin ich viel herumgereist. Ansonsten hätte ich mir mit Sicherheit einen Hund angeschafft. Ich bin auch mit Hunden aufgewachsen. Wir hatten einen Cocker Spaniel und einen Husky. Ich denke aber, sollte ich mir jemals wieder einen Hund holen, würde ich mich für einen Labrador oder einen Golden Retriever entscheiden. Meine Freundin Frankie hat einen Labbi, und der ist einfach wunderbar.“

Wir kommen oben an und Baden hält kurz inne. Er ist weder außer Atem, noch scheint er Schmerzen zu haben. Dennoch werde ich den Eindruck nicht los, dass es für ihn anstrengender war, diese Treppe hinaufzusteigen, als er angenommen hat.

„Das war echt fies“, sagt er mit Blick auf die Treppe und zwinkert mir zu.

„Falls es hilft, du hast beim Heraufgehen fantastisch ausgesehen“, ermutige ich ihn.

„Es hilft“, antwortet er grinsend und führt mich dann ins Restaurant.

Offensichtlich hat Baden einen Tisch reserviert, denn die Dame am Empfangspodium weist uns sofort, nachdem er seinen Namen genannt hat, einen Tisch zu. Falls sie ihn als den neuen Trainer der Titans erkannt haben sollte, lässt sie es sich nicht anmerken.

Am Tisch angekommen, zieht Baden meinen Stuhl zurück, während ich meine Jacke aufknöpfe. Er überrascht mich, als er mir beim Ausziehen der Jacke zur Hand geht. Er drapiert sie über meiner Stuhllehne und verfährt mit seiner Jacke genauso, bevor er sich hinsetzt.

Die Hostess reicht uns die Speisekarte und rattert dann die Mittagsangebote herunter. „Wir haben im Holzofen gegartes Atlantikseelachsfilet an frischem Gemüse, Rinderfiletspitzen an roten Kartoffeln, und als vegetarisches Special bieten wir ein Spinatrisotto an. Brad wird Sie heute bedienen. Genießen Sie Ihr Essen und Ihren Aufenthalt.“

Baden dankt ihr, schaut kurz in die Karte und dann wieder zu mir. „Also …“

„Also …“ Ich fühle mich, als hätte ich eine Millionen Dinge zu sagen, weiß aber nicht, wo ich anfangen soll. Sofort tritt ein junger Mann an unseren Tisch heran. Er trägt schwarze Hosen und ein weißes Hemd. In der einen Hand hält er eine Karaffe mit Eiswasser und in der anderen Hand einen Teller mit Zitronenscheiben. Mit auf dem Schoß verschränkten Händen warte ich darauf, dass er das Wasser einschenkt und den Teller abstellt.

Sobald er weg ist, erscheint eine Frau, ebenfalls in schwarzer Hose und weißer Bluse. „Guten Tag, darf ich Ihnen unsere Tagesangebote empfehlen?“

„Die kennen wir bereits“, lässt Baden sie wissen.

Daraufhin zieht die Kellnerin einen Notizblock aus ihrer Schürze und zückt ihren Stift. „Haben Sie sich schon entschieden?“

„Wir haben uns gerade erst hingesetzt“, bemerkt Baden höflich.

Die Dame errötet und zieht sich mit dem Versprechen zurück, uns mehr Zeit zu geben.

In dem Moment, als Baden sich mir wieder zuwendet und den Mund öffnet, um mir etwas zu sagen, taucht ein großer Mann mittleren Alters an unserem Tisch auf.

„Mr. Oulett, dürfte ich Sie um ein Foto und ein Autogramm bitten?“

Es bringt mich völlig aus dem Konzept, dass dieser Mann einfach so an unserem Tisch erscheint und Baden anspricht. Ich sinke etwas auf meinem Stuhl zusammen. Mein Gehirn hat noch nicht ganz realisiert, dass es sich um einen Fan handelt, und nicht etwa um einen verdächtigen Fremden. Mein Instinkt wegzulaufen ist ziemlich stark, und meine Beine beginnen, zu zittern, weil ich ihnen nicht gestatte, wegzulaufen. Auf meiner Stirn bilden sich Schweißperlen, und ich höre, wie Baden etwas zu dem Mann sagt. Ich kann nicht verstehen, was es ist. Alles klingt weit weg, wie in einem Tunnel, und die Ränder meines Sichtfeldes verschwimmen. Auf meiner Brust lässt sich eine schwere Last nieder. Das Bedürfnis wegzulaufen ist verschwunden, weil ich schlichtweg nicht mehr laufen kann. Ich fühle mich unendlich schwach.

„Sophie.“

Klar und deutlich höre ich meinen Namen. Es ist Badens Stimme und ich fühle eine warme Hand auf meiner Schulter.

„Sophie.“

Ich blinzele und schaue in Badens ausdrucksstarke bernsteinfarbene Augen. Er kniet neben meinem Stuhl; mit einer Hand hält er sich an der Ecke des Tisches fest, die andere hat er auf meine Schulter gelegt. Mir wird klar, dass ich wohl gerade eine Panikattacke habe. Eine so heftige, dass Baden aufstehen und sich zu mir knien musste. Das Ganze ist mir so unangenehm, dass ich spüre, wie es mir die Schamesröte in heißen Schauern ins Gesicht treibt. „Es tut mir so furchtbar leid. Ich weiß nicht wie das passieren konnte.“

„Schhh“, murmelt er und drückt sanft meine Schulter. „Du warst ein wenig überfordert. Niemand hat etwas bemerkt.“

Eine sehr nette Umschreibung meines Aussetzers.

„Es ist mein erstes Mal in einem Restaurant, und ich glaube, all die Menschen, die auf einmal an unseren Tisch kamen … das war einfach …“

Baden nimmt seine Hand von der Ecke des Tisches und ergreift meine Hand, die in meinem Schoß liegt. Es ist eine sehr intime Berührung. Mit unseren sich berührenden Handflächen bietet er mir Halt und Sicherheit.

Er drückt meine Hand. „Achten wir nicht auf die Menschen“, schlägt er mit tiefer, melodischer Stimme vor. „Konzentrieren wir uns auf Dinge.“

In diesem Moment fällt es mir leicht, mich auf seine Augen zu konzentrieren. Seine Augen, die nur auf mich gerichtet sind.

„Beschreibe mir den Tisch“, sagt er leise. „Was siehst du?“

Nur mit Mühe kann ich meine Aufmerksamkeit auf etwas anderes als ihn lenken. „Einen kleinen Teller mit Zitronenscheiben. In einer von ihnen ist ein Kern.“

„Sehr gut“, lobt er mich.

„Eine Vase aus Milchglas mit einer Rose, die gerade anfängt, sich zu öffnen.“

„Weiter“, fordert er.

„Kondenswasser, das an der Wasserkaraffe herunterläuft. Oben in der Karaffe schwimmen Eiswürfel. Servietten aus Leinenstoff, bestickt mit dem Fairview-Logo. Ein kleines mit Eis gefülltes Gefäß, auf dem sich Butterlocken befinden. Dein Handy in einer Vengeance-Schutzhülle. Die solltest du unbedingt gegen eine Titans-Schutzhülle austauschen.“

Baden lacht leise. „Ich würde es auch gern ausschalten, aber da es erst mein zweiter Tag in meinem neuen Job ist, möchte ich erreichbar sein.“

Ich lache und mit einem Mal fühle ich mich okay. Der Druck auf der Brust ist verschwunden und ich fühle mich leicht.

Unbeschwert.

Sicher.

„Geht es dir besser?“, fragt er, immer noch in der Hocke neben mir.

„Ja, mir geht es besser.“ Ich atme tief aus und wieder ein. Ja, es geht mir gut.

Baden lächelt und geht zu seinem Stuhl zurück. Nachdem er sich hingesetzt hat, verwickelt er mich sofort in ein Gespräch, damit meine Aufmerksamkeit weiter auf ihn gerichtet bleibt.

„Morgen findet das erste Teamtraining statt“, erzählt er, während er seine Arme vor sich auf dem Tisch verschränkt. „Wir treffen uns heute Nachmittag mit einem weiteren Goalie, Drake McGinn. Ansonsten steht der Großteil des Teams fest.“

„Es ist unfassbar, wie schnell das alles vonstattengeht.“ Als der Kellner mit zwei Tellern an unserem Tisch vorbeigeht, schenke ich ihm vor lauter Aufregung wegen der Insider-Informationen über die Neuaufstellung der Titans kaum Beachtung. „Worauf können sich die Fans einstellen?“

Baden lehnt sich ein wenig nach vorn. „Es ist zurzeit zwar noch streng geheim, aber man munkelt, die

Liga hätte in einer Notfallabstimmung beschlossen, Brian Brannons Vorschlag anzunehmen und den Punktestand rückwirkend zum Stand des Flugzeugabsturzes einzufrieren. Die Zustimmung musste einstimmig gegeben werden. Offensichtlich musste Mr. Brannon sich bei einigen Teameigentümern ein wenig durchsetzen, aber am Ende waren alle an Bord."

„Oh, wow. Das ist unglaublich."

„Die Punktesperre gilt bis zu diesem Freitag."

„Sie werden bis Freitag ein spielbereites Team haben?"

Baden lächelt bittersüß. „Wir werden ein Team haben. Ob wir in der Lage sein werden, uns im Spiel zu behaupten, steht auf einem anderen Blatt, aber wir werden auf dem Eis stehen."

Ich mag mir gar nicht vorstellen, wie das ausgehen könnte. Baden hatte mir gestern Abend während des Chiliessens erzählt, dass sie die meisten Spieler aus den Minors und einige aus dem Ruhestand geholt haben. Selbstverständlich weiß ich, dass Coen Highsmith, der beste Spieler unseres Teams, nicht an Bord des Flugzeuges gewesen ist. Somit hätten wir wenigstens einen guten Spieler auf dem Eis. Man kann aber kein Team mit nur einem fähigen Spieler zum Erfolg führen. So ein Team ist eine zusammenhängende Einheit, in der jedes Rädchen in ein anderes greifen muss, damit alles reibungslos läuft.

Baden fährt fort und erzählt mir von den aus dem Ruhestand zurückgeholten Spielern. Der vorläufige Kader ist heute veröffentlicht worden. Dennoch könnte es doch noch einige Änderungen geben, wie zum Beispiel Drake McGinn.

„Wird er sich für das Team qualifizieren müssen?“, will ich wissen.

Er schnaubt und lächelt amüsiert über meine Frage. „Wir sind diejenigen, die sich qualifizieren müssen. Er ist nicht wirklich erpicht darauf, in die Liga zurückzukehren. Ich muss also ein wenig Überzeugungsarbeit leisten.“

Unsere Kellnerin kehrt zurück und bringt uns Brot und wir haben uns immer noch nicht mit der Speisekarte beschäftigt. Baden bedeutet mir, er habe nicht mehr so viel Zeit, und so wenden wir uns den Karten zu und bestellen blind drauflos. Für mich einen gemischten Salat mit gebratenen Hühnerstreifen und für ihn einen Geflügelsalat.

Als sich die Kellnerin zum Gehen wendet, um unsere Bestellung weiterzugeben, fällt mir auf, dass es mich nicht beunruhigt hat, dass sie an unseren Tisch gekommen ist, und dass ich auch keine nachträgliche Panik in mir schwelen spüre. In Badens Gegenwart fühle ich mich vollkommen wohl. Es reicht mir aus, ihn auf der anderen Seite des Tisches zu wissen, und schon kann mir in diesem Restaurant nichts passieren. Und was noch wichtiger ist, er kann auch nicht verletzt werden.

Nach dem Brotkorb greifend, frage ich ihn: „Weshalb müsst ihr Drake McGinn erst überzeugen, zurückzukommen?“

Die nächsten fünfundvierzig Minuten reden wir ununterbrochen. Er erzählt mir davon, dass Drakes Ex-Frau ihn beschuldigt hat, illegale Wetten abgeschlossen zu haben, und dass man ihn aus der Liga geworfen hat. Er erzählt mir von seinen Eltern in

Montreal und wie sie ihn in den Wochen nach seinen ersten Operationen abwechselnd in Phoenix besucht haben. Ebenso wie ich ist er ein Einzelkind, und so verglichen wir unsere Pro- und Kontralisten über unsere Leben als solche. Ich erzähle ihm vom Möbelhandel meiner Eltern und dass ich unfassbar stolz auf meine Eltern und ihre Arbeit bin, mit der sie uns ein gutes Leben ermöglicht haben, dass ich aber dennoch kein Teil davon sein will. Meine Eltern waren zwar enttäuscht, aber sie wollten auch, dass ich glücklich bin.

Ich erzähle ihm von Frankie und dass ihre Wohnung der einzige Ort sei, den ich bereit bin, zu besuchen – außer dem Haus meiner Eltern. Ich erkläre ihm, wie sie mich oft fordert, während mein Vater mich zugegebenermaßen in Watte packt.

„Hattest du während der Reha auch so jemanden an deiner Seite?", will ich wissen.

Badens Mine wird etwas betrübter und er nickt. „Wes Hollyfield ist mein bester Freund."

„O mein Gott", hauche ich voller Mitgefühl. Wes war ein Spieler der Titans und ist bei dem Flugzeugunglück ebenfalls ums Leben gekommen.

„Er hat mich ein paarmal besucht und ständig angerufen oder mir Nachrichten gesendet. Er hat mich sehr angetrieben, während meine Eltern eher passiv waren. Ich verstehe also, was du meinst, wenn du über die Unterschiede zwischen Frankie und deinen Eltern redest. Ich finde allerdings beides sehr wichtig."

„Es tut mir furchtbar leid, Baden. Ich wusste nicht, wie nah du Wes gestanden hast. Du hast sehr viel durchmachen müssen.“

„Das ist wahr“, stimmt er zu. „Ich bin gerade dabei, alles zu verarbeiten. Ich trauere, wenn ich trauern muss, und ich versuche, mich auf die Zukunft zu konzentrieren. Das würde Wes sich sicherlich von mir wünschen.“

„Hat die Tatsache, dass er Teil dieses Teams gewesen ist, deine Entscheidung beeinflusst, die Stelle anzutreten?“, möchte ich von ihm wissen.

„Ja, ich dachte an ihn, als ich mich entschieden habe.“

„Dann ist er immer noch dein Freund, wenn auch von da oben.“

Baden lächelt sanft. „So habe ich es noch nicht betrachtet, aber ich denke, du hast recht.“

Während Baden seinen Salat aufisst, schaut er noch kauend auf seine Uhr. Er schluckt, wischt sich den Mund mit der Serviette ab und blickt mich entschuldigend an. „Es tut mir furchtbar leid, aber ich muss los.“

Er hat sich mit Drake drüben im Stadion verabredet, um ihn zu überzeugen, dem Team beizutreten.

Baden neigt sich zur Seite, holt sein Portemonnaie aus seiner Jeans hervor und winkt die Bedienung heran. Als sie bei uns am Tisch angekommen ist, bittet er um die Rechnung.

„Vielen Dank für das Mittagessen.“ Ich schiebe meinen Salatteller von mir und verschränke die Arme vor mir auf dem Tisch. „Und danke, dass du mich dazu gebracht hast, hierher zu kommen. Ich brauchte diesen Schubs.“

„Ich werde dich noch weiter schubsen“, antwortet er lächelnd. „Du brauchst aber Hilfe dabei und ich werde dich unterstützen.“

Ich starre vor Bewunderung für diesen Mann vor mich hin. Meinetwegen hat er so viel verloren, und er ist immer noch gewillt, mehr zu tun. Es ist verwirrend, aber ich kann mich nicht dagegen verwehren, dass es genau das ist, was ich brauche. Als hätte uns das Schicksal gemeinsam auf diesen Weg geschickt.

„Ich wünschte, ich könnte irgendwie auch für dich da sein“, gebe ich zu, während wir auf die Rechnung warten.

„Wie wäre es, wenn du mir hilfst, nach einer Bleibe zu suchen, sobald ich Zeit dafür habe?“

Damit kam er mir entgegen. Ich weiß, dass er meine Hilfe dabei nicht unbedingt braucht, aber ich freue mich sehr, ihn dabei unterstützen zu können. „Weißt du was? Am besten gibst du mir ein paar Infos, wie zum Beispiel die gewünschte Entfernung zum Stadion oder zum Flughafen, und ich suche schon einmal ein paar geeignete Angebote heraus.“

„Im Ernst?“, fragt er ehrlich erfreut. Es ist sehr viel Arbeit, die ich ihm da abnehme.

„Aber gern“, versichere ich ihm und winke ab.

„Das wäre wirklich wunderbar. Ich kann es kaum erwarten, endlich nicht mehr in diesem Hotel wohnen zu müssen. Es ist schön und alles, aber ich lebe so schon genug in Hotels, wenn ich mit dem Team unterwegs bin, und ich mag es nicht besonders. Es gibt mir ein Gefühl der Rastlosigkeit.“

Ich habe einen plötzlichen Geistesblitz und eventuell habe ich noch ein Ass im Ärmel. „Also, wenn das so ist … Es könnte vielleicht seltsam wirken, aber ich habe noch ein zusätzliches, nicht genutztes Zimmer mit einem unwahrscheinlich bequemen Bett. Bis auf die knarrenden Treppenstufen ist es dort ziemlich ruhig und ich bin eine gute Köchin. Du müsstest dich nicht mehr von Fast Food oder mittels Zimmerservice ernähren, und du müsstest auch nicht hetzen, schnell etwas Neues zu finden. Und bevor du mein Angebot ablehnst, weil du mir keine Last sein willst, sollst du wissen, dass ich dir einfach gern irgendwie helfen möchte. Es würde mir wirklich sehr viel bedeuten, dich zu unterstützen und dir zu helfen, während du dich in Ruhe nach einer dauerhaften Bleibe umsiehst.“

Die Kellnern kommt mit der Rechnung an unseren Tisch, und Baden macht sich nicht einmal die Mühe, die Rechnung zu überprüfen. Er reicht ihr einfach seine Kreditkarte.

Mit dem Finger am Kinn scheint er meinen Vorschlag zu überdenken. „Du würdest sogar für mich kochen, ja?“

„Du wirst erstklassig verpflegt.“

„Machst du auch die Wäsche?“

Naserümpfend entgegne ich: „Auf keinen Fall.“

„Und du würdest mir weiterhin helfen, eine Bleibe zu finden?“

„Ich bin voll und ganz dabei.“ Ich nehme mir vor, schon heute Nachmittag damit anzufangen.

Badens honigfarbene Augen scheinen zu leuchten, und sein Lächeln beweist, dass er, nachdem wir all die

Neckereien hinter uns gebracht haben, wirklich von meinem Angebot angetan ist. „Das ist ein wirklich liebes Angebot und ich bin kein Idiot. Ich bin dabei."

Als ich meine Hand über den Tisch ausstrecke, strahle ich von innen heraus. „Mitbewohner?"

Er ergreift meine Hand. Fest und gleichzeitig sanft. „Mitbewohner."

Ich bin froh, etwas für Baden tun zu können, und ich betrachte es als Beweis unserer Freundschaft. Aber ich kann auch nicht abstreiten, dass mich in dem Moment, als sich unsere Hände berühren, ein undefinierbares Kribbeln durchfährt. Etwas dergleichen habe ich schon lange nicht mehr gespürt. Aber wahrscheinlich rührt es nur daher, dass er einfach ein attraktiver Mann ist und ich eine einsame Frau bin. Auch wenn seinerseits klar zu sein scheint, dass unsere Beziehung rein freundschaftlicher Art ist, bin ich mir durchaus darüber im Klaren, dass zumindest von meiner Seite aus mehr Interesse bestehen könnte. Was sehr schade ist, denn ich bin mir nicht sicher, ob Baden mich überhaupt ansprechend findet. Er ist so selbstbewusst, ist wie ein Phoenix aus der Asche wiederauferstanden und hat sich nach diesem traumatischen Erlebnis wieder ins Leben zurückgekämpft. Ich bin nicht einmal ansatzweise so. Unfähig, meine Ängste zu überwinden, habe ich mich meiner Schwäche hingegeben. Obwohl ich nicht glaube, für ihn nur ein Mitleidsfall zu sein, weil er ein herzensguter Mensch ist, glaube ich kaum, dass er je mehr in mir sehen wird als eine gute Freundin.

Kapitel 8

Baden

Ich fahre in die Angestelltentiefgarage unter das Stadion, wo sich auch die Umkleideräume und die Eisfläche befinden. Die Architektur erweckt den Eindruck, es handele sich um eine eingegrabene Schüssel. Ich muss jetzt in den Trainermodus schalten.

Bei meiner Ankunft heute früh um sieben war ich Trainer durch und durch. Es war ein vollgepackter Morgen. Wir Trainer sind zusammengekommen, um Trainingszeiten, Zielsetzungen und eventuelle Wechsel zu besprechen. Das Wichtigste aber war, dass Matt Keller sicherstellte, dass wir seine Trainingsphilosophie verinnerlichen. Er legt großen Wert auf Erwartungen und Zielsetzungen, die Festigung der Teamkultur und Motivationstaktiken. Allesamt Werte, mit denen sowohl ich mich als auch die anderen Trainer sich identifizieren. Es auszusprechen ist eine Sache, danach zu handeln eine andere. Vorerst erlaube ich mir kein Urteil.

Bevor ich aus meinem Mietwagen aussteige, lehne ich mich in meinem Sitz zurück und denke an das Mittagessen mit Sophie. Die Zeit ist wie im Flug vergangen, und ich fand es wirklich sehr schade, wieder gehen zu müssen. Zugegeben, ich hatte sie hauptsächlich zum Lunch eingeladen, um ihr die Gelegenheit zu geben, an ihren durch ihre Ängste auferlegten Grenzen zu arbeiten. Aber als es schließlich Zeit für mich war, zu gehen, war ich nicht mehr nur an unserer aus dem gemeinsamen Trauma entstandenen Verbindung interessiert. Sophie war wesentlich charmanter, witziger und freundlicher, als ich erwartet hatte. Sie ist wie das nette Mädchen von nebenan, das zufälligerweise auch noch bezaubernd ist.

Mein Bild von ihr hat sich geändert. Ich seufze, weil ich gerade eigentlich so gar nicht an sie denken sollte. Schließlich muss ich arbeiten.

Ich schalte in den Trainermodus und steige aus.

Die Zuschauerränge, die das Spielfeld umgeben, erstrecken sich über drei nach oben auffächernde Ebenen, wodurch die typische Form einer länglichen Schüssel entsteht. Auf der einen Seite befinden sich die Umkleidekabinen und die Trainingsräume der Spieler. Die Büros der Trainer und der Medienraum, der genutzt wird, um Aufzeichnungen von Trainingseinheiten und Spielen anzuschauen und zu analysieren, befinden sich auf der anderen Seite. Alles ist luxuriös gestaltet und ausgestattet – eine Hommage einer dankbaren Norcross-Familie an ein über Jahrzehnte hinweg hart arbeitendes Team. Die Titans haben bereits zahlreiche Meisterschaften gewonnen, und als das Norcross Bank Stadion gebaut wurde, zollte man ihnen Respekt, indem sie nur das Beste vom Besten erhielten.

Ein eigenes Büro zu haben, fühlt sich seltsam an. Ich verspüre den Drang, hinüber auf die andere Seite des Gebäudes in die Umkleidekabinen zu gehen. Dort gehöre ich hin, und nicht hierhin, in ein Büro mit flauschigem Teppich, Einbauschränken und Designermöbeln. Ich werde wohl Zeit brauchen, um mich daran zu gewöhnen.

Als ich mein Büro betrete, fällt mein Blick auf die kahlen Wände und die leeren Regale. Auf meinem Schreibtisch steht ein Firmenlaptop. Ich schätze, ich könnte einige meiner Auszeichnungen mitbringen und sie in die Regale stellen. Eventuell ein paar Fotos.

Leise lachend und in dem Bewusstsein, dass ich wohl nie auch nur irgendetwas hierher bringen werde, weil es mich einfach nicht interessiert, wie es in meinem Büro aussieht, gehe ich um meinen Schreibtisch herum. Meine neue Aufgabe ist es, mit den Goalies zu arbeiten, und das hier ist einfach nur ein Ort, an dem ich mich ab und zu aufhalten werde, wenn es die Gelegenheit fordert.

Ich schaue auf meine Armbanduhr und mache es mir auf meinem ledernen Schreibtischstuhl bequem. In etwa einer Stunde sollte Drake ankommen. Ich habe angeboten, ihn vom Flughafen abzuholen, aber er hat darauf bestanden, ein Uber zu nehmen. Ich habe das Gefühl, dass er damit eine klare Botschaft senden will. Er ist unabhängig und will zu diesem Zeitpunkt nichts von diesem Team geschenkt haben. Er ist misstrauisch und wachsam, und das mit Recht. Die Liga ist nicht gerade zimperlich mit ihm umgegangen, nachdem die Wolves sich von ihm getrennt hatten. Nicht ein einziges Team, auch nicht die Titans, hatten auch nur einen Funken Interesse an ihm gezeigt, und das, obwohl er ein sehr guter Goalie ist.

Es gibt nicht viele, die wirklich daran interessiert sind, was genau Drake zugestoßen ist. Sie sehen nur das, was in den Medien berichtet wird, und auf dieser Grundlage fällen sie ihr Urteil. Als alles den Bach runterging, hat Drake bei mir Gehör gefunden, und ich war einer der wenigen, die voll und ganz auf seiner Seite waren. Es wurde gemunkelt, dass der General Manager der Wolves einen jungen Nachwuchsspieler ins Visier genommen hatte und dass er ihn als Nummer-eins-Torwart einsetzen wollte. Angeblich war er sich sicher, dass Drake die Position des Ersatztorwartes niemals akzeptieren würde. Aber der Deal war bereits gemacht. Und so tauschte der Manager einen weniger guten Stürmer aus der Third Line gegen einen soliden Ersatz-Goalie eines anderen Teams. Nachdem alles unter Dach und Fach war, wurde Drake vom Geschäftsführer und vom Eigentümer des Teams wegen der Anschuldigungen, die seine Ex-Frau gegen ihn erhoben hatte, aus dem Team geworfen.

Als ich die Wolves im Zuge des Expansion Draft in Richtung Arizona verlassen habe, sind Drake und ich in engem Kontakt geblieben. Auch wenn er bei den Wolves der Nummer-eins-Goalie und ich lediglich der Ersatz-Goalie war, haben wir ein enges Band miteinander geknüpft. Er hat mich nach dem Überfall sogar im Krankenhaus besucht.

Als ich ihn dann gestern, nachdem ich meinen Mietwagen abgeholt hatte, um Sophie zu besuchen, angerufen habe, um ihm meinen Vorschlag zu unterbreiten, habe ich fest damit gerechnet, dass er auflegen würde. Denn auch wenn wir Freunde sind, hegt er doch einen tiefen Groll gegen die Liga. Und ich, in meiner Funktion als neuer Trainer der Titans, bin nun Teil dieses Feindbildes.

Zu meiner Überraschung hat Drake sich aber angehört, was ich zu sagen hatte. Wenn auch nicht wirklich interessiert, so hörte er mir doch mit höflicher Neugierde zu. Er erwähnte mit keiner Silbe, was ihm bei seinem vorherigen Team widerfahren ist oder dass er in der Liga nicht mehr erwünscht wäre. Und ich verschwendete unsere Zeit nicht damit, ihm zu versichern, dass sich niemand mehr an diese Dinge erinnern würde. Würde er dem Team beitreten, würde es definitiv Schlagzeilen darüber geben. Alles würde wieder aufgewärmt werden, und wir beide waren uns dessen durchaus bewusst.

Drake hat nicht einmal enttäuscht reagiert, als ich ihm erklärte, dass mein Angebot nicht wirklich ein Angebot wäre und dass er sich für die Position des Nummer-eins-Goalies bei den Titans noch bei einem Probetraining mit zwei weiteren potenziellen Spielern messen müsse. Ich bin mir aber absolut sicher, dass er den Zuschlag erhalten wird, einfach weil er so gut ist. Dennoch ist er bescheiden geblieben. Er war ein Jahr aus der Liga raus und versteht, dass er sein Können erst wieder unter Beweis stellen muss.

Der eigentliche Stolperstein, der Drake davon abhalten könnte, das Angebot überhaupt in Betracht zu ziehen, hat aber nichts mit der Liga zu tun, sondern damit, dass er inzwischen alleinerziehender Vater dreier Kinder ist. Ich habe nicht übertrieben, als ich Brienne vom Fremdgehen und obendrein noch von der Drogensucht seiner Frau erzählt habe. Das vergangene Jahr hat Drake damit verbracht, um das Sorgerecht und auch um das Umgangsrecht für seine drei Jungs zu kämpfen, und er hat beides auch bekommen. Viele Steine hatte man ihm dabei nicht in den Weg gelegt. Er hat mir erzählt, seine Ex-Frau hätte es nicht einmal für nötig gehalten, bei Gericht zu erscheinen. Sie besucht ihre Kinder nur gelegentlich und er lässt sie nie mit ihr allein. Die Besuche finden bei ihm zu Hause unter Aufsicht statt, und meist hat sie kein Interesse daran, weil sie fast immer unter dem Einfluss von Drogen steht.

Dafür, dass er die alleinige elterliche Verantwortung auf sich nimmt, ziehe ich meinen Hut vor diesem Mann. Nicht, dass er eine Wahl hätte. Ich weiß, dass es nichts gibt, was er nicht für seine Kinder tun würde, und seine größte Sorge ist es, für Auswärtsspiele reisen zu müssen.

Drake ist nicht der einzige alleinerziehende Vater in der Liga. Es gibt einige davon und viele greifen auf die Unterstützung durch nahe Verwandte oder die Familien ihrer Mitspieler zurück. Manche haben wegen der mit dem Spielerdasein verbundenen Reisen sogar Kindermädchen eingestellt. Verdammt, Riggs hat es auch so gehandhabt, als seine Schwester Janelle bei ihm eingezogen ist. Es gäbe also eine Lösung für das Problem, aber es könnte sein, dass Drake seinen Jungs ersparen möchte, so aufzuwachsen.

Drake hat am Ende unseres Telefonats eingewilligt, für ein Gespräch nach Pittsburgh zu fliegen und sich anzuschauen, was auf ihn zukommen könnte, wenn er dem Team beiträte. Es war keine verbindliche Zusage, eher verhaltenes Interesse. Seine Schwester würde auf die Jungs aufpassen, während er schnell hin- und herflog. Uns bleiben drei Stunden, bis er wieder zum Flughafen muss, und diese möchte ich, so gut es geht, nutzen.

Ich will mir noch Videos unserer drei Goalie-Anwärter anschauen, um ihre Stärken und Schwächen auszuloten, und während ich darauf warte, dass mein Laptop hochfährt, klingelt mein Telefon.

Es ist Jenna.

„Hey", sage ich.

„Hey, wie geht es dir?"

„Ich bin dabei, mich einzugewöhnen. Habe aber gehörig die Hosen voll."

Jenna gehört zu den wenigen Menschen, denen gegenüber ich dergleichen zugeben kann. Sie versteht genau, was ich meine, weil auch sie gegen Dämonen ankämpft. Sophies Name steht ebenfalls auf dieser sehr kurzen Liste, und ich schätze, Sophie könnte jemand werden, mit dem ich alle meine Sorgen teilen würde, würde sie mir die Chance dazu geben.

„Ich habe meinen Lebenslauf an Ms. Norcross gesendet", sagt sie mit vor Aufregung bebender Stimme. „Und wir haben morgen ein Zoom-Meeting."

„Wow." Das ging schnell. Ich muss unbedingt daran denken, mich bei Brienne für die Chance zu bedanken, die sie Jenna gibt, und dafür, dass sie so schnell reagiert hat. Selbstverständlich habe ich keine Ahnung, ob sie ihr einen Job anbieten wird, aber dennoch bin ich dankbar. Ich habe Jenna gestern Abend angerufen und ihr von meinem Gespräch mit Brienne wegen möglicher freier Stellen, für die sie infrage kämen, berichtet.

„Emory ist sich nicht ganz sicher, ob ich es wagen soll", gibt Jenna zögerlich zu bedenken.

Ich erkenne mich selbst in ihr wieder. Ich würde ihr gern sagen, sie solle die Gelegenheit beim Schopf packen, möchte sie aber nicht in eine für sie möglicherweise falsche Richtung drängen.

„Ich denke, ihr zwei solltet es ganz genau besprechen. Emory kennt dich am besten."

„Das hilft mir nicht weiter."

„Ich weiß … aber ich kann dir nicht sagen, was du tun sollst. Ich kann dir nur versichern, dass du in mir einen Freund hast, der dich unterstützen wird. Falls du also ein Jobangebot von Brienne erhalten solltest, weißt du, dass du auf mich zählen kannst."

„Okay, *das* hilft mir."

Wir unterhalten uns noch eine Weile, und sie verspricht, mich nach dem Gespräch anzurufen und mir zu sagen, was dabei herausgekommen ist.

***

Drake McGinn ist ein Hüne von einem Kerl. Mit seinen beinahe zwei Metern Körpergröße ist er einer der größten Goalies der Liga. Er wird von einem der Verwaltungsassistenten zu meinem Büro begleitet, und als ich ihn sehe, fällt mir beinahe die Kinnlade runter.

„Verdammte Scheiße, Alter. Du bist ja vollkommen zum Hippie mutiert, sehe ich das richtig?"

Er schnaubt, tritt durch meine Bürotür herein und wir begrüßen uns mit einem Handschlag. „Also, Hippie würde ich das nicht nennen."

„Dann halt Biker-Stil", schlage ich vor. „Bei deinen langen Haaren, dem Bart und deinen Tattoos könnte man glatt meinen, dass alles, was du zurzeit reitest, eine Harley ist."

Drake lacht. „Ich besitze tatsächlich eine Harley, aber die langen Haare und der Bart kommen eher daher, dass einem einfach keine Zeit mehr bleibt, sich zu rasieren, geschweige denn zum Friseur zu gehen, wenn man drei Jungs großzieht. Und die Tattoos sind nur eine Fortführung von dem, was ich schon vor Jahren angefangen habe."

Das stimmt allerdings. Drake hatte schon vorher jede Menge Tattoos, aber jetzt blitzen sie aus dem Kragen seines weißen T-Shirts und auch an den Handgelenken aus den Ärmeln seiner Lederjacke hervor. Sein dunkelblondes Haar hat er schon immer länger getragen, aber nun reicht es ihm fast bis auf die Schultern, und sein Bart ist voll im Play-off-Modus. Wenigstens ist er gepflegt.

„Komm, sehen wir uns das Stadion an. Danach zeige ich dir die Chefetage", schlage ich vor und bedeute ihm, vor mir durch die Tür zu gehen. Drake ist hier, um zu reden. Nicht mehr und nicht weniger. Wie ich es auch Sophie gegenüber schon erwähnt habe, sind wir diejenigen, die hier auf dem Prüfstand stehen, und nicht er.

Während wir den Flur entlang gehen, frage ich: „Wie alt sind deine Jungs jetzt?"

Drakes Gesichtsausdruck erhellt sich und seine blauen Augen leuchten auf. „Jake ist sechs und Coby und Tanner sind gerade vier geworden."

Drei Jungs, davon einmal Zwillinge. Ich kann mir absolut nicht vorstellen, drei Kinder ganz allein zu erziehen, insbesondere in diesem Alter.

„Und Crystal?“

„Lass uns gar nicht erst davon anfangen.“ Selbstverständlich reden wir über seine Ex-Frau. „Bisher hat sich nichts zum Besseren gewendet, das ist das Positivste, was ich über die Situation sagen kann.“

„Das tut mir leid, Mann.“.

„Es ist, wie es ist“, antwortet er mit matter Stimme. „Aber ich muss schon zugeben, dass du mein Interesse geweckt hast. Ich hatte nie vor, auch nur darüber nachzudenken, zurückzukehren, und bin nur hierhergekommen, weil ich dir vertraue.“

„Dafür bin ich dir sehr dankbar …“

„Ich muss aber wissen, dass auch das Management an mich glaubt, und zwar nicht nur an meine Fähigkeiten als Spieler, sondern auch an meine Integrität.“

„Das kann ich dir kein bisschen verübeln“, antworte ich, nicht im Geringesten überrascht, dass er Erwartungen äußert, von denen ich nicht mit Sicherheit sagen kann, ob sie auf die Titans zutreffen. Matt Keller ist davon überzeugt, Drakes Platz in seinem Team wäre schon aufgrund seines Rufes ein Problem.

Ich gebe Drake die kleine, aber trotzdem beeindruckende Tour. Es ist eines der neueren Stadien in der Liga und erstklassig ausgestattet. Drake und ich waren während meiner Genesung zwar in Kontakt, aber er hat nichts von meiner Entscheidung, den Trainerposten zu übernehmen, mitbekommen. Und so sprechen wir auch ein wenig darüber und natürlich auch über die guten alten Zeiten, als wir noch für die Wolves gespielt haben.

Auf unserem Weg nach oben in die Chefetage sprechen wir über die Titans. Ganz besonders interessiert ihn meine ehrliche Meinung darüber, ob das neue Management in der Lage ist, das Team wieder aufzubauen.

Meine Antwort ist unmissverständlich. „Ich kann es dir nicht sagen, Mann. Was ich aber mit Sicherheit sagen kann, ist, dass sich alle sehr dafür einsetzen.“

„Alles Gute kommt normalerweise von ganz oben.“

„Brienne Norcross möchte das Beste für das Team. Und sie lernt Tag für Tag dazu.“

Ich führe Drake in denselben Konferenzraum, in dem auch ich die anderen Trainer zum ersten Mal getroffen hatte, und ich bete, dass Matt Keller seine Meinung über Drake für sich behält. Als ich zur Tür hereinkomme, bin ich über Briennes Anwesenheit überrascht. Sie hat das Angebot schon vorab unterzeichnet, genau wie Callum Derringer. Und eigentlich ist dies hier nur als Kennenlerntreffen für Drake und die Trainer gedacht.

Brienne und Matt sind gerade in ein Gespräch vertieft, aber als wir eintreten, drehen sie sich zu uns um.

Alle stehen auf, und schließlich ist es Callum Derringer, der nach vorn tritt und Drake bittet, hereinzukommen. Sie schütteln sich die Hände und Callum schlägt ihm freundschaftlich auf die Schulter.

„Danke, dass du bereit warst, so kurzfristig zu kommen, Drake.“

„Gern“, antwortet Drake und lässt Callum seine Vorstellungsrunde beenden.

Drake schüttelt die Hand jedes einzelnen Coaches und schließlich auch die von Brienne.

Sie weist auf den Stuhl zu ihrer Rechten. „Bitte setzen Sie sich doch, Mr. McGinn.“

Drake nimmt auf dem ihm zugewiesenen Stuhl Platz und ich setze mich auf den freien Platz zu seiner Rechten.

„Du bist nun seit beinahe einem Jahr aus den Ligaspielen raus", sagt Callum und trommelt mit seinen Fingern auf die Tischplatte. „Wie ist es um deine physische Verfassung bestellt?"

„Hervorragend", erwidert Drake selbstbewusst. „Körperlich bin in der besten Verfassung meines Lebens. Ich spiele immer noch in einer Freizeitliga und habe meine Eishockeybeine nicht verloren."

Es geht weiter mit Fragen über Verletzungen, Trainingspläne und Zeit auf dem Eis. Auf dem Papier wirkt er wie der perfekte Spieler für uns, aber er hat sich noch in Aktion zu beweisen. Ich weiß, Drake wäre nicht hier, wenn er sich nicht zutrauen würde, wieder auf diesem Niveau zu spielen, und daher bin ich nicht wirklich besorgt.

Brienne, die bisher nichts gesagt hat, bringt sich nun in das Gespräch ein. „Wie ich höre, haben sie drei kleine Söhne."

„Das stimmt", sagt Drake, ohne jedoch weiter darauf einzugehen.

„Haben Sie irgendwelche Bedenken, alleinerziehender Vater und gleichzeitig ein professioneller Eishockeyspieler zu sein?"

Drake wendet sich Brienne direkt zu. „Das ist eine sexistische Frage. Mich würde interessieren, ob Sie Ihre weiblichen alleinerziehenden Bewerberinnen auch danach fragen, ob sie Bedenken haben, zu arbeiten und gleichzeitig alleinerziehend zu sein."

Brienne läuft rot an und ich möchte Drake am liebsten einen kräftigen Tritt unter dem Tisch verpassen. Auch wenn er recht hat, ist das unglaublich unhöflich von ihm.

Brienne entschuldigt sich umgehend. „Es tut mir leid, Mr. McGinn. Es war nicht meine Absicht, Ihre erzieherischen Fähigkeiten infrage zu stellen. Ich wollte Sie nur wissen lassen, dass wir Ihnen gern zur Seite stehen, sollten Sie Unterstützung benötigen.“

„Ein ziemlich schlechter Einstieg, falls Sie mich fragen“, knurrt Drake, und ich frage mich, ob er versucht, schon gefeuert zu werden, bevor ihm der Job überhaupt angeboten wurde.

Briennes Wangen laufen wieder puterrot an. So wie ihre Augen funkeln, kann ich sehen, dass es jetzt nicht aus Verlegenheit, sondern vor Wut ist. „Als Eigentümerin dieses Teams ist es mein gutes Recht, Ihnen Fragen zu stellen, um sicherzugehen, ob Sie in das Team passen …“

„Warum fragen Sie nicht einfach nach dem, was Sie wirklich wissen wollen?“, knurrt Drake sie an und unterbricht sie mitten im Satz.

Ich kneife mir in meine Nasenwurzel, um die sich anbahnenden Kopfschmerzen epischen Ausmaßes im Zaum zu halten. Ich schaue kurz zu Matt Keller, der grinst. Callum sieht nicht glücklich aus.

„Na, dann los“, wendet sich Brienne kampfbereit an Drake. „Gegen Sie gab es schwerwiegende Anschuldigungen. Ich wüsste gern, wie Sie damit umgegangen sind, denn …“

Drake unterbricht sie erneut, diesmal fauchend vor Rage. „Ich bin mit diesen Vorwürfen derart umgegangen, dass ich den Leuten gesagt habe, sie sollen sich ins Knie ficken. Und Ihnen werde ich genau das Gleiche sagen, also …“

„Okay“, unterbreche ich ihn, springe von meinem Stuhl auf und lege ihm beruhigend eine Hand auf die Schulter. Ich bin wahnsinnig überrascht. Wie konnte sich alles so zum Negativen wenden, und dann auch noch so schnell? „Beruhigen wir uns erst einmal.“

„Ich bin ruhig“, erklärt Drake, während er aufsteht. „Aber ich bin ziemlich schnell zu dem Schluss gekommen, dass sich dieses Team …“, sein Blick ist direkt auf Brienne gerichtet, „von keinem der anderen Teams unterscheidet und sicherlich auch nichts Besonderes ist. Ich bin raus.“

Er macht auf dem Absatz kehrt und geht in Richtung Tür.

„Drake!“, rufe ich ihm frustriert hinterher. Er macht aber keine Anstalten, stehen zu bleiben. Ich schaue zu Brienne, die sich mit den Fingerspitzen ihre Schläfen reibt. Vermutlich hat sie ebensolche Kopfschmerzen wie ich.

Ich laufe meinem Freund hinterher. Am Fahrstuhl hole ich ihn ein. „Verdammte Scheiße, was sollte das gerade?“

Drake schaut mich an und dann wieder zum Fahrstuhl. „Hör mir bloß auf“, knurrt er.

„Hattest du auch nur einen Funken Interesse an diesem Job?“, will ich von ihm wissen.

„Ich bin hier, oder etwa nicht?“, raunzt er mich an.

„Das steht eindeutig im Widerspruch zu der Tatsache, dass du gerade verdammt unhöflich zu der Eigentümerin des Teams gewesen bist. Du hast ihr mehr oder weniger gesagt, sie solle sich ins Knie ficken.“

Achselzuckend grinst Drake mich an. „Leider sind mir diese genauen Worte nicht über die Lippen gekommen.“

„Gottverdammt“, schnauze ich ihn an. „Was ist dein Problem?“

Drake geht einen Schritt auf mich zu und senkt seine Stimme. „Mein Problem ist, dass diese Liga mich eiskalt im Stich gelassen hat, und deshalb geht mir meine Einstellung gerade so ziemlich am Arsch vorbei.“

„Du hast sie nicht mehr alle.“ Die Türen des Fahrstuhls öffnen sich. Drake geht aber nicht hinein.

Ich fasse sein Zögern als Reue auf und biete an: „Möchtest du, dass ich versuche, die Situation zu retten?“

Mit einem entschuldigenden Gesichtsausdruck schüttelt Drake den Kopf. „Es tut mir leid, Baden. Ich hatte gehofft, ein neuer Versuch, ein frischer Start täte mir gut. Tut er aber nicht.“

„Sag so was nicht“, bitte ich ihn.

Er hält mir die Hand hin. „Pass auf dich auf.“

Ich schüttele Drakes Hand und er steigt in den Fahrstuhl. Die Türen schließen sich hinter ihm, und das erste Kapitel meiner Karriere als Trainer dieses Teams endet damit, dass ich versagt habe.

Kapitel 9

Sophie

Als Frankie mich zurückruft, fahre ich gerade über die Fort-Pitt-Bridge.

„Wird auch verdammt noch mal Zeit", pampe ich sie neckend an. Seit ich gestern meinen Job verloren habe, versuchen wir, uns wie beim Fangenspielen gegenseitig zu erreichen.

Frankie war die Erste, die ich angerufen habe, nachdem James mich gefeuert hat. Leider habe ich ihr eine Nachricht auf die Mailbox sprechen müssen. Meine Neuigkeiten hatte ich aber noch für mich behalten. So etwas will ich nicht einfach so auf die Mailbox sprechen. Sie hätte ansonsten ihre Pläne für den Tag umgeworfen, um vorbeizukommen und gemeinsam mit mir Trübsal zu blasen.

Auf meine Nachricht folgte ein Hin und Her verpasster Anrufe und anschließender Mailboxnachrichten. Unsere Standardnachricht lautet immer „Hab dich! Du bist dran."

Meine letzte Nachricht, die ich ein wenig dringlicher gemacht habe, habe ich ihr kurz vor dem Mittag aufgesprochen. „Ich habe bahnbrechende Neuigkeiten! Hab dich! Du bist dran."

Frankie lacht über meine Dramatik. „Ich hoffe für dich, dass du wirklich bahnbrechende Neuigkeiten für mich hast. Nur um dich zurückzurufen, habe ich darauf verzichtet, nach dem Unterricht mit einem richtig süßen Typen zu sprechen."

„Das kann ich toppen“, antworte ich lässig. „Ich komme gerade vom Essen mit einem unglaublich heißen Typen, und ich bin sogar selbst hingefahren, um ihn in der Innenstadt zu treffen. Oh, und ich wurde gefeuert.“

„Ach du Scheiße!“ Ihr schriller Aufschrei lässt mich zusammenzucken. „Erzähl mir alles. Nein, warte … sag nichts. Ich habe erst heute Abend wieder Unterricht. Ich bin schon auf dem Weg zu dir.“

Ich bin nicht überrascht. Etwas anderes habe ich nicht erwartet. Frankie hat mir dabei zugesehen, wie ich mich in den letzten Monaten immer mehr aus der Gesellschaft zurückgezogen habe, und ich weiß, dass sie mir von Angesicht zu Angesicht gegenüber sitzen und alles ganz genau wissen möchte.

„Wir treffen uns bei mir“, sage ich und wir beenden das Gespräch.

Es gibt keine bessere Freundin als Frankie Dillard. In unserem ersten Jahr auf der Penn-State-University waren wir Zimmergenossinnen, und sie war das absolute Gegenteil von mir. Ich war ruhig, bedacht und besaß gesunden Menschenverstand. Und auch wenn ich eine strebsame Studentin war, konnte ich auch gut mal Fünfe gerade sein lassen. Meine Noten waren mir wichtig und ich arbeitete hart dafür – ich wollte, dass meine Eltern stolz auf mich sein könnten. Meine Ziele für die Zeit nach dem College waren, einen festen Job zu finden, hart zu arbeiten, Geld zu sparen und eines Tages eine Familie zu gründen.

Frankie war ausschweifend und hochintelligent, besaß aber nur wenig gesunden Menschenverstand und ließ sich von ihren Emotionen leiten. Weil sie so intelligent war, brauchte sie sich nicht sonderlich für die Uni anzustrengen und verbrachte ihre Freizeit damit, Spaß zu haben. Sie liebte es, zu feiern, und oft war ich es, die dafür sorgte, dass sie es nachts unbeschadet wieder zurück in unser Wohnheim schaffte. Frankie liebte schöne Dinge und ließ sich durch Geld und Ehrgeiz motivieren.

Wir waren zwei vollkommen unterschiedliche Charaktere, die normalerweise keinen Zugang zueinander gefunden hätten. Dennoch passierte genau das. Unsere widersprüchlichen Charaktereigenschaften außer Acht gelassen, teilten wir doch gemeinsame Werte. Wir liebten unsere Familien, und wir gingen beide darin auf, anderen zu helfen.

Wenn ich meine Nase mal nicht in die Bücher steckte und wenn sie mal nicht gerade auf irgendeiner Party oder einem Wochenendausflug war, hatten wir viel Spaß damit, gemeinsame Projekte anzugehen. Wir halfen dabei mit, Häuser für gemeinnützige Projekte zu bauen, arbeiteten in Suppenküchen, besuchten Seniorenzentren und halfen ehrenamtlich bei Hundeauffangstationen. Franke witzelte immer, sie täte diese Dinge nur, damit Gott ihr ihre vielen Sünden vergäbe, aber ich wusste, dass das nicht der Fall war. Sie tat es, weil es für sie die größte Freude im Leben war.

Vor sechs Jahren haben wir unseren Abschluss gemacht und ich bin ihr zu Reynis gefolgt. Sie hat dort wegen der guten Bezahlung angefangen zu arbeiten. Und ich habe dort angefangen, weil ich mir noch nicht schlüssig war, welchen beruflichen Weg ich einschlagen wollte.

Ich habe mich über die Jahre kaum verändert. Sicherlich, nach dem Überfall habe ich mich etwas zurückgezogen und bin, was Sicherheit angeht, übervorsichtig geworden. Und ja, ich habe Angst, das Haus zu verlassen, und ich habe bis jetzt noch nicht den Mut aufbringen können, allein irgendwohin zu fliegen, aber ich bin immer noch dieselbe ruhige, bedachte Person, die ihre Entscheidungen aufgrund reiflicher Überlegungen trifft.

Frankie hat sich jedoch verändert. Sie ist immer noch einer der liebenswürdigsten und großzügigsten Menschen, die ich kenne, aber sie hat ihr Partyleben und ihre Jagd nach Geld aufgegeben. Vorletztes Jahr hat sie bei Reynis gekündigt und arbeitet seither als Yogalehrerin. Ein Schritt, mit dem niemand gerechnet hat. Auch wenn sie sich gelegentlich noch von ihren Gefühlen leiten lässt, so ist sie inzwischen meist friedfertig und selbstreflektiert und trifft ihre Entscheidungen aufgrund eines Bauchgefühls, das ihr vom Universum eingegeben wird. Auch hat sie, allein weil sie nicht mehr annähernd so viel verdient wie früher, ihre materialistische Denkweise zurückgefahren, und ich habe sie noch nie glücklicher erlebt.

Ich stelle ihre Veränderungen nicht infrage, weil sie immer noch dieselbe beste Freundin ist, auf die ich mich jederzeit verlassen kann. Ich habe sie schon lange vor meinem Überfall in Phoenix für ihre Fähigkeit beneidet, sich umzuorientieren. Es hat mich noch mehr angespornt, herauszufinden zu wollen, was ich aus meinem Leben machen will, aber mir ist bisher nichts eingefallen, was mein Herz höherschlagen lassen würde. Also bin ich bei Reynis geblieben, weil es bequem war.

Nun ist der Job weg, und irgendwie fühlt es sich an, als könnte dies ein Neubeginn werden. Vielleicht war es genau der Schubs, den ich gebraucht habe.

Vielleicht ist auch Baden eine Veränderung, die ich brauche.

Ich fahre in meine Garage, wo ich im verriegelten Auto so lange sitzen bleibe, bis das schwere Garagentor hinter mir nach unten gefahren ist. Ich halte den Blick konstant auf den Rückspiegel und die Seitenspiegel gerichtet, um sicherzugehen, dass sich niemand unbemerkt in die Garage schleicht. Eine meiner vielen paranoiden Angewohnheiten, von denen ich noch nicht ablassen kann.

Von meiner frei stehenden Garage aus gelange ich in den Garten, der von einem beinahe zwei Meter hohen Zaun umgeben ist, der am vorderen und am hinteren Tor mit Kombischlössern verriegelt ist. An der Hintertür angekommen, betrete ich das Haus und deaktiviere den Alarm am Alarmpanel. Nachdem die Tür wieder geschlossen und verriegelt ist, beginne ich, den Alarm wieder zu aktivieren. Dann erinnere ich mich daran, dass Frankie auch bald hier sein wird. Es sollte mir doch möglich sein, ein paar Minuten ohne den Schutz meines aktivierten Sicherheitssystems in meinem eigenen Haus zu verbringen. Die Entscheidung fällt mir nicht leicht. Und so stehe ich da, mit einer Hand über dem Panel schwebend und das Für und Wider abwägend.

Für: Es wäre ein mutiger Schritt in Richtung Unabhängigkeit.

Wider: Ich könnte ermordet werden, falls genau jetzt jemand durch die Hintertür einbricht.

Gerade als ich kurz davor bin, den Alarmcode einzugeben und den Alarm zu aktivieren, klingelt es an meiner Vordertür. Ich seufze vor Erleichterung, dass mir die Entscheidung abgenommen wurde, bin aber nicht sicher, ob es auch wirklich Frankie ist.

Während ich zur Vordertür gehe, öffne ich meine Security-App und prüfe die Kamera des Eingangsbereiches.

Tatsächlich ist es Frankie. Wie sie so in ihrer dicken, fluffigen Jacke mit Kunstpelzbesatz an der Kapuze dasteht und ihr Atem sie in frostigen Schwaden umgibt, sieht sie zuckersüß aus. Ihr schokobraunes Haar ist zu einem Pferdeschwanz gebunden und betont die Konturen ihres wunderschönen Gesichts.

Als ich die Tür öffne, schiebt sie sich sofort an mir vorbei ins Innere des Hauses. „Verdammt, draußen ist es arschkalt.“

„Das ist aber keine nette Begrüßung“, sage ich, während ich die Tür schließe. Selbstverständlich aktiviere ich jetzt den Alarm.

„Na, wie soll ich denn bitte gut drauf sein, wenn du gefeuert wurdest *und* zu einem Date gegangen bist?“, erwidert sie und lächelt mich schelmisch an.

„Es war kein Date“, erkläre ich schnell.

„Wie auch immer.“ Sie verdreht die Augen. „Wäre es kein Date gewesen, hättest du dir nicht die Mühe gemacht, zu betonen, wie unfassbar heiß er doch sei.“

„Es war wirklich kein Date, sondern der Beginn einer Freundschaft.“

„Ich weiß nicht einmal, was das bedeuten soll!“ Sie schnaubt, zieht ihre Jacke aus und wirft sie über die Sofalehne. „Ich brauche Tee und Kekse.“

Ich lache und nicke. „Ich setze Wasser auf.“

Nachdem ich ein Tablett mit Teekanne, zwei Tassen und Untertassen und Milano Kekse von Pepperidge Farm vorbereitet habe, lassen wir uns im Wohnzimmer nieder. Frankie an einem Ende der Couch und ich am anderen. Mit dem ganz nach unseren Vorlieben zubereiteten Tee machen wir es uns gegenüber voneinander gemütlich, den Rücken gegen die jeweiligen Armlehnen gelehnt. Meine Beine liegen ausgestreckt an der Innenseite der Couch, ihre an der Außenseite. Wenn wir lange Gespräche führen, sitzen wir oft so da. Manchmal mit Tee, manchmal mit Wein.

„Ich habe erst um achtzehn Uhr wieder einen Kurs“, sagt Frankie und pustet in ihren dampfenden Tee, um ihn abzukühlen. „Fang mit der Kündigung an.“

Meine Tasse auf der Untertasse balancierend, erzähle ich ihr von meinem Telefonat mit James. „Er hat von mir verlangt, in ein Flugzeug zu steigen und nach Chicago zu fliegen, und ich konnte es einfach nicht.“

Frankie neigt empathisch dreinblickend den Kopf. Sie weiß wie kein anderer sonst, wie schwer das Trauma des Überfalls noch immer auf mir lastet. Sie kennt meine Ängste und Unsicherheiten und weiß, wie schuldig ich mich fühle. Obwohl ich meinen Eltern sehr nahestehe, wollte ich sie nicht mit all dem belasten. Sie wissen um einige meiner

Schwierigkeiten, aber sie haben keine Ahnung, wie sehr mich das alles wirklich mitgenommen hat.

Und weil ich sie immer noch regelmäßig besuchen fahre, wissen sie auch nicht, wie sehr ich mich in Wirklichkeit vom normalen Leben zurückgezogen habe. Was meine Arbeit betrifft, denken sie, ich müsste nun nicht mehr ständig reisen, weil ich befördert worden bin.

Ich möchte nicht, dass sie sich Sorgen machen.

„Und was machst du jetzt?“, will Frankie wissen.

Hilflos lächle ich sie an. „Hast du nicht zufällig gerade eine Buddha-Statue dabei, damit ich ihr über den Bauch reiben kann, um etwas Glück zu haben? Vielleicht noch ein paar Räucherstäbchen, die ich zur inneren Reinigung und Klarheit abbrennen könnte?“

Mir wird die Realität meiner misslichen Lage immer mehr bewusst. Es ist unwahrscheinlich, dass ich einen Job finde, bei dem ich von zu Hause aus arbeiten kann, und selbst wenn ich es könnte, wäre das wirklich das Beste für mich? Erschwerend kommt hinzu, dass ich keine Ahnung habe, was genau ich eigentlich machen will.

„Denkst du, ich hätte nach Chicago fliegen sollen, so wie James es von mir verlangt hat?“, will ich wissen. Denn meine größte Sorge ist nach wie vor, dass ich übertreibe. Vielleicht bin ich so sehr in der Sicherheit und dem Komfort meines Zuhauses gefangen, dass ich nicht die klügsten Entscheidungen treffe. Vielleicht liegt es nicht daran, dass ich nicht in ein Flugzeug steigen kann, sondern dass ich es schlichtweg einfach nicht will.

Mit den Fingern auf den Rand ihrer Tasse tippend, schüttelt Frankie den Kopf. „Ich sehe, wie sehr du mit dir ringst, Sophie. Du vermeidest diese Dinge nicht einfach um des Vermeidens willen. Und du machst Fortschritte, wenn auch nur langsam. Aber du kannst nur die Dinge tun, zu denen du dich in der Lage fühlst. Du bist die motivierteste Person, die ich kenne. Wärst du in der Lage, in ein Flugzeug zu steigen und deinen Job zu erledigen, würdest du es tun.“

Ich nicke und werde ein wenig nachdenklich. Ich bin definitiv jemand, der lieber selbst für sich sorgt. Ich bin immer unabhängig gewesen, habe mir Ziele gesetzt und diese auch erreicht. Und auch jetzt habe ich ein Ziel, nämlich wieder zur Normalität zurückzukehren. Ich möchte wieder abends einschlafen können, auch wenn ich vergessen habe, den Alarm zu aktivieren, ohne mich deswegen zu sorgen. Ich möchte in ein Flugzeug steigen und mir eine Stadt ansehen können, die ich noch nicht kenne, und durch die Straßen gehen, ohne Angst davor zu haben, überfallen zu werden. Genau dahin will ich unbedingt kommen, und wie Frankie schon gesagt hat, kann und werde ich es schaffen. Ich bin einfach nur frustriert, dass ich noch nicht so weit bin.

„Kannst du deine Rechnungen zahlen?“, will sie wissen.

Das klingt irgendwie lustig, denn es scheint fast so, als wollte sie mir anbieten, mir finanziell auszuhelfen. Sie verdient aber nur einen Bruchteil dessen, was sie vorher bei Reynis verdient hat, und nach Abzug ihrer Lebenshaltungskosten und der Rückzahlung ihres Studienkredites bleibt ihr selbst nicht viel zum Leben.

„Ich komme klar. Ich habe mir einen ganzen Batzen zusammengespart und ich habe einige interessante Stellen gefunden."

„Hast du darüber nachgedacht, noch einmal zur Uni zu gehen?"

In der Tat habe ich das. Ohne jedwede Ahnung, was ich mit meinem Leben anstellen will, wäre es vielleicht eine gute Idee, sich weiterzubilden.

„Darüber habe ich auch schon nachgedacht. Und noch über tausend andere Dinge. Wenn man aber vor Angst wie gelähmt ist, kann man leider sein eigenes Potenzial nur schwer erkennen. Aber ich arbeite daran."

„Ich weiß", bestätigt sie und stupst mich mit ihrem Bein an. „Okay, genug von all dem langweiligen Zeug. Lass uns lieber über die Dinge reden, die mich wirklich interessieren. Mittagessen mit einem unfassbar heißen Kerl. Wie habt ihr euch kennengelernt? Wie ist es dir gelungen, den Mut aufzubringen, allein ins Zentrum zu fahren? Wirst du ihn wiedersehen? Und wirst du in absehbarer Zeit endlich mal wieder Sex haben? Du, meine Liebe, bist nämlich längst überfällig."

Mein Gesicht wird heiß. Allein der Gedanke daran, mit einem so großartigen Mann wie Baden Sex zu haben, überfordert mich. Er ist total außerhalb meiner Liga.

„Es ist nicht so, wie du denkst", versichere ich ihr schnell.

Sie grinst. Und an ihren Augen kann ich ablesen, dass sie mir kein bisschen glaubt.

„Ich war mit Baden Oulett zum Mittagessen."

Wie erwartet vergeht ihr augenblicklich das Lächeln.

„Er ist für seine neue Stelle als Goalie-Trainer der Titans nach Pittsburgh gezogen."

Entgeistert schaut Frankie mich an. „Das Team ist aber doch tot."

„O Mann, Frankie. Du bist ja gar nicht auf dem Laufenden. Sie sind dabei, wieder ein Team aufzustellen. Man hat Baden die Stelle als Goalie-Trainer angeboten und er hat angenommen. Er ist gestern vorbeigekommen, um nach mir zu sehen, und hat mich zum Mittagessen eingeladen."

„Wow", murmelt sie, bevor sie zögerlich fragt: „Und … wie geht es ihm?"

Augenblicklich strahle ich übers ganze Gesicht. „Es geht ihm wunderbar. Er kann wieder laufen. Er ist gesund und fast wie neu."

„Ein Wunder", flüstert sie. Auch wenn sie nicht über das gesamte Ausmaß seiner Verletzungen Bescheid wusste, so wusste sie doch, dass er von der Hüfte abwärts gelähmt war.

„Ein echtes Wunder."

Ich erzähle ihr alles darüber, wie er sich wieder ins Leben zurückgekämpft hat, und von seinem Vorhaben, wieder mit dem Vengeance-Team auf dem Eis zu stehen. Bis er dann das Angebot der neuen Eigentümerin der Titans erhalten und sich entschieden hat, die Stelle anzutreten, da eine Wiederherstellung seines früheren Spielniveaus ziemlich unwahrscheinlich scheint. Zu guter Letzt erzähle ich ihr, wie er gestern einfach so bei mir vor der Tür stand, um nach mir zu sehen. Um sich zu erkundigen, wie es mir geht.

„Und wie lief das Mittagessen?“, bohrt Frankie. Sie kuschelt sich in die Kissen, führt die Teetasse an ihre Lippen und nimmt einen kleinen Schluck. Dabei sieht sie mich an, als würde sie auf schlüpfrige Details warten.

„Er hat versucht, mir dabei zu helfen, meine Ängste zu überwinden. Mit seiner Einladung hat er versucht, mich aus meiner Komfortzone herauszulocken.“

„Niemals“, widerspricht Frankie kopfschüttelnd. „Kein Mann ist so ritterlich.“

„Baden schon“, erwidere ich leise.

Ganz gewiss.

Frankie stupst mich wieder an. „Da ist also nichts? Kein Kribbeln?“

Ich sollte sofort widersprechen und sagen, dass da nichts ist, aber das kann ich nicht. Denn da ist etwas. „Wir haben eine Verbindung. Wegen dem, was wir durchgemacht haben. Wegen dem, was er durchgemacht hat, um mich zu retten.“

„Das verstehe ich“, stimmt Frankie mit einer Handbewegung zu. „Ich spreche aber von der Anziehungskraft.“

Ich schüttele den Kopf. Dem zu widersprechen, fällt mir leichter. „Er würde sich nicht auf diese Art für jemanden wie mich interessieren.“

„Ist doch scheißegal, wofür er sich interessieren würde“, sagt sie. Inzwischen gebraucht sie derartig deftige Wörter selten. „Fühlst du dich zu ihm hingezogen?“

Ich schubse Frankie gegen die Hüfte. Nicht fest genug, um ihren Tee zu verschütten, aber genug, um meinen Standpunkt klarzumachen. „Es gibt keine

Frau, die sich nicht zu ihm hingezogen fühlen würde. Er ist heiß, reicht das? Richtig heiß. Und amüsant, freundlich und wirklich bescheiden. Aber er ist nur ein Freund und mein Mitbewohner. Ich glaube, er wird ein sehr guter Freund werden, aber das …"

„Warte mal kurz. Mitbewohner?"

„O ja … Das hatte ich ganz vergessen, zu erwähnen. Bis er eine eigene Wohnung gefunden hat, wohnt er im Fairview. Also habe ich ihm mein Gästezimmer angeboten."

„Und er hat das Angebot angenommen?", will Frankie mit gerunzelten Augenbrauen und einem ungläubigen Gesichtsausdruck wissen.

„Ja, hat er."

Frankie bricht in schallendes Gelächter aus und legt den Kopf in den Nacken. Als sie ihre Aufmerksamkeit wieder auf mich richtet, sagt sie: „Ihr zwei steht so was von aufeinander."

Mit vor Belustigung geschürzten Lippen schaue ich sie eindringlich an. „Du liegst dermaßen falsch. Du hast Baden noch nicht einmal getroffen, geschweige denn dich mit ihm unterhalten. Du bist also gar nicht in der Lage, solche Schlüsse zu ziehen."

„Ach was."

„Ich sage dir …"

„Meine liebe süße Sophie", säuselt Frankie und nippt an ihrem Tee. „Ich wette mit dir um eine Million Dollar, ihr zwei werdet euch ineinander verlieben."

„Du bist verrückt." Ich weiß, dass sie verrückt ist, aber sie sieht mich an, als wüsste sie mehr, ungefähr so, als würde das Universum zu ihr sprechen. Und es treibt mich in den Wahnsinn. „Okay, hör damit auf. Reden wir nicht mehr darüber. Baden und ich sind einfach nur Freunde und zeitweise Mitbewohner, und Ende. Da ist nicht mehr und nicht weniger, und ich möchte nicht, dass du daraus etwas machst, was es nicht ist.“

Selbstgefällig lächelnd zuckt Frankie mit den Achseln. „Wenn du es sagst.“

„Das tue ich“, unterstreiche ich meine Aussage mit einem Kopfnicken.

Sie nickt. „Gut.“

„Gut“, wiederhole ich.

„Prima.“

„Ja, es *ist* prima“, wiederhole ich.

„Freut mich.“

„Mich auch.“

„Sind wir damit durch?“, fragt sie süßlich.

„Womit?“

„So zu tun, als hätte ich nicht den Nagel auf den Kopf getroffen und als würde ich dir zustimmen, obwohl ich ganz genau weiß, dass ich recht habe und du nicht.“

Ich knurre und verpasse ihr einen weiteren Schubs. „Du bist schrecklich.“

„Ich weiß“, gibt sie zu und schlürft grinsend ihren Tee.

Kapitel 10

Baden

Ich bin da.

Eine kurze Textnachricht an Sophie, um ihr mitzuteilen, dass ich in der Gasse hinter ihrem Haus bin und darauf warte, in ihre frei stehende Doppelgarage fahren zu können.

Es ist schon spät, und ich vermute stark, es beunruhigt sie, mich hier draußen zu treffen. Ich habe genug von Sophie mitbekommen, um zu wissen, dass sie unter dem Druck ihrer Ängste steht, sobald sie sich außerhalb des Kokons ihres Hauses aufhält.

Ich steige aus meinem Mietwagen aus, damit sie ganz sicher sein kann, dass ich es bin, wenn sie die Garagentür von innen öffnet. Den Motor lasse ich laufen.

Wir haben am Ende unseres Essens den simplen Plan beschlossen, dass ich nach meinem Arbeitstag im Stadion aus dem Fairview auschecken und direkt hierherkommen würde. Sie hat gesagt, sie würde Abendessen machen, und ich habe nicht widersprochen. Ich habe ihre Kochkünste schon kennenlernen dürfen, und ich freue mich auf das, was sie heute auftischen wird, egal was es ist.

Allerdings ist das mit den Plänen nicht immer so einfach.

Mir war nicht bewusst, wie lange wir heute brauchen würden, den Trainingsplan für die restliche Woche zu finalisieren sowie verschiedene Spieleraufstellungen zu besprechen, die wir ausprobieren wollen.

Wir wollen möglichst die besten Spieler miteinander aufstellen, sodass diese sich gegenseitig in ihren Fähigkeiten ergänzen werden.

Ich habe Sophie um fünf Uhr heute Nachmittag angerufen, um ihr mitzuteilen, dass ich noch nicht weiß, wann ich losfahren kann. Sie hat gesagt, ich solle mir keine Gedanken machen. Mein Essen werde auf mich warten und könne aufgewärmt werden.

Um acht Uhr abends habe ich erneut angerufen, um ihr zu sagen, dass ein Ende noch nicht in Sicht ist. Ich wollte nicht, dass sie wach bleibt, um auf mich zu warten, da sie mich ins Haus lassen müsste. Es war ja nicht so, als hätte sie einen Ersatzschlüssel dabeigehabt, als wir heute Nachmittag spontan beschlossen haben, zusammen zu wohnen. Ich habe ihr gesagt, sie könne ruhig ins Bett gehen und dass ich noch eine weitere Nacht im Fairview bleiben könne, aber davon wollte sie nichts hören. Sie hat darauf bestanden, noch wach zu sein, egal wann ich es schaffen werde.

Der Kavalier in mir wollte noch eine Nacht im Hotel bleiben und ihr nicht zur Last fallen, aber der Teil von mir, der heute beim Essen wirklich Spaß daran gehabt hat, Zeit mit ihr zu verbringen, wollte sie unbedingt wiedersehen. Auch wenn es bedeutet, ihre Abendroutine zu torpedieren. Dieser Teil von mir hat offensichtlich eine sehr egoistische Ader, da ich mich bereitwillig von ihr breitschlagen ließ. Nun ist es beinahe elf, und ich fühle mich schuldig, weil es so spät geworden ist.

Das Rolltor der Garage öffnet sich, und im Licht im Inneren der Garage sehe ich Sophie stehen, die erleichtert dreinschaut, dass ich es bin, der da draußen neben dem Wagen steht. Ich lächle, bevor ich wieder in meinen Wagen einsteige und langsam neben ihr Auto rolle.

Während ich den Motor abstelle, betrachte ich sie, wie sie im Lichtkegel meiner Scheinwerfer steht, und mir gefällt, was ich da sehe. In ihrem weiten, schwarz-rot karierten Flanellpyjama und den wadenhohen schwarzen Stiefeln mit Kunstfellbesatz sieht sie bezaubernd und zugleich auch irgendwie sexy aus. Sie trägt weder eine Jacke noch eine Mütze oder Handschuhe und hält ihre Arme nach vorn gebeugt verschränkt in einer Pose, die sagt, dass sie sich den Arsch abfriert.

Ich steige aus dem Auto und mustere sie tadelnd. „Bist du verrückt, hier ohne Jacke rauszukommen? Es sind minus drei Grad.“

Sophie grinst und deutet mit dem Daumen über ihre Schulter in Richtung Haus. „Es sind keine zehn Meter.“

„Es gibt Menschen, die haben sich schon bei wärmeren Temperaturen eine Lungenentzündung eingefangen“, belehre ich sie, während ich auf sie zugehe und meine Wolljacke ausziehe. Zwar ist diese auch nicht für einen längeren Aufenthalt bei solchen Temperaturen gedacht, sie reicht aber völlig aus, um mich vom Auto bis ins Stadion warm zu halten.

Sie räuspert sich und macht eine abwehrende Handbewegung, die ich aber ignoriere. Ich lege ihr die Jacke um die Schultern. „Keine Widerrede“, ermahne ich sie sanft.

„Ganz schön rechthaberisch.“ Sie verzieht das Gesicht.

„Ich hole noch schnell mein Gepäck." Ich gehe um das Auto herum und öffne den Kofferraum, um meinen großen Koffer und die Reisetasche zu holen, die ich aus Arizona mitgebracht habe. Nachdem ich heute das Stadion verlassen hatte, bin ich schnell zum Hotel gefahren, habe meine Sachen geholt und dem Zimmermädchen ein ordentliches Trinkgeld dagelassen, bevor ich auscheckte.

Sobald ich mein Gepäck in der Hand habe, drückt Sophie mit der Handfläche auf einen Knopf an der Wand, woraufhin sich das Garagentor schließt. Ich folge ihr durch die Flügeltür in den Garten und bin erstaunt, wie schön er trotz des winterlich braunen Grases aussieht.

Unterhalb der letzten Verandastufe befindet sich eine steinerne Terrasse, auf der schöne Gartenmöbel – eine Couch, ein Tisch und zwei Stühle – und einige Blumentöpfe stehen, die in den wärmeren Monaten vermutlich bepflanzt sind. Hinter den kahlen Büschen sieht man das beleuchtete Erdgeschoss des Hauses. Die Beleuchtung vermittelt nicht nur ein Gefühl der Sicherheit, sondern sorgt auch für ein angenehmes Ambiente. Auf der einen Seite steht ein Springbrunnen, und der Zaun ist über seine gesamte Länge beleuchtet.

Sofort als sie den Garten betritt, wird der gesamte Garten von Flutlichtern auf dem Garagendach in grelles Licht getaucht. Wir gehen durch den Garten, und auf halbem Weg werden wir von den Bewegungsmeldern erfasst, woraufhin die auf dem Haus montierten Flutlichter anspringen.

Für jemanden wie mich ist es etwas zu viel des Guten, während es für jemanden wie Sophie nicht annähernd ausreichend ist.

Als wir die Verandastufen hinaufgehen, entschuldige ich mich nochmals dafür, dass es so spät geworden ist.

„Schon gut", versichert sie mir, einen kurzen Blick über ihre Schulter werfend. „Du musst nicht zu einer bestimmten Zeit hier sein und kannst kommen und gehen, wann du willst. Ich habe einen Schlüssel für dich, damit du jederzeit reinkommst. Und ich werde dir noch den Alarmcode geben."

Die Hintertür führt direkt in die Küche, in der es wundervoll nach Essen duftet. Nachdem wir beide im Haus sind, schließt sie die Tür ab, verriegelt sie und aktiviert die Alarmanlage.

Sie nimmt meine Jacke von ihren Schultern und reicht sie mir schüchtern lächelnd. „Danke."

„Keine Ursache", sage ich, während ich die Jacke über die Lehne von einem der Küchenstühle lege.

„Als du mir geschrieben hast, dass du auf dem Weg bist, habe ich dein Abendessen für dich aufgewärmt. Ich habe es auf niedriger Stufe langsam im Ofen erwärmt, anstatt das Huhn in der Mikrowelle tot zu garen."

Ich bin alles andere als hungrig. Als uns bewusst geworden ist, dass wir noch bis in den späten Abend arbeiten würden, haben wir uns Essen bestellt. Und auch wenn meine letzte Mahlzeit schon einige Stunden her ist, bin ich definitiv nicht hungrig genug, um noch eine ganze Portion zu essen. Dennoch werde ich, nachdem sie sich all die Mühe gemacht hat, nicht ablehnen. Ich reibe mir die Hände in freudiger Erwartung. „Ich kann es kaum erwarten. Ich bin am Verhungern."

Sophies Gesicht erstrahlt, und sie bedeutet mir, am Tisch Platz zu nehmen. Sie bietet mir etwas zu trinken an, und ich entscheide mich für ein Bier, an dem ich nippe, während sie mir Hähnchenbrust mit geschmolzenem Mozzarella, sautierten Tomaten, grünen Bohnen und einer Scheibe Sauerteigbrot serviert. Als sie den Teller vor mir abstellt, sieht es so verdammt gut aus, dass mein vorher noch gesättigter Magen laut anfängt, zu knurren.

Wenn ich weiterhin Sophies Mitbewohner sein werde, werde ich mit Sicherheit zusätzliche Einheiten im Fitnessstudio einplanen müssen, um all das gute Essen zu kompensieren.

Selbstverständlich könnte ich ihr einfach sagen, sie solle nicht für mich kochen, aber seltsamerweise möchte ich das nicht tun. Denn abgesehen davon, dass das Essen fantastisch riecht und aussieht, als käme es aus einem Gourmetrestaurant, habe ich mich noch nie so wohl gefühlt, wenn ich am Ende eines Arbeitstages nach Hause kam. Ich empfinde es als unwahrscheinlich anziehend, dass sie auf mich wartet und sicherstellt, dass ich etwas esse. Und ich kenne mich gut genug, um nicht zu wissen, dass dies ein Hinweis darauf ist, dass von meiner Seite mehr dahinterstecken könnte, als einfach nur sicherstellen zu wollen, dass es ihr gut geht.

Während ich mich auf mein Essen stürze, zieht Sophie den Stuhl neben mir heraus und setzt sich zu mir.

Sie stützt sich mit dem Ellenbogen auf den Tisch und legt ihr Gesicht in ihrer Handfläche ab. „Und, wie war dein erster Tag?"

Mit dem ersten Bissen des Hühnchens noch im Mund, kann ich nicht wirklich antworten. Nicht nur, weil man mit vollem Mund nicht spricht, sondern auch, weil ich den Geschmack genieße. Ich knurre anerkennend und wische mir den Mund mit einer Serviette ab. „Himmel noch mal, das schmeckt wunderbar, Sophie."

„Danke." Sie lächelt übers ganze Gesicht.

Während ich mir das nächste Stück Hühnchen abschneide, beantworte ich ihre Frage. „Mein erster Tag war wie eine Achterbahnfahrt. Einiges war gut und einiges war – entschuldige bitte meine Ausdrucksweise – beschissen."

Sie winkt ab und fordert mich auf: „Erzähl mir zuerst von dem beschissenen Teil."

Während ich esse, erzähle ich ihr alles über Drake McGinn. Über unsere Zeit bei den Buffalo Wolves, über unsere Freundschaft und auch über die Umstände, unter denen er die Liga im vergangenen Jahr verlassen hat. Ich erzähle ihr von meiner hervorragenden Idee, ihn aus dem Ruhestand zu holen, weil er ein herausragender Goalie für die Titans wäre. Er ist der talentierteste Spieler, den sie so spät in der Saison noch hätten verpflichten können.

„Und dann hat er es komplett verkackt. Er ist quasi auf Brienne Norcross losgegangen und aus dem Konferenzraum gestürmt. Er ist einfach zu verärgert über das, was geschehen ist, als dass er sich für einen weiteren Versuch erwärmen ließe."

Sophie nickt verständnisvoll. „Ich kann ihn verstehen. Er wurde nicht nur von einzelnen Personen enttäuscht, von denen er einige sogar für seine Freunde gehalten hat. Nein, er wurde von der Branche als solche verraten. Nicht ein einziges Team hat es im vergangenen Jahr für nötig erachtet, ihm ein Angebot zu machen. Kein Wunder also, dass er misstrauisch ist.“

„Ich weiß“, antworte ich frustriert. „Er ist aber erwachsen. Man sollte den Scheiß doch mal hinter sich lassen, wenn einem eine großartige Gelegenheit geboten wird.“

„Meinst du, du könntest ihn noch irgendwie umstimmen?“

Ich schüttele den Kopf. „Er hat bei Brienne verbrannte Erde hinterlassen. Auch bei Coach Keller. Der wollte Drake aber ohnehin nicht wirklich.“

„Warum nicht?“

Ich frage mich, ob sie einfach nur höflich ist und mir deshalb während des Essens Gesellschaft leistet oder ob sie die Geschehnisse meines Tages wirklich interessieren. Jede der beiden Möglichkeiten ist vollkommen in Ordnung und auf ihre Weise rührend. Von dem bisschen, was ich bisher über Sophie weiß, ist es wahrscheinlich eine Kombination beider Möglichkeiten.

„Keller ist ein seltsamer Kauz. Er legt eine Art Doppelmoral an den Tag. Wir haben gestern viel Zeit damit verbracht, über Trainingsphilosophien und Werte zu sprechen, um sicherzugehen, dass wir alle einen gemeinsamen Konsens finden. Er hat viel über sein Verständnis dafür geredet, dass wir uns den Umständen anpassen und allen neuen Spielern eine

Chance geben müssen. Sobald ich aber Drake McGinn als möglichen Spieler erwähnt habe, hat er ihn wegen der Anschuldigungen von dessen Ex-Frau sofort abgeschrieben.“

„Was ist aus dem guten alten ‚unschuldig, bis das Gegenteil bewiesen ist‘ geworden?“, murmelt Sophie. Sie lehnt sich auf ihrem Stuhl zurück und schlägt ein Bein über das andere, die Winterstiefel immer noch an den Füßen.

„So sehe ich es auch.“ Ich gabele eine grüne Bohne auf. „Brienne hat so ziemlich dasselbe gesagt, aber dann hat sich Drake ihr gegenüber wie das letzte Arschloch verhalten, und nun glaube ich, dass sie es nicht mehr so sieht.“

„Das ist sehr schade. Klingt so, als hätte er eine zweite Chance wirklich brauchen können.“

Ich nicke zustimmend. Nachdem ich mein Essen heruntergeschluckt habe, nippe ich an meinem Bier. „Du brauchst aber auch eine zweite Chance.“

Sophie errötet und senkt ihren Kopf. Beinahe abwehrend verschränkt sie die Arme vor der Brust. „Nicht so ganz. Ich muss einfach nur den Arsch hochkriegen und …“

„Nicht“, unterbreche ich sie. „Rede deine Dämonen nicht klein. Sie sind real und legitim, und niemand verurteilt dich dafür.“

„Mein Arbeitgeber schon“, betont sie.

Mit den Schultern zuckend, grinse ich ertappt. „Okay, es gibt welche, die dich verurteilen. Ich tue es aber nicht, und das ist die einzige Meinung, die zählt.“

Sophie lacht. Ihre Augen sind aber noch immer voller Schmerz. Sie hat ihn noch nicht überwunden, aber ich werde nicht aufgeben.

Als ich gestern bei ihr aufgetaucht bin, hatte ich nichts anderes vor, als nachzusehen, wie es ihr geht. Ein kurzer Besuch – hallo und tschüss. Stattdessen habe ich nun eine neue Freundin, und mein Bauchgefühl sagt mir, dass sie mein Leben noch lange bereichern wird. Immerhin ist es Sophie gewesen, die den Anstoß für den weiteren Werdegang meines Lebens gegeben hat. Natürlich nicht absichtlich, aber ihr Überfall und dass ich zufällig in der Nähe war – diese Ereignisse haben dazu geführt, dass ich heute hier sitze. Ein abgedrehter Wink des Universums, aber nicht wirklich überraschend. Wir haben ein gemeinsames Erlebnis durchgemacht, welches uns auf eine Weise miteinander verbindet, die niemand sonst nachempfinden kann.

Überraschenderweise schweifen meine Gedanken aber ab in einen Bereich, der nichts mit Freundschaft zu tun hat. Geben Freunde offen zu, wie attraktiv sie sich gegenseitig finden? Ich denke nicht. Für den Moment bin ich einfach nur froh, diese Verbindung mit Sophie aufgebaut zu haben. Wir sind uns zwar noch fremd, aber in vielerlei Hinsicht sind wir es wiederum auch nicht. In eine neue Stadt zu ziehen, niemanden zu kennen … da ist sie genau das, was ich gerade brauche.

Ich glaube, ich bin auch genau das, was sie gerade braucht.

Kapitel 11

Baden

Ich stehe von meinem Schreibtischstuhl auf und mache mich auf den Weg zum Besprechungsraum, in dem das Einstandstreffen des neuen Eishockeyteams stattfindet.

Zwar habe ich gestern schon meinen ersten vollen Arbeitstag zur Neuaufstellung der Titans hinter mich gebracht, aber heute wird es richtig ernst werden. Gestern haben sich die Trainer in einem der Konferenzräume zusammengesetzt, sich Videos angeschaut, Listen und Diagramme angefertigt und miteinander diskutiert. Heute geht es darum, die Spieler zu treffen, und ich würde lügen, wenn ich nicht zugäbe, nervös zu sein. Um ehrlich zu sein, bin ich davon überzeugt, dass ich noch nie so nervös war, selbst auf dem Eis nicht. Aber als Goalie war ich ja auch in meinem Element.

Jetzt sitze ich hier wie ein Fisch auf dem Trockenen.

Wenigstens hat mein Tag gut angefangen. Mein Wecker ging um halb sechs Uhr morgens los, und nach einer schnellen Dusche versuchte ich, möglichst leise die Treppen hinunterzugehen. Der Nachteil eines alten Hauses sind die Alterserscheinungen, die sich durch Quietschen, Knarren und Stöhnen äußern.

Doch jede Sorge darüber, Sophie aufzuwecken, ist verflogen, sobald mir der Duft des Specks in die Nase zog.

Sie stand in der Küche am Herd und war gerade dabei, dicke Speckstreifen aus einer gusseisernen

Pfanne zu nehmen. Auf der Küchentheke standen eine Auflaufform mit einer Art Eier-Auflauf, eine Schale mit braun karamellisierten Kartoffeln und ein Teller mit gebuttertem Toast.

„Ich bereue zutiefst, dir gestern gesagt zu haben, wann ich heute früh losmuss", sagte ich beim Hereinkommen.

Sophie sah auf und lächelte mich an. „Auch dir einen guten Morgen."

„Guten Morgen", grummelte ich, ohne wirklich erbost zu sein. Ich fühlte mich schlecht, weil sie sich all die Mühe machte, mir so ein großes Frühstück zuzubereiten.

Nachdem ich gestern zu Abend gegessen hatte, hat Sophie sich geweigert, meine Hilfe beim Aufräumen der Küche anzunehmen. Sie hat darauf bestanden, dass ich eine gute Mütze Schlaf bekäme, und da sie sowieso arbeitslos war, könnte sie so lange wach bleiben, wie es ihr gefiel. Sie hat mir einen Schlüssel und das Passwort für die Alarmanlage gegeben und mir dann das Gästezimmer mit dem versprochenen „unwahrscheinlich gemütlichen Bett" gezeigt. Ich habe geschlafen wie ein Baby.

„Du hättest dir nicht so viel Mühe machen müssen, Sophie", schalt ich sie, freute mich aber insgeheim auf dieses Festmahl. Es war für mich zwar etwas zu früh, um etwas zu essen, aber ich würde es auf gar keinen Fall ablehnen. Meine beste Option für meine erste Tagesmahlzeit wäre sonst ein Schokoriegel aus dem Automaten im Stadion gewesen. Ich hoffte, bald einkaufen gehen und mich mit ein paar

Proteinriegeln für ein schnelles Frühstück bevorraten zu können.

„Der Kaffee ist frisch gebrüht", antwortete sie und deutete mit dem Kinn über ihre Schulter auf die Kanne am anderen Ende des Tresens. „Und ich werde nicht jeden Morgen Frühstück machen. Ich wollte dir heute nur einen schönen Start in den Tag bereiten."

Beinahe hätte ich „Danke, Mom" gesagt, um sie wegen ihrer fürsorglichen Art zu necken. Ich habe mich aber zurückgehalten, denn Sophie erinnert mich in keiner Weise an meine Mutter – oder an überhaupt eine Mutter. Wenn ich Sophie ansehe, sehe ich nichts Mütterliches. Sie ist eine lebhafte, attraktive Frau. Ein wenig gebrochen und verloren, aber gleichzeitig so faszinierend, dass ich nicht sicher bin, ob mir auf lange Sicht eine Freundschaft mit ihr ausreichen wird.

Aber wie gesagt ... dank Sophie hatte ich einen großartigen Start in den Tag.

Wegen seiner Form wird der Besprechungsraum „die Schüssel" genannt. Während unser Besprechungsraum in Phoenix eckig und mit in Reihen aufgestellten Bänken ausgestattet war, hat die Schüssel eine runde Form. In der Mitte gibt es eine etwa sechs Meter große freie Fläche, welche von fünf ringförmig aufsteigenden Sitzreihen umgeben ist. Die Sitzreihen werden durch drei Treppenaufgänge unterbrochen und erinnern an die Speichen eines Rades. An den Wänden hinter den letzten Reihen hängen in einem Abstand von etwa drei Metern über den ganzen

Raum verteilt 80-Zoll-Flachbildschirme, sodass man, egal wo man sitzt, sehen kann, was gezeigt wird.

Der Fußboden der Schüssel besteht aus poliertem dunklen Holz, und die Sitzgelegenheiten für die Spieler sind großzügig und ausladend gestaltet und mit anthrazitfarbenem Leder bezogen. In der Armlehne eines jeden Sitzes ist ein ausklappbarer Tisch verborgen, auf dem man sich Notizen machen kann.

Es gibt zwei Eingänge. Den oberen Eingang hinter der letzten Stuhlreihe erreicht man vom Erdgeschoss des Stadions aus. Der andere Eingang befindet sich auf der Ebene des Kellers, wo sich auch der ebenfalls rund geformte Bereich befindet, von dem aus die Trainer zum Team sprechen.

Ich nehme auf einem der Stühle in der ersten Reihe Platz. Zu meiner Linken und meiner Rechten sitzen die anderen Trainer.

Auf den restlichen Stühlen sitzen die Spieler, die nun bei den Titans unter Vertrag stehen. Ein Mix aus Minor-League-Spielern, kürzlich in den Ruhestand Getretenen, schon länger in den Ruhestand Getretenen und den drei verbliebenen Spielern, die sich wegen Krankheit oder einer Verletzung nicht auf dem Unglücksflug befunden hatten.

Ich mache mir nicht die Mühe, mich nach den Spielern umzusehen. Ich muss mich nicht umsehen, um zu wissen, dass alle in sich zusammengekauert oder in Gedanken versunken sind oder unbeholfen darauf warten, dass etwas passiert.

Ganz im Gegensatz zu dem, was sonst in jedem Teamraum der Fall ist, in dem man ausgelassenes Geplauder hört, während man auf den Beginn einer

Besprechung wartet, ist es hier sehr ruhig. Das ist ein Hinweis darauf, dass sich die Spieler untereinander nicht kennen und noch ein gutes Stück Weg vor sich haben, bevor sie eine Einheit werden. Es zeigt außerdem deutlich auf, dass es so einen Fall in der Geschichte der Liga noch nie gegeben hat und man nicht weiß, wie man damit umgehen soll.

Dieses brandneue Team ist größtenteils aus Spielern zusammengestellt worden, die nicht wirklich gut genug waren, um in dieser Liga bestehen zu können. Eine moderne Version des Filmklassikers *Eine Klasse für sich*, bis auf den Umstand, dass Matt Keller kein missmutiger Säufer ist. Ich werde nicht schlau aus ihm. Bisher war das, was er sagte, und das, was er tat, zwei vollkommen unterschiedliche Dinge. Vielleicht geht ihm aber, genauso wie mir, einfach nur der Arsch auf Grundeis.

Brienne Norcross betritt gemeinsam mit Callum Derringer durch den Eingang im Untergeschoss den Raum. Sie trägt einen Rock und einen lilafarbenen Blazer, der der Farbe des Titans-Logos entspricht. Ihre Haare hat sie wieder in einem festen Knoten in ihrem Nacken zusammengebunden. Callum Derringer trägt einen modernen dunkelblauen Anzug und eine silberfarbene Krawatte. Die Trainer tragen lässige Sportkleidung in den Farben des Teams und mit dem Teamlogo. Gestern ist von unserem Hauptsponsor für unsere Sportausrüstung eine ganze Kiste voller Kleidung mit dem Teamlogo in meinem Büro abgegeben worden. Ich habe alles sauber und ordentlich in meinem persönlichen Schrank verstaut. Als Trainier verfügt man über den Luxus einer eigenen Umkleidekabine mit Dusche, und so trage ich auf dem Weg zum Stadion und zurück meine eigene Kleidung und ziehe mir meine „Trainer-Uniform" an, sobald ich hier bin.

Nun, da der Trainingsplan des Teams so gut wie steht, habe ich mir vorgenommen, wieder mit meinem eigenen Trainingsprogramm zu beginnen und hier im Stadion zu trainieren.

Brienne tritt in die Mitte des Rondells und Callum nimmt auf einem der Stühle in der ersten Reihe bei den anderen Trainern Platz. Das ganze weckt Erinnerungen an mein erstes Team-Meeting bei den Arizona Vengeance, das mehr als achtzehn Monate zurückliegt. Wir saßen in unserem Besprechungsraum und Dominik kam herein, um uns willkommen zu heißen. Teilweise hat die gleiche Stimmung geherrscht wie hier. Angespannte Nerven, Zweifel und Unsicherheit. Auch wir sind ein neu zusammengewürfeltes Team gewesen. Ein buntes Durcheinander von Spielern aus unterschiedlichen Teams, deren Aufgabe darin bestand, sich zu einem neuen Team zusammenzufinden.

Hier ist es ebenso, nur dass die Spieler, die nun für die Titans spielen, weniger gut sind.

Am ersten Tag in Arizona hat ebenfalls eine gewisse Anspannung den Raum erfüllt. Die Spieler haben sich miteinander unterhalten und einige hatten vorher schon in denselben Teams gespielt.

Hier ist es bisher vollkommen still. Zugegeben, die Umstände sind nicht dieselben. Vermutlich liegt es an dem Misstrauen gegenüber Brienne, Callum und den Coaches und ziemlich sicher auch an dem

Zweifel daran, dass wir etwas Anständiges aufs Eis bringen werden.

Ich habe Mitleid mit Brienne. Sie muss nun den Ton für die gesamte restliche Saison angeben, und dabei leitet die arme Frau das Unternehmen gerade einmal eine Woche. Ich befürchte, sie wird es vermasseln und nicht die richtigen Worte finden, um das Team zu motivieren. Dennoch stehe ich hinter ihr und bin fest entschlossen, ihr am Ende ihrer Ansprache lautstark zu applaudieren, auch wenn sie es vergeigt.

Ich sehe mich um und stelle fest, dass alle Spieler mit eisernen Mienen auf sie schauen. Ich blicke wieder zu Brienne. Sie hat ihre Hände so fest ineinander verschränkt, dass ihre Knöchel weiß sind. Brienne räuspert sich, und ich rechne beinahe damit, dass ihre Stimme in diesem großen Raum leise und schwer zu hören sein wird. Stattdessen erklingt sie klar und deutlich, und ich habe keinen Zweifel daran, dass die Männer, die ganz oben sitzen, sie gut hören können.

„Meine Herren, zunächst möchte ich sagen, dass ich mich bei jedem von euch entschuldigen muss.“

Das sorgt für Aufregung, die Männer werden unruhig und beginnen zu flüstern. Brienne wartet ab, bis wieder Ruhe einkehrt, und schaut sich um. Langsam dreht sie sich einmal um ihre eigene Achse, so als würde sie versuchen, jedem Einzelnen in diesem Raum in die Augen zu schauen. Jeder soll sich direkt angesprochen fühlen.

Sie hebt das Kinn. „Ich möchte mich dafür entschuldigen, dass ich mit Sicherheit Fehler machen werde. Das ist alles neu für mich. Zugegebenermaßen weiß ich nicht genau, was ich da tue. Wahrscheinlich wird es auch passieren, dass ich euch in Verlegenheit bringe. Ich bitte lediglich um Nachsicht und darum, dass ihr mir dabei helft, zu lernen, wie es in Branche zugeht. Momentan wisst ihr alle hier mehr darüber als ich."

Sie macht eine Pause und atmet tief durch. Die Knöchel ihrer Hand sind immer noch weiß, aber sie wirkt ruhig und gelassen.

„Was mich aber wirklich mit Hoffnung erfüllt, seid ihr Spieler. Wir sind ein seltsamer Haufen. Wir kennen uns noch nicht. Wir werden Fehler machen. All das sind Dinge, die wir überwinden müssen. Aber jeder von euch wurde ausgewählt, weil er über Talent verfügt. Ihr gehört zur Elite. Und das ist eure Chance, euch zu beweisen."

Noch mehr Unruhe auf den Sitzplätzen. Zustimmendes Gemurmel. Die Stimmung im Raum ist leicht elektrisiert. Mit nur wenigen Worten hat Brienne Norcross jeden in diesem Raum berührt, auch wenn sie nicht wirklich weiß, wovon sie spricht.

Brienne lacht nervös. „Aber ihr seid sicher nicht hier, um euch mein Geschwätz anzuhören. Ich weiß, dass ihr alle endlich aufs Eis wollt. Euren Job machen. Also werde ich meinen Job machen und das Zepter an unseren neuen Geschäftsführer Callum Derringer übergeben. Ich habe vollstes Vertrauen in unseren Plan, ein Team aufzustellen, das voller Stolz unsere wundervolle Stadt Pittsburgh repräsentieren wird. Ebenso vertraue ich auf unser Trainerteam. Genau wie ich vollstes Vertrauen in jeden Einzelnen habe, der sich in diesem Raum befindet. Ich wünsche euch ein gutes erstes Training, meine Herren, und falls ihr etwas braucht, fragt mich einfach."

Brienne nickt Callum kaum merklich zu und geht in Richtung Tür. Mein Herz hört fast auf, zu schlagen, weil im Saal wieder Stille herrscht und ich mich darauf vorbereite, aufzustehen und ihr so zu applaudieren, wie ich es mir selbst versprochen hatte. Aber dann bricht der gesamte Raum in einen tosenden Applaus und ein ohrenbetäubendes, begeistertes Grölen aus. Während Brienne den Raum verlässt, bemerke ich ein Lächeln auf ihrem Gesicht.

Als Callum sich in die Mitte des Raumes begibt, verebbt der Applaus langsam. Callum steckt die Hände in die Hosentaschen und neigt den Kopf kurz nach unten, ganz so, als wollte er sich sammeln. Als er wieder aufblickt, dreht auch er sich im Kreis, um jeden wissen zu lassen, dass er zu jedem Einzelnen im Raum spricht.

Seine Einleitung ist ein ziemlicher Schocker. „Ich war ein mieser Manager."

Flüstern, Getuschel, und eine Person in einer der hintersten Reihen ruft: „Was soll das heißen?"

Callum lächelt verlegen. „Das ist die Wahrheit. Zumindest habe ich bei meiner letzten Anstellung als General Manager versagt."

Er pausiert, lässt seine Aussage nachhallen.

Ein mutiger Spieler ruft aus: „Bist du jetzt immer noch mies?"

Callum schaut sich nach dem Mann um, der sich getraut hat, diese direkte Frage zu stellen. Er nimmt Blickkontakt auf und hebt seinen Zeigefinger. „Das ist jetzt die Kernfrage, nicht wahr?"

Ich beuge mich vor, bin wie gebannt. Ich will die Antwort hören, so wie sicherlich alle anderen auch.

Callum zuckt mit den Achseln. „Ich weiß es nicht. Es könnte sein, dass ich es vermassele, aber ich hoffe nicht. Bei meinem letzten Gastspiel als Manager habe ich eine Menge gelernt. Ich weiß, was ich falsch gemacht habe, und werde die Dinge nun anders angehen. Ich kann nur hoffen, dass mein Plan dazu beiträgt, dieses Team zum Erfolg zu führen. Aber ich möchte euch alle bitten … solltet ihr der Meinung sein, ich würde die Sache falsch angehen, scheut euch nicht, es mir zu sagen. Ich werde nicht zwangsläufig eurer Meinung sein, aber ich verspreche, euch anzuhören.“

Ich bin geplättet von all der Ehrlichkeit, die Brienne und Callum bisher an den Tag gelegt haben. Würde ich dort unten stehen und reden müssen, hätte ich, da ich kein Trainer bin, auch einige Entschuldigungen hervorzubringen. Dennoch hoffe ich, dass ich ein guter Trainer werde.

„Ernsthaft“, fährt Callum fort, „die Tür zu meinem Büro steht jedermann offen, ebenso wie Briennes. Wir schreiben Geschichte und auf unseren Schultern lastet ein unwahrscheinlicher Druck. Ebenso lastet das Gewicht der Trauer auf uns. Die gesamte Liga betrauert immer noch den Verlust unserer Freunde, die sich in dem Flugzeug befanden. Ich bitte euch inständig, solltet ihr euch depressiv fühlen, fehl am Platz, wütend oder sonst irgendwie, verfügen wir über die nötigen Mittel und Unterstützung, um euch aufzufangen. Natürlich könnt ihr gern zu mir kommen und mit mir reden. Aber ich kümmere mich auch gern um einen Therapeuten, einen Arzt oder eine Selbsthilfegruppe, ohne persönliche Fragen zu stellen. Wir müssen uns genauso um unsere geistige Gesundheit kümmern wie auch um unsere körperliche."

Es wird wieder unruhiger im Saal und einige Spieler stimmen zu. Ich vermute, dass jeder in diesem Raum auf seine eigene Art und Weise an den Ereignissen der vergangenen anderthalb Wochen zu knabbern hat. Aber dennoch neigen Männer dazu, nicht über ihre Gefühle sprechen zu wollen, und wir machen viel zu viel mit uns selbst aus. Ich spreche da aus eigener Erfahrung. In der Zeit, nachdem ich verletzt wurde, war ich unwahrscheinlich wütend und missmutig und habe mich zurückgezogen. Meine wild entschlossene Einstellung hat aber nicht ausgereicht, um da allein wieder herauszukommen. Ich habe mich in Therapie begeben und mich einer Selbsthilfegruppe angeschlossen. Ich habe den Verlust meines Gehvermögens und den daraus folgenden potenziellen Verlust meiner Karriere betrauern können und war dankbar für die Hilfe, die ich von Dominik erhielt. Ich bin mehr als beeindruckt, wie Brienne und Callum den Neuanfang dieses Teams angehen.

„Bevor ich an Coach Keller übergebe, habe ich noch ein letztes organisatorisches Anliegen. Wie euch bekannt sein dürfte, hat die Liga dafür gestimmt, die Punkte rückwirkend zum Flugzeugabsturz einzufrieren. Uns bleiben somit noch vier Tage, um wieder in Form zu kommen, aufs Eis zu gehen und am Wettkampfbetrieb teilzunehmen. Weiterhin hat die Liga soeben bekannt gegeben, dass sie für die

Titans einer Ausnahmeregelung zustimmen. Im weiteren Wettbewerbsverlauf werden jegliche noch folgende Spielerwechsel nicht mehr mit dem Ausschluss dieser Spieler von den Play-offs geahndet werden."

Da Callum den Trainern deswegen bereits heute früh eine E-Mail gesendet hat, bin ich nicht überrascht. Dem Raunen nach, das daraufhin den Raum erfüllt, sorgt diese Nachricht jedoch für Unmut.

Normalerweise wäre es für jedes Team und deren Spieler etwas Positives. Die Regel besagt, dass Spieler nicht an den Play-offs teilnehmen dürfen, wenn sie nach der Trade Deadline – die ironischerweise drei Tage vor dem Unfall war – getauscht werden. Diese Regel wird für die Titans ausgesetzt.

Callum hebt die Hände. „Ich weiß, es sorgt für einigen Unmut, da viele von euch erst kürzlich aus den Minors zu uns gestoßen sind und befürchten, dass ihnen beim Versuch, in der Liga durchzustarten, Steine in den Weg gelegt werden. Auch wenn es eher unwahrscheinlich ist, besteht die Möglichkeit, dass jemand ein Angebot für euch abgibt, euch aber dann wieder in die Minors schickt. Brienne Norcross hat sich vertraglich dazu bereit erklärt, in diesem Jahr niemanden aus seinem Vertrag zu entlassen. Sie möchte euch den bestmöglichen Start in dieser Liga verschaffen, und das geht nicht, wenn ihr befürchten müsst, dass dieser Traum jederzeit platzen könnte. Es spielt keine Rolle, wenn uns jemand ein lukratives Angebot unterbreitet. Wir werden keinen Einzigen in diesem Raum den Wölfen zum Fraß vorwerfen."

Tosender Applaus.

Gewaltig.

Brienne hat die richtige Entscheidung getroffen und Callums Ausführungen waren perfekt. Dem Team wird bis zum Ende der Saison Sicherheit geboten, und das ist genau das, was die Spieler brauchen.

Kapitel 12

Baden

Falls die Jungs erwartet haben, sofort aufs Eis zu kommen, so haben sie sich gründlich getäuscht. Coach Keller hatte auch noch einiges zu sagen. Nachdem er sich und die anderen Trainer kurz vorgestellt hat, hat er beschlossen, dass sich das Team untereinander auch ein wenig besser kennenlernen müsste. Allerdings bin ich nicht sicher, ob die Methode, wie er das bewerkstelligen wollte, besonders klug war.

Coach Keller wollte, dass jeder Spieler kurz aufsteht und dem Team etwas über sich erzählt. Darüber hinaus wollte er, dass sie sich kurz dazu äußerten, wie sie sich damit fühlten, nun für die Titans zu spielen, und wie sie dazu gekommen sind.

Ich hielt es für eine fürchterliche Idee. Er war dabei, so etwas wie eine Selbsthilfegruppe zu gründen, mit Männern, die sich untereinander nicht kennen und vielleicht nicht vor allen über ihre Gefühle sprechen wollen. Ich habe schon ziemlich früh während meines mentalen Genesungsprozesses erkannt, dass man auch den Willen in sich tragen muss, zu heilen. Man muss bereit sein, seine Gefühle auszudrücken. Man muss bereit sein, sich mit seinen Dämonen auseinanderzusetzen, und um das tun zu können, muss man sich in einer für sich angenehmen Umgebung befinden.

Die Schüssel hier ist mit Sicherheit keine angenehme Umgebung, um über seine Gefühle zu sprechen. Schon gar nicht, nachdem man aus seinem alten Leben gerissen wurde und aufgrund ziemlich trauriger Umstände ein komplett eines beginnen zu müssen, und dazu noch vor fünfzig fremden Menschen zu reden.

Hätte ich vorher gewusst, was Coach Keller vorhat, hätte ich garantiert nicht gezögert, ihm meine Bedenken bezüglich dieser Vorgehensweise mitzuteilen. Er hat es aber vorgezogen, die anderen Trainer nicht in sein Vorhaben einzuweihen, und ich werde ihn dafür ganz bestimmt nicht vor der versammelten Mannschaft an den Pranger stellen.

Als er also den ersten Spieler auffordert, aufzustehen und sich seinem neuen Team vorzustellen, krampfen sich meine Eingeweide in Erwartung des Sturms an, der sich da gerade zusammenbraut.

Nach fünf Spielern ist klar, dass Matt Keller einen riesengroßen Fehler gemacht hat. Die ersten fünf Spieler sind zurückhaltend und reserviert. Sie geben einige grundlegende Fakten über sich selbst preis, zeigen sich wenig begeistert, Teil des Teams zu sein, und weigern sich, über ihre Gefühle zu sprechen, was auch ihr gutes Recht ist.

Während ich mich immer wieder im Raum umsehe, wird mir klar, dass niemand hier sein will, um sich das weiter anzuhören. Die Spieler werden sich, wie es bei Teams üblich ist, im Laufe der Zeit schon noch kennenlernen. Sie werden zuverlässige Freundschaften und mit einigen sogar sehr enge Bande knüpfen. Vielleicht werden irgendwann sogar einige über ihre Gefühle sprechen.

Aber nicht heute.

Coach Keller rühmt sich damit, den gesamten Kader zu kennen und jeden Spieler auf Anhieb beim Namen nennen zu können. Noch kann ich das nicht, aber in ein paar Tagen werde auch ich all ihre Namen gelernt haben.

Als Keller Stone Dumelin aufruft, erinnere ich mich sehr genau an ihn als einen der Spieler, über die wir bei unserem Trainer-Meeting an meinem ersten Tag in Pittsburgh gesprochen haben. Sein Bruder war in dem Flugzeug, und ich habe mich wegen der tragischen Umstände näher über die beiden Spieler erkundigt.

Für jeden in diesem Saal, ausgenommen vielleicht Keller, ist beim Anblick von Stones Mine sofort klar, dass er lieber in einem Pool voller heißer Lava versinken würde, als vor seinem neuen Team zu stehen und über die Umstände zu sprechen, die ihn hierher gebracht haben.

Dennoch stellt er sich pflichtbewusst vor. „Ich heiße Stone Dumelin. Ich spiele auf dem Left Wing und habe vorher bei den Cleveland Badgers gespielt.“

Keller hat seine Arme vor der Brust verschränkt und nickt Stone beipflichtend zu. „Und was ist für dich die treibende Kraft, hier zu sein?“

Ich zucke zusammen und ziehe den Kopf ein. Das muss die dümmste Frage sein, die jemals irgendwo auf der Welt gestellt wurde. Ich drehe mich auf meinem Sitz um, um Stone anzusehen, der zwei Reihen hinter mir zu meiner Rechten steht.

Die Wut steht ihm buchstäblich ins Gesicht geschrieben. „Ich würde sagen, die treibende Kraft ist die Tatsache, dass mein Bruder in dem Flugzeug saß.

Sein Tod hat es mir ermöglicht, wieder in der ersten Liga zu spielen. Manche würden sagen, eine glückliche Fügung. Du nicht auch?"

Man hört Hüsteln und ungläubiges Getuschel darüber, wie Stone mit seinem Cheftrainer spricht. Ehrlich gesagt hat Keller es herausgefordert. Ich sehe Coach Keller an und erkenne, dass er aschfahl geworden ist.

„Scheiße, verdammt. Es tut mir leid. Ich habe dich mit jemandem verwechselt, Stone."

Ich senke den Kopf vor Fremdscham über die Demütigung von Stone und dem gesamten Team. Wie zur Hölle konnte Keller vergessen, dass Stones Bruder in dem Flugzeug war?

Ich schaue wieder zu Stone, und es wird deutlich, dass er Kellers Entschuldigung nicht annimmt. Er lässt sich wieder auf seinen Sitzplatz fallen und starrt den Cheftrainer an.

Keller gerät ins Stocken und schaut sich um, während er überlegt, wen er als Nächstes aufrufen soll. Hätte er auch nur einen Funken Verstand, würde es das Ganze an dieser Stelle beenden und die Männer aufs Eis entlassen.

Aber mir ist klar, dass Keller die Dinge so tun will, wie er es für richtig hält, und dass ihm der Blick für das große Ganze fehlt. Ich bin außerdem besorgt, weil er die Spieler zu etwas zwingt, was nicht gut ankommt, und weil dies ihren Respekt ihm gegenüber nur schmälern wird.

Keller fixiert mit seinem Blick einen Spieler, der in der Reihe hinter mir zu meiner Linken sitzt.

Coen Highsmith.

Er ist einer der Spieler, die nicht in dem Flugzeug waren, und er war bis zu dem Unglück der Spieler mit den meisten Punkten im Team. Keller starrt ihn an, als wäre er ein Rettungsanker, und fordert ihn eifrig auf, zu reden. „Highsmith … steh auf und erzähle dem Team etwas über dich.“

Ich weiß nicht allzu viel über Coen Highsmith. Er ist jung und frech, aber das sind die meisten Spieler der Liga. Er ist ziemlich selbstbewusst, aber ich weiß nicht, ob das etwas Gutes ist. Ich schätze, dass er aufstehen und vielleicht einen Witz erzählen wird, um die Stimmung aufzulockern, oder dass er anfängt, über sich selbst zu prahlen.

Er tut weder das eine noch das andere. Stattdessen bleibt er, seine Hände auf dem Tischchen vor sich verschränkt, einfach sitzen. Er lehnt sich zurück, und ich gehe zunächst davon aus, dass er nichts sagen wird.

„Ich schätze mal, jeder hier weiß, wer ich bin. Einer der glücklichen drei“, murmelt er.

Mehr sagt er nicht. Keller wartet ab, schaut ihn erwartungsvoll und fast flehend an.

Coen erwidert das Starren des Coaches.

Ich muss zugeben, dass mich dieses Verhalten eines sonst als ziemlich umgänglich geltenden Spielers schockiert. Trotz seiner Unverfrorenheit, seines Egos und seiner großspurigen Haltung ist er dafür bekannt, ein lebenslustiger Kerl zu sein. Doch nun blickt er wütend drein.

Keller begreift endlich und fährt fort.

Noch bevor Keller jemand anderen aufrufen kann, sehe ich aus meinem Augenwinkel, wie sich ein

Spieler in der vierten Reihe erhebt. Gage Heyward. Ein hoch angesehener Veteran, der zum Ende der vergangenen Saison in den Ruhestand gegangen ist. Er ist derjenige, den Keller als weisen Berater für dieses Team auserkoren hat.

„Coach“, sagt er gutmütig. „Vielleicht ist es nur meine Meinung, aber ich würde meine Teamkollegen viel lieber selbst kennenlernen. Und abgesehen davon bin ich mir sicher, dass jeder in diesem Saal darauf brennt, zu zeigen, was er draufhat. Liege ich da richtig?“ Gage sieht sich erwartungsvoll um.

Jeder Einzelne im Saal nickt und äußert seine Zustimmung.

„Zur Hölle, ja.“

„Lasst uns endlich spielen.“

Jemand aus einer der hinteren Reihen schimpft laut genug, dass es für jeden hörbar ist: „Ich will hier ganz bestimmt nicht diesen Seelenstriptease-Scheiß mitmachen.“

Keller läuft rot an und seine Lippen sind vor Wut ganz schmal. Er hasst es, infrage oder bloßgestellt zu werden. Darüber hinaus hat er gehofft, derjenige zu sein, der das Team einander näher bringt, statt aufzuzeigen, über wie wenig Menschenkenntnis und Feingefühl er verfügt.

Ich bin sicher, niemand in diesem Raum hat seine Vorgehensweise für gut befunden. Da aber so viele Spieler an dieser Stelle deutlich machen, dass sie wollen, dass er damit aufhört, bleibt ihm nichts anderes übrig, als sich ihnen zu fügen.

„Okay, Jungs. Ich merke schon, ihr wollt Action, und die bekommt ihr auch. Auf zur Umkleide und ab in die Trainingsausrüstung. In fünfzehn Minuten will ich alle auf dem Eis sehen."

***

Als ich mich letzte Woche mit Dominik darüber unterhalten habe, ob ich den Job annehme oder nicht, hat er mich daran erinnert, dass die Goalie-Trainer hauptsächlich als Therapeuten fungieren.

Als professioneller Goalie verfügt man über die notwendigen technischen Fertigkeiten, um den Job auszuüben zu können. Man hat trainiert, sich bewährt und viel Neues beizubringen gibt es nicht. Selbstverständlich werde ich denjenigen, der im Tor steht, genau unter die Lupe nehmen und mir unter Nichtbeachtung des restlichen Spielgeschehens Notizen machen, die wir dann beim nächsten Training besprechen werden. Ich werde darauf achten, ob er seine Stärken voll ausschöpft und dass sich in puncto Technik keine Nachlässigkeiten einschleichen.

Meine Hauptaufgabe wird es sein, eine positive Einstellung und mentale Stärke zu fördern. Die Spielposition des Goalies ist so vielschichtig, dass Keller und die anderen Trainier nie nachvollziehen könnten, wie sehr Psyche und Körper miteinander im Einklang sein und trainiert werden müssen. Ich spreche aus Erfahrung.

Ich weiß, wie wichtig die richtige Einstellung ist, um ein konstant guter Torwart zu sein, und es ist jetzt meine Aufgabe, dafür zu sorgen, dass unsere Torhüter das auch verstehen. Wenn ich diesen Beruf ausüben möchte, muss ich lernen, wie ich ein

Gleichgewicht dahingehend herstelle, gleichzeitig mit neuen, unerfahrenen Spielern umzugehen und die erfahrenen Spieler zu motivieren.

Mit dieser Einstellung im Hinterkopf treffe ich auf meine beiden Torhüter – Patrik Stenlund und Jesper Keane. Sie sind beide jung – zweiundzwanzig und vierundzwanzig Jahre alt – und kommen beide aus den Minors. Sie sind solide Spieler, wahrscheinlich nach Drake McGinn die besten, die zur Verfügung standen, und ich bin neugierig darauf, sie spielen zu sehen.

Sie besitzen die nötigen Fähigkeiten. Die perfekte Haltung, eine nahezu perfekte Positionierung und gute Skating-Fähigkeiten. Technisch sind sie stark. Da sie aber noch jung und unerfahren sind und aus den Minors in ein Team geholt worden, in dem es drunter und drüber geht, ist es umso wichtiger, an ihrem Selbstvertrauen zu arbeiten.

Patrik, Jesper und ich treffen uns vor einem der Besprechungsräume im Untergeschoss. Hauptsächlich reden wir. Es überrascht sie nicht, dass ich bereits eine Menge über sie weiß. Ich habe mich mit ihren Statistiken vertraut gemacht, ihre bisherigen Karriereschritte und kürzlich gemachte Videoaufnahmen studiert. Dass wir heute nicht aufs Eis gehen, überrascht sie dann aber doch.

„Morgen", verspreche ich ihnen. „Lasst uns heute darüber reden, wie wir am besten zusammenarbeiten können." Schnell wird mir klar, dass sie in Bezug auf ihre Persönlichkeiten wie Tag und Nacht sind, auch wenn Patrik und Jesper spielerisch die gleichen Fähigkeiten aufweisen. Patrik ist arrogant, was aber nicht unbedingt schlecht sein muss. Jesper ist entspannt und locker drauf.

„Ich bin nicht hier, um euch etwas beizubringen", lasse ich sie wissen.

Sofort blicke ich in zwei Gesichter mit hochgezogenen Augenbrauen.

„Ihr seid beide gut genug, um hier zu sein", erkläre ich und hoffe, ihnen damit sofort mein Vertrauen in ihre Fähigkeiten zu vermitteln. „Aber ich werde euch genau beobachten und euch darin unterstützen, fit zu bleiben. Zum einen könnte das in Form von Trainingseinheiten sein, weil mir etwas in einem Spiel auffällt, oder auch von umfangreicher Arbeit meinerseits, die ich vorher für euch erledige."

„Wie meinst du das?", will Jesper wissen.

„Es ist meine Aufgabe, alle nützlichen Informationen über eure Gegner zu sammeln und sie euch zur Verfügung zu stellen. So ist jeder, der im Tor steht, auf das vorbereitet, was da kommen mag. Ich werde mir eine Menge Videomaterial der Offensive der gegnerischen Mannschaften ansehen, und wir werden gemeinsam darüber sprechen, wie ihr euch am besten gegen eure Gegenspieler positionieren könnt. Zusätzlich zu unserer Arbeit auf dem Eis werdet ihr viel lernen müssen. Um auf diesem Niveau spielen zu können, ist das unabdingbar."

Beide nicken zunächst, dann fragt Patrik: „Und wer von uns beiden wird nun der Starting-Goalie für das Spiel am kommenden Freitag sein?"

„Keine Ahnung", antworte ich ehrlich. „Wenn wir morgen aufs Eis gehen, könnt ihr beide zeigen, was ihr draufhabt."

„Wie wird eine typische Trainingseinheit aussehen?“, will Jasper wissen.

Mir gefällt, dass er sich für mehr als die Starter-Po-
sition interessiert. Er stellt die richtigen Fragen.

„Wir werden jeden Trainingstag damit beginnen,
dass wir uns eine Videoaufzeichnung ansehen. Darauf folgt etwa eine halbe Stunde auf dem Eis, um
Abläufe zu trainieren und auf Besonderheiten einzugehen. Danach trainiert ihr mit dem Team. Ich erwarte von euch beiden, dass ihr mit dem Ernährungs-
berater und der Fitnesstrainerin des Teams zusam-
menarbeitet. Ich weiß nicht, wie es in den Minors lief,
aber ich kann nicht genug betonen, wie wichtig diese
beiden Komponenten für euren Gesamterfolg sind.
Vielleicht tut ihr es ja bereits, aber falls nicht, bereitet
euch darauf vor, auch Übungen für eure Gelenkigkeit
in euer Trainingsprogramm aufzunehmen. Ich habe
bereits mit der Fitnesstrainerin darüber gesprochen
und sie kennt einige gute Übungen.“

„So was wie Yoga und so einen Scheiß?“, fragt Patrik und verzieht das Gesicht.

„Könnte sein“, antworte ich achselzuckend. „Sie ist
die Expertin, also werde ich tun, was sie sagt.“

Gutmütig grinsend stupst Jesper Patrik an. „Pass
mal auf, bald können wir Spagat, was?“

Patrik grunzt verächtlich. „Und als Nächstes melden Sie uns zum Cheerleader-Camp an.“

„Falls ihr dadurch bessere Torhüter werdet, erwarte
ich von euch, dass ihr mit einem Lächeln im Gesicht
daran teilnehmt“, sage ich spitz, und wenigstens Patrik hat genug Anstand, um zu erröten.

Ich werde mich erst entscheiden, wer am Freitag im Tor stehen wird, wenn ich morgen beide Spieler auf dem Eis gesehen habe. Wenn ich mich aber nur aufgrund der an den Tag gelegten Einstellung entscheiden müsste, würde Jesper den Zuschlag bekommen.

Ich stehe auf. „Ich habe uns in einer halben Stunde den Videoraum reserviert. Wir sehen uns dann dort."

Vom Besprechungsraum aus mache ich mich auf den Weg zu meinem Büro. Als Gedankenstütze für mein morgiges Treffen mit Keller, bei dem wir beschließen werden, wer am Freitag im Tor stehen wird, möchte ich mir ein paar Notizen zu dem eben abgehaltenen Treffen machen.

Noch während ich gehe, greife ich zu meinem Handy und sende Sophie schnell eine Nachricht. *Habe mich gerade mit meinen beiden Torhütern getroffen. Ich fühle mich wie ein richtiger Trainer. Wie läuft dein Tag bisher?*

Ich bin gerade dabei, mein Handy wieder wegzustecken, als ich eine Textnachricht erhalte. Ich denke nicht einmal darüber nach, dass die Nachricht von jemand anderem sein könnte als Sophie. Und die Tatsache, dass mein Herz allein bei dem Gedanken daran, dass es Sophie ist, schneller schlägt, zeigt deutlich, dass Sophie nicht einfach nur eine Mitbewohnerin oder eine Freundin ist. Schon jetzt ist sie mehr als das, und ich bin mir nicht sicher, wie das so schnell passieren konnte. Aber ich möchte wirklich gern wissen, wie es ihr gerade geht, und ich möchte ihr unbedingt sagen, dass ich mich nun doch in der Lage fühle, ein Trainer zu sein.

Dass sie mir unverzüglich antwortet, schmeichelt mir.

Ich habe mich auf einige Stellen beworben, bei denen es mir nicht das Herz bräche, würden sie sich gegen mich entscheiden. Und du bist ein richtiger Trainer. Sie haben dich ausgesucht, weil sie an dich glauben. Glaube du auch an dich.

Verdammt, das berührt mich. Es rührt mich, dass sie blind auf meine Fähigkeiten vertraut.

Bin gegen halb sieben zu Hause, antworte ich.

Und ja … *zu Hause* ist genau die richtige Wortwahl. Auch wenn es vielleicht nur vorübergehend ist, fühlt es sich dennoch an wie ein Zuhause. Vielleicht liegt es auch daran, dass Sophie mich mit offenen Armen willkommen heißt.

Mach dich darauf gefasst, vom heutigen Abendessen aus den Latschen gehauen zu werden, antwortet sie. Sie sendet ein GIF mit einer Cartoonfigur, deren Kopf explodiert.

Gott … auch wenn ich gut darin bin, Konversationen unter der Verwendung von GIFs zu führen, habe ich dafür gerade keine Zeit und antworte stattdessen nur: *Ich kann es kaum erwarten.* Ich muss mein Telefon weglegen, damit ich nicht ständig darauf schaue, weil ich auf eine Antwort von ihr warte.

Kurz vor dem Aufzug treffe ich im Flur auf Brienne. Es sieht ganz danach aus, als wäre sie gerade erst angekommen. Ihre Handtasche noch geschultert, unterhält sie sich mit Michael, der sich im Gehen Notizen auf seinem iPad macht. Sie hebt den Blick, sieht mich und hält einen Finger hoch, womit sie mir signalisiert, dass ich warten soll.

Nachdem sie noch ein paar Dinge mit Michael besprochen hat, kommt sie lächelnd auf mich zu. „Ich habe gehofft, heute mit dir reden zu können.“

„Falls es um Drake geht, entschuldige ich mich für sein gestriges Auftreten und seine Reaktion“, sage ich leicht verlegen.

„Das war nicht deine Schuld.“ Ihre Antwort fällt kurz und knapp aus. Es gibt nichts mehr darüber zu sagen, also betrachte ich meine Entschuldigung als ausreichend. Als sie sich umdreht, sind ihre Augen voller Wärme. „Ich wollte dir nur sagen, dass ich ein Vorstellungsgespräch mit Jenna hatte, und sie ist großartig. Ich habe ihr sofort eine Stelle angeboten, nachdem ich ihre Zeugnisse geprüft habe.“

„O wow.“ Ich bin freudig überrascht, wie schnell das ging. „Das freut mich zu hören.“

„Sie möchte noch mit ihrer Schwester darüber reden, will sich aber bis morgen bei mir zurückmelden.“

„Für Jenna ist das ein mutiger Schritt. Ich bin mir aber sicher, sie wird es meistern. Wird sie für dieses oder eines deiner anderen Unternehmen arbeiten?“

„Für dieses Unternehmen“, sagt sie mit einem Funkeln in den Augen. „Sie ist dann die Pressesprecherin unseres Teams.“

Ich blinzele noch überraschter. Jenna wird gezwungen sein, in die Öffentlichkeit zu treten, und womöglich könnte sie das ein wenig zu sehr fordern. Aber als jemand, der ebenfalls das Risiko eingegangen ist, hierher zu kommen, hoffe ich, dass sie die Chance ergreifen wird. Ich werde für sie da sein und ihr dabei helfen. Aus eigener Erfahrung weiß ich inzwischen, dass es sehr erfüllend sein kann, seine Komfortzone zu verlassen und etwas Neues auszuprobieren.

Brienne schaut auf ihre Uhr. „Entschuldige … ich muss zu einem Meeting. Falls du später mit Jenna sprechen solltest, überrede sie bitte, den Job anzunehmen.“

Ich muss lachen, denn ich werde sie sicher nicht überreden. Ich werde ihr aber versichern, dass ich für sie da sein werde. „Ich werde mein Bestes geben“, antworte ich unverbindlich.

Kapitel 13

Mit dem Becken am Waschtisch lehne ich mich zum Spiegel vor und trage noch eine Schicht Mascara auf. Dann verschließe ich die Wimperntusche und betrachte kritisch mein Spiegelbild.

Foundation, Rouge, Lidschatten und Mascara. Lediglich den Eyeliner habe ich weggelassen, da ich nie welchen trage. Meine grünen Augen sind auch so schon sehr groß, und mit Eyeliner wirkt es so, als würden sie mir aus dem Kopf herausquellen.

Ich überlege, ob ich noch Lipgloss auftragen soll, entscheide mich dann aber dagegen. Der würde ohnehin abgehen, wenn wir mit dem Essen anfangen, und ich habe es mit der Schminkerei sowieso schon übertrieben. Es fällt mir sehr schwer, dem Drang zu widerstehen, mein Gesicht wieder abzuschrubben. In den vergangenen sieben Monaten meiner selbst auferlegten Isolation habe ich so gut wie nie Make-up getragen. Ich glaube, nur bei den zwei Terminen auf dem Polizeirevier habe ich Lipgloss und Mascara benutzt. Ansonsten ist meine Schminktasche unangetastet in meinem Badezimmerschrank verstaubt.

Wenn ich ohnehin schon geschminkt bin, sollte ich zumindest auch meine Haare hochstecken. Ich muss unbedingt zum Friseur. Meine Haare hängen mir gute zwanzig Zentimeter über die Schultern. Ein Besuch im Schönheitssalon hat für mich bisher nicht zur Debatte gestanden, was mir aber auch nicht sonderlich viel ausmachte. Meine natürlichen goldfarbenen Locken brauche ich nicht zu färben, und da mein Haar von Natur aus lockig ist, brauche ich nicht viel Styling. Ich muss es nach dem Waschen einfach nur handtuchtrocken mit ein wenig Haarspray bändigen, und das war's auch schon. Ein paar Stunden später habe ich dann eine wunderbare Lockenmähne, die ich in den vergangenen Monaten aber meist in einem lockeren Dutt oder Pferdeschwanz zusammengebunden habe.

Während ich mich so angemalt und gestylt im Spiegel betrachte, komme ich mir ein wenig wie eine Betrügerin vor. Aber ein Teil von mir erkennt sein altes Ich wieder. Hinter meinen dichten Wimpern funkeln meine Augen. Ich freue mich sehr darauf, dass Baden bald hier sein wird und wir dann wieder gemeinsam essen werden.

Was für eine Heuchelei.

Er ist als Retter in mein Leben gekommen und zu einem Freund geworden, als ich am wenigsten damit gerechnet habe. Aber mehr ist er nicht. Es sollte mir also egal sein, wie ich aussehe oder was Baden von meinem Aussehen hält.

Ich schnappe mir den Waschlappen und will ihn gerade unter den Wasserhahn halten, um mein Gesicht zu reinigen, als sich mein Handy meldet und mitteilt, dass das Garagentor geöffnet wurde.

Baden ist da.

Mein Herz pocht wie wild in einer seltsamen Mischung aus Vorfreude und Angst. Die Vorfreude erklärt sich von selbst, aber bei der Angst fällt es mir schwer, herauszufinden, woher sie kommt. Vor

Baden habe ich keine Angst, denn er ist so ziemlich die einzige Person, bei der ich glaube, keine Angst haben zu müssen.

Nein, die Angst kommt von mir selbst, weil ich mich so sehr darauf freue, ihn zu sehen.

So richtig darauf freue.

So sehr, dass ich Make-up auflege und mir wahrscheinlich nicht nur einen Korb, sondern auch ein gebrochenes Herz einhandeln werde.

Und jetzt habe ich noch mehr Angst, denn ich weiß nicht, wo das alles hinführt.

Ein weiteres Klingeln meines Handys informiert mich darüber, dass Baden die Bewegungsmelder im Garten hinter dem Haus ausgelöst hat. Er ist also gleich an der Hintertür.

„Scheiße", fluche ich. Die Hoffnung, noch genug Zeit zu haben, mein Make-up abzuwischen, schwindet dahin. Stattdessen betrachte ich mich noch einmal und bin erleichtert, dass wenigstens mein Outfit lässig wirkt. Graue Leggings, ein elfenbeinfarbenes, langärmeliges T-Shirt mit V-Ausschnitt und dicke, graue Flauschsocken. Mein normales Wohlfühl-Outfit für zu Hause.

Das muss ausreichen.

Ich stürze aus dem Badezimmer, renne die Treppe hinunter und schlittere auf meinen Socken in die Küche, wo ich Baden am Bedienpanel der Alarmanlage beim Eingeben des Sicherheitscodes vorfinde. Ich mache mich bereit, die Anlage wieder zu aktivieren, sobald Baden zur Seite tritt, aber er nimmt mir diese Aufgabe ab.

Es bedeutet, dass er sehr aufmerksam beobachtet hat. Ich frage mich, ob er denkt, dass ich übertreibe.

Baden wendet sich mir mit einem breiten begrüßenden Lächeln zu, verharrt dann aber irgendwie in einer Art Schockstarre. Er ist nicht so unhöflich, mich anzustarren, aber ich bemerke, dass ihn mein Aussehen überrascht. Die Haare und das Make-up sind definitiv ein deutliches Statement. Ich würde ihn gern anlügen und ihm sagen, ich wäre wegen eines Termins außer Haus gewesen, aber das wäre zu offensichtlich. Also lasse ich es, denn ich möchte ihn nicht anlügen. Ich überspiele es und tue so, als würde ich nicht bemerken, dass es ihm aufgefallen ist.

„Hi", sage ich fröhlich, während ich um das andere Ende der kleinen Kücheninsel herumgehe, die die Küche vom Essbereich trennt. „Ich hoffe, du bist hungrig. Ich habe etwas richtig Gutes gekocht."

„Extra für mich?"

Höre ich da etwa Bestürzung heraus? Ganz so, als wollte er nicht, dass ich mir für ihn Umstände mache – tolles Essen, schickes Make-up, auf etwas hoffend, was nie passieren wird?

Ich schüttele den Kopf und verneine herzlich lachend. „Nein, nicht nur für dich. Ich liebe Rinderbraten aus der Hochrippe, und für nur eine Person kann man das nicht kochen. In Wahrheit ist es also ein Schmankerl für mich, auch wenn ich hoffe, dass du es ebenfalls magst."

Ich mache mich an dem in Alufolie eingewickelten Braten zu schaffen und drehe Baden dabei den Rücken zu, höre aber, wie er seine Jacke auszieht und sie über den Stuhl hängt.

Seine Stimme kommt aus einer geringeren Entfernung, als er sagt: „Es riecht göttlich. Kann ich dir helfen?“

Ich höre nichts anderes als genüssliche Freude und ein ehrliches Hilfsangebot aus seinem Tonfall heraus.

„Nein, danke.“ Lächelnd werfe ich einen Blick über meine Schulter. „Aber vielleicht möchtest du uns etwas zu trinken holen, das wäre super. Ich würde ein Wasser nehmen, aber im Kühlschrank ist auch Bier, falls du eins möchtest.“

„Wasser für uns beide“, verkündet er und ich wende mich wieder dem Braten zu.

„Erzähl mir von deinem Tag, während ich die Teller anrichte“, sage ich, um die Stille zu unterbrechen.

„O Mann, das war ein Tag.“ Baden seufzt, während er sich einen Stuhl heranzieht. Als er sich setzt und die beiden Wasserflaschen auf den Tisch stellt, drehe ich mich zu ihm um. Unsere Blicke treffen sich und er schüttelt den Kopf, als ob er mir versichern will, dass es doch kein so schlechter Tag war. „Es war heute sehr anstrengend, aber gleichzeitig auch sehr spannend.“

„Mehr Einzelheiten, bitte“, verlange ich.

Baden lacht in sich hinein. Er erzählt mir von den Ansprachen von Brienne Norcross und Callum Derringer, die allem Anschein nach beeindruckend waren, und von Coach Kellers kläglichem Versuch, die Kameradschaft zu stärken. Als er von seinen beiden Torhütern und ihrem ersten Treffen erzählt und wie sie gemeinsam ihr eigenes Videomaterial angeschaut und über ihre Techniken diskutiert haben, wird er aufgeregter. Er klingt glücklich und zufrieden, und das macht mich glücklich.

Ich richte zwei schöne Teller mit dem noch rosa Bratenfleisch, Meerrettichsoße, Ofenkartoffeln mit Knoblauch und zarten Spitzen vom grünen Spargel an und stelle sie auf dem mit Besteck und Servietten vorbereiteten Tisch ab.

„Das sieht wunderbar aus", murmelt Baden und betrachtet seinen Teller in aufrichtiger Ehrfurcht. „Ich esse sonst nie so feudal, es sei denn, ich gehe in ein Nobelrestaurant."

„Sehr gut", sage ich und nehme auf dem Stuhl neben ihm Platz. „Leute zu verköstigen, bereitet mir Freude."

Baden drapiert seine Serviette auf seinem Schoß, greift nach seinem Besteck und hält es über das Fleisch. „Ich werde mich revanchieren und dich zu einem schicken Essen ausführen. Ich würde ja auch für dich kochen, aber ich bin ein miserabler Koch."

Lachend greife ich zu meinem Besteck. „Das brauchst du nicht. Es hat mir heute richtig Spaß gemacht, das hier zu kochen."

„Ich bestehe darauf", antwortet er, während er sich ein Stückchen des zarten Fleischs abschneidet und es in die Meerrettichsoße tunkt, die in einer kleinen Metallschale auf seinem Teller steht. „Außerdem wäre es doch schön. Wir könnten uns richtig schick machen, und zusätzlich wäre es für dich eine Gelegenheit, das Haus zu verlassen."

„Okay", murmele ich, während ich mein Fleisch schneide. Meint er es als Anerkennung für ein nettes Abendessen oder redet er von einem Date?

Ach, bilde dir nichts ein, Sophie.

„Ich habe heute großartige Neuigkeiten erhalten", sagt Baden und holt mich damit aus meinen einfältigen Gedanken.

„Die da wären?"

„Meine Freundin Jenna, die noch in Arizona lebt, hatte heute ein Zoom-Interview mit Brienne Norcross, und man hat ihr die Stelle als Pressesprecherin des Teams angeboten. Auf dem Weg hierher habe ich mit ihr gesprochen und sie wird zusagen."

Ich hasse es, dass es sich wie ein Schlag in die Magengrube anfühlt. Ich hasse es, dass ich sofort davon ausgehe, es handele sich dabei um *seine Freundin*. Ich hasse es, dass ich seine Freude über ihr Kommen als Ablehnung meiner Person empfinde.

Ich bin ziemlich stolz auf mich, dass ich fröhlich und wohlwollend klinge. „Das ist ja wunderbar. Sag mir, wie ich ihr dabei helfen kann, sich hier einzuleben."

„Wirklich?" Die Überraschung steht ihm buchstäblich ins Gesicht geschrieben.

„Selbstverständlich", versichere ich ihm und frage mich, wie ich mich so schnell einer Illusion habe hingeben können bezüglich dessen, was wir hätten sein können, nur damit sie sich so schnell und schmerzhaft wieder in Luft auflöst.

„Das wäre wirklich wunderbar, Sophie." Baden hält kurz inne, schiebt sich ein Stück Fleisch in den Mund und seufzt theatralisch. Er kaut, schluckt und schwärmt: „Das ist mit Sicherheit der beste Prime-Rib-Braten, den ich jemals gegessen habe."

„Das bezweifle ich aber“, erwidere ich trocken und grinsend. Ich bin ziemlich sicher, er hat schon in den nobelsten Restaurants auf der ganzen Welt gespeist.

„Wirklich, ich schwöre es.“ Er schneidet sich noch ein Stück ab und beginnt, wieder über Jenna zu reden. „Ich fände es jedenfalls wunderbar, wenn du mir dabei helfen könntest, ihr dabei zu helfen, hier anzukommen. Sie ist die Schwester der Freundin eines Teamkollegen, und bei den Vengeance wird die Familie eines Teamkollegen auch immer wie die eigene Familie betrachtet. Sie ist für mich also so etwas wie eine kleine Schwester. Ich werde dir keine Einzelheiten erläutern, sondern es ihr überlassen, dies zu tun, denn ich denke, ihr werdet sicherlich gute Freundinnen werden. Aber sie und ich teilen einige Gemeinsamkeiten in Bezug auf Schmerz und Genesung.“

Ich werde von Tausenden Gefühlen gleichzeitig übermannt, aber das wohl überwiegende Gefühl ist die Erleichterung, dass er nicht auf eine romantische Art an Jenna interessiert ist.

Er betrachtet sie als Schwester.

Verdammt … der Teil meines Herzens, der auf mehr als nur eine Freundschaft zwischen Baden und mir hofft, flackert wieder auf. Ich versuche, mich dazu zu zwingen, damit aufzuhören, aber dieses Gefühl will einfach nicht verschwinden. Baden hat etwas in mir ausgelöst, und es sieht ganz danach auch, als könnte ich mich nicht dagegen wehren.

„Wie läuft es bei dir?“, fragt Baden nach einem Bissen Kartoffel. „Was macht die Jobsuche?“

„Bescheiden.“ Ich spieße eine Spargelspitze auf und wedele damit in der Luft herum. „Ich habe mich auf ein paar Homeoffice-Jobs beworben, aber viel Hoffnung habe ich nicht. Es sind Aufgabengebiete, in denen ich bisher keine Erfahrungen sammeln konnte."

„Du musst deinen Horizont erweitern", sagt Baden. „Vielleicht solltest du dir etwas in der Nähe deines Hauses suchen. Das würde dir dabei helfen, vor die Tür zu kommen."

Ich verziehe das Gesicht und schiebe mein Essen auf dem Teller hin und her, bevor ich meinen Blick auf ihn richte, um ihm in die Augen zu sehen. „Es steckt mehr dahinter als nur die Angst davor, aus dem Haus zu gehenHaus zu gehen. Ich weiß auch, dass ich rausmuss, und vielleicht ist ein neuer Job genau das Richtige, um mich dazu zu zwingen. Aber … ganz ehrlich, ich habe keine Ahnung, was ich eigentlich machen will."

Baden hält inne, pausiert die Bewegungen seiner Gabel und seines Messers, mit denen er die ganze Zeit über fleißig sein Essen bearbeitet hat. „Welche Fächer hattest du im College belegt? Was waren deine Träume?"

Ich erröte und zögere, bis ich schließlich zugebe: „Ich hatte nie wirklich welche. Ich wollte einfach nur einen Abschluss, und während meiner Zeit auf dem College habe ich mich sehr für Literatur interessiert. Das tue ich auch heute noch, aber ich habe einen Abschluss in Englisch und keine Ahnung, was ich damit anfangen soll."

„Lehrerin vielleicht?", fragt er.

Ich schüttele den Kopf. „Ich habe darüber nachgedacht, aber ich glaube, das liegt mir nicht. Leute, die lehren können, sind etwas Besonderes, und ich glaube, mir fehlt die Hingabe dafür."

„Bibliothekarin?"

Eine Kartoffel aufspießend, zucke ich mit den Achseln. „Spricht mich nicht wirklich an. Na ja, das könnte vielleicht cool sein, aber es ist nichts, wovon ich geträumt habe."

Baden denkt weiter nach und fährt fort, sein Fleisch zu schneiden. „Okay, wenn du dir mit einem Fingerschnippen einen Job auf der ganzen Welt aussuchen könntest, unabhängig von Vorkenntnissen, Ausbildung, Arbeitsort oder Verdienst … welcher Job wäre das?"

Nicht sicher, ob es wirklich ein Traum wäre, aber ohne zu zögern, antworte ich: „Innenarchitektin. Aber nicht eine, die nur mit Tapetenmustern und Ideen für Polstermöbel daherkommt, sondern eine, die sich alte Häuser vornimmt und hilft, Zierleisten und Böden instand zu setzen. Oder die hilft, Räume in alten Häusern zu modernisieren, sodass die geschichtsträchtigen Details erhalten bleiben, sie aber auch mit den Annehmlichkeiten der heutigen Zeit ausgestattet sind. Ich würde so gern ein altes viktorianisches Haus oder etwas in der Art restaurieren."

Baden sieht mich einfach nur an und sagt nichts. Das tut er so lange, dass ich schon ins Schwitzen gerate.

„Was?", fordere ich ihn auf, seine Gedanken mit mir zu teilen.

„Das *ist* ein Traum", sagt er entschieden. „Du hast einen Traum von dem, was du tun willst, und du warst dir dessen nicht einmal bewusst, oder?"

Erstaunt ziehe ich meine Augenbrauen hoch. „Na ja, es ist ein lächerlicher Traum."

„Warum denn?"

Ich rolle mit den Augen. „Weil ich einen Abschluss in Englisch habe."

„Warum zum Teufel sollte das eine Rolle spielen?"

„Ich habe keinen Abschluss in Innenarchitektur. Ich habe keine Ahnung, wie ich die Dinge, die ich gern tun würde, angehen soll, ohne einen entsprechenden Abschluss in der Tasche zu haben."

„Na ja, dann geh doch wieder zur Uni. Mach ein Praktikum. Überlege dir etwas."

Ich lege mein Besteck ab, lehne mich auf dem Stuhl zurück und verschränke die Arme schützend vor der Brust. „Ich soll einfach weiterstudieren? Überlegen, wie ich es angehen soll?"

Baden sieht mich direkt an, so als ob er genau wüsste, dass er recht hat. „Macht man es nicht so, wenn man herausgefunden hat, was man mit seinem Leben anfangen will? Man findet heraus, wie man es erreichen kann?"

„Aber …"

„Kein *Aber*", knurrt er freundlich. „Geh morgen online und finde heraus, was du unternehmen musst, um deine Träume wahr werden zu lassen."

Ich könnte ihm widersprechen. Ich könnte ihm sagen, dass ich auf gar keinen Fall wieder studieren werde, da ich immer noch den Studienkredit meines Englischabschlusses abbezahlen muss. Oder dass eine weitere Ausbildung aufgrund meiner Lebenshaltungskosten finanziell einfach nicht drin ist. Aber ich lasse es, denn ich bin sicher, Baden würde Lösungen für jedes meiner Probleme finden und würde mich weiter darin bestärken, meinen Wunsch in die Tat umzusetzen. Also verspreche ich halbherzig, mich zu informieren.

Bevor er weiter auf mich einreden kann, wechsle ich das Thema. „Ich habe heute unter Berücksichtigung deiner Wünsche nach Häusern und Apartments geschaut. Dabei habe ich sechs Objekte gefunden, die recht vielversprechend aussehen. Ich werde sie dir mailen."

Wir haben gestern vor dem Zubettgehen noch darüber gesprochen, was für eine Wohnung er sich wünscht. Er hat mir sein Budget und seine maximale Wunschentfernung vom Stadion genannt und gesagt, es sei ihm egal, ob es ein Haus oder eine Eigentumswohnung ist. Tatsächlich habe ich mehr als sechs Objekte gefunden, aber ich habe bereits eine Vorauswahl getroffen und diejenigen herausgesucht, die aufgrund ihres Alters und ihrer Ausstattung wirklich vielversprechend aussahen.

„Glaubst du, du könntest es einrichten, sie gemeinsam mit mir anzuschauen?", fragt er mich. „Sonntagnachmittag hätte ich Zeit."

Ich blinzele ihn überrascht an, sage aber sofort zu. „Ja klar, sehr gern. Ich würde dich gern begleiten."

„Ich habe für solche Dinge kein Auge, aber wie ich sehe, hast du es."

Ich versuche, wegen des Lobs nicht allzu sehr zu wachsen.

„Sag mir einfach wann und ich bin bereit", versichere ich ihm.

„Prima." Baden lächelt, aber dann verfinstert sich seine Miene. „Ich hätte da aber auch noch eine viel wichtigere Bitte an dich."

„Und die wäre?"

„Würdest du zu unserem ersten Spiel am Freitag kommen? Es wäre schön, einen Freund dort zu haben. Eigentlich wollten meine Eltern kommen, aber mein Vater hat die Grippe. Sie werden versuchen, beim nächsten Spiel dabei zu sein."

Ich bin schockiert und gleichzeitig bewegt, denn er lädt mich nicht nur aus Höflichkeit ein, sondern weil er jemanden zur Unterstützung braucht. Seine Familie kann es nicht einrichten, also fragt er mich. Es ist der große Auftakt seiner neuen Laufbahn, und man muss kein Genie sein, um zu verstehen, dass er mit großer Wahrscheinlichkeit unglaublich nervös ist.

„Und ich könnte dir noch weitere Tickets besorgen, falls du noch jemanden mitbringen möchtest", fügt er als Zugeständnis an meine Ängste schnell hinzu. „Deine Eltern oder vielleicht Frankie."

„Frankie", sage ich, ohne zu zögern. „Sie hat zwar keine Ahnung von Eishockey, aber sie würde mich schon allein vor lauter Freude darüber, mich aus dem Haus zu bekommen, begleiten."

„Und nach dem Spiel können wir ja vielleicht noch etwas trinken gehen, oder so."

„Du versuchst wirklich, mich aus meiner Komfortzone herauszubekommen, nicht wahr?", necke ich ihn.

„Frankie und ich wären ja bei dir, also dürfte es wohl kaum unangenehm werden", entgegnet er.

„Da hast du recht.“ Ich lache, greife wieder nach meinem Besteck und schneide mir ein Stück Fleisch ab. „Du wirst Frankie mögen. Sie einer dieser Menschen, die man einfach lieben muss. Und seit dem Angriff hat sie mich sehr unterstützt.“

„Ich kann es kaum erwarten, sie kennenzulernen.“ Baden hält kurz inne, um einen Schluck zu trinken.

Auch ich pausiere meine Bewegung und sehe ihn über den Tisch hinweg an. „Hast du auch so jemanden … seit Wes gestorben ist, meine ich?“

Baden nickt und lächelt. „Riggs Nadeau. Während meiner letzten Wochen bei den Vengeance haben wir uns befreundet.“

Ohne zu zögern, lege ich mein Besteck nieder und greife nach seiner Hand, um meine darauf zu legen. Er senkt seinen Blick auf unsere sich berührenden Hände, dann schaut er mich wieder an.

„Das mit Wes tut mir unendlich leid.“ Ich drücke seine Hand und halte sie dabei ganz fest. Ich weiß, dass ich ihm das bereits gesagt habe, aber ich möchte es ihm noch einmal sagen. „Ich habe noch nie jemanden verloren, der mir so nahestand. Ich weiß also nicht, was man in so einer Situation sagt. Es tut mir einfach nur unendlich leid.“

Badens Augen funkeln kurz auf und die strahlende Wärme kehrt in seinen Blick zurück. Mit seiner freien Hand umschließt er meine. „Es sind genau die richtigen Worte. Ich danke dir.“

Unsere Blicke treffen sich, und die Zeit, in der wir uns tief in die Augen sehen, fühlt sich an wie eine Ewigkeit. Aber dann, fast so, als hätten wir uns stillschweigend abgesprochen, lösen wir unsere Hände voneinander und greifen nach unserem Besteck, um mit dem Essen fortzufahren.

„Erzähl mir etwas über die Häuser, die du für mich herausgesucht hast", bittet Baden.

Dieses Thema scheint ungefährlich genug für uns beide zu sein, damit wir unser gemeinsames Abendessen ohne weitere belastende Unterbrechungen in Ruhe beenden können.

Kapitel 14

Baden

Du bist kein Betrüger.

Ich starre auf Sophies Textnachricht. Es ist die Antwort auf meine Nachricht, in der ich zugegeben habe, dass ich mir wie ein Hochstapler vorkomme, weil ich kein ausgebildeter Goalie-Trainer bin.

Sie sagt, ich sei kein Hochstapler, und ich beschließe, ihr zu glauben. Dies war die letzte einer ganzen Reihe von Nachrichten, die wir über den gesamten Nachmittag verteilt ausgetauscht haben.

Heute Abend findet das erste Spiel des neu aufgestellten Teams statt. Das Face-off ist in weniger als einer Stunde, und ich bin den ganzen Nachmittag beim Team gewesen, um es bei den Vorbereitungen zu unterstützen. Der Ablauf ist in jedem Team, in dem ich bisher gespielt habe, gleich gewesen.

Es gibt Essen, ausgewogen und von einem Caterer geliefert. Die Spieler verbringen den Nachmittag damit, die richtigen Speisen zu essen, um sich mit ausreichend Energie zu versorgen, ein leichtes Aufwärmtraining und Dehnübungen zu absolvieren, zu meditieren oder einfach nur miteinander abzuhängen.

Heute ist es ein wenig anders. Man spürt unterschwellig eine fast schon elektrisierende Stimmung, die die Worte und das Verhalten der Spieler in der Umkleidekabine beeinflusst. Das ansonsten normale Geplänkel vor dem Spiel bleibt heute aus. Die Spieler kennen sich untereinander noch nicht gut genug, um sich miteinander zu unterhalten. Und hinzu kommt noch, dass ich erfahren habe, dass einige der Spieler emotionale Probleme haben, die sich in Wut und Frustration niederschlagen.

Coen Highsmith wirkt, als hätte er eine ziemlich beschissene Einstellung entwickelt, und ist so gar nicht dieser umgängliche Typ, von dem man mir berichtet hat.

Stone Dumelin ist geistesabwesend und nimmt einen kaum wahr, wenn man versucht, mit ihm ins Gespräch zu kommen.

Liam Nicholson, der jüngste Spieler, den wir aus den Minors zu uns geholt haben, hat ein nervöses Augenzucken entwickelt, das er gerade mit Eis kühlt.

Die Liste geht unendlich so weiter, aber schließlich haben wir alle unsere Schwachstellen.

In meinem anderen Leben, das gar nicht mal so lange zurückliegt, würde ich mir in diesem Moment meine Ausrüstung anziehen, mich dehnen und mir auf meinen Kopfhörern AC/DC anhören, um mich für das Spiel in Stimmung zu bringen. Stattdessen tue ich nicht wirklich viel, außer mich mit Spielern zu unterhalten, die zufällig meinen Weg kreuzen.

Aber Sophie hat mich ja daran erinnert, dass nichts an dem, was ich tue, Hochstapelei ist.

Es ist einfach nur neu.

Ein weiterer Text von ihr lässt mein Handy aufleuchten.

Irgendwann wirst du dich an all das gewöhnt haben. Aber jetzt lehne dich erst einmal zurück und genieße diesen spektakulären Abend.

Wie aus dem Nichts fühle ich mich auf einmal schon beinahe ruhig.

Sophie ist wahrscheinlich schon irgendwo hier im Stadion. Ich habe den beiden gute Tickets besorgt – dritte Reihe, Eismitte. Nach dem Spiel, unabhängig davon, ob wir gewinnen oder nicht, werden wir etwas trinken gehen. Ich freue mich so sehr, dass sie hier ist. Da sie mich schon zu meinen schlimmsten Zeiten gesehen hat, habe ich absolut keine Hemmungen, ihr gegenüber meine Unsicherheit einzugestehen. Ich weiß, dass sie mich deswegen nicht verurteilt. Sie ist sozusagen wie eine Sicherheitsleine für mich, und ich bin mehr als dankbar, sie an meiner Seite zu wissen.

Ich sende ihr noch schnell einen kurzen Text zurück. *Muss mein Telefon nun ausschalten. Wir sehen uns nach dem Spiel.*

Ich schalte mein Handy aber noch nicht sofort aus, sondern warte noch einige Sekunden, weil ich weiß, dass sie mir noch antworten wird. Und als die Nachricht auf dem Bildschirm erscheint, kann ich nicht anders, als einfach nur zu lächeln.

Du wirst es heute Abend krachen lassen!

Und ans Ende der Nachricht hat sie ein Herz-Emoji gesetzt.

Dieses Herz-Emoji ändert den Ton unseres bisherigen Nachrichtenaustauschs. Es ist zwar nur ein kleines rotes Symbol, aber es zeigt mir, dass ihr etwas an mir liegt. Das wohltuende Gefühl dieser Anerkennung spüre ich bis in meine Zehen. Sophie Winters entpuppt sich langsam als gedanklicher Ohrwurm, aber nicht auf eine schlechte Art. Sondern auf eine Art, mit der ich so nicht gerechnet habe.

Ein Großteil der Spieler ist bereits umgezogen und bei letzten Vorbereitungen, wie etwa den Schläger zu tapen oder die Ausrüstung zu checken. Ich begebe mich zu meinem Goalie Patrik Stenlund, der letztendlich doch den Startplatz für das Spiel am heutigen Abend erhalten hat. Auch wenn seine Einstellung nicht einmal annähernd so angenehm ist wie die von Jesper, hat er in den letzten beiden Tagen auf dem Eis doch mehr technische Finesse bewiesen. Ob er diese aber auch heute Abend unter dem Druck seines allerersten professionellen Eishockeyspiels in dieser Liga abrufen kann, wird sich noch zeigen. Dennoch wird er heute der Starting-Goalie sein.

Egal, wie er heute spielt, ich habe mit Coach Keller abgesprochen, dass Jesper im nächsten Spiel starten wird. Wir möchten, dass sie echte Spielerfahrungen sammeln, damit wir sie besser miteinander vergleichen und beschließen können, wer letztendlich die Position des Nummer-eins-Goalies einnehmen wird.

Der Architekt, der das Stadion der Titans entworfen hat, hatte offensichtlich ein Faible für längliche Formen. Nicht nur die Schüssel hat die gleiche Form wie die Eishalle, sondern auch die Umkleidekabinen, in denen sich die Spinde befinden. Diese sind, anders als bei den Vengeance, wo die Spinde in Reihen angeordnet sind, in einem Dreiviertelkreis angeordnet. Es gibt also keine Möglichkeit für vertrauliche Gespräche, da alles offen gestaltet ist. Ich gehe hinüber zu Patrik, der mit den Riemen seiner Torwartmaske beschäftigt ist.

Ich schlage ihm auf die Schulter. „Alles gut?“

Er nickt, sein Gesichtsausdruck ist entschlossen und fokussiert. „Mir geht es gut. Ich bin bereit, da raus zu gehen."

An diesem Punkt sollte ich die richtigen Motivationstechniken zur Hand haben, um die Psyche meines Goalies zur Hochleistung zu pushen. „Denk immer daran, wenn du genauso gut spielst wie in den Trainingsspielen in dieser Woche, sollte es absolut machbar sein, dass du das Stadion heute Abend unter tosendem Applaus verlässt. Ich möchte nicht, dass du denkst, dies wäre anders als die Spiele in einer Minor League. Die Spieler in den Minors werden so gut ausgebildet, dass sie direkt in diese Liga hier aufsteigen. Du verdienst diesen Platz im Team, und du verdienst es, heute Abend der Starting-Goalie zu sein. Geh da raus und denk immer daran, was ich dir gerade gesagt habe."

Er nickt überschwänglich. „Alles klar. Ich habe verstanden. Ich bin bereit."

„Atme tief durch", rate ich ihm, denn er wirkt ein wenig zu aufgedreht.

Patrik atmet tief durch die Nase ein und lässt die Luft langsam zwischen seinen Lippen heraus.

„Fühlst du es?", frage ich ihn.

„Meinst du diesen kribbelnden, elektrischen Impuls, der sich anfühlt, als wärst du gerade vom Blitz getroffen worden?"

Ich lache. „Ja, das Gefühl kenne ich auch. Jeder hier fühlt es. Sogar die Fans fühlen es. Und auch wenn es heute enorm wichtig ist, dass ihr da rausgeht, euer Bestes gebt und dieses Team mit hundertfünfzigprozentigem Einsatz repräsentiert, will ich, dass du weißt, dass es da noch eine Sache gibt, die genauso wichtig ist."

„Und die wäre?"

„Spaß haben. Genieße diese Erfahrung. Du wirst sie nie vergessen."

Patrik lächelt und sagt etwas, was ich in meinem ganzen Leben nie mehr vergessen werde. „Danke, Trainer."

Es ist das erste Mal, dass ich als Trainer anerkannt werde und Dankbarkeit für meine Beratung erfahre.

Die nächsten zwanzig Minuten verbringe ich damit, in der Umkleidekabine herumzugehen, mit den Spielern zu sprechen und ihnen so viel Motivationshilfe wie nur möglich zu geben. Sie alle sind in fieberhafter Erwartung und haben gleichzeitig Angst. Eine unberechenbare Kombination.

Es kann passieren, dass sie da rausgehen und die Energie in einen atemberaubenden Sieg umwandeln. Genauso gut kann es aber auch passieren, dass sie die Fassung verlieren und kläglich scheitern.

Eine Sache steht für mich jedoch fest. Egal, wie das Spiel ausgeht, es wird den Fans nicht wichtig sein. Seit sich die Türen des Stadions für die Fans geöffnet haben, hört man, begleitet von lauter Rockmusik, ununterbrochen Jubelschreie und den gut gelaunten Stadionsprecher, der die Fans bei Laune hält. All das können wir unten in unserer Umkleidekabine hören, und es hebt unsere Stimmung.

Plötzlich ist es an der Zeit, zum Aufwärmen aufs Eis zu gehen. Die Spieler warten im Tunnel, der aufs Eis führt, und lauschen der dramatischen Ansage des Stadionsprechers. Mit dröhnender Stimme spricht er vom Triumph über die Tragödie und von einer neuen Ära auf dem Eis. Er vergleicht uns mit dem Phoenix, der aus der Asche emporsteigt. Und dann schallt es aus allen Lautsprechern:

„Heißen wir die brandneuen Pittsburgh Titans auf dem Eis willkommen!"

Die Schreie und die Jubelrufe und das Stampfen der Beifall klatschenden Fans auf der Tribüne sind ohrenbetäubend. Die Spieler zittern, als sich das Tor zum Eis öffnet. Das Stadion ist in Dunkelheit gehüllt, die nur durch die rotierenden Spotlights der Scheinwerfer unterbrochen wird. Aus den Lautsprechern ertönt *Renegade* von Styx, und das Team, angeführt von Coen Highsmith, dem neuen Team-Captain, gleitet hinaus aufs Eis, wo es zügig eine Runde dreht.

Normalerweise schauen sich die Trainer die Warm-up-Übungen der Spieler zu Beginn eines Spieles nicht an. Die Spieler wissen selbst, was sie zu tun haben. Aber heute stehen wir alle am Eingang und beobachten, wie unsere Männer die Bewunderung der Zuschauer genießen und in sich aufsaugen. Für viele der Spieler ist es ihr allererstes Spiel in dieser Liga.

Die Warm-ups dauern etwa fünfzehn Minuten, doch gerade als unsere Spieler das Eis verlassen wollen, kommen die Spieler des gegnerischen Teams, der Washington Breakers, einer nach dem anderen auf unsere Seite des Spielfeldes. Sie skaten zu unseren Spielern hin, schütteln Hände und verteilen Schulter- und Kopfklopfer mit ihren in riesige Handschuhe verpackten Pranken. Eine solche Geste gibt es üblicherweise nicht vor einem Spiel. Und ich gehe davon aus, dass die Worte, die wir nicht hören können, Ermutigungen und gute Wünsche sind.

Es ist ein unübliches Zeichen von Kameradschaft, aber ich kann mir gut vorstellen, dass so etwas in den kommenden Spielen noch öfter vorkommen wird.

Nach und nach verlassen die Spieler das Eis, um sich in den Umkleiden zu versammeln. Als sie alle vor ihren Spinden sitzen, wird deutlich, weshalb es eine gute Idee war, die Spinde in einem Dreiviertelkreis anzuordnen. Keller steht im Zentrum und gibt seine finalen Anweisungen. Es ist seine letzte Gelegenheit, die Spieler vor dem Beginn des Spieles zu motivieren. Nachdem sein letzter Versuch, den Spielern an ihrem ersten Tag ihre innersten Emotionen öffentlich zu entlocken, kläglich gescheitert ist, bringt er dieses Mal sogar einige vernünftige Sätze hervor. Auch wenn er nicht gerade einfallsreich ist, so scheint es, als respektierten die Spieler seine Fähigkeiten als Trainer. Für erfahrene Spieler wäre das nicht so wichtig, aber dieses Team hat es dringend nötig.

Bei Kellers abschließenden Worten seiner Ansprache zucke ich leicht zusammen.

„Ihr geht nicht da raus, um für den Rest der Saison jedes Spiel zu gewinnen, aber ihr habt absolut die Chance, wenigstens ein paar gute Spiele abzuliefern. Und das wäre schon mehr, als man von euch erwartet. Für mich seid ihr bereits jetzt Gewinner.“

Mein Wissen darüber, wie man ein Team trainiert, ist definitiv ausbaufähig, dennoch bin ich selbst mein ganzes Leben lang trainiert worden. Und aus der Sicht eines Spielers empfinde ich die Worte als ziemlich demoralisierend. Nicht etwa, weil sie nicht der

Wahrheit entsprächen, sondern weil ihnen die Fakten bereits mehr als bekannt sind und es nicht nötig ist, sie immer wieder daran zu erinnern. Eigentlich müsste man ihnen sagen, sie alle trügen ungeahntes Potenzial in sich, und dass mit harter Arbeit und Hingabe alles möglich sei. Das haben wir damals mit den Arizona Vengeance bewiesen. Wir sind als Expansion Team in die Liga gestartet und haben letztendlich doch die Meisterschaft gewonnen.

Zum Glück hört Keller endlich auf, zu reden. An den Gesichtern einiger Spieler kann man deutlich erkennen, wie froh sie darüber sind.

Die Spieler verlassen die Umkleidekabine und sammeln sich in dem Gang, der hinaus aufs Eis führt. Der nun folgende Einlauf aufs Spielfeld wird noch phänomenaler begleitet werden als der für das Aufwärmtraining. Die Musik wird noch lauter sein, die Ansagen noch leidenschaftlicher, und der Bass wird voll aufgedreht werden, um die Stimme des Stadionsprechers noch dröhnender durch die Halle schallen zu lassen. Die Zuschauer werden ausrasten.

Es ist einer dieser Momente, von denen ich hoffe, dass das Team ihn aufsaugen und niemals vergessen wird. Denn dies ist der Beginn einer neuen Ära.

***

Sämtliche Spieler sitzen in voller Montur auf der Bank. Nur der Reserve-Goalie steht ab und zu neben dem Tunnel. Der Trainer und der Assistenztrainer stehen hinter der Bank, um das Spiel mit Adleraugen verfolgen zu können. Die Co-Trainer und die Trainer der Goalies sehen sich das Spiel normalerweise von der Eigentümer-Loge aus an.

Während Bill und Maurice Brienne Norcross oben Gesellschaft leisten, ziehe ich es vor, hier unten in der Nähe der Eisfläche zu bleiben. Und so stehe ich nun an den Banden am Ausgang des Tunnels, durch den die Spieler die Eisfläche betreten, direkt in der Nähe des Tors. Der Tunnel der gegnerischen Mannschaft am anderen Ende der Eisfläche führt glücklicherweise auf die gleiche Weise aufs Eis, sodass ich zwischen den Spielabschnitten dorthin wechseln kann.

Ich möchte in der Nähe meines Goalies sein. Ich möchte das sehen, was er von seiner Position aus sieht.

Ich bitte Jesper, es mir gleichzutun, statt sich das Spiel von der Bank aus anzusehen, da ich es wichtig finde, mich mit ihm austauschen zu können. Auch wenn es eher ungewöhnlich erscheint und Keller mich deswegen seltsam ansieht, bin ich der Meinung, dass es nicht wichtig ist, wo ich mich während des Spiels aufhalte. Hauptsache, ich kann Patrik beobachten und ihn während der Spielpausen mit hilfreichen Tipps unterstützen.

Nach der Vorstellung der Teams, der Nationalhymne und einer letzten Pause für den TV-Werbeblock beginnt nun endlich das Spiel.

Face-off.

Einige wenige Sekunden, in denen sich die Spieler auf ihren Positionen um den Anspielkreis herum Ellbogen an Ellbogen mit dem gegnerischen Team aufstellen.

Coen Highsmith tritt für das Face-off an den Anspielpunkt heran.

Patrik steht mit leicht gebeugten Knien vor dem Netz.

Frenetischer Jubel und begeisterte Anfeuerungsrufe hallen durchs Stadion.

All das bringt meine Haut vor gleichermaßen unbändiger Freude und Angst zum Kribbeln. Alles in allem fühlt es sich gar nicht mal so schlecht an, aber dennoch fühle ich mich wie kurz vor einer Explosion.

Meine gesamte Aufmerksamkeit gilt allein dem Team und diesem Spiel und unserem Debüt.

Ich schaue kurz an den Spielern vorbei zu Sophie, die in der dritten Reihe hinter dem Eis sitzt und meinen Blick erwidert. Na gut, vielleicht bin ich nur zu neunundneunzig Prozent auf das Spiel fixiert.

Sie grüßt mich mit einem doppelten Daumenhoch-Zeichen und ich lächle zurück. Ich richte meinen Blick genau in dem Moment wieder auf den Anspielpunkt, als der Puck fällt. Jetzt denke ich nicht mehr an Sophie.

Ich bin hundertprozentig fokussiert.

Der Puck schlägt auf dem Eis auf und Coen ist so schnell mit dem Schläger, dass es ihm ein Leichtes ist, ihn zu Gage hinüber zu spielen. Ein schnellerer Spieler, vielleicht etwas jünger und nicht gerade aus dem Ruhestand zurückgekehrt, könnte Gage in einem Rennen in die gegnerische Zone einholen. Aber das, was Gage an Schnelligkeit fehlt, macht er durch Kraft, Erfahrung und Entschlossenheit wett. Er senkt seine Schulter, dreht sich weg von dem Spieler der Breakers neben ihm, schützt so den Puck und führt diesen, gefolgt von seinen Mitspielern, über die blaue Linie.

Falls jemand darauf gewettet hätte, wie das Eröffnungsspiel angesichts der tragischen Geschichte dieses Teams verlaufen würde, hätte er sicherlich nicht auf so einen schnellen und starken Angriff unseres wenig erfahrenen Teams gesetzt. Einmal in der Zone der Breakers angekommen, beginnt reges Treiben. Nach einigen sauberen, zielgerichteten Pässen wagt Coen einen schnellen Schuss aus dem Handgelenk auf das gegnerische Tor. Der Schuss ist perfekt ausgeführt und überrascht den Torhüter. Dennoch wehrt er ihn mit viel Geschick und dank seiner blitzschnellen Reflexe ab.

Der Puck prallt ab, hin zu einem Spieler von Washington, und das gesamte Team fliegt das Eis hinunter. Fünf Spieler, die in den vergangenen sechs Monaten gelernt haben, zusammenzuspielen, bewegen sich in vollkommener Synchronizität. Sie verstehen sich blind und reagieren auf die kleinsten Veränderungen in den Bewegungen ihrer Teamkollegen.

Unsere Verteidiger wirken vollkommen verwirrt. Sie positionieren sich nicht richtig zum Puck, wirken ein wenig unsicher, und so verpassen sie genau den richtigen Moment, um den Puck zu erobern.

Genau wie wir es noch kurz davor getan haben, spielen sie drei kurze Pässe und der Center zielt mit einem harten Schlagschuss kurz unter die Querstange unseres Tores. Patrik reißt seinen Ellbogen nach oben und schafft es, die Flugbahn des Pucks zu verändern. Doch der Puck fliegt direkt zurück zu einem

Spieler des Washingtoner Teams und landet perfekt auf dessen Schläger. Er muss nur noch eine kurze Bewegung aus dem Handgelenk ausführen, um seinen schnellen Angriff zu vollenden. Der Puck trifft Patrik links an der Hüfte, prallt daran ab und landet schließlich im Netz.

Das gegnerische Team hat nur vierundzwanzig Sekunden gebraucht, um zum ersten Mal gegen uns zu treffen.

Geschlagen steht Patrik mit hängendem Kopf da. Die anderen Spieler lassen die Schultern hängen und die Spieler des Washingtoner Teams feiern ihren Erfolg.

Im Stadion ist es totenstill. Insgesamt verheißt dieses Tor nichts Gutes für den weiteren Spielverlauf, was aber angesichts der Tatsache, dass unser Team seinen Rhythmus noch nicht gefunden hat, keine sonderlich große Überraschung ist.

Doch plötzlich passiert etwas völlig Unerwartetes. Einige der Fans beginnen, Sprechchöre zu singen. „Titans, Titans, Titans!“ Es ist keiner dieser Sprechchöre, die sofort, nachdem sie begonnen haben, wieder abebben. Nein, das ganze Stadion stimmt mit ein.

„Titans, Titans, Titans!“

Es wird lauter, lauter und immer noch lauter, und Gott verdamm mich … sogar einige Fans der gegnerischen Mannschaft stimmen mit ein. Das gesamte Stadion steht, trampelt mit den Füßen und klatscht in die Hände. Das Zusammenspiel der verschiedenen Geräuschquellen ist so laut, dass ich schwören könnte, den Boden unter meinen Füßen beben zu spüren.

Unsere First Line – die Stürmer Coen, Gage und Stone und die beiden Verteidiger Nolan Carrier und Kirill Zucker – starren sprachlos auf die Fans. Patrik nimmt seine Maske ab. Seinem Gesichtsausdruck nach ist er, wo ihnen doch gerade ein Treffer eingeschenkt worden ist, verwirrt über den Jubel der Fans.

Doch irgendwann begreifen sie es. Die Menge jubelt ihnen zu, weil sie auf dem Eis stehen und nicht aufgeben. Gage gleitet rüber zu Patrik und spricht kurz mit ihm. Ich habe keine Ahnung, was er sagt, aber es ist in jedem Fall etwas Ermutigendes. Abschließend klopft er dem nun lächelnden Patrik ein paarmal auf den Rücken.

Gage winkt das restliche Team zu sich heran und holt sie in einem engen Kreis zusammen. Wieder habe ich keinen blassen Schimmer, was er ihnen sagt, aber was auch immer es ist, als sie sich voneinander lösen, um sich für das nächste Face-off in Stellung zu bringen, tun sie dies mit erhobenen Köpfen.

Und so beginnt das erste Spiel dieses neuen Teams.

Kapitel 15

Frankie und ich gehen in die Bar, und nein, jetzt folgt kein Kneipenwitz.

Wir haben uns mit Baden auf einen Drink nach dem Spiel verabredet. Er ist aber immer noch im Stadion, um dort das zu erledigen, was Trainer nach einem Spiel so alles zu erledigen haben. Er wird zu uns stoßen, sobald er kann.

Für unser Treffen haben wir das Mario's ausgewählt. Diesen Laden gibt es seit fünfzehn Jahren und man kann dort auch essen. Er gehört Mario Fontaine, einem bekannten ehemaligen Spieler der Pittsburgh Titans. Er hat sich, nachdem er in den Ruhestand getreten war, dagegen entschieden, in seine Heimatstadt Montreal zurückzukehren, und sich in Pittsburgh niedergelassen. Hier besitzt er inzwischen einige Restaurants und setzt sich für wohltätige Zwecke ein. An Abenden, an denen Spiele stattfinden, ist sein Restaurant normalerweise so überfüllt, dass man keine Chance hat, einen Platz zu ergattern. Aber Baden hat offensichtlich seine Beziehungen spielen lassen und für uns einen Tisch reserviert.

Als ich der Empfangsdame Badens Namen nenne, tut sie so, als hätte sie schon den ganzen Abend auf uns gewartet. Sie heißt uns herzlich willkommen und führt uns zu einem Stehtisch zwischen dem Barbereich und dem Restaurantbereich. Während wir auf unsere Kellnerin warten, unterhalten wir uns über das Spiel.

Ich bin, seit ich denken kann, mit den in Pittsburgh bekannten Sportarten aufgewachsen, und für mich als waschechter Fan war es sehr aufregend, beim ersten Spiel nach dem Flugzeugunglück dabei zu sein. Ich war schon bei vielen Spielen im Stadion, und auch bei Football- und Baseballspielen, aber noch nie habe ich ein dermaßen emotionales und aufregendes Spiel erlebt wie dieses. Nicht einmal, als wir in den Play-offs standen. Und obwohl wir heute verloren haben, ist doch jeder einzelne Fan glücklich und zufrieden nach Hause gegangen.

Diese Niederlage ist nicht schwer zu verdauen. Schließlich ist es keine haushohe Niederlage und unser Team hat sich tapfer geschlagen. Am Ende stand es 1:4. Zwar hat unser neuer Goalie etwas wacklig gewirkt, aber dennoch haben sie mit Leib und Seele gespielt. Ohne diese für uns unglücklichen, zielgerichteten Angriffe des gegnerischen Teams wäre das Ergebnis enger ausgefallen.

Ich kann es kaum erwarten, Badens Ansicht über das Spiel zu hören. Er hat mir anvertraut, dass Patrik in den Trainings der vergangenen Woche besser war als Jesper und deshalb das Netz in diesem ersten Spiel verteidigen durfte. Dennoch war Baden sicher, dass auch Jesper das Zeug dazu gehabt hätte, da er besser mit dem psychischen Stress umgehen kann, den diese Position mit sich bringt.

Ungeachtet der Niederlage muss wohl jeder, der das Spiel gesehen hat, zugeben, dass sich unser Team in Anbetracht der Tatsache, dass es *gerade erst* zusammengestellt worden ist, alles in allem gut geschlagen hat. Unser einziges Tor erzielte der erfahrene und gerade erst aus dem Ruhestand zurückgekehrte Gage Heyward. Überraschenderweise hat Coen Highsmith, unser bester Spieler, über das gesamte Spiel hinweg keine sonderlich gute Leistung gezeigt. Er hat nicht nur nicht gepunktet, sondern ist nicht einmal nah dran gewesen. Unser Center hat träge und gelangweilt gewirkt. Vom Liebling der Fans, der normalerweise mit seinen schelmischen Streichen und seinem entwaffnenden Lächeln eine unglaubliche Energie versprüht, war heute nichts zu sehen. Ich vermute, dass ihn etwas bedrückt, aber das ist schwer zu sagen. Oder vielleicht war Coen bisher auch nur wegen der Spieler gut, mit denen er zusammengespielt hat. Vielleicht ist Coen ohne die Spieler, die bei dem Flugzeugunglück ums Leben gekommen waren, gar kein so guter Spieler.

So viele Unbekannte.

Aber auch das macht es für die Stadt weiterhin spannend. Pittsburgh ist auf dem Rücken von Stahlarbeitern erbaut worden, ein Menschenschlag, der für seine Entschlossenheit, Stärke und sein Durchhaltevermögen bekannt ist. Ein eiserner Wille und niemals aufzugeben ist das, was den Charakter dieser Stadt ausmacht. Und genau das ist es auch, was wir von unserem Team auf dem Eis erwarten.

Selbstverständlich hätten wir gern ein Siegerteam, wie es unsere Titans vor dem Unglück waren, aber auch das ist nicht so wichtig, solange wir ein Team haben, das Spiel um Spiel mit Leib und Seele bei der Sache ist. Allein das würde schon ausreichen und die Einwohner von Pittsburgh würden es dem Team danken und ihm weiterhin treu ergeben bleiben.

Unsere Kellnerin, in Jeans und Titans-Fan-Trikot gekleidet, kommt zu uns an den Tisch. Wir erklären ihr, dass wir noch auf jemanden warten, aber schon einmal ein Bier für jede von uns bestellen möchten, um die Wartezeit zu überbrücken. Die Speisekarte lehnen wir ab. Wir haben schon während des Spiels jede Menge Junkfood in uns hineingestopft.

„Sieht ganz so aus, als hätte dir das Spiel gefallen“, wende ich mich an Frankie, während wir es uns auf unseren Stühlen bequem machen.

Frankie schnaubt. „Oh, es ist dir aufgefallen? Ich war mir nicht sicher, weil du ja die ganze Zeit nur auf Baden gestarrt hast.“

„Habe ich nicht“, rufe ich entrüstet aus. „Na gut, vielleicht habe ich ihm ein wenig zugesehen, aber hauptsächlich habe ich mich aufs Spiel konzentriert.“

„Wenn du das sagst.“ Frankie sieht mich mit diesem vielsagenden Blick an, an dem ich deutlich erkenne, dass ich sie nicht zum Narren halten kann.

„Ich wollte sehen, wie es ihm geht.“ Auch wenn ich weiß, dass sie es mir nicht abkauft, will ich doch wenigstens versuchen, mich herauszureden. „Dieser Neustart ist für Baden nicht leicht. Heute ist ein bedeutungsvoller Tag für ihn. Nicht nur, weil es der Start in seine neue Laufbahn ist, sondern auch, weil er das Ende seines alten Lebens besiegelt.“

Frankie schaut mich mitfühlend an. Doch ihre Sorge gilt nicht Baden, sondern mir. „Ich finde es wunderbar, dass zwischen euch eine enge Freundschaft und all das entstanden ist. Pass aber bitte auf dein Herz auf.“

Ihr unerwarteter Kommentar erwischt mich kalt und ich verziehe das Gesicht. „Wie meinst du das?“

„Ich sehe, wie du ihn ansiehst“, sagt sie sanft. „Und ich höre, wie du über ihn redest. Er ist dir wirklich wichtig, und na ja … ich habe Angst, dass es vielleicht nicht auf Gegenseitigkeit beruht und dass du verletzt werden könntest.“

Ich bin eher verblüfft als beleidigt. Frankie ist einer der intelligentesten und feinfühligsten Menschen, die mir je begegnet sind, aber sie kennt Baden nicht. „Wieso glaubst du, ich könnte verletzt werden?“

Ich mache mir nicht die Mühe, abzustreiten, dass ich womöglich mehr für ihn empfinde als reine Freundschaft. Es stimmt ja, warum also Energie darauf verschwenden.

Frankie schüttelt den Kopf, als wollte sie nicht weiter darüber reden.

„Frankie“, sage ich in einem Tonfall, der ihr bedeutet, dass sie es jetzt bloß nicht wagen soll, dicht zu machen.

Sie schaut mir in die Augen und lehnt sich ein wenig vor. „Es ist nur … In der ganzen Zeit, als du heute Abend zu ihm hinübergeschaut hast, hat er nicht ein Mal zu dir geschaut. Ich glaube sogar, dass er kein einziges Mal zu dir gesehen hat. Und das gibt mir Grund zur Sorge, dass er für dich nicht genauso empfindet wie du für ihn.“

Ich überlege, wie ich es Frankie erklären soll, muss aber stattdessen herzhaft lachen. Ich finde witzig, dass sie auf dieses Detail, das mich nicht im Geringsten interessiert, achtet. Nicht einmal in einer Million

Jahre wäre dies etwas, weshalb ich mich sorgen würde.

Ich strecke meine Hand über den Tisch aus, ergreife ihre und drücke sie. „Meine liebe, süße Freundin. Schön, dass du dich um mich sorgst. Es zeugt von echter Fürsorge, wenn dir sogar diese bedeutungslosen kleinen Dinge auffallen."

„Für mich ist das nicht bedeutungslos", grummelt sie, während sie versucht, ihre Hand aus meinem Griff zu lösen.

„Es ist bedeutungslos", versichere ich ihr und halte ihre Hand weiter fest. „Weil du nichts von Sport verstehst. Du weißt nicht, welcher Druck auf Baden lastet und dass er ab dem Moment, in dem er da rausgeht, zu hundert Prozent gefordert wird und seinen Job macht. Würde er mir auch nur einen winzigen Moment seiner Aufmerksamkeit schenken, wäre ich sogar ziemlich enttäuscht von ihm, denn es ist seine Pflicht, voll und ganz auf sein Team fokussiert zu sein. Er hat sich genau auf das konzentriert, was in dem Moment wichtig war."

Zweifelnd schaut sie mich an, als ich ihre Hand loslasse.

Also gebe ich ihr etwas, an dem sie sich festhalten kann. „Einmal hat er auch zu mir hochgesehen. Vor dem Beginn des Spiels, und das war mehr als genug Aufmerksamkeit."

„Wenn du meinst." Sie klingt enttäuscht und als wollte sie unbedingt etwas finden, was mit ihm nicht stimmt. Das ist aber nicht wirklich der Fall. Frankie möchte nur das Beste für mich, und ich bin sicher, dass sie Baden heute genauestens unter die Lupe nehmen wird, um sich ein Bild von ihm zu machen.

„Also, zurück zu meiner eigentlichen Frage … hat dir das Spiel gefallen?“, frage ich. Auch wenn ich die Antwort bereits kenne, möchte ich, dass sie es zugibt. Frankie interessiert sich nicht für Sport, kein bisschen. Aber sie weiß, wie man sich amüsiert. Sie ist sich darüber im Klaren, wie wichtig die Rückkehr dieses Teams ist, und deshalb hat sie sich zusammen mit mir die Lunge aus dem Hals geschrien. Sie hat sich von der Aufregung und den Emotionen mitreißen lassen. Vielleicht wird sie ja doch noch zu einem Eishockeyfan.

„Ja, hat es wirklich“, gibt sie genau in dem Moment zu, in dem die Kellnerin uns unsere Biere zum Tisch bringt. Bevor sie weiterredet, erhebt sie ihr Glas und prostet mir zu.

„Prost“, sagen wir gleichzeitig.

Nachdem sie den ersten Schluck genommen hat, zeigt sie sich begeistert. „Die Atmosphäre war wirklich elektrisierend, auch wenn ich zugeben muss, dass mich das in der letzten Zeit nicht wirklich interessiert.“

„Nicht Zen genug für dein normales Dasein“, nehme ich an.

„Genau das“, stimmt sie mir zu und zeigt dabei mit dem Finger auf mich. „Und all diese Regeln sind wirklich verwirrend. Ich verstehe diese Icing-Regel immer noch nicht, und ich glaube, das werde ich auch nie.“

Ich kann nicht anders, als zu lachen. Frankie hat das Team enthusiastisch angefeuert und ist sogar einmal beinahe wie von Sinnen vor Aufregung wegen eines heftig ausgetragenen Kampfes um den Puck an der Bande unserer Spielzone aufgesprungen. Der frei gespielte Puck ist über das Eis zum Torhüter der gegnerischen Mannschaft geglitten und hat das Netz um Haaresbreite verfehlt. Ein klarer Fall von Icing, und keiner der Spieler hat sich die Mühe gemacht, dem Puck hinterherzujagen. Frankie allerdings schrie aus Leibeskräften, ohne zu bemerken, dass der Schiedsrichter das Spiel abgepfiffen hatte: „Los, holt ihn euch! Holt euch den Puck! Tor! Tor! Tor!"

Ich habe sie zurück auf ihren Sitz gezogen und vergeblich versucht, ihr die Icing-Regel zu erklären. Aber zum einen war die Zeit vor der Wiederaufnahme des Spiels dafür zu knapp, und zum anderen hatte Frankie auch gar kein Interesse daran, die Regel zu verstehen.

Wir schlürfen weiter unsere Biere und unterhalten uns über Dinge, die nichts mit Eishockey zu tun haben, wie zum Beispiel ihr Vorhaben, ein Yogastudio zu eröffnen, und meine Überlegung, wieder zu studieren.

Frankie fordert ohne Umschweife, ich solle mich für Innenarchitektur oder Restauration einschreiben, und ich werte das als zusätzliche Bekräftigung zu Badens Vorschlag.

Nachdem wir unsere ersten Biere ausgetrunken haben, ohne dass Baden erschienen ist, bestellen wir uns noch eins. Wir sind mit einem Uber zum Spiel gefahren, brauchten uns also keine Gedanken wegen der Parkplatzsuche oder wegen ein paar Drinks zu machen.

Normalerweise hätte allein der Gedanke, zu einem Fremden ins Auto zu steigen und in die Innenstadt zum Stadion zu fahren, bereits eine Panikattacke bei mir ausgelöst. Obwohl ich, bevor ich überfallen wurde, für meine Arbeitsreisen oft Uber genutzt habe, hätte ich inzwischen zu viel Angst, vom Fahrer angegriffen zu werden. Doch solange Frankie an meiner Seite ist, fühle ich mich sicher. Ich glaube, ein einzelner Fahrer würde es sicher nicht wagen, gleich zwei Frauen auf einmal anzugreifen, und zusätzlich habe ich noch Pfefferspray in der Handtasche.

Leider habe ich vollkommen vergessen, dass sie beim Einlass ins Stadion Taschen kontrollieren, und so wurde meine kleine Dose Pfefferspray konfisziert. Dennoch war auch das halb so schlimm, denn wir hatten gestern Abend verabredet, dass Baden uns später nach Hause fahren wird. Er hat es großzügigerweise angeboten und ich habe eingewilligt.

Gerade als die Kellnerin uns unser zweites Bier bringt, erblicke ich Baden, der sich den Weg durch die Menschen in der Bar bahnt und dabei der gleichen Empfangsdame folgt, die bereits uns zu unserem Tisch geleitet hat.

Unsere Blicke treffen sich, und er grinst, während er auf uns zukommt. Ich bin so aufgeregt, dass er sein erstes Spiel hinter sich gebracht hat, dass ich spontan aufspringe und ihn innig umarme. Baden erwidert meine Umarmung.

„Glückwunsch!", sage ich laut, gegen den Lärm der Fans ankämpfend, die inzwischen aus dem Stadion angekommen sind. „Ein Spiel ist geschafft und hoffentlich folgen noch Hunderte mehr!"

„Danke“, sagt er ganz dicht an meinem Ohr. Seine Umarmung wird kurz fester, sodass ich mich am liebsten in ihn hineinkuscheln würde. Ich löse mich aus der Umarmung und versinke in einem weiteren Lächeln von ihm. „Also, ich muss schon zugeben, dass ich sehr stolz auf unsere Jungs bin, auch wenn wir heute Abend verloren haben. Dass wir aufs Eis gegangen sind und gezeigt haben, dass wir etwas zu bieten haben, war schon ein ganzer Sieg.“

„Dem kann ich nur zustimmen.“ Ich greife nach seinem Ellbogen und ziehe ihn an unseren Tisch heran. Ich deute mit meiner Hand auf Frankie und stelle sie Baden vor. „Das ist Francesca Dillard, auch Frankie genannt. Meine allerbeste Freundin auf der ganzen Welt.“

Baden hält Frankie die Hand hin. „Es freut mich wirklich sehr, dich endlich kennenzulernen. Sophie hat schon viel von dir erzählt.“

Frankie lächelt. „Ich hoffe, nicht alles. Das wäre nämlich ziemlich peinlich.“

Badens Augen leuchten auf, während er sie neckt. „Na ja, zumindest hat sie mir von dem einen Mal erzählt, als du dich aus eurem Wohnheim ausgeschlossen hast – nackt.“

Frankie macht große Augen, starrt mich an und schlägt mir gegen den Arm. „Das hast du ihm erzählt?“

Lachend reibe ich meinen Arm, der in Wirklichkeit gar nicht wehtut. „Warum nicht? Es war das Lustigste, was ich je gesehen habe.“

Frankie schüttelt den Kopf und Baden zieht mir meinen Barhocker heran. Er nimmt auf dem

Barhocker zwischen uns Platz, sodass ich zu seiner Linken sitze und Frankie zu seiner Rechten.

Wie aus dem Nichts erscheint die Kellnerin, um seine Getränkebestellung aufzunehmen.

„Was trinken die Damen?", fragt Baden und deutet mit dem Kopf auf unsere mit bernsteinfarbenem Bier gefüllten Gläser.

„Iron City Light", antwortet Frankie.

„Ist es gut?" Sein Blick wandert zwischen Frankie und mir hin und her.

Ich schiebe mein Glas zu ihm hin. „Ist so ein Pittsburgh-Ding."

Baden nimmt mein Angebot an und nimmt einen großen Schluck. Keine Ahnung, warum ich es sexy finde, dass er aus meinem Glas trinkt.

Er verzieht das Gesicht, stellt das Glas ab, schiebt es wieder zu mir herüber und bestellt bei der Kellnerin ein Heineken.

„Snob", sage ich neckend.

„Das ist bestimmt ein gehobenes Bier", antwortet er diplomatisch. „Vielleicht komme ich ja in den nächsten zehn Jahren auf den Geschmack, wenn ich es immer wieder versuche. Gebt mir eine Chance."

Ich weiß nicht, ob es eine versteckte Botschaft ist, ob er mir damit etwas sagen will oder ob er es einfach nur so dahingesagt hat. Aber mir gefällt der Gedanke daran, dass Baden in zehn Jahren immer noch Teil meines Lebens ist und ich sehen kann, ob er sich irgendwann an den Geschmack des IC Light gewöhnt.

Kapitel 16

Baden

Die Atmosphäre hier im Mario's ist wirklich gut. Der ganze Laden ist voller Fans, die sich die Spielübertragung auf einem der vielen Fernseher angesehen haben, und Fans, die nach dem Spiel dazugestoßen sind.

Es gibt nur noch Stehplätze, und obwohl wir das Spiel heute Abend verloren haben, sind die Begeisterung und die Hoffnung auf eine große Zukunft deutlich zu spüren.

Dieser Laden ist ganz anders als das Sneaky Saguaro in Phoenix. Nicht nur die Architektur und die Deko sind anders, nein, auch ich habe mich verändert. Wenn ich ins Sneaky Saguaro gegangen bin, tat ich das als bekannter Spieler der Arizona Vengeance, dem Team, das den Stanley Cup gewonnen hat. Und auch wenn ich nur der Ersatz-Goalie war, habe ich genug Spiele bestritten, sodass jeder Fan wusste, wer ich war. Mein Trikot hat sich gut verkauft, und ich hatte jeden Abend einen Krampf in der Hand wegen all der Autogramme, die ich ständig geben musste.

Hier im Mario's wurde ich nach meinem ersten Spiel als Trainer statt Spieler von niemandem wiedererkannt. Und falls mich doch jemand erkannte, kam niemand auf mich zu, um nach einem Autogramm oder einem gemeinsamen Foto zu fragen. Einige der Spieler, die hier VIP-Plätze haben, kommen herein und winken mir im Vorbeigehen zu. Ich mache mir nicht die Mühe, sie herbeizurufen und sie vorzustellen. Dafür kenne ich sie noch nicht gut genug.

Irgendwie gefällt es mir, unerkannt mit Sophie und Frankie hier sitzen zu können und mich einfach nur zu unterhalten, ohne von jemandem unterbrochen zu werden. Es ist definitiv ein anderer Lebensstil innerhalb desselben Sports.

Hauptsächlich sprechen wir über das Spiel. Sophie will unbedingt wissen, wie ich über Patriks Performance denke. Sie ist ein Hardcore-Fan. Jemand, der genau über die meisten Spieler und deren Statistiken Bescheid weiß. Die letzten Abende haben wir bereits einige gute Gespräche geführt und ihr Wissen über Sport beeindruckt mich sehr. Sie bildet sich zwar nichts darauf ein, den Goalie-Trainer der Titans zum Mitbewohner zu haben, weiß aber das Privileg, an Insider-Informationen zu gelangen, sehr zu schätzen.

Ich habe keine Ahnung, was die Zukunft für mich bereithält. Ich bin mir noch nicht einmal sicher, ob ich in meinem Job überhaupt gut sein werde. Aus den vier Tagen Training und dem einem Spiel kann man keine Schlüsse ziehen. Aber ich kann mit Sicherheit sagen, dass mir diese Stadt gefällt. Ich mag die Herausforderung, vor die sie mich stellt, und mochte noch nie, wenn die Dinge zu einfach sind. Ohne Fleiß, kein Preis.

Aber mehr noch als die Stadt mag ich Sophie. Ich bin sehr froh darüber, dass wir uns getroffen haben, falls man unsere erste Begegnung ein Treffen nennen kann. Ich würde es eher als gemeinsames Trauma bezeichnen. Unser zweites Treffen sollten wir vielleicht auch gar nicht erst mitzählen. Es ist nichts als eine unangenehme, einseitige Unterhaltung in meinem Krankenhauszimmer gewesen.

Aber nun haben wir eine Verbindung. Eine, die nicht der Realität entsprungen zu sein scheint. Sie ist irgendwie mystisch. Eine Freundschaft, entstanden aus einer Tragödie.

Und darüber hinaus gibt es noch mindestens hundert weitere Gründe, weshalb ich sie mag. Sie ist wunderschön, intelligent und lustig. Das ist der Hattrick, den sich jeder Mann bei einer Frau wünscht. Sie hat ihre Fehler, aber sie ist nicht hilflos. Sie wurde vom Glück verlassen, aber sie ist nicht bereit, aufzugeben. Und auch wenn es übertrieben poetisch klingen mag, aber ihr Lächeln bringt nicht nur einen Raum, sondern auch mich zum Erstrahlen, jedes Mal, wenn ich es sehe.

Meine Gefühle für sie sind ein einziges Chaos, aber ich bin zuversichtlich, dass sich irgendwann alles von selbst fügen wird. Gerade passiert alles so schnell, dass es schwer ist, den Überblick über meine sich ständig ändernden Empfindungen in Bezug auf Sophie zu behalten.

Und obwohl ich niemals so weit gehen würde, zu sagen, ich wüsste, was Sophie für mich empfindet, so sagen mir meine Intuition und mein Selbstbewusstsein deutlich, dass auch sie etwas empfindet. Und ich weiß auch, dass sie sehr ängstlich ist und dass viele ihrer Handlungen und Glaubenskonstrukte auf Angst beruhen. Ich muss sehr vorsichtig mit ihr umgehen. Sie bedeutet mir schon viel zu viel, und ich möchte sie nicht verletzen.

Ich trinke mein Heineken aus und möchte gern noch eins bestellen. Da ich Sophie heute nach Hause fahre, habe ich beschlossen, nicht mehr als zwei Bier zu trinken. Sophies und Frankies Flaschen sind ebenfalls beinahe ausgetrunken, und ich frage sie, ob sie auch noch etwas bestellen möchten. Sie bejahen und ich winke unsere Kellnerin heran.

„Möchten Sie noch eine Runde?", fragt sie.

Ich deutete mit dem Finger in die Runde. „Ja, bitte eine weitere Runde für uns. Schreiben Sie die Getränke der Damen aber bitte auf meinen Deckel."

„Gerne doch." Die Kellnerin nimmt meine leere Flasche und geht.

„Danke", sagt Sophie und schimpft dann ein wenig mit mir. „Ich wollte dir, zu Ehren deines ersten Spieles, heute ein Bier ausgeben."

„Wenn du mir wie vorgestern noch mal Jakobsmuscheln mit Risotto machst, sind wir quitt."

Das war nämlich eine der besten Mahlzeiten gewesen, die ich je gegessen habe. Wenn es nicht so ein anstrengender und zeitraubender Job wäre, würde ich sie ermutigen, ein Restaurant zu eröffnen. Allerdings bezweifle ich auch, dass sie gern für so viele Menschen kochen würde. Es scheint ihr mehr Freude zu machen, für eine kleinere private Runde zu kochen.

Sophie lacht, willigt ein und hüpft von ihrem Barhocker herunter. „Ich muss mal auf die Toilette." Sie schaut in Richtung des schmalen Flurs ein paar Meter entfernt, in dem die Toilettenräume liegen, und scheint zu zögern.

„Soll ich dich begleiten?", fragt Frankie, die Sophies Unsicherheit bemerkt hat.

„Ähm …“ Sie zögert, schaut dann ihre Freundin etwas verunsichert lächelnd an. „Nein … Weißt du
was? Ich werde es schon schaffen, allein zu gehen.
Mich wird schon niemand aus den Toilettenkabinen
heraus anspringen.“

„Genau“, sagt Frankie laut und nickt. Die Zuneigung und der Stolz in ihrer Stimme sind nicht zu
überhören.

Und schon ist Sophie weg, und ich sitze mit Frankie,
einer mir vollkommen fremden Person, allein am
Tisch. Seit ich angekommen bin, haben wir uns so
gut wie gar nicht direkt miteinander unterhalten. Es
ist bisher mehr eine Gruppenunterhaltung gewesen,
und ich kann die Gelegenheit nutzen, sie besser kennenzulernen. Nach außen hin wirkt Frankie liebenswürdig, witzig und aufgeschlossen. Dennoch spüre
ich ein wenig Zurückhaltung, als ob sie nicht loslassen wollte. Ist sie vielleicht eifersüchtig wegen meiner
Freundschaft mit ihrer besten Freundin? Will sie sie
beschützen? Beides wäre in Ordnung und nachvollziehbar. Wenn man Frankie und Sophie miteinander
beobachtet, wird deutlich, dass Frankie Sophie liebt
und alles für sie tun würde. Und es ist auch deutlich
spürbar, dass sie meiner Verbindung mit Sophie
misstrauisch gegenübersteht. Ich kann es daran ablesen, wie sie sich gibt, und an ihrem zögerlichen Lächeln. Ich muss das Eis brechen und genau jetzt ist
die richtige Gelegenheit dafür.

Mit einem charmanten und hoffentlich nicht unheimlich wirkenden Lächeln wende ich mich ihr zu.
„Ich würde zu gern wissen, was gerade in deinem

Kopf vorgeht. Ich sehe, du machst dir viele Gedanken um Sophie."

„Und an was machst du das fest?" Ihr Blick ist fest und herausfordernd.

„Nur so ein Gefühl. Kann auch sein, dass ich mich irre", erwidere ich achselzuckend.

Frankie schaut kurz in die Richtung, in die Sophie verschwunden ist, und dann wieder zu mir. „Sie hat in den letzten sieben Monaten viel durchgemacht", sagt sie mütterlich, mit einem leicht warnenden Unterton.

Offensichtlich nimmt sie ihre Rolle als überfürsorgliche beste Freundin sehr ernst.

Aber dann wird sie schlagartig bleich im Gesicht und reißt entsetzt die Augen auf. „O mein Gott", ruft sie entschuldigend aus. „Das soll auf keinen Fall schmälern, was du durchgestanden hast. Dir ist es offensichtlich noch schlechter ergangen als Sophie. Ich sehe die Dinge nur aus der Perspektive meiner Freundin. Ich würde nie im Traum daran denken, dir …"

„Stopp", unterbreche ich sie mit einem beschwichtigenden Lächeln. „Alles gut. Es interessiert mich nicht, wie du über mich denkst oder über das, was ich durchgemacht habe. Was mich interessiert, ist, wie du über Sophie denkst."

Frankie wirkt erleichtert, dass ich ihre Entschuldigung ohne Umschweife akzeptiert habe, doch dann wird ihr Blick sofort kalt und sie verfällt wieder in ihren Beschützermodus. „Sophie ist, seitdem sie angegriffen wurde, nicht mehr dieselbe, aber das kannst du ja nicht sehen, weil du sie erst danach kennengelernt hast. Was du gerade zu sehen bekommst, ist eine Sophie auf Sparflamme – und diese Sparflammen-Sophie mag dich. Als Freund oder vielleicht auch als mehr. Ich kann es sehen. Ich möchte nur nicht, dass sie deinen oder auch ihren Erwartungen nicht gerecht wird. Ich möchte nicht, dass sie aus einem Heldenkomplex heraus von dir umworben wird und Gefühle freundschaftlicher oder anderer Art für dich entwickelt, und dass diese nicht erwidert werden."

„Du möchtest nicht, dass sie verletzt wird", schlussfolgere ich.

„Falls du das tätest, würde ich dich umbringen."

Ich beachte ihre Drohung nicht weiter. „Ich denke, ich weiß, wovon du sprichst, wenn du von einer Sparflammen-Sophie redest. Damit meinst du nicht ihre Persönlichkeit, die ich im Übrigen noch strahlender als die Sonne empfinde."

Frankie schüttelt den Kopf. „Nein … ich rede nicht von ihrer Persönlichkeit. Ich rede von ihrem Leben."

Sophie hat mir einiges über ihr Leben erzählt, genauso wie ich ihr einiges über mein Leben nach dem Angriff erzählt habe. Ich glaube, ich verstehe ganz gut, wie sie gelitten hat und wie sie *immer noch* leidet. Dennoch höre ich mir Frankies Ausführung an.

„Sie lebt nun schon seit Monaten in diesem dunklen Nebel der Angst und hat sich vor und von allem zurückgezogen. Und jetzt tauchst du auf und drängst sie dazu, ihre Komfortzone zu verlassen und wieder in das normale Leben hineinzuschnuppern, und ich habe einfach Bedenken, dass es ihre Wahrnehmung verzerren könnte. Ergibt das einen Sinn?"

Ich kann ihr nur nickend zustimmen. „Die Umstände, unter denen wir uns kennengelernt haben, sind nicht alltäglich. Für solche Situationen gibt es keinen Leitfaden, dem man folgen kann."

Frankie nickt und lehnt sich ein wenig zu mir hin. Sie schaut mir direkt in die Augen. „Was genau empfindest du für Sophie?"

Für einen kurzen Moment schaue ich mich in der gut gefüllten Bar um, um meine Gedanken zu sortieren. Ich bezweifle, dass ich es schaffe, in den wenigen Sekunden, die uns bis zu Sophies Rückkehr bleiben, angemessen auf ihre Frage zu antworten. Also gebe ich ihr eine so einfache und so ehrliche Antwort wie nur irgend möglich.

„Ich habe keine Ahnung, was das ist. Ich hatte nicht erwartet, mich mit ihr anzufreunden, und dennoch ist es geschehen. Ich hatte nicht erwartet, dass mir ihr Wohlergehen und ihre Genesung am Herzen liegen würden, und dennoch ist es geschehen. Ich hatte nicht erwartet, sie zu mögen, und dennoch ist es so was von geschehen. Da ist etwas. Aber was es ist, kann ich noch nicht sagen."

„Ist es einfach nur Freundschaft?" Frankies verkniffenes Gesicht drückt, wie ich vermute, Sorge aus. „Ist das alles, was für dich in Betracht kommt?"

„Wir haben bereits eine tief gehende Freundschaft entwickelt. Aber da ist noch etwas anderes. Ich denke, es ist mehr … aber ich kann nicht genau ausmachen, was."

Frankie nickt und sieht noch besorgter aus als vorher. Wahrscheinlich hätte sie es besser gefunden, hätte ich einfach gesagt, dass von meiner Seite aus nur Freundschaft im Spiel ist. Aber das hätte ich ihr nicht sagen können. Genau, wie ich nicht sagen kann, was ich für Sophie empfinde, da ich vorher noch nie so für jemanden empfunden habe.

Innerhalb von nur einer Woche habe ich vor dieser Frau mein Schutzschild fallen lassen. Ich habe ihr Dinge über die Zeit nach meiner Verletzung erzählt, die ich nicht einmal meinem besten Freund Wes anvertrauen konnte. Vielleicht ist es Schicksal und vielleicht werde ich es auch nie verstehen.

Aber ich fühle mich in vielerlei Hinsicht zu Sophie hingezogen.

Auch sexuell.

Weil sie verflucht noch mal wunderschön ist. Ja, auch davon fühle ich mich angezogen.

Aber diese Art von Anziehung habe ich vorher schon oft gespürt, und dennoch hat es mich nie so richtig in den Bann einer Frau gezogen. Definitiv nicht auf die Art, als dass ich Gefühle entwickelt hätte.

Ich fühle mich hauptsächlich zu ihr hingezogen, weil sie die Person ist, die sie ist. Sie ist aufrichtig und bescheiden. Und die Schuldgefühle, die sie wegen dem hat, was mir zugestoßen ist, zeigen deutlich, wie einfühlsam sie ist. Das macht sie zu etwas Besonderem und verstärkt die körperliche Anziehung, die ich für sie empfinde.

Aber da gibt es ein Problem.

Ich möchte Sophie nicht verstören und bin mir daher nicht sicher, ob ich jemals einen Annäherungsversuch unternehmen könnte, ohne genau zu wissen, wie sie empfindet.

Und genau jetzt scheint der perfekte Moment gekommen, um es herauszufinden. „Was empfindet Sophie für mich?“, frage ich Frankie freiheraus.

Frankie lächelt und schüttelt den Kopf. „Das werde ich dir nicht sagen. Ich würde das Vertrauen, das meine Freundin in mich hat, niemals aufs Spiel setzen.“

„Du weißt es auch nicht wirklich, richtig?“, necke ich sie.

„Vielleicht oder vielleicht auch nicht“, antwortet sie. „Aber selbst wenn ich etwas wüsste, würde ich es dir nicht verraten. Das musst du schon selbst herausfinden.“

„Nun gut“, antworte ich und verschränke die Arme auf der Tischplatte.

Als die Kellnerin mit unseren Getränken zum Tisch kommt, versiegt das Gespräch. Ich greife zu meiner Flasche und schaue hinüber zu den Toiletten. Erleichtert stelle ich fest, dass Sophie zurückkommt und den seltsamen Beigeschmack vertreibt, den die gerade geführte Unterhaltung hinterlassen hat.

Sophie hat keinen blassen Schimmer, wie wunderschön sie ist. Die Männer verrenken sich die Köpfe nach ihr, und die Frauen sehen sie entweder neidisch oder voller Angst an, dass sie ihnen ihren Mann wegschnappen könnte. Würden sie sich nur eine Sekunde Zeit nehmen, sie wirklich kennenzulernen, wüssten sie, dass Sophie so etwas nie tun würde.

Frankie berührt mich am Arm und ich drehe mich zu ihr um. „Danke.“

Überrascht blicke ich sie an. „Wofür?“

„Dafür, dass du ehrlich über deine Gefühle warst. Oder wohl eher darüber, dass du sie im Moment noch nicht einordnen kannst.“

„Klar doch“, antworte ich, ohne mich wirklich um ihre Anerkennung zu scheren. Dennoch bin ich dankbar, dass sie meine Ehrlichkeit respektiert.

„Und falls es dich interessiert“, fährt sie fort, während sie ihre Hand zurücknimmt, als Sophie näher kommt, „ich denke nicht, dass du sie verletzen würdest.“

„Nicht absichtlich.“

Frankie schaut mich eindringlich an. Wahrscheinlich fragt sie sich, wie wohl die Chancen stehen, dass ich Sophie unabsichtlich verletzten könnte, aber sie wird in ihren Gedanken unterbrochen, als Sophie sich auf ihren Barhocker setzt.

„Ihr werdet nie erraten, worüber die Frauen auf den Toiletten reden.“

„Worüber denn?“, fragt Frankie.

Sophie deutet mit dem Daumen über ihre Schulter nach hinten zu den Toiletten. „Sie überlegen, wie sie an Autogramme von Coen Highsmith kommen können.“

Ich schaue mich im Restaurant um, da ich nicht gesehen habe, dass er hereingekommen ist. Ich kann ihn leicht ausmachen, wie er an einem Hochtisch zusammen mit anderen Spielern steht. Es scheint, als wäre er gerade erst angekommen, denn er hat zwar seine Schlüssel und sein Handy vor sich auf dem Tisch liegen, aber im Gegensatz zu den anderen Spielern noch kein Bier vor sich stehen.

„Was haben sie denn vor?“, frage ich und schaue wieder Sophie an. „Boobographs?“

„Yep“, sagt sie naserümpfend.

„Was bitte ist ein Boobograph?“, fragt Frankie, während Sophie und ich uns vielsagend ansehen.

Ich übernehme es, Frankies Frage zu beantworten. „Man nennt es so, wenn eine Frau einen Spieler um ein Autogramm auf ihre Möpse bittet. Sie wird dann ihr Shirt hochziehen und sich entblößen.“

Frankie fällt die Kinnlade runter. „Ekelhaft!“

„Ich bezweifle, dass Coen Highsmith das auch so sieht.“ Ich lache und schaue grinsend zu ihm hinüber. „Er ist ein ziemlicher Frauenheld.“

„Oh“, sagt Sophie und stupst Frankie an, während sie über ihre Schulter schaut. „Da kommen sie.“

Wir beobachten, wie zwei Frauen aus dem Toilettenraum kommen, Coen Highsmith dabei fest im Visier. Beide Frauen sind attraktiv und tragen enge Shirts und noch engere Jeans.

Die Männer, die vor ein paar Minuten noch Sophie bewundert haben, starren nun auf die beiden Frauen. Aber anders, als sie Sophie angestarrt haben. Bei Sophie wäre es darum gegangen, den Mut aufzubringen, sie anzusprechen und eventuell nach einem Date zu fragen. Diese Frauen lösen in den Männern eher den Wunsch aus, sie direkt für ein schnelles Abenteuer mit nach Hause zu nehmen.

Die anderen Männer an Coens Tisch bemerken die Frauen zuerst und fangen an, Coen grinsend anzustoßen. Coen mustert die Frauen, die erwartungsvoll vor ihm stehen, von Kopf bis Fuß und dreht ihnen dann zu meiner großen Überraschung den Rücken zu. Als ihm eine der Frauen auf die Schulter tippt, dreht er sich mit einem widerwilligen Gesichtsausdruck zu ihr herum. Ich habe keine Ahnung, was sie zu ihm sagt. Aber ermutigt, vielleicht von Alkohol und dem Bewusstsein, dass alle Männer hier sie sexy finden, neigt sie kokett ihren Kopf und hebt ihr Shirt hoch, um ihre in Spitze gehüllten Brüste zur Schau zu stellen.

Ihre Freundin reicht Coen einen Filzstift. Er schaut auf den Stift. Dann auf die Brüste der Frau. Auch wenn wir nicht hören können, was er sagt, kann ich es doch von seinen Lippen ablesen.

Verpiss dich.

Während die anderen Spieler sich köstlich amüsieren, sind die beiden Frauen sprachlos. Coen nimmt seine Schlüssel und sein Handy, macht auf dem Absatz kehrt und stürmt durch die Menge hindurch in Richtung Ausgang.

Sophie schaut mich besorgt an. „Das war ja mal so gar nicht die typische Coen-Highsmith-Art."

„Vielleicht ist er sauer, weil sie das Spiel verloren haben", schlägt Frankie vor.

„Vielleicht war es das", murmele ich gedankenversunken. Aber vielleicht bedrückt ihn etwas ganz anderes. Er ist schon in der letzten Woche nicht in der besten Verfassung gewesen, und ich weiß, dass es ihm schwerfällt, sich seinem neuen Team anzupassen. Seit dem Flugzeugunglück sind erst wenige Wochen vergangen, und vielleicht hat er Schwierigkeiten, es zu verarbeiten.

Ich beschließe, ihn im Auge zu behalten.

Kapitel 17

Baden

Diese Wohnung ist absolut perfekt für mich. Sie liegt direkt gegenüber des Stadions am anderen Flussufer und ich könnte sogar ihm Rahmen meines allmorgendlichen Trainings rüberjoggen. Sie ist nicht zu groß, sodass ich nicht zu viel damit zu tun hätte, sie in Schuss zu halten, und dennoch wirkt sie durch die offene Raumgestaltung großzügig. Das Schlafzimmer ist riesig, und das Bad verfügt über eine große Dusche, die ich definitiv einer Badewanne vorziehe. Die Küche ist sehr schön und verfügt über neue Elektrogeräte, die ich sehr wahrscheinlich sowieso nie benutzen werde, weil ich zu faul bin, um zu kochen. Außerdem gibt es noch einen Balkon, von dem aus man eine atemberaubende Sicht auf die nur wenige Blocks entfernte Roberto Clemente Bridge hat, über die ich morgens auf dem Weg zur Arbeit joggen könnte.

„Nicht mein Fall", lautet mein vernichtendes Urteil.

Sophie, die gerade dabei ist, sich die Küchenschränke anzuschauen, blickt überrascht zu mir herüber. Das ist die sechste Wohnung, die wir uns heute gemeinsam angeschaut haben, und bisher hatte ich an jeder ihrer so sorgfältig getroffenen Vorauswahl etwas auszusetzen. Sie hat sich diese bis zum Schluss aufgehoben, da sie davon überzeugt ist, dass dies die Wohnung ist, für dich ich mich letztendlich entscheiden werde. Sie erfüllt alle meine Kriterien und auch der Preis ist günstig.

Sie senkt den Blick und verzieht das Gesicht. „Was an dieser Wohnung gefällt dir bitte nicht?“

Ich zerbreche mir den Kopf darüber, welche nachvollziehbaren Gründe ich anführen könnte, aber mir will keiner einfallen, selbst wenn mein Leben davon abhinge. Sie schaut mich geduldig an, aber an der Art, wie sie voller Überzeugung ihr Kinn hebt, kann ich deutlich erkennen, dass sie ihre Auswahl absolut verteidigen wird.

„Ich kann die Farbe der Küchenschränke nicht ausstehen“, sage ich schnell, bevor ich mich nach weiteren möglichen Gründen umsehe. „Und Teppich wäre mir lieber als Parkettböden. Und … die Aussicht gefällt mir gar nicht.“

Sophie dreht den Kopf in Richtung der Balkontüren, durch die man einen Blick auf den wunderschönen hellen und sonnigen Tag hat und sehen kann, wie sich die Wolken im Wasser des Allegheny River spiegeln.

Als sie wieder zu mir schaut, runzelt sie die Stirn. „Der Ausblick gefällt dir nicht? Es ist eine der schönsten Aussichten, die man in Pittsburgh haben kann.“

„Vielleicht habe ich einfach nur keine Lust, ständig auf die Stadt zu schauen“, sage ich, auch wenn es nicht wirklich an der Aussicht liegt. Aber es klingt nach einem guten Grund. „Vielleicht sollten wir uns Häuser außerhalb des Stadtzentrums ansehen. Mit Blick auf die Berge, Flüsse und Tierwelt.“

„Und eine Stunde Arbeitsweg für dich“, erinnert sie mich. „Du wolltest doch nicht so lange fahren.“

Achselzuckend und ohne etwas zu sagen, gehe ich hinüber zu den Balkontüren, um mir den Ausblick anzuschauen, der, an normalen Standards gemessen, wirklich unbeschreiblich schön ist.

„Gibt es an dieser Wohnung irgendetwas, was dir gefällt?“, will Sophie wissen, während sie an mich herantritt und hinaus auf den Fluss schaut.

Ich drehe mich grinsend zu ihr um. „Das hier wäre ein sehr schöner Platz für die Pflanze, die du mir bei deinem Besuch mit ins Krankenhaus gebracht hast.“

Sophie blinzelt überrascht und ihr Mund steht ein wenig offen. „Die Pflanze, die ich dir geschenkt habe? Du hast sie immer noch?“

Ich schaue sie entrüstet an. „Hast du gedacht, ich würde sie eingehen lassen?“

Sophie zuckt mit den Schultern. „Ehrlich gesagt bin ich davon ausgegangen, du würdest sie entsorgen, und ich bin schwer beeindruckt, dass sie noch immer existiert.“

Ich muss lachen, weil ich selbst erstaunt bin, dass ich es geschafft habe, diese Pflanze am Leben zu erhalten. Keine Ahnung, wie ich das geschafft habe, denn einen grünen Daumen habe ich ganz sicher nicht. Ich mag es noch nicht einmal, Pflanzen in meiner Wohnung zu haben, einfach weil es zu viel Verantwortung bedeutet. Aber diese Pflanze hat irgendetwas an sich, was mich dazu gebracht hat, sie behalten zu wollen. Ich kann mir keinen Reim darauf machen, denn ich kann mich nur schemenhaft an Sophies Besuch erinnern. Ich war zu der Zeit zu sehr in meinem Selbstmitleid versunken. Während meines Genesungsprozesses habe ich nicht wirklich viel an

Sophie gedacht, aber um die Pflanze habe ich mich fürsorglich gekümmert. Und während ich sowohl seelisch als auch körperlich wieder zu Kräften kam, schien es so, als würde das verdammte Ding ebenso wie ich aufblühen.

„Es ist eine dieser Pflanzen, die nicht viel Pflege brauchen", lenke ich bescheiden ein.

Sophie lächelt und nickt dankbar. „Dennoch bin ich beeindruckt. Und ich stimme dir zu, dies wäre wirklich der perfekte Platz für eine Pflanze. Genauso, wie die Farbe der Küchenschränke einfach hinreißend ist und wie niemand, der bei klarem Verstand ist, im Wohnzimmer Teppich Parkett vorziehen würde. Also, was stimmt wirklich nicht damit?"

Ich schaue noch einmal auf den Fluss, bevor ich seufzend meine Aufmerksamkeit wieder auf Sophie lenke. Ich reibe mir den Nacken und bin mir meines verlegenen Gesichtsausdrucks vollkommen bewusst, als ich zugebe: „Ich glaube, ich bin einfach noch nicht bereit dazu, etwas zu kaufen. Ich glaube sogar, ich bin noch nicht einmal so weit, etwas mieten zu wollen. Ich befinde mich mitten in den Anfängen eines neuen und stressigen Jobs, und der einzige Ort, an dem ich mich wohlfühle, ist dein Haus. Falls es nicht zu viel verlangt ist, könnte ich vielleicht noch eine Weile bei dir wohnen bleiben? Ich würde meine Mietzahlungen auch verdoppeln."

Ich kann ihrem Gesichtsausdruck nichts ablesen. Sie schaut mich an, ohne zu verraten, ob mein Anliegen zu dreist ist. Ihre Augenbrauen ziehen sich zusammen. „Du würdest lieber bei mir wohnen bleiben? Also … klar, ich liebe mein Haus, aber es entspricht doch nicht einmal ansatzweise den Ansprüchen eines reichen Profisportlers.“

„Aber ich bin kein Profisportler mehr“, entgegne ich mit erhobenem Finger.

Sophie verdreht die Augen und verpasst mir einen freundschaftlichen Schlag. „Du bist immer noch ein Sportler und nun bist du auch noch Trainer.“

„Also, um zu deiner Frage zurückzukehren: Ich glaube, ich fühle mich in deinem Haus einfach unglaublich wohl. Du kochst das beste Essen, das ich je gegessen habe, und ich genieße deine Gesellschaft. Und meine Mietzahlungen würden dir auch helfen.“

Sie knurrt leise, weil wir lange darüber diskutiert haben, ob ich überhaupt Miete zahlen soll. Natürlich habe ich gewonnen, und so zahle ich mehr, als nötig wäre. Aber wie schon gesagt, ich bin finanziell mehr als gut aufgestellt, und es tut mir nicht weh, zu zahlen. Vorsichtig habe ich sie daran erinnert, dass sie gerade keinen Job hat, um ihr klarzumachen, dass sie die Gelegenheit, die sich ihr gerade bietet, beim Schopf packen sollte.

Sophie seufzt dramatisch, und es klingt, als wäre das alles mehr Arbeit, als es die Sache wert ist. „Na schön“, sagt sie mit gespieltem Unmut. „Wenn du unbedingt darauf bestehst, kannst du bei mir wohnen bleiben, bis du mich so sehr nervst, dass ich dich rauswerfen muss.“

Erfreut darüber, weiterhin ein wichtiger Teil ihres Lebens sein zu dürfen, lächle ich sie an. „Du weißt ganz genau, dass ich dich nie verärgern würde. Ich bin der beste Mitbewohner und Freund, den man sich nur wünschen kann.“

Sie schmunzelt. „Ja, du bist ein guter Freund. Aber wenn du weiterhin deine Schuhe mitten im Wohnzimmer rumliegen lässt, werde ich nicht mehr für dich kochen."

Ich muss herzhaft lachen und ziehe sie, ohne weiter darüber nachzudenken, in eine Umarmung. Einen winzigen Augenblick zögert sie und umfasst zaghaft an meine Rippen, bevor sie meine Hüften mit ihren Händen umschließt. Und auch wenn es nicht mehr ist als eine freundschaftliche Umarmung, so spüre ich ihre Wärme mit jeder einzelnen Pore meines Körpers.

Da es irgendwie seltsam wäre, sie länger zu halten, und mehr als nur eine freundschaftliche Geste bedeuten würde, entlasse ich sie aus der Umarmung. Ich schaue auf sie hinab und habe eine Idee. „Hast du Lust, etwas Schönes zu unternehmen?"

Ihre Augen leuchten auf. „Was schwebt dir vor?"
Ich gehe auf Risiko.

Ich werde etwas versuchen, von dem ich keine Ahnung habe, ob ich es schaffen kann. „Ich würde gern eislaufen gehen. Hast du eine Idee, wo wir dafür hingehen könnten?"

Für einen kurzen Moment verdunkeln sich ihre wunderschönen Augen voller Sorge, und gleichzeitig sehe ich Begeisterung, weil ich bereit bin, etwas zu versuchen, was außerhalb meiner Komfortzone liegt. Ich dränge Sophie weiß Gott ständig aus ihrer von Angst geprägten Ecke heraus. Nun wird sie die Gelegenheit bekommen, mich dabei zu begleiten, wie ich etwas unternehme, vor dem ich ein wenig Angst habe.

„Ich kenne genau den richtigen Ort dafür", antwortet sie.

***

Sophie hat eine Eislaufbahn außerhalb von Mount Lebanon, wo sie aufgewachsen ist, ausgesucht.

Es ist eine Freilufteisbahn mit einer kleinen klapprigen Hütte, in der man Schlittschuhe ausleihen und wässrigen Kakao kaufen kann. Als Kind ist sie oft hier gewesen und hier hat sie auch Schlittschuhlaufen gelernt.

Da wir so kurz entschlossen waren und keine Schlittschuhe dabei hatten, mussten wir uns welche ausleihen. Sie fühlen sich ungewohnt an, und das nicht etwa, weil ich seit Monaten keine Schlittschuhe mehr an den Füßen hatte, sondern weil es im Gegensatz zu den maßangefertigten Eishockeyschlittschuhen Freizeitschlittschuhe sind. Eishockeyschlittschuhe sind nicht nur besser gepolstert, sondern der Fuß wird durch den Schaft leicht nach vorn angewinkelt.

Als ich mich nach dem Schnüren von der Bank erhebe, sende ich ein stummes Stoßgebet zum Himmel, dass ich nicht gleich vornüber auf die Fresse falle. Dennoch fühle ich mich stabil – ein Beweis dafür, wie weit ich in meiner Genesung vorangeschritten bin. Meine Ärzte haben mir für sämtliche normalen Aktivitäten grünes Licht gegeben. Ich benötige keine Krücken, Gehstöcke oder Spezialfahrzeuge mehr. Die Wunden meiner Wirbelsäulenoperationen sind gut verheilt und die Verbindung zwischen meinem

Gehirn und meiner Wirbelsäule ist wiederhergestellt. Als ich noch gelähmt war, habe ich manchmal frustriert meine Beine angeschrien, dass sie sich doch wenigstens um wenige Zentimeter bewegen mögen. Es war schwer zu begreifen, dass die Signale aufgrund der Verletzungen nicht an mein Gehirn weitergeleitet werden konnten.

Nachdem ich an der Wirbelsäule operiert worden war, habe ich eine intensive Therapie durchlaufen müssen, um wieder gehen zu lernen. Dabei ist es nicht nur darum gegangen, meinen Körper wieder zu stärken – woran ich pflichtergeben gearbeitet habe – , sondern auch darum, meinen Beinen und meinem Gehirn wieder beizubringen, miteinander zu kommunizieren.

All diese Dinge sind nun selbstverständlich. Ich kann laufen, Treppen steigen und auf einem Laufband laufen. Ich glaube auch, dass ich inzwischen in der Lage wäre, durch Pittsburghs Straßen zu joggen, und nehme mir vor, es zu versuchen, sobald es etwas wärmer wird. Während der vergangenen sieben Monate bin ich einem äußerst anspruchsvollen Trainingsplan gefolgt und tue dies auch immer noch, um meinen Körper weiterhin zu stärken.

Während mein Oberkörper, meine Arme, mein Rücken und meine Schultern wieder ihre alte Kraft erlangt haben, muss ich meinen Beinen noch ein wenig mehr Beachtung schenken. Kniebeugen, Kreuzheben und kurze Einheiten auf dem Laufband liegen durchaus im Rahmen des Möglichen, aber da ich monatelang nicht in der Lage gewesen bin, zu trainieren, ist der massive Verlust meiner Muskulatur immer noch deutlich spürbar. Zweifellos sehe ich mit meinem wohldefinierten Oberkörper und meinen vergleichsweise dünnen Beinen irgendwie seltsam aus, aber ich werde am Ball bleiben, damit auch sie wieder in Form kommen.

Obwohl es im Großen und Ganzen schon viel besser ist, bin ich doch noch etwas unsicher auf den Beinen und habe ein wenig Angst, mich von der Bank zu erheben. Aber … es funktioniert, ich stehe stabil. Kein Rumgewackele und ich fühle mich sicher. Zwischen den Bänken und der Außenwand der Eisbahn wurde eine Lage billiger Kunstrasen verlegt. Vermutlich zum Schutz der Kufen, da es für die Schlittschuhe keine Kufenschützer gibt. Der Boden unter dem Rasen ist uneben, und ich gehe erst einmal vorsichtig ein paar Schritte, bevor ich mich zu Sophie umdrehe.

Sie erhebt sich von der Bank und kommt bei Weitem noch wackeliger als ich auf mich zu. Mit ausgestreckten Armen versucht sie, die Balance zu halten, während sie vorsichtig voranwatschelt.

Mich überrascht nicht, dass sie noch unsicherer ist als ich, obwohl ich der Gelähmte war. Im Vergleich zu ihr, die in ihrer Jugend im Winter ab und zu mal auf dem Eis gestanden hat, habe ich Abertausende Stunden auf dem Eis verbracht. Auf dem Weg hierher hat sie mir gestanden, dass sie seit der Schule nicht mehr Schlittschuh gefahren ist.

Als sie vor mir zum Stehen kommt, hebt sie kurz den Kopf und schaut mich besorgt an. „Wie fühlst du dich?“

Vermutlich würden sich einige Männer mit großem Ego bei dieser Frage angegriffen fühlen, aber ich nicht. Schon allein deshalb nicht, weil sie von Sophie kommt.

„Ich fühle mich gut. Stabil."

Sie lächelt erleichtert. „Sollen wir also ein Ründchen wagen?"

Sie hält mir den Arm zum Einhaken hin. Ich zögere nicht, ihn zu ergreifen, und so bewegen wir uns langsam auf die Eisfläche zu. Die hüfthohe hölzerne Umrandung des Eises hat auf beiden langen Seiten jeweils ein Tor, durch welches man auf die Eisfläche gelangt. Obwohl Sonntag ist und ziemlich viele Leute hier sind, ist ausreichend Platz auf dem Eis. Ich öffne das Tor und lasse Sophie zuerst aufs Eis. Sie ist total wackelig auf den Beinen und hält ihre Arme nach vorn ausgestreckt, um ihre Balance besser halten zu können. Ich atme tief ein und aus, trete aufs Eis und ziehe das Tor hinter mir zu. Obwohl ich ziemlich verunsichert bin, zögere ich das Unvermeidliche nicht weiter hinaus. Ich stoße mich ab, gleite an Sophie vorbei und bin überrascht, dass ich mich absolut ausbalanciert und sicher fühle. Zugegeben, die Schlittschuhe bieten nicht den Halt, den ich ansonsten gewohnt bin, aber immer noch genug, um sich sicher auf dem Eis zu bewegen. Ich gleite noch drei Schritte übers Eis und mein Selbstvertrauen wächst. Ich umkreise Sophie, die mich mit einem entzückten Funkeln in den Augen beobachtet.

Sofort sinkt mir das Herz in die Magengrube.

Ich laufe auf dem Eis. Ich fühle mich stark.

Verdammt ... habe ich die Chance vertan, wieder als Spieler ins Team zurückzukehren? Habe ich meinen Traum, wieder Eishockey zu spielen, zu früh aufgegeben?

Der Gedanke daran ist zu schmerzhaft, als dass ich weiter darüber nachdenken möchte, und so versuche ich, ihn aus meinem Kopf zu verdrängen. Ein paar Meter stabilen Eislaufens machen aus mir noch lange keinen professionellen Goalie.

„Was ist los?", will Sophie wissen, während ich auf sie zugleite.

Ich komme sanft vor ihr zum Stehen. „Nichts. Warum?"

„Dein Gesichtsausdruck verrät dich." Ihr Blick aus grünen Augen sucht den meinen. „Was hast du?"

Ich schaue mich auf dem Eis um und betrachte einen kurzen Moment die anderen Eisläufer. Als ich mich wieder zu ihr umdrehe, gebe ich meine schrecklichen Gedanken zu. „Ich fühle mich stark auf dem Eis."

Sophie neigt den Kopf. „Hast du etwas anderes erwartet?"

„Ehrlich gesagt, habe ich keine Ahnung, was ich erwartet habe", gebe ich zu. „Aber ich habe angenommen, ich hätte meine Goalie-Karriere hinter mir gelassen."

Sie scheint zu verstehen, was ich meine, und nickt. „Du fragst dich, ob du einen Fehler begangen hast?"

„Habe ich das?", frage ich verbittert. Denn ein Goalie zu sein, ist mein Ein und Alles gewesen. Ich wollte nie Trainer werden, und es könnte sein, dass ich mir selbst ins Knie geschossen habe, als ich mich dazu entschieden habe.

„Bedeutet die Tatsache, dass du heute hier Schlittschuh laufen kannst – auch wenn du kräftig und stabil bist – wirklich, dass deine Chancen auf eine Rückkehr ins Profigeschäft besser gestanden hätten?“

Das gibt mir zu denken und ich muss tiefer in mich hineinhören. „Ich glaube nicht, dass es das bedeutet. Es gehört einiges mehr dazu, ein Torhüter zu sein, als ein paar Runden auf einem gefrorenen Teich drehen zu können.“

„Ich denke“, sagt sie schüchtern, vielleicht sogar besorgt darüber, mir ungefragt Ratschläge zu erteilen, „dass keine der beiden Optionen, Trainer oder Goalie, die perfekte Wahl für dich gewesen ist. Du konntest dich nur für das entscheiden, was für dich das Beste war. Also mal abgesehen davon, dass du verdammt gut beim Eislaufen aussiehst, war die Entscheidung, als Trainer zu arbeiten, immer noch die beste Wahl für dich.“

Auch wenn die Wahrheit schmerzt, habe ich keine andere Wahl, als ihr zuzustimmen.

„Es ist okay, die Dinge zu hinterfragen, Baden.“ Sie lächelt mich verständnisvoll an. „Und vermutlich wird es auch nicht das letzte Mal sein, dass du das tun wirst.“

„Ich schätze, da hast du recht“, murmele ich und stelle fest, dass ich mich leichter fühle, nachdem ich mit ihr darüber geredet habe. Das erdrückende Gefühl, einen schweren Fehler begangen zu haben, ist verschwunden. Vermutlich waren es einfach nur

Selbstzweifel, ausgelöst dadurch, dass es mir so leichtfällt, wieder eiszulaufen.

„Sollen wir loslegen?“, fragt sie.

„Na, und ob“, antworte ich und mache eine ausladende Geste aufs Eis. „Zeig mal, was du kannst.“

Sophie wagt einige zögerliche Gleitschritte aufs Eis hinaus, und es sieht so aus, als würde sie jeden Moment hinfallen. Ohne einen weiteren Gedanken an den Verlust meiner Eishockeykarriere zu verschwenden, gleite ich zu ihr hinüber, ergreife ihren Oberarm und bemerke, wie sie augenblicklich sicherer wird.

„Danke“, grummelt sie, trotz meiner Hilfe immer noch wackelig.

„Ich habe dich“, antworte ich, und so gleiten wir schweigend übers Eis.

Was Sophie da tut, kann man eigentlich nicht Eislaufen nennen. Sie lässt sich von mir führen, presst die Kufen fest aufs Eis und hält den Blick starr auf ihre Füße gerichtet. Sie sieht aus wie ein Reh im Scheinwerferlicht, und ich frage mich, ob sie überhaupt jemals Freude am Eislaufen hatte.

„Komm, wir versuchen es mal so.“ Noch bevor sie ahnt, was ich vorhabe, drehe ich mich mühelos auf dem Eis um, sodass ich sie ansehe, und fasse sie an den Händen. Ich schaue über meine Schulter, sehe, dass sich niemand hinter uns befindet, und führe sie, während ich rückwärts laufe, eine Runde um die Eisbahn herum. Ihre Hände halten meine fest umklammert, und es braucht ein wenig Überredung, damit sie sich entspannt.

„Sieh mich an“, weise ich sie an. Sie gehorcht und hält ihren Blick fest auf meine Augen gerichtet. „Ich werde dich nicht hinfallen lassen.“

Jüngere Eisläufer mit mehr Selbstvertrauen preschen an uns vorbei, und sobald sie zu nahe kommen, wird Sophie wieder unsicherer. Ich für meinen Teil bin jedoch freudig überrascht, dass ich die Kraft habe, uns beide zu halten. Und nach einer weiteren langsamen Runde um die Eisbahn wird sie ein wenig lockerer und lacht erfreut auf, sobald ich etwas schneller werde.

Ihr lockiges Haar wird aus ihrem Gesicht geweht und ihre Wangen sind rot von der Kälte. Ich glaube, so viel Spaß habe ich seit Langem nicht mehr gehabt, jedenfalls nicht, dass ich mich erinnern könnte.

„Willst du es mal allein versuchen?“, frage ich sie.

Sie schüttelt so heftig den Kopf, dass sie beinahe umfällt. Ich verstärke den Griff meiner Arme und bin dankbar, dass ich genug Kraft im Oberkörper habe, um sie wieder aufzurichten. Lachend schaue ich über meine Schulter nach hinten und stelle sicher, dass wir nicht Gefahr laufen, mit jemandem zusammenzustoßen.

„Möchtest du versuchen, dich zu drehen?“, frage ich.

„Passe“, sagt sie, ohne zu zögern.

Ich muss wieder lachen, doch noch bevor ich sie necken kann, bleibt mein Schlittschuh an etwas hängen und mein linkes Knie knickt ein. Die Schwerkraft zieht meinen viel größeren und schwereren Körper schnell nach unten, und ich versuche, Sophies Hände loszulassen.

Aber sie lässt nicht los.

Ich falle nach hinten und lande hart auf meinem Hintern, und da kommt auch schon Sophie angeflogen. Durch die Wucht ihres Sturzes falle ich hintenüber auf den Rücken, und um sie zu sichern, halte ich ihre Hüften mit meinen Händen umschlossen. Sophie landet auf mir, ihr Körper eng an meinen gepresst. Ich spüre keinen Schmerz vom Sturz, und mir ist auch kein bisschen kalt, obwohl ich nur in Jeans und einer Winterjacke auf dem Eis liege. Mit Sophie auf mir, ihr wunderschönes Gesicht von ihrer wilden goldenen Lockenpracht eingerahmt, fällt es mir schwer, etwas anderes als ihre Wärme zu spüren.

Ihre Handflächen liegen auf meiner Brust und ihr Gesichtsausdruck ist besorgt. „Geht es dir gut?“

Ich nicke lachend. „Mir geht es gut. Und dir?“

„Ich bin ja auf dir und nicht auf dem Eis gelandet“, sagt sie und muss nun, da sie weiß, dass ich mich nicht verletzt habe, auch über die Situation lachen.

„Das war ja nicht gerade sehr anmutig“, amüsiere ich mich, während meine Arme sich schlichtweg weigern, die Umarmung zu lösen.

„Du bist ja auch ein Eishockeyspieler und kein Eiskunstläufer“, sagt sie.

„Eishockeytrainer“, berichtige ich sie.

„Aber so was von“, neckt sie mich. „So ungelenk, wie du gerade warst.“

Vor lauter Belustigung entgeht ihr wahrscheinlich, dass sie gerade all ihre empfindlichen Körperteile auf meine empfindlichen Körperteile presst. Mir entgeht es aber ich nicht, und normalerweise sollte es sich nicht so dermaßen gut anfühlen, wenn einfach nur eine gute Freundin auf mir liegt. Also versuche ich, mich darauf zu konzentrieren, wie das Eis, auf dem wir liegen, meine Kleidung durchnässt, und dass mein unterer Rücken doch ein wenig schmerzt.

Doch auch wenn diese Gedanken helfen, mich abzulenken, kann ich verdammt noch mal nicht aufhören, auf ihren Mund zu starren, der nur wenige Zentimeter von meinem entfernt ist, während sie mich anlächelt.

Doch plötzlich verschwindet ihr Lächeln, denn sie bemerkt, dass ich nicht lächle. Ich habe einfach nur auf ihre Lippen gestarrt, bevor ich bemerkt habe, wie ihr Lächeln langsam erlosch.

Es wäre so einfach, mit meiner Hand ihren Rücken hoch zu ihrem Nacken zu wandern, ihn zärtlich zu umfassen und sie für einen Kuss zu mir herunterzuziehen. Allerdings habe ich keine Ahnung, ob sie das auch wollen würde. Ihr Gesichtsausdruck ist enttäuschend teilnahmslos und ich möchte unsere Freundschaft nicht gefährden.

Andererseits, wer nicht wagt, der nicht gewinnt. Vielleicht sollte ich es einfach darauf ankommen lassen, um so herauszufinden, ob da, wie ich es vermute, mehr sein könnte. Sollte sie es nicht erwidern, würde ich mich einfach entschuldigen und wir würden weitermachen wie bisher. Meine Gedankenspiele werden vom Klingeln meines Handys in der Brusttasche meiner Jacke jäh unterbrochen. Die Stimmung ist dahin und ich löse den Griff meiner Arme. Sophie rollt sich seitlich von mir herunter und steht ungelenk auf. Ich stehe ein wenig graziler auf als sie und halte ihr meine Hand hin, während ich das Klingeln meines Handys ignoriere. Es ist mein freier Tag, und ich sehe nicht ein, warum ich den Anruf annehmen sollte.

„Wir sollten vielleicht besser runter vom Eis. Unsere Kleidung ist nass."

„Ja", murmelt sie.

Händchen haltend ziehe ich sie langsam in Richtung des Eingangstors. Wir geben unsere Schlittschuhe ab, ziehen wieder unsere normalen Schuhe an und ich spendiere uns einen warmen wässrigen Kakao.

Als wir in meinem Mietwagen sitzen, schaue ich kurz auf mein Handy. „Detective Gilmore hat angerufen", sage ich zu Sophie, während ich meine Mailbox abhöre. Er hat keine Nachricht hinterlassen, und so rufe ich ihn zurück.

Während ich das Handy an mein Ohr halte, kann ich erkennen, wie unwohl Sophie sich fühlt. Sie hat mir anvertraut, dass die Foto-Gegenüberstellung sie ganz schön mitgenommen hat, weil sie nicht in der Lage war, unsere Angreifer zu identifizieren.

Ich nehme mein Handy an das andere Ohr und strecke meine Hand über die Mittelkonsole, um nach ihrer Hand zu greifen. Ich drücke sie kurz und innig und Sophie bringt ein kleines Lächeln zustande.

Officer Gilmore hebt nach dem zweiten Klingeln ab. „Gilmore."

„Hier ist Baden Oulett. Entschuldigen Sie bitte, dass ich Ihren Anruf verpasst habe."

„Schon gut", antwortet er. „Ich habe Neuigkeiten für Sie."

„Lassen Sie mich kurz den Lautsprecher einschalten. Sophie Winters sitzt gerade neben mir."

Sollte Gilmore darüber überrascht sein, bekomme ich es nicht mit, da ich mein Handy vom Ohr nehme und den Lautsprecher durch einen Klick auf das Display aktiviere.

„Okay, wir können Sie nun beide hören", sage ich.

„Hallo, Sophie", sagt Officer Gilmore. „Ich hoffe, es geht Ihnen gut."

„Ja, mir geht es gut", sagt sie leise.

Ihre Schultern sind ein wenig gesunken, und sie sieht so aus, als würde sie lieber zuhören, wie jemand mit den Fingernägeln über eine Tafel kratzt.

„Gut, gut", antwortet er. „Ich rufe an, weil der Mann, den Sie neulich identifiziert haben, Baden, uns den dritten Verdächtigen genannt hat. Er hat sich bereit erklärt, ein Geständnis abzulegen und gegen die anderen beiden auszusagen, um im Gegenzug dafür ein geringeres Strafmaß zu erhalten. Wir haben nun also alle drei offiziell in Gewahrsam und es wurde bereits heute früh Anklage gegen sie erhoben. Körperverletzung, versuchte Vergewaltigung, versuchter Mord, versuchte Freiheitsberaubung. Sie haben sich zwar alle schuldig bekannt, aber einer der Angeklagten, Henry Camarino, will mit der Staatsanwältin einen Vergleich aushandeln. Das wollte ich Ihnen nur kurz mitteilen und Sie wissen lassen, dass wir bald mit einem Schuldspruch rechnen können – zumindest gegen einen der Männer."

„Das sind tolle Neuigkeiten", sage ich, während ich zu Sophie hinüberschaue. Sie schaut zum Beifahrerfenster hinaus, ganz so, als interessierte sie das alles nicht. „Haben wir ein Mitspracherecht, wenn es um das Strafmaß geht?"

„Da Sie beide nun in Pittsburgh leben, schätze ich, dass Sie es wahrscheinlich nicht rechtzeitig hierher schaffen werden, um bei den Verhandlungen wegen des vereinbarten Vergleichs und des geringeren Strafmaßes dabei zu sein. Ich weiß aber auch, dass die Titans am kommenden Sonntag gegen die Vengeance spielen. Die Staatsanwältin versucht, alles in ihrer Macht Stehende zu tun, um das verringerte Strafmaß so schnell es geht von einem Richter absegnen zu lassen. Wir würden deshalb gern Ihre Aussagen über die Auswirkungen auf Sie als Opfer aufnehmen, während Sie hier in Phoenix sind.“

Ich lasse Sophie während des Gesprächs nicht aus den Augen und erkenne anhand ihrer Körpersprache, wie sehr sie das alles mitnimmt. Es ist immer noch unwahrscheinlich schmerzhaft für sie, an diesen Tag erinnert zu werden, und ich bin mir nicht sicher, ob sie der Sache gewachsen ist.

„Ich werde da sein“, sage ich zu Gilmore, ohne Sophie zu erwähnen, und ich gebe ihm auch nicht die Gelegenheit dazu, sie damit zu belästigen. „Sophie und ich werden darüber sprechen, ob sie sich der Sache gewachsen fühlt.“

„Ich verstehe“, sagt Gilmore. „Lassen Sie mich wissen, wie Sie sich entscheiden.“

Als das Gespräch beendet ist, greife ich wieder nach Sophies Hand.

Sie richtet ihre Aufmerksamkeit wieder auf mich. „Ich habe keine Ahnung, wofür sie meine Aussage brauchen. Ich bin nicht verletzt worden.“

Ich atme tief ein und langsam wieder aus. „Ich verstehe, dass du dich nicht in der Opferrolle sehen

willst, aber verdammt, Sophie … du bist ein Gewalt-
opfer."

„Ich bin nicht verletzt worden."

„Doch. Körperlich und seelisch. Ich glaube wirklich, es täte dir gut, dich damit auseinanderzusetzen."

„Und wo genau hast du noch mal deinen Abschluss
in Psychologie gemacht?", faucht sie mich an und
versucht, ihre Hand aus meiner zu lösen.

„O nein, komm mir nicht so", halte ich dagegen,
ihre Hand fest in meinem Griff. „Ich verstehe nur zu
gut, dass du verängstigt bist und dass du nicht daran
erinnert werden möchtest, aber wir beide stehen dieser Sache als Team gegenüber. Das sind wir ab dem
Moment gewesen, in dem all das begonnen hat. Ich
möchte, dass du nächste Woche mit mir gemeinsam
nach Phoenix kommst. Es würde dir guttun, wieder
in einem Flugzeug zu sitzen, und du wärst nicht allein. Ich wäre bei dir und an meiner Seite würdest du
dich sicher fühlen. Du kannst später entscheiden, ob
du die Opferaussage machen möchtest, aber begleite
mich wenigstens auf dieser Reise. Es wäre ein wichtiger erster Schritt."

Sophie seufzt und lässt ihren Kopf hängen, während sie ihren Blick auf unsere verschränkten Hände
konzentriert. „Lass mich darüber nachdenken", bittet sie mich.

„Klar", antworte ich mit sanfter Stimme und drücke
sacht ihre Hand, bevor ich sie freigebe. Ich werde ihr
Zeit geben, darüber nachzudenken.

Dennoch bin ich fest entschlossen, sie davon zu
überzeugen, mit mir gemeinsam auf diese Reise zu
gehen.

Kapitel 18

Sophie

Baden steht von seinem Sitz am Gang in der ersten Klasse auf, öffnet das Gepäckfach und lächelt mich an. Er ist sehr zufrieden mit sich selbst, weil er es geschafft hat, dass ich ihn nach Phoenix begleite.

Er holt unser Handgepäck und tritt dann einen Schritt zurück, sodass ich das Flugzeug vor ihm verlassen kann.

Als ich vor ihm stehe, flüstert er: „Du machst das so weit echt gut."

Ich überlege, ob ich ihm sagen soll, dass ich es nur geschafft habe, weil er bei mir ist. Aber das würde undankbar klingen und ich bin kein bisschen undankbar. Im Gegenteil, ich bin froh, dass Baden unermüdlich versucht hat, mich zu überreden, in das Flugzeug zu steigen und mit ihm nach Arizona zu fliegen, damit ich mich meiner Angst stellen kann. Er hat seit Sonntagabend, seit wir von unserer Hausbesichtigungstour, die dann mit einem Ausflug auf die Eislaufbahn geendet hat, daran gearbeitet, mich zu überzeugen. Da wir beschlossen haben, dass er zunächst weiterhin bei mir wohnt, statt ein eigenes Haus zu kaufen, haben wir überlegt, wie wir die meisten seiner Sachen einlagern und die für ihn wichtigen Dinge hierher nachgesendet bekommen.

Während des Abendessens – selbst gemachte Pizza mit scharfer Salami, Oliven, grüner Paprika und Zwiebeln – haben wir überlegt, wie wir seine

Kleidung und andere persönliche Gegenstände so schnell wie möglich hierher geschickt bekommen könnten. Wir dachten darüber nach, was davon wir in den großen Regalen in meiner Garage unterkriegen, und ob er den Rest in Phoenix einlagern oder sich hierher schicken lassen sollte.

Ich weiß nicht, ob ich mich von ihm habe manipulieren lassen, aber im Zuge dieser ganzen Planung ist es in unserem Gespräch selbstverständlich auch darum gegangen, dass das Spiel der Titans gegen die Vengeance am kommenden Wochenende dazu genutzt werden könnte, sein Haus in Phoenix zu besichtigen. Er hat von all den Leuten erzählt, die er bei dieser Gelegenheit gern wiedersehen würde, und ich befriedigte meine Neugier, indem ich ihm eine Million Fragen über sein bisheriges Leben stellte.

Dann hat er mit funkelnden Augen vorgeschlagen: „Du solltest mich begleiten und meine Freunde kennenlernen. Es würde dir sicher gefallen, und außerdem könntest du mir dabei helfen, mich zu entscheiden, was ich mir nach Pittsburgh nachsenden lassen soll."

Ich habe ihn mit hochgezogenen Augenbrauen über den Tisch hinweg angesehen. „Lass mich raten. Es wäre auch die perfekte Gelegenheit, um mit dir gemeinsam zum Staatsanwalt zu gehen und unsere Opferaussagen zu machen."

Baden zuckte mit den Achseln, als hätte noch gar nicht darüber nachgedacht, aber ich weiß, dass er genau das getan hat. „Es würde durchaus Sinn machen, wenn wir sowieso schon einmal da sind."

Obwohl er sein Bestes gab, mich zu überreden, war ich nicht so leicht zu überzeugen. Ich hatte immer noch zu viel Angst davor, mich all meinen schlechten Erinnerungen an Phoenix zu stellen, und lehnte sein Angebot ab.

In den darauffolgenden fünf Tagen bestritten die Titans zwei weitere Spiele – ein Heimspiel und ein Auswärtsspiel in Florida – und Baden war unwahrscheinlich eingebunden. Aber auch das hat ihn nicht davon abgehalten, das Thema bei jeder sich ihm bietenden Gelegenheit erneut anzusprechen. Wenn er nicht zu Hause war, tat er es mit Textnachrichten. War er zu Hause, brachte er es während unserer gemeinsamen Mahlzeiten oder bei Hausarbeiten oder auch bei unserer morgendlichen Tasse Kaffee zur Sprache.

Auch wenn ich mich weiterhin standhaft weigerte, mit ihm gemeinsam nach Phoenix zu reisen, wurde mir doch durch unsere gemeinsam verbrachte Zeit und seine offensichtliche Besorgtheit um meine Person etwas bewusst. Ich genoss es, ihn um mich zu haben. Auf jeden Fall fühlte ich mich wesentlich sicherer und geborgener, und vor allem erfreute ich mich an seiner Anwesenheit. In seiner Nähe zu sein, fühlt sich leicht und richtig an. Es fällt mir nicht schwer, es zuzugeben … ich mag ihn sehr. Vielleicht mehr, als gut für mich ist, aber ich werde jede einzelne Minute genießen, solange es anhält.

Unermüdlich nutzte Baden in den fünf Tagen jeden sich bietenden Moment dazu, mich zu überreden, ihn nach Phoenix zu begleiten – egal ob es bei unserer Tasse Morgenkaffe oder bei unseren gemeinsamen

Essen war oder ob er mir dabei half, den zugeschneiten Bürgersteig freizuschaufeln. Egal welche Ausrede ich hervorbrachte, er ließ sie einfach nicht gelten.

Zu beschäftigt damit, einen neuen Job zu finden.

Er hätte noch nicht mitbekommen, dass ich zu einem Vorstellungsgespräch eingeladen worden wäre, und da meine Jobsuche sowieso hauptsächlich online abliefe, könne ich sie genauso gut machen, während wir unterwegs wären.

Ich würde dir nur zur Last fallen.

Baden versicherte mir, er würde nie das Gefühl haben, ich sei ihm im Weg.

Und zugegeben, diese Begründung berührte mich am meisten.

Auch meine anderen unzähligen Argumente fegte er einfach so vom Tisch.

Schließlich ist mir nichts anderes übrig geblieben, als ihm die wahren Beweggründe meiner Angst zu offenbaren.

„Du würdest gemeinsam mit dem Team reisen, und ich bin einfach noch nicht so weit, allein zu reisen."

Wie sich herausstellte, konnte Baden gegen diese Begründung nicht so leicht etwas hervorbringen. Als Trainer wurde von ihm erwartet, gemeinsam mit dem Team zu reisen. Ich weiß zwar nicht, ob diese Regel irgendwo schriftlich fixiert ist, aber ich weiß, dass Kameradschaft und Teamgeist bei jeder sich bietenden Gelegenheit gestärkt werden. Und eine gemeinsame Reise zu einem Auswärtsspiel ist eine ebensolche Gelegenheit. Vor allem in Anbetracht der Tatsache, dass unser vorheriges Team bei einer solchen Reise ums Leben gekommen ist.

Doch Baden ließ sich nicht beirren. Er schlich sich weg und telefonierte heimlich, sodass ich es nicht hören konnte. Als er zurückkam, lächelte er beinahe schon siegessicher, weil er von Callum und Matt Keller die Erlaubnis erhalten hatte, gemeinsam mit mir nach Phoenix zu reisen.

Die Entscheidung, Baden getrennt vom Team reisen zu lassen, diente nicht nur dazu, mich zu unterstützen, sondern war auch für Baden günstiger, da er am Morgen nach dem Spiel einen Termin wegen seiner Opferaussage hatte. Das Team würde für sein nächstes Spiel weiter nach Houston fliegen und Baden würde ihnen dann per Linienflug folgen.

Es schien so, als hätte ich nun keine Ausreden mehr, außer dass ich allein nach Pittsburgh zurückreisen musste, was aber wahrscheinlich der leichteste Teil der Reise wäre – ich würde zurückkehren in meine gewohnte Umgebung und mein Vater würde mich vom Flughafen abholen. Sicherer konnte es für mich nicht werden.

Doch ich konnte noch immer nicht klar benennen, weshalb ich mich so sträubte, obwohl Baden nichts unversucht ließ, um mir die Reise so schmackhaft wie möglich zu machen.

Mir wurde bewusst, dass das Einzige, an dem ich wirklich zu knabbern hatte, die Auseinandersetzung mit dem Angriff war. Ich wollte keine Opferaussage machen. Ich wollte nicht mit der Staatsanwältin reden, und ganz sicher wollte ich nicht vor all den Leuten sitzen und ihnen erklären, wie traumatisierend all das für mich gewesen ist. Ich wollte nicht, dass die Leute mich mitleidsvoll ansehen, während ich meine

Geschichte erzähle, und sich dann vermutlich sogar noch fragen, was so schlimm an meinen Erlebnissen war, dass es mich so traumatisiert hat. Ich war im Grunde einfach aufgewühlt. Im Vergleich zu Baden sollte es mir nicht schwerfallen, über mein Trauma zu sprechen. Schließlich war er derjenige, der fast ums Leben gekommen wäre.

Kurzum, es ist mir einfach unfassbar peinlich, dass mich diese Sache so ungemein mitgenommen hat. Ich fühle mich schwach, dumm und erbärmlich.

Bisher ist es mir möglich gewesen, in meiner kleinen Blase zu leben, in der ich und mein Unvermögen, einfach so weiterzumachen wie vor dem Angriff, nicht verurteilt wurden. Wenn ich aber nach Phoenix flöge, würde ich mich offenbaren. Und das war es, wovor ich wirklich Angst hatte.

Am Tag vor seiner Abreise nach Phoenix hat Baden mich schwer ins Gebet genommen.

„Wenn du dich weigerst, mit nach Phoenix zu kommen, verpasst du die einmalige Gelegenheit, dich deinen Ängsten zu stellen und dein normales Leben wieder aufzunehmen.“

Er machte sehr deutlich, dass es für mich keine sicherere Möglichkeit mehr gäbe und dass ich diese Gelegenheit einfach an mir vorbeiziehen ließe. Es war sein letzter Versuch, begründet in seiner aufrichtigen Fürsorge für mich. Und was mich am meisten berührt hat: Er hat nicht ein einziges Mal versucht, mir wegen meiner Unzulänglichkeiten oder meines Zögerns bezüglich dieser Reise ein schlechtes Gewissen einzureden. Das, was er sagte, und auch die Art, wie er es sagte, war stets urteilsfrei und wurde immer gefolgt von der positiven Aussicht, dass ich eines Tages in der Lage sein würde, all diese Herausforderungen zu meistern.

„Ich werde nie aufhören, dir zu helfen“, versprach Baden. „Auch wenn es ewig dauern wird, dich wieder so hinzubekommen, wie du sein musst. Wir sind ein Team, Sophie.“

Diese Worte öffneten mir die Augen, und ich verstand, dass diese Reise der Wendepunkt meiner emotionalen Genesung sein könnte. Ich hatte also keine andere Wahl, als ins kalte Wasser zu springen. Wissend, dass er die ganze Zeit an meiner Seite sein und meine Hand halten würde, während ich mich meinen Ängsten stelle. Und so entschloss ich mich, ohne weiter zu zögern, doch mitzufliegen.

Und hier bin ich nun. Dabei, aus einem Flugzeug in Phoenix, Arizona, zu steigen, und ich werde versuchen, mein Leben wieder zurückzubekommen, auch wenn es nur Stück für Stück ist.

Baden und ich haben nur wenig Gepäck. Das Handgepäck hat für unsere Hygieneartikel und unsere Kleidung ausgereicht. Wir gehen durch das Flughafengebäude, um uns draußen vor der Passagierabfertigung mit Badens Freund Riggs zu treffen.

An die Seitentür eines champagnerfarbenen Tahoe gelehnt, empfängt uns draußen ein unwahrscheinlich gut aussehender Riggs Nadeau. Er schaut von seinem Handy auf, und als wir ihm entgegenkommen und er Baden erblickt, breitet sich auf seinem Gesicht ein breites Grinsen aus. Er stößt sich von seinem SUV ab und begrüßt Baden mit einer innigen Umarmung.

Er hält ihn fest umschlossen und klopft ihm auf den Rücken. Dann wendet er sich mir zu.

„Das ist Sophie", stellt Baden mich seinem Freund vor.

„Willkommen in Phoenix", begrüßt Riggs mich mit einem ansteckenden, lebensfrohen Lächeln, das ich erwidere.

Baden hat mir von einigen seiner Freunde bei den Vengeance erzählt, wobei Riggs derjenige war, über den er am meisten gesprochen hat. Ich bin also ziemlich zuversichtlich, dass ich ihn bei unserer ersten Begegnung necken kann. „Baden hat mir erzählt, dass du früher ein ziemlicher Brummbär im Team gewesen bist, aber dich zum Guten verändert hast."

Lachend neigt Riggs den Kopf zurück und schaut mich dann amüsiert an. „Damit hat er nicht ganz unrecht."

Ganz der Gentleman, lädt Riggs unser Gepäck in den Kofferraum. Ich nehme auf dem Rücksitz Platz, Baden setzt sich nach vorn zu Riggs und schon fahren wir los.

„Wie geht es Janelle?", fragt Baden, während wir das Flughafengelände verlassen.

„Es geht ihr wunderbar." Der Stolz in Riggs' Stimme ist nicht zu überhören. „Auch wenn Veronica und sie sich gelegentlich gegen mich verbünden. Sie scheinen überzeugt davon zu sein, dass wir in einer Demokratie leben, in der jeder eine gleichberechtigte Stimme hat, wenn es darum geht, Dinge zu entscheiden."

Baden lacht und klopft seinem Freund auf die Schulter. „Du bist am Arsch, mein Freund. Du gehörst nun zwei Frauen."

Vom hinteren Sitz aus kann ich Riggs' Profil nur schlecht sehen, aber gut genug, um die Sanftheit in seinem Gesicht zu erkennen. „Ich habe nichts dagegen, ganz ihnen zu gehören."

Ich habe einen Mann noch nie so etwas sagen hören. Das ist mehr als Liebe. Es drückt eine ganze Ansammlung von Gefühlen aus, die im Grunde genommen Liebe sind, aber ich höre auch Beschützerinstinkt, Verletzlichkeit und Freude heraus, und das zeigt mir, dass Riggs ein gefühlvoller Mensch ist. Ich finde es wunderschön, einem Mann zuzuhören, der wegen der beiden Frauen, die sein Leben bestimmen, so glücklich und zufrieden ist.

Baden hat mir einiges über Riggs' Vergangenheit erzählt, auch wenn nichts davon vertraulich war. Hauptsächlich Dinge, die das ganze Team bereits wusste. Er und seine Schwester Janelle haben viel durchgemacht, und Riggs hat sie aus einer toxischen und vermutlich auch gefährlichen Situation mit ihrer Mutter und deren neuesten Ehemann herausgeholt.

„Wie läuft es mit eurer Mutter?", will Baden wissen.

Riggs antwortet prompt, ohne zu zögern oder mich dabei im Rückspiele oder über die Schulter hinweg anzusehen. Anscheinend geht er davon aus, dass Baden mir von seiner Geschichte erzählt hat. Und Baden hätte wahrscheinlich auch nicht gefragt, wäre er davon ausgegangen, dass Riggs nicht gewollt hätte, dass ich die Antwort höre.

Interessiert lehne ich mich vor. Kürzlich ist Riggs in die Schlagzeilen geraten, weil sein Stiefvater wegen Körperverletzung und versuchter Freiheitsberaubung verhaftet worden war. Seine Mutter stand auch unter Tatverdacht.

„Shep sitzt noch im Bezirksgefängnis. Seine Kaution wurde auf zweihunderttausend Dollar festgesetzt. Eine Summe, die meine Mutter nicht aufbringen kann."

„Würde sie ihn denn rausholen, wenn sie das Geld hätte?", will Baden wissen.

Riggs lacht bitter auf. „Sie schickt mir nur ungefähr fünf Textnachrichten pro Tag, in denen sie mich um das Geld bittet. Ich antworte immer nur mit *Nein*."

„Du solltest sie blockieren", fordert Baden, erzürnt über den Druck, den sie auf seinen Kumpel ausübt.

Riggs nickt grimmig. „Das würde ich nur zu gern tun, aber ich muss die Kommunikation aufrechterhalten. Für den Fall, dass Janelle etwas zustößt, muss ich sie kontaktieren können. Aber ich bin ziemlich gut darin, sie zu ignorieren, und daher macht es mir nicht so viel aus."

„Und Janelle?"

„Sie will nichts mit unserer Mutter zu tun haben. Ich halte mich da raus und lasse sie ihre eigenen Entscheidungen treffen. Vielleicht ändert sie mit der Zeit ihre Meinung, aber ich denke, viel hängt davon ab, ob unsere Mutter mit Shep zusammenbleibt. Und so, wie ich sie einschätze, wird unsere Mutter sich nicht ändern. Sie ist ernsthaft bereit, ihre Beziehung zu Janelle zu opfern, um mit diesem Arsch zusammenzubleiben. Vielleicht würde sie es sich anders überlegen, wenn er verurteilt werden würde. Wenn er ins Gefängnis müsste, würde sie sicher nicht auf ihn warten. Sie würde auf die Jagd nach Ehemann Nummer vier gehen."

Ich kann mir nicht einmal ansatzweise vorstellen, wie es sich anfühlen muss, in einer Familie mit solch einer Dynamik zu leben. Meine Eltern sind bodenständige Menschen, die mich über alles auf der Welt lieben. Ich habe von keinem der beiden jemals so etwas wie einen Klaps erhalten. Sie haben es vorgezogen, mich zu bestrafen, indem sie mir Freiheiten und Aktivitäten verwehrten, auf die ich mich sehr gefreut hatte, und das hat sich als ziemlich wirksam herausgestellt.

„Wie geht es dir, Sophie? Ich kann mir gut vorstellen, dass es für dich ziemlich schwer sein muss, wieder nach Phoenix zurückzukehren."

Obwohl Riggs mich direkt mit meinem Namen anspricht, brauche ich einen Moment, um zu realisieren, dass er wirklich mich meint. Ich blicke auf und kann sehen, wie er mich kurz im Rückspiegel anschaut, bevor er seine Aufmerksamkeit wieder auf die Straße richtet. Ich vermute, Baden hat Riggs von mir erzählt. Genau wie er mir von Riggs erzählt hat. Vielleicht hat er mit ihm über einige meiner Ängste gesprochen, aber es könnte auch einfach nur sein, dass Riggs sich erkundigt, wie es sich für mich anfühlt, wieder in die Stadt zurückzukehren, in der ich überfallen wurde.

Schlagartig wird mir klar, dass es mich kein bisschen interessiert, ob Baden Riggs von meiner posttraumatischen Belastungsstörung erzählt hat. Ich weiß, er würde nie persönliche Informationen an jemanden weitergeben, bei dem er nicht davon überzeugt wäre, dass er vertrauenswürdig genug ist, um respektvoll und einfühlsam damit umzugehen.

Meine Antwort ist ehrlich. „Sagen wir mal so: Baden hat viel Überzeugungsarbeit geleistet, um mich zu überreden." Ich tätschele Badens Schulter. „Er ist ziemlich hartnäckig."

Riggs dreht sich ein wenig zu mir um und lächelt. „Heute Abend trinken du und ich ein Bier im Sneaky Saguaro, und dann werde ich dir erzählen, wie intensiv dieser Typ mich vor seiner Abreise nach Pittsburgh bearbeitet hat. Hartnäckig ohne Ende."

„Ein echter Tyrann", werfe ich ein.

„Ein Besserwisser", sagt Riggs sarkastisch.

„Kann sich einfach nicht aus deinen verdammten Angelegenheiten heraushalten", witzele ich.

Riggs fügt dramatisch hinzu: „Kann all deine Probleme lösen."

Ich kichere, und Baden dreht sich um, um erst mich und dann Riggs anzusehen. „Seid ihr zwei endlich fertig?"

Ja … wir zwei sind fertig. Aber ich nehme bewusst wahr, wie leicht ich mich nach diesem kleinen Schlagabtausch fühle. Es war eine gute Möglichkeit, das Eis zu brechen, und Riggs hat bewiesen, dass ein guter Freund von Baden wahrscheinlich auch ein guter Freund von mir werden könnte.

Riggs bestätigt meine Vermutung, indem er noch hinzufügt: „Vergiss nicht, Sophie, die Mannschaft eines Eishockeyspielers ist gleichzeitig auch seine Familie. Baden wird für immer ein Mitglied der

Vengeance bleiben. Und als eine Freundin von ihm gehörst du quasi auch zur Familie. Wir sind für dich da. Du bist in Phoenix in Sicherheit.“

Ich schlucke den Kloß in meinem Hals herunter und bringe ein heiseres „Danke“ hervor.

***

Riggs kommt nicht mit rein. Er holt nur unser Gepäck aus dem Kofferraum und überreicht es uns. „Ich muss noch ein paar Dinge erledigen, bevor ich mich auf den Weg ins Stadion machen muss“, erklärt er, ohne es zu müssen. Die Vengeance werden heute Abend gegen die Titans spielen und er muss sich noch vorbereiten.

Auch Baden muss sich bald vorbereiten, und so verabschieden wir uns mit dem Versprechen, uns heute Abend gemeinsam ein paar Biere zu gönnen. Unabhängig vom Ausgang des Spieles möchte Baden sich heute Abend mit seinen Vengeance-Freunden treffen, weil seine Entscheidung, nach Pittsburgh zu gehen, so kurzfristig gefallen war, dass er das Gefühl hat, sich nicht richtig verabschiedet zu haben. Sie alle haben sich vorgenommen, sich heute Abend in ihrer Stammkneipe, dem Sneaky Saguaro, zu treffen.

Ich bin öfters ein wenig beeindruckt von Badens Starruhm – immerhin ist er ein bekannter Eishockeyspieler und nun Trainer. Aber jetzt ist das noch viel mehr der Fall, wo ich in Phoenix bin und mit mehreren berühmten Eishockeyspielern zusammentreffe. Nie im Leben hätte ich mir träumen lassen, eine Gelegenheit wie diese zu erhalten, und ich bin Baden

~ 278 ~

umso dankbarerer dafür, dass er mich dazu gedrängt
hat, ihn zu begleiten.

Badens Haus liegt in einem bunt gemischten Viertel
in Scottsdale, welches sich von den ansonsten ein-
heitlich gehaltenen Einheitsvierteln der Süd-West-
Staaten deutlich abhebt. Es ist eher eine wilde Mischung architektonischer Stile und ich verliebe mich
sofort in sein rotes Backsteinhaus mit Fachwerk und
grauem Stein im Tudor-Stil. Das steil abfallende
Schiefergiebeldach in Kombination mit den anderen
Baumaterialien erzeugt eine atemberaubende Wirkung. Wahrscheinlich auch deshalb, weil es sich mitten im Südwesten der Vereinigten Staaten befindet.
Manch einer würde vielleicht sogar sagen, es passe
nicht hierher, aber ich finde es unwahrscheinlich interessant, genauso wie dessen Besitzer.

„Ich liebe es“, seufze ich, als Baden mich in das
große Foyer mit dem polierten Backsteinboden
führt.

„Ja, ich fühle mich hier zu Hause, auch wenn ich gar
nicht lange hier gewohnt habe“, antwortet er, während er unsere Koffer abstellt.

Und dann entdecke ich die Pflanze, die ich ihm mitgebracht habe, als er noch im Krankenhaus war. Sie
steht auf einem Sockel links neben der Eingangstür
vor dem dekorativen Glaseinsatz der breiten Haustür. Als ich den hängenden Efeu gekauft habe, befand er sich in einem kleinen Topf, und einige ge-
sunde Triebe hatten bereits begonnen, sich ihren
Weg über den Rand zu bahnen. Er war inzwischen in
einen fünfmal größeren Keramiktopf umgetopft

worden, und seine Triebe quellen massig über den Rand hinaus und reichen bis auf den Boden.

„Er muss höher stehen“, rate ich Baden und gehe näher heran, um ihn zu betrachten.

Baden seufzt. „Ja … ich habe ein bisschen recherchiert.“

„Wir könnten ihn in einer Ecke deines Zimmers aufhängen“, schlage ich vor und Baden lacht. Neugierig schaue ich ihn an. „Was ist so lustig daran?“

Baden tritt an die Pflanze heran und entfernt ein welkes Blatt. „Es ist nur, dass ich vor sieben Monaten gelähmt in einem Bett lag. Du hast mir die Pflanze geschenkt und ich war im Elend versunken. Nun sind wir Mitbewohner und die Pflanze kommt wieder zurück zu dir. Das ist wie ein vollendeter Kreislauf.“

„In der Tat“, stimme ich zu.

Die meiste Zeit gehen Baden und ich so befreit und unbefangen miteinander um, als wären wir schon jahrelang befreundet. Aber dann gibt es auch Momente wie diesen, in denen wir uns unserer Verbindung wegen eines Gefühls oder einer gemeinsamen Erinnerung bewusst werden, und es scheint so, als würde alles um uns herum still werden. Gelegentlich fühlt es sich schwer an, aber nie erdrückend. Ganz so, als läge ein Gewicht auf unserer Verbindung, wie eine Botschaft, die mir deutlich machen soll, dass da noch mehr zwischen uns ist; als ob das Universum mir den Weg weisen wollte.

Genau dies passiert, während wir uns jetzt anschauen, gedankenversunken darüber, wie uns das Schicksal miteinander verbunden und dafür gesorgt hat, dass diese Verbindung bestehen bleibt.

Ich löse den Moment auf, denn gelegentlich – so wie jetzt – fühle ich mich, als würde ich meinen Empfindungen jeden Moment freien Lauf lassen und etwas sagen, was das Ganze peinlich macht.

Also schaue ich mich um und frage: „Bekomme ich eine kleine Führung?“

„Du bekommst sogar die große Führung“, sagt er lachend und greift nach den Koffern.

Ich folge Baden die Treppen hinauf und er stellt mein Handgepäck in das erste Gästezimmer zu seiner Linken. „Dieses hat ein eigenes Bad.“

„Nobel“, necke ich ihn, während ich mich in dem geschmackvoll eingerichteten Zimmer umschaue. Die Einrichtung besteht aus einem Stilmix moderner und alter Möbel und dazu passenden Tagesdecken und Vorhängen, alles in Blau, Silber und Cremeweiß gehalten. Ich gehe davon aus, dass hier Profis am Werk waren, da alles perfekt aufeinander abgestimmt ist. „Ich schätze mal, es wurmt dich, das alles hinter dir lassen zu müssen, um bei mir in meinem viel kleineren und älteren Haus zu wohnen.“

„Es wurmt mich kein bisschen“, versichert er mir und schaut dann auf die Uhr. „Möchtest du etwas essen oder trinken?“

Ich schüttele den Kopf. „Keine Zeit. Wir haben zu tun.“

„Wir haben Zeit, etwas zu essen“, entgegnet er. „Auf jeden Fall ist Zeit für einen Kaffee oder ein Wasser.“

„Du musst bald los“, erinnere ich ihn. „Wie wäre es, wenn du mir zeigst, wo ich anfangen soll?“

Immerhin bin ich hier, um Baden beim Packen zu helfen. Ich habe darauf bestanden, zu helfen, als ich zugestimmt habe, mit ihm nach Phoenix zu kommen. Er wollte, dass ich ein entspanntes Wochenende weg von zu Hause und Spaß beim Spiel am heutigen Abend habe. Ich soll erholt wieder nach Hause zurückkehren in dem Wissen, dass dieser Trip genauso stressfrei war, wie er es mir versprochen hat.

Dennoch will ich ihm dabei helfen, sein Leben hier zusammenzupacken und in Pittsburgh anzukommen. Es ist hart, all seine Sachen zurückzulassen und aus einem Koffer zu leben.

Baden zeigt mir den Rest des Hauses, der genauso geschmackvoll eingerichtet ist wie das Gästezimmer. Das Hauptschlafzimmer befindet sich im Erdgeschoss. Es ist in dunkleren, männlicheren und beruhigenden Blau- und Grautönen gehalten.

„Dein Haus ist atemberaubend“, sage ich, während er die Tür zu seinem begehbaren Kleiderschrank öffnet, in dem er die meisten seiner Sachen aufbewahrt. Hier befinden sich die Dinge, die er gern einpacken würde, damit sie nachgesendet werden.

„Die Leute, von denen ich es gekauft habe, haben es so eingerichtet, aber mir gefällt es ganz gut so“, antwortet er und geht seine auf Bügel hängenden Hemden durch. Er geht zur gegenüberliegenden Seite und tut dasselbe mit seinen Anzügen. „Denkst du, ich sollte alles davon mitnehmen?“

„Trägst du das denn alles?“

„Nein“, gibt er schuldbewusst grinsend zu. „Ich habe viele Sachen, die ich nicht trage. Ich sollte das meiste davon wohl spenden.“

„Allerdings fehlt dir die Zeit, alles durchzugehen.“ Zur Erinnerung tippe ich auf meine Uhr. „Ich schlage vor, wir packen alles zusammen und du kannst es in Pittsburgh in Ruhe aussortieren.“

Baden grinst und breitet die Arme aus, um die Breite des Schranks anzudeuten. „Nichts für ungut, aber ich habe in meinem Schrank bei dir zu Hause nicht genug Platz für das alles hier.“

„Wir könnten die Kartons so lange in meinem Esszimmer abstellen.“ Wir essen nie im eigentlichen Esszimmer, sondern bevorzugen es, an dem gemütlichen Esstisch in der Küche zu essen. „Wenn du dir jeden Tag einen Karton vornimmst, bist du schnell mit allen fertig. Ich könnte mich darum kümmern, die Spenden an die entsprechenden Stellen zu geben.“

Baden schaut sich um, zieht meinen Vorschlag in Betracht und nickt. „Klingt sinnvoll. Ich habe Kartons und Klebeband liefern lassen. Das sollte alles in der Garage sein.“

Freundschaftlich klopfe ich Baden auf den Arm und nicke in Richtung Tür. „Na, dann solltest du dich mal auf den Weg machen. Auf dich wartet ein Goalie, der vor dem Spiel deine Unterstützung braucht.“

Er lächelt mich an, und seine bernsteinfarbenen Augen verweilen lange genug auf mir, um mich ein wenig wuschig zu machen. Doch dann nickt er und geht an mir vorbei.

Ich folge Baden in der Absicht, ihn zur Tür zu bringen und dann nach den Umzugskisten zu sehen, doch er bleibt abrupt stehen und ich renne voll gegen ihn. Im Zurückstolpern reibe ich meinen Kopf und sehe, wie er fürsorglich auf mich herunterschaut.

„Alles okay mit dir?“

Gott, weshalb muss er immer so fürsorglich und bedacht auf mein Wohlergehen sein? Mein Tag ist bisher stressfrei verlaufen, weil das Reisen mit ihm angenehm war. Ich habe mich sogar auf die Reise gefreut und freue mich sehr, ihm beim Packen helfen zu können.

Und dennoch … er fragt nach, um sich zu vergewissern, dass alles in Ordnung ist.

Denn er ist einer dieser besonderen Menschen mit einer ehrlichen und freundlichen Seele. Ich kann fühlen, wie sich die Wärme in meinem Körper ausbreitet, und ich frage mich, ob dies der Moment ist, in dem ich anfange, mich in diesen Mann zu verlieben. Mit welcher Sorgfalt er darauf achtet, diese Reise zu einer guten Erfahrung für mich zu machen …

„Alles gut“, versichere ich ihm.

„Du würdest mir doch sagen, wenn es nicht so wäre?“, hakt er nach.

„Ganz bestimmt.“

Und ich würde es wirklich tun. Für mich fühlt es sich an, als könnte ich ihm alles anvertrauen, ohne mich dafür schämen zu müssen.

„Und wie geht es *dir*?“, drehe ich den Spieß um. Es muss sich traurig anfühlen, zurück in das Leben zu kehren, das er so plötzlich hinter sich gelassen hat.

„Alles in Ordnung“, antwortet er.

Er streckt die Hand nach mir aus und schiebt mir eine lose Locke hinter mein Ohr. Einen Moment blickt er mich so an, als würde er darüber nachdenken, ob er noch etwas anderes sagen soll. Die Geste eben war so intim, dass mir ganz flau im Magen wird

– es fühlt sich fast so an wie auf der Highschool, wenn der Typ, auf den man ein Auge geworfen hat, einen zum ersten Mal bemerkt.

Kurz halte ich den Atem an, aber so schnell, wie er gekommen war, ist der Moment auch schon wieder vorbei und Baden tritt einen Schritt zurück.

„Okay, ich mache mich auf den Weg. Emory und Jenna werden gegen sechs Uhr hier sein."

Baden hat alles genau durchgeplant. Er wollte nicht, dass ich mir Sorgen mache, wie ich zum Stadion komme, und hat deshalb organisiert, dass mich seine Freunde später abholen. Emory ist die Freundin seines früheren Teamkollegen Jett, und Jenna ist Emorys Schwester und wird bald nach Pittsburgh ziehen. Er denkt, es wäre eine gute Gelegenheit, sich heute kennenzulernen, da wir beide Jenna dabei helfen wollen, sich in ihrer neuen Umgebung willkommen und wohl zu fühlen.

Jenna hat viel durchgemacht. Baden hat mir kurz von Jennas Beinahe-Begegnung mit dem Tod während eines Wohnungsbrandes erzählt. Auch von den Narben, die ihr Selbstvertrauen stark in Mitleidenschaft gezogen haben, und wie wichtig dieser Umzug für sie wäre, damit sie ihre Unabhängigkeit wiedererlangt. Ihre Geschichte hat mich so bewegt, dass ich Baden gefragt habe, ob sie nicht auch besser bei uns einziehen sollte. Es war ein ernst gemeintes Angebot und Baden hat es an Jenna übermittelt.

Ich bewundere Jenna unwahrscheinlich dafür, dass sie lieber von Anfang an auf eigenen Beinen stehen will, auch wenn sie für das Angebot dankbar war. Ich weiß, dass ich viel von ihr lernen kann, und nehme mir vor, herauszufinden, wie sie es schafft, so stark zu sein.

„Ich werde startklar sein. Wahrscheinlich bin ich der einzige Titan, der dich anfeuert.“

„Du meinst, das Team anfeuert“, neckt er mich.

„Nein, ich meine dich“, antworte ich schelmisch grinsend. „Aber das Team werde ich sicher auch anfeuern.“

Wie auch immer Baden meine Worte aufgefasst hat, was er als Nächstes tut, erschüttert mich zutiefst. Er lehnt sich vor und drückt mir einen Kuss auf die Wange.

„Du bist die Beste“, murmelt er.

Auch wenn wir uns vorher schon öfter spontan freundschaftlich umarmt haben, ist ein Kuss etwas völlig anderes. Ich betrachte Baden immer noch nur als einen Freund und frage mich, weshalb mich das Gefühl seiner Lippen zum Erglühen bringt und meine Knie schwach werden lässt.

Viel Zeit, darüber nachzudenken, bleibt mir allerdings nicht, denn während Baden zur Tür geht, gibt er mir letzte Anweisungen.

Ruf mich an, falls du etwas brauchst.

Rufe Emory oder Jenna an, falls sich etwas an der Planung ändert – womit er sagen will, falls ich zu ängstlich werde, um rauszugehen, was er auch verstehen könnte. Dennoch habe ich nicht die Absicht, nicht zu gehen.

Zu guter Letzt bedankt er sich mehrfach für meine Hilfe beim Packen.

Und dann ist Baden weg und ich bleibe allein in seinem Haus zurück. Ich gehe hinüber zur Garage, wo ich auf Anhieb Kartons, Klebeband und Filzstifte finde.

Die folgenden drei Stunden verbringe ich damit, Badens riesigen, gut gefüllten Kleiderschrank voller teurer Kleidung und Schuhe zusammenzupacken und mich den Schubladen seiner Kommode zu widmen. Es fühlt sich kein bisschen seltsam an, seine Unterwäsche – Boxershorts, meiner Ansicht nach die einzige für einen Mann infrage kommende Unterwäsche – und T-Shirts nebst kurzen Hosen, Trainingssachen und Socken zu falten. Ich beschrifte die Kisten so, dass man gut nachvollziehen kann, was sich darin befindet, und verstaue sie in der Garage. Als ich fertig bin, bin ich verschwitzt und habe Muskelkater, aber mir bleiben noch gut zwei Stunden, bis Emory und Jenna hier sein werden, um mich abzuholen.

Ich habe mehr als genug Zeit, um mir nach dem Duschen die Haare zu föhnen und sie zu glätten. Normalerweise trage ich mein Haar nicht so, aber ab und zu probiere ich etwas Neues aus. Ich lege etwas Schminke auf, denn heute Abend will ich hübsch aussehen. Ich versuche, mir einzureden, dass ich all das tue, weil ich heute Abend neue Leute kennenlernen werde, aber ehrlicherweise muss ich mir eingestehen … ich tue es, weil ich Baden gefallen will. Ich möchte, dass er mich hübsch findet, und gleichzeitig schelte ich mich dafür, dass ich so empfinde. Irgendwie fühlt es sich wie Verrat an Baden und unserer Freundschaft an, denn bisher hat er keine Anzeichen gegeben, dass er an mehr als Freundschaft mit mir interessiert ist. Ich sollte keinen Staub aufwirbeln,

indem ich auf diese Weise versuche, auf mich aufmerksam zu machen.

Und dennoch bleibt das Make-up drauf.

Als Emory in die Einfahrt fährt, bin ich fertig angezogen – Jeans und mein bestes Titans-Trikot mit Namen und Nummer des ehemaligen Team-Captains
Braden Rutherford auf dem Rücken – und bereit,
mein Team anzufeuern.

Kapitel 19

Die Fahrt zum Stadion hat zwar gerade einmal eine halbe Stunde gedauert, aber bis dahin haben Emory, Jenna und ich uns bereits angefreundet. Die meiste Zeit haben wir uns über Jennas anstehenden Umzug nach Pittsburgh unterhalten, und ich habe ihr von all den tollen Dingen erzählt, die wir unternehmen können, damit sie sich zu Hause fühlt.

Selbstverständlich würde es eine ordentliche Portion Anstrengung für mich bedeuten, mein Haus zu verlassen, aber ich bin so guter Stimmung, es geschafft zu haben, nach Phoenix zu reisen, dass ich mich zuversichtlich fühle, auch diese Herausforderung zu meistern.

Auf dem Gelände des Stadions angekommen, bin ich überrascht zu sehen, dass Emory auf den Parkplatz fährt, der für die Spieler reserviert ist. Sie hat eigens dafür einen gesonderten Parkausweis am Rückspiegel ihres Autos hängen.

„Dürfen Familienmitglieder auf dem Spielerparkplatz parken?", will ich wissen.

„Nein", antwortet Emory und dreht sich mit einem Zwinkern in den Augen zu mir um. „Baden hat ein paar Strippen gezogen und mit Dominik gesprochen, damit wir heute Abend hier parken dürfen, um dir den Weg durch das Parkhaus zu ersparen."

Während Emory auf eine leere Parkbucht zusteuert, schaue ich aus dem Fenster und blinzele gegen die aufsteigenden Tränen an. Ich kann nicht fassen, dass er das für mich getan hat.

„Du bist ihm sehr wichtig", sagt Jenna vom Beifahrersitz aus.

Sie ist eine unglaubliche Schönheit mit einer sanften Stimme. Baden hat mir von ihren Narben erzählt, und ich habe sie kurz sehen können, als wir uns begrüßt haben. Sie sehen wirklich sehr schlimm aus, aber sie beeinträchtigen ihre Schönheit in keiner Weise. Ich weiß, ich habe leicht reden.

„Baden ist unwahrscheinlich fürsorglich", antworte ich und sehe Jenna in die Augen, als sie sich auf dem Sitz zu mir dreht. „So, wie er auch dir dabei hilft, nach Pittsburgh zu kommen."

„Ja, da hast du recht. Aber wie er sich um dich bemüht, ist etwas Besonderes. Ich bin mir sicher, du hast es auch schon bemerkt."

Ich nicke. „Ja … mir fällt es auch auf."

Emory und Jenna tauschen wissende Blicke aus, und ich mache mir nicht die Mühe, abzustreiten, dass zwischen Baden und mir etwas sein könnte. Ich weiß, es wäre möglich. Dennoch weiß ich einfach noch nicht genau, was es ist und ob es dieselbe Art der Fürsorge ist.

Als wir das Auto verlassen und dem Sicherheitsmann am Spielereingang unsere Eintrittskarten zeigen, erwartet uns eine weitere Überraschung. Ein Angestellter des Stadions erwartet uns bereits. „Ladys, Mr. Carlson würde sich freuen, wenn Sie das heutige Spiel gemeinsam mit ihm von der Eigentümerloge aus ansehen würden."

„Super", freut Emory sich, während wir dem Mann in der blauen Jacke mit dem Emblem der Vengeance auf der Brusttasche folgen.

Jenna lehnt sich zu mir herüber und flüstert: „Wahrscheinlich steckt Baden auch wieder dahinter."

Ja, ich könnte mich definitiv in ihn verlieben.

Als wir in die Besitzerloge geführt werden, bin ich nervös, denn schließlich handelt es sich um keinen Geringeren als Dominik Carlson, den Eigentümer des Vengeance-Meisterteams, dem ich hier gerade die Hand schüttele.

„Es freut mich, dich kennenzulernen", sagt er freundlich. „Baden spricht in den höchsten Tönen von dir."

Baden hat mit ihm über mich gesprochen?

Ich bin so hin und weg, ich kann kaum sprechen. Zum Glück kommt Dominiks Frau Willow, stellt sich mir vor und hakt sich bei mir unter.

Scherzhaft sagt sie: „Wir haben eine besondere Ausnahme gemacht, dich nach hier oben zu lassen."

Ich starre sie einfach nur stumm an, denn ich bin mir sicher, dass Baden sich die allergrößte Mühe gegeben hat, diesen Abend für mich unvergesslich zu machen.

Willow lacht und deutet auf mein Shirt. „Na, weil du ein Titans-Trikot trägst."

„Oh", antworte ich und muss auch lachen. „Na, wenn das so ist … vielen, vielen Dank. Ich verspreche, nicht zu unausstehlich zu sein, während ich meine Jungs anfeuere."

„Sie sollte das Trikot lieber ausziehen“, ruft Dominik uns zu und seine lockere Art nimmt den Druck von mir.

***

Das Spiel war wirklich gut, auch wenn meine Titans leider haushoch verloren haben. Ungeachtet dieser Tatsache haben Willow, Emory und Jenna mit mir in der ersten Reihe der Eigentümerloge gesessen und mich mein Team nach Herzenslust anfeuern lassen. In den Spielpausen und während der Unterbrechungen für die Fernsehwerbung haben wir uns am Büfett gütlich getan, und Dominik hat mich einigen seiner Geschäftspartner vorgestellt, die ebenfalls in der Loge zu Gast waren.

Nach dem Spiel, so der Plan, will ich mit Emory und Jenna zum Sneaky Saguaro fahren, wo die Vengeance normalerweise zusammenkommen. Die Titans befinden sich bereits auf einem Nachtflug nach Houston, und so muss Baden sich nicht entscheiden, mit wem er den heutigen Abend verbringen wird.

Doch als wir uns von Dominik und Willow verabschieden, sagt er kurz entschlossen: „Das ist kein Abschied. Ich werde euch begleiten. Wir nehmen einfach mein Auto.“

Und so verlassen wir zu fünft das Stadion und machen es uns in einer großen Limousine bequem. Wir unterhalten uns über das Spiel und über die Herausforderungen, die die Titans in Zukunft meistern müssen. Baden wird alle Hände voll zu tun haben, denn

Patrik hat heute kein gutes Spiel geliefert. Je frustrierter er wurde, desto schlechter spielte er.

„Da wir gerade über Baden sprechen“, sagt Dominik, der mir gegenüber neben Willow sitzt und die ganze Zeit ihre Hand hält. „Wie geht es ihm?“

Man merkt, dass er diese Frage nicht nur aus Höflichkeit stellt und weil es von ihm erwartet wird, sondern weil er sich wirklich dafür interessiert. Baden hat mir bereits erzählt, wie viel Dominik für seine Spieler tut, aber insbesondere wie viel er für ihn nach seiner Verletzung und während seiner Genesung getan hat. Baden hat mir anvertraut, dass Dominik ihn noch ein Jahr im Kader behalten hätte, damit er weiter genesen und versuchen kann, wieder Teil der Mannschaft zu werden. Baden ist diesem Mann offensichtlich sehr wichtig.

„Es geht ihm richtig gut“, sage ich, ohne Einzelheiten nennen zu wollen, aber ich denke, es geht in Ordnung, wenn ich die wichtigsten Details kurz zusammenfasse. „Er liebt die Herausforderungen, die sein neuer Job mit sich bringt. Es ist ziemlich anstrengend, weil alles noch neu für ihn ist, aber Baden möchte so gern Teil des Wiederaufbaus sein. Wie du weißt, ist er ein sehr zielstrebiger Mann, und es liegt ihm viel daran.“

Dominik nickt gedankenversunken, doch bevor er dazu kommt, noch weitere Fragen zu stellen, fahren wir schon auf den Parkplatz des Sneaky Saguaro. Der Fahrer öffnet die Tür und Dominik bedeutet Willow, zuerst auszusteigen. Danach fordert er Emory und Jenna auf, ihr zu folgen. Als ich nach vorn rutsche, um auszusteigen, hält Dominik mich zurück.

„Nur ganz kurz, Sophie“, sagt Dominik und ich bleibe sitzen.

Er wendet sich an den Fahrer, nickt ihm kurz zu und die Tür fällt ins Schloss. Durch die getönten Scheiben kann ich sehen, wie Willow, Emory und Jenna in die Bar gehen. Jenna schaut sich neugierig um, weil wir noch in der Limousine sitzen geblieben sind.

„Du hast mir nicht alles erzählt“, sagt Dominik.

Ich zucke zusammen, mein Blick ist auf ihn gerichtet. „Wie bitte?“

„Über Baden“, antwortet er und lehnt sich etwas nach vorn. „Geht es ihm wirklich gut?“

Meine Gedanken rasen wie wild, um herauszufinden, was ich in meiner Zusammenfassung womöglich ausgelassen haben könnte. Alles, was ich gesagt habe, hat der Wahrheit entsprochen. Baden ist mit seinem neuen Lebensabschnitt sehr glücklich. Gestresst? Ja. Unsicher? Natürlich. Aber es bereitet ihm Freude.

Und dann dämmert es mir.

„Wir waren eislaufen“, sage ich und erinnere mich an diesen einen magischen, glücklichen Tag, an dem er mich übers Eis geführt und so sicher auf den Schlittschuhen gestanden hat. Und wie sehr ihn diese Sicherheit verunsichert hat, weil er sich womöglich zu früh von seiner Karriere verabschiedet hat. Ich erzähle Dominik alles darüber und wie erstaunt Baden gewesen ist, so sicher auf dem Eis zu stehen.

„Es hat in ihm einige Zweifel darüber ausgelöst, ob er die richtige Entscheidung getroffen hat“, schließe ich ab. „Ich bin sicher, er wird ein großartiger

Goalie-Trainer werden. Aber selbst auf dem Eis zu stehen, das war seine Leidenschaft. Sein Traum. Und er war noch nicht bereit, das aufzugeben."

Ohne zu zögern und ohne auch nur einen Hauch von Zweifel in seiner Stimme, sagt Dominik: „Er hat sich richtig entschieden. Dass er stabil auf Schlittschuhen stehen kann, ist keine große Überraschung. Er hat hart daran gearbeitet, seine grundlegenden Bewegungsabläufe und motorischen Fähigkeiten wiederzuerlangen. Aber das ist noch lange nicht dasselbe, wie während eines Spiels auf dem Eis zu stehen."

Ich nicke. Und ich glaube, ich bin derselben Meinung, aber ganz sicher bin ich mir nicht. Dafür weiß ich zu wenig darüber.

„Soll ich mit Baden darüber sprechen?", will er mit besorgter Stimme wissen. „Muss ich ihn darin bestätigen, die richtige Entscheidung getroffen zu haben?"

Mein Herz schmilzt ein wenig dahin. Ich lächle und zucke mit den Achseln. „Vielleicht. Er respektiert dich sehr."

„Ich sehe mal, ob ich heute Abend den richtigen Moment abpassen kann."

Dann rutscht er zur Tür, zieht am Griff und öffnet diese. Er bedeutet mir mit einer Geste, voranzugehen, und so verlassen wir beide die Limousine.

All das Gejubel, Geschrei und das Blitzlicht der Kameras treffen mich völlig unerwartet. Irgendwie muss sich in den paar Minuten unserer Unterhaltung herumgesprochen haben, dass draußen irgendjemand mit Rang und Namen angekommen ist.

Nein, nicht nur irgendjemand … sondern Dominik Carlson.

Noch bevor er aussteigt, ertönen Sprechchöre mit seinem Namen.

Überraschend ist das nicht. Schließlich hat er aus einem Expansion Team ein Meisterschaftsteam gemacht und ist, genauso wie die Spieler, ein Held der Stadt.

Als ich aus der Limousine steige, ertönen wegen meines Trikots Buh-Rufe. Eine ziemlich unsportliche Geste, insbesondere weil die Titans heute Abend verloren haben.

Dominik erscheint an meiner Seite und knöpft sein Jackett zu. Während er mich einhakt und deutlich macht, dass ich heute Abend sein Gast bin, wirft er der Menge einen bösen Blick zu.

Die Buh-Rufe verstummen augenblicklich und werden von lautstarkem Gesang abgelöst. *Vengeance! Vengeance! Vengeance!*

In der Bar ankommen, erstarre ich kurz ehrfürchtig beim Anblick des monströsen, aber wunderschönen Saguaro-Kaktus, der sich in der Mitte des zweistöckigen Restaurants befindet. Wir werden einige Stufen hinauf in die zweite Ebene geführt, wo eine Hälfte des Raumes mit Seilen abgesperrt und mit Tischen und Stühlen bestückt wurde.

Einige Frauen, vermutlich die Partnerinnen der anderen Spieler, haben bereits Platz genommen. Dominik führt mich hin und übergibt mich an Willow, damit sie mich den anderen vorstellt.

Viele der Frauen kenne ich bereits beim Namen, da ich in den vergangenen zwei Wochen viel über das

Team und die Freunde erfahren habe, die Baden hier zurückgelassen hat. Wenn man zusammen wohnt, gemeinsam isst und jeden Tag miteinander spricht, erfährt man alles Mögliche.

Zum Beispiel weiß ich, als man mir Clarke vorstellt, dass sie einen Buchladen betreibt und die Verlobte von Aaron Wylde ist. Genauso weiß ich auch, dass die blonde Schönheit, die neben ihr steht und mir als Veronica vorgestellt wird, Riggs' Freundin ist. Ich treffe auf Nora, die mit Tacker verheiratet ist. Seine tragische Geschichte hat es weltweit in die Schlagzeilen geschafft. Baden hat mir erzählt, wie sich die beiden ineinander verliebt haben und dass ihre Überraschungshochzeit im vergangenen Sommer das Beste war, was er während der Saisonpause mitorganisieren durfte, bevor er angegriffen wurde.

Andere Frauen gesellen sich zu uns und wir bestellen uns etwas zu trinken. Jede Frau begrüßt mich mit offenen Armen und einer Flut an Fragen nach Badens Befinden. Sie alle machen sich Sorgen um ihn.

Legend Bays Frau Pepper fragt mich geradeheraus: „Seid ihr ein Paar?"

Ich schüttele den Kopf. „Wir sind einfach nur gute Freunde und Mitbewohner."

Sie mustert mich, wägt kurz meine Antwort ab, und an der Art, wie sich mich anschaut, erkenne ich, dass sie mir zwar glaubt, es aber dennoch seltsam findet, dass wir nur befreundet sind.

Nach und nach erscheinen die Spieler der Vengeance und gesellen sich zu ihren Frauen. Es folgen Umarmungen und gelegentlich werden auch zärtliche Küsse ausgetauscht. Man stellt mich als eine

Freundin von Baden vor, aber jeder weiß bereits, wer ich bin. Sie wissen, ich bin diejenige, die er gerettet hat, und ich bin sehr dankbar, dass sie nicht mit Ablehnung auf mich reagieren, sondern mich freundlich und fürsorglich in ihren Reihen aufnehmen. Mehr als einmal bekomme ich gesagt, wie dankbar sie dafür sind, zu wissen, dass Baden in Pittsburgh jemanden hat.

Und dann sehe ich Baden die Treppen heraufkommen. Er kommt allein, aber sobald er auf dem Treppenabsatz angekommen ist, wird er von seinen früheren Teamkollegen herzlich empfangen. Umarmungen, Klopfen auf den Rücken und derbe Witze werden ausgetauscht – er bekommt das volle Programm, inklusive vieler Scherze über die Niederlage seines Teams heute Abend.

Ich bemerke, wie er sich umsieht, und als er mich entdeckt, schiebt er sogar einen der Jungs mit einem Klopfer auf den Rücken zur Seite und kommt zu mir herüber. Es fühlt sich an, als würden uns alle beobachten, was vermutlich auch der Fall ist. Mir stockt der Atem, als Baden immer näher auf mich zukommt und dann direkt vor meiner Nase stehen bleibt. Er umschließt meinen Ellbogen mit seiner Hand und schaut auf mich herunter.

„Geht es dir gut? Ist alles in Ordnung?“

Er will wissen, wie ich damit klarkomme, in dieser Stadt zu sein, zu einem Spiel zu gehen und von Fremden umgeben zu sein. Alles Dinge, die meine Angstzustände auslösen könnten.

„Mir geht es gut“, erwidere ich lächelnd. „Tut mir leid wegen des Spiels.“

„Wir haben einiges an Arbeit vor uns“, antwortet er mit leicht säuerlicher Mine. „Willst du etwas zu trinken?“

„Ich bin versorgt.“ Mit dem Daumen deute ich über meine Schulter hinweg auf den Tisch.

„Lass uns gleich da drüben treffen“, sagt er und drückt meinen Ellbogen leicht. „Ich hole mir nur schnell ein Bier.“

Baden geht weg und ich schaue mich um. Und tatsächlich, alle haben uns beobachtet, auch wenn sie nun schnell wegschauen. Es scheint, als wäre ich nicht die Einzige, die sich die Frage stellt, ob da mehr zwischen Baden und mir ist als nur Freundschaft.

Kapitel 20

Baden

Genau wie früher. Mit Freunden abhängen, einen Sieg feiern – mit der Ausnahme, dass ich heute auf der Verliererseite stehe. Dennoch erinnert es mich an die glücklichen Zeiten vor meinen Verletzungen und ich genieße es.

Ich sitze zusammen mit Erik, Dax, Riggs und Kane am Tisch. Die meiste Zeit des Abends hat Sophie auf dem Platz neben mir gesessen, aber vor ein paar Minuten haben Emory und Jenna sie aufgefordert, sich zu ihnen zu gesellen, und nun ist sie nicht mehr da. Es scheint, als verstünden sich Jenna und Sophie gut, und es macht mich froh, zu wissen, dass Jenna fortan zwei Anlaufstellen in Pittsburgh hat, die sie unterstützen. Bisher bin ich noch nicht dazu gekommen, mich mit ihr zu unterhalten, aber Sophie hat mir versichert, sie habe alles im Griff.

„Du siehst super aus, Alter“, sagt Erik, bevor er einen kräftigen Schluck von seinem Bier nimmt.

„Dein Team ist allerdings grottenschlecht“, wirft Kane mit einem freundschaftlichen Schulterklopfer ein.

„Klappe“, antworte ich gut gelaunt. Ich weiß, sie wollen, dass ich erfolgreich bin, und wir alle wissen, dass es wohl einige Zeit brauchen wird, bis die neuen Titans ins Spiel finden werden.

„Wie gefällt dir das Leben in Pittsburgh?“, will Dax wissen.

„Ich bin noch nicht dazu gekommen, es herauszufinden, aber sobald es wärmer wird, werde ich es in Angriff nehmen. Sophies Haus liegt günstig, sodass ich keinen langen Arbeitsweg habe.“

Die Jungs tauschen Blicke aus, aber schließlich ist es Dax, der fragt: „Also, was geht da zwischen euch beiden ab?“

Ich schaue schnell zu Riggs hinüber, der auch interessiert zuzuhören scheint. Er hat mir bereits dieselbe Frage gestellt, als wir uns vorhin kurz im Stadion begegnet sind. Ihm war aufgefallen, wie Sophie und ich miteinander reden, und daraus hat er geschlossen, dass ich Gefühle für sie haben könnte. Da ich das nicht abstreiten konnte, habe ich zugegeben, dass da etwas sein könnte.

Aber das war schließlich Riggs, und ich habe keine Bedenken, mich ihm zu offenbaren. Und obwohl ich die anderen Kerle verdammt noch mal zu Tode liebe, fühle ich mich noch nicht bereit dazu, meine Gefühle für Sophie vor ihnen auszubreiten. Ich möchte mir nichts verderben und erst ganz sicher sein, dass wirklich etwas zwischen uns ist. Ich kann spüren, dass auch von ihrer Seite etwas ist, aber ich weiß auch, dass es sich dabei um so etwas wie Heldenverehrung handeln könnte. Und wenn es das sein sollte, was sie für mich empfindet, möchte ich nicht auf diesen Irrweg geraten.

Ich kann Dax gegenüber aber ehrlich zugeben: „Sie ist wundervoll. Es tut gut, sie wieder um mich zu haben. Aber für den Moment sind wir einfach nur Freunde.“

„Aber es könnte auch mehr …“, beginnt Dax zu bohren, schaut dann aber über meine Schulter hinweg und schließt abrupt den Mund.

Ich vermute, Sophie kommt zu uns herüber.

Mit einem Bier in der Hand, das beim Hinsetzen beinahe überschwappt, lässt sie sich neben mir nieder. Kichernd flucht sie wegen ihres Missgeschicks. „Scheiße. Ich muss wohl besser aufpassen.“

„Bist du betrunken?“, will ich lachend wissen.

Mit einem spitzbübischen Lächeln stellt sie ihr Bier vorsichtiger auf dem Tisch ab. „Nicht betrunken, aber ziemlich angesäuselt. Und schuld daran sind deine Freunde. Sie stellen mir ständig noch ein Bier hin.“

„Sie hatte drei“, sagt jemand hinter uns und Veronica lehnt sich nach vorn und legt ihren Arm um Sophies Schultern. „Aber ich habe einen Schlussstrich gezogen.“

„Das stimmt“, sagt Sophie und pustet sich eine Locke aus dem Gesicht. „Das ist mein Letztes.“

Mit ihren glatten, seidigen Haaren sieht sie ganz anders aus als sonst mit ihren goldenen Locken. Beinahe hätte ich sie nicht erkannt, als ich sie zum ersten Mal mit ihrer neuen Frisur gesehen habe. Und auch ihr Make-up verbirgt die echte Sophie.

Nicht, dass es nicht gut aussähe. Sie sieht heute Abend atemberaubend aus, und ich habe bemerkt, wie die Jungs, die keine Freundin haben, sie ansehen. Dennoch ziehe ich sie neckend an einer Strähne, die ihr auf die Schulter hängt. „Ich mag deine Locken lieber.“

Sophies Augen strahlen voller Freude. „Ehrlich? Denn ich mag mein lockiges Haar auch viel lieber. Es ist echt eine Menge Arbeit, sie zu glätten, und deshalb mache ich es so gut wie nie. Und wenn ich es mache, dann sehe ich irgendwie so … so …“

„Gar nicht wie Sophie aus?“, rate ich drauflos.

„Bumm!“, ruft sie aus und streckt mir ihre Faust hin. Ich stoße mit meiner Faust dagegen und sie sagt: „Volltreffer.“

Jeder am Tisch lacht, denn Sophie ist in der Tat ziemlich angesäuselt, und es ist verdammt lustig, ihr dabei zuzuschauen. Sie hat Spaß, ist unter Leuten und versteckt sich nicht. Ich bin zwar kein Therapeut, aber das ist wichtig für sie. Die Fähigkeit, sich einfach mal wieder zu amüsieren.

Wir bleiben noch eine weitere Stunde, in der Sophie ihr letztes Bier und hinterher ein Wasser trinkt. Sie ist keine Partymaus und kennt ihre Grenzen.

Als ich dann darauf bestehe, dass es an der Zeit ist, zu gehen, da ich morgen früh einen Termin mit der Staatsanwältin habe, macht sich ihr Pegel bemerkbar. Sie ergeht sich in süßen, theatralischen Äußerungen über die Zuneigung, die sie für ihre neuen Freundinnen empfindet. Und das tut nicht nur Sophie. Veronica, Emory und Jenna haben fast den ganzen Abend miteinander verbracht, und so folgen nun Umarmungen, noch mehr Umarmungen, Versprechen, miteinander zu schreiben und sich gegenseitig zu besuchen, und Bekundungen, auf immer und ewig beste Freundinnen zu sein. Zwischen Jenna und Sophie werden besonders viele Umarmungen ausgetauscht.

Wie es scheint, haben sie sich für die Zeit, wenn Jenna nach Pittsburgh zieht, einiges vorgenommen.

Auf unserem Weg nach unten wirft Sophie jedem Handküsse zu.

Auch wenn die Treppen leicht zu meistern sind, halte ich mich dennoch mit einer Hand am Handlauf fest, als wir beide nebeneinander hinuntergehen.

Wir sind bereits fast am Ausgang angekommen, als ein Mann plötzlich ruft: „Scheiß Titans! Was für ein Verliererteam!"

Ohne Zweifel hat Sophies Trikot ihn dazu veranlasst, und unter normalen Umständen hätte ich mich nicht weiter darum geschert, weil es in der Sportwelt dazugehört, andere Teams niederzumachen. Aber es sind keine normalen Umstände. Zum einen ging der verbale Angriff gegen Sophie und lässt in mir gleichzeitig Wut aufkochen und weckt das Bedürfnis, sie zu verteidigen und zu beschützen.

Außerdem würde ich dabei auch mich verteidigen. Denn ich bin nun ebenfalls Teil der Titans.

Vor allem aber haben die Titans heute Abend nicht etwa verloren, weil sie schlecht sind, sondern weil ihnen der Boden unter den Füßen weggerissen wurde. Ein gegnerisches Team in den Dreck zu ziehen, geht generell in Ordnung, aber wenn das gesamte Team vor Kurzem tödlich verunglückt ist, ist es einfach nur daneben.

„Wer hat das gesagt?", rufe ich, so laut ich kann, und schaue mich unter den Leuten um, die direkt um uns herum stehen. Es war die Stimme eines Mannes und sie ist ganz aus unserer Nähe gekommen.

Niemand meldet sich, aber irgendjemand sagt: „Verdammte Scheiße … das ist Baden Oulett."

Ich bin wütend, dass niemand die Verantwortung übernehmen will. Eine einfache Entschuldigung würde schon reichen.

„Wer hat das gerade über die Titans gerufen?", rufe ich noch einmal, während ich mich in der Menge nach einem schuldig dreinblickenden Gesicht umsehe.

Sophie drückt meine Hand und lehnt sich an mich, vermutlich um mich zu besänftigen. Aber ohne Erfolg.

„Wer hat die Eier, sich vor mich zu stellen und es mir ins Gesicht zu sagen? Seit wann sind die Vengeance-Fans solche Arschlöcher? Ich habe mir verdammt noch mal den Arsch für dieses Team aufgerissen, und ich versuche nun, einem anderen Team aus der Patsche zu helfen, und du hast nichts Besseres zu tun, als diesen Scheiß von dir zu geben?"

Die Stille ist beinahe ohrenbetäubend, als sämtliche Gespräche unter den Gästen verstummen. Ich rechne nicht damit, dass sich der Penner, der das gesagt hat, zu erkennen gibt, und wahrscheinlich ist er sowieso betrunken. In dem Wissen, keine Genugtuung zu erhalten, ziehe ich Sophie mit und wir bahnen uns den Weg durch die Menge in Richtung Tür.

„Entschuldige bitte", sage ich zu ihr. „Ich habe mich wie ein Arsch benommen."

Sophie schiebt ihre Hand in meine Armbeuge und kichert. „Du bist garantiert nicht das Arschloch hier. Aber wer auch immer das gesagt hat … du hast ihm so was von den Kopf zurechtgerückt."

Und nun muss ich auch lachen, denn es hat auch Spaß gemacht, die betroffenen Gesichter zu sehen, nachdem ich sie daran erinnert habe, dass im Angesicht dieser Tragödie Anteilnahme angebracht wäre.

Sophie und ich gehen gemeinsam über den Parkplatz. Als ich angekommen bin, war er beinahe voll und ich musste meinen Escalade am Rand parken. Es ist ein wunderschöner Abend, und ich finde es gar nicht schlimm, dass Sophie immer noch ganz dicht bei mir und bei mir untergehakt ist.

Wir sind schon fast bei meinem Auto angekommen, als zwei Männer zwischen den parkenden Autos hervortreten und Sophie mustern. Es sind einfach nur zwei Fans auf dem Weg ins Sneaky Saguaro, aber das ist ihr nicht bewusst. Für sie fühlt es sich bedrohlich an und sie stößt einen ängstlichen Schrei aus.

Ich halte sie an der Hüfte fest. „Es ist okay. Die Typen gehen einfach nur in die Bar.“

Meine Worte beruhigen Sophie und sie flucht. „Was, verdammt noch mal, stimmt mit mir nicht?“

Ich fasse sie an die Schultern und drehe sie zu mir um. Sie hält ihren Kopf gesenkt. „Schau mich an, Sophie.“

Mit offensichtlichem Widerwillen hebt sie langsam ihren Kopf und schaut mir in die Augen.

Mit meinen Fingerknöcheln halte ich ihr Kinn und stelle sicher, dass sie nicht wegschauen kann. „An dir ist gar nichts verkehrt, Sophie. Du arbeitest daran, dein Trauma zu überwinden und zu lernen, wie du damit umgehen musst. Statt dich dafür niederzumachen, dass dir die Situation Angst bereitet hat, sollten wir feiern, dass du in einem Flugzeug nach Arizona geflogen und im Grunde genommen an den Ort deines Traumas zurückgekehrt bist. Du hältst dich tapfer, Sophie. Sei nicht zu hart zu dir."

Sie lächelt, aber immer noch ein wenig zerknirscht. „Es tut mir leid …"

„Keine Entschuldigungen", ermahne ich sie, während ich ihr Gesicht loslasse.

Sie senkt den Kopf. „Du bist immer so herrisch."

Lachend lehne ich mich näher zu ihr. „Soll ich dir etwas verraten?"

Sie macht große Augen und nickt.

„Ich mag es, dich herumzukommandieren."

Es war als Scherz gemeint. Um sie zum Lachen zu bringen, denn manchmal übertreibe ich es mit meinen Ratschlägen und sage ihr, wie sie sich fühlen soll.

Was ich gerade gesagt habe, war nicht als sexuelle Anspielung gemeint.

Ich mag es, dich herumzukommandieren.

Sophie stößt ein leises Keuchen aus und legt den Kopf nach hinten. Ihr Blick sucht meinen, und mir entgeht nicht, wie nah unsere Münder sich sind. Ich bin unglaublich überrascht, als Sophie sich auf die Zehenspitzen stellt und ihren Mund auf meinen drückt.

Ich bin tatsächlich so überrascht, dass ich unwillkürlich zurückweiche, was sie dazu veranlasst, sich von mir wegzudrehen.

„O mein Gott", haucht sie mit einem Ausdruck des Entsetzens. „Es tut mir so leid. Es muss am Bier liegen, dass ich so dumme Dinge tue."

Kopfschüttelnd strecke ich meine Hand nach ihr aus. Ich würde ihr so gern sagen, dass es nichts gibt, wofür sie sich entschuldigen müsste, aber das alles ist ihr so peinlich, dass sie noch weiter zurückweicht.

„Sophie“, sage ich besänftigend. „Wende dich nicht von mir ab.“

Kopfschüttelnd hält sie abwehrend ihre Hände hoch und hört nicht auf, sich zu entschuldigen. „Ich schwöre, ich habe nicht beabsichtigt, das zu tun. Ich würde mich dir niemals derart aufdrängen. Ich habe wahrscheinlich einfach zu viel getrunken. Und na ja … dein Mund war einfach da. Und mein Mund war einfach da. Und du weißt doch, wie das ist, wenn man etwas trinkt, dann tut man unüberlegte Dinge. Und ich schwöre, Baden, ich würde nie etwas tun, was unsere Freundschaft gefährden würde. Dafür ist sie mir zu wichtig. Ich möchte sie nicht aufs Spiel setzen.“

„Sophie“, sage ich etwas schroff, um ihren Monolog zu unterbrechen. Ich greife nach ihren Unterarmen und ziehe sie näher an mich heran. Und wieder lehne ich mich zu ihr, aber diesmal nicht, um sie zu küssen, sondern um sie dazu zu bringen, mir direkt in die Augen zu schauen. „Es gibt nichts, was du tun könntest, was unsere Freundschaft aufs Spiel setzen würde. Verstehst du das?“ Sie schaut mich mit großen Augen an, bestätigt aber nicht, verstanden zu haben, was ich gesagt habe. Sie glaubt mir nicht. „Du wirst immer meine Freundin sein. Du wirst nie weniger sein.“

Und während ich das sage, denke ich: *Sie könnte mehr sein.* Bei der Berührung unserer Lippen hat es in jeder Zelle meines Körpers geprickelt. Es war eine einfache Berührung, aber weil es eine Berührung von Sophie war, fühlte ich sie tief in meinem Innersten. Sie und ich könnten wirklich mehr sein, aber ihr

Einwand ist auch nicht von der Hand zu weisen. Sie hat einige Biere gehabt. Ihre Hemmschwelle ist herabgesetzt, und ich weiß genauso gut wie sie, dass man, wenn man etwas getrunken hat, dazu neigt, Dinge zu tun, die einem nüchtern nicht einmal im Traum einfallen würden. Ich habe keine Ahnung, ob Sophie sich zu mir hingezogen fühlt. Wünsche ich mir, dass es so wäre?

Ich denke schon.

Aber jetzt ist nicht der richtige Zeitpunkt, um es herauszufinden.

Ich lasse ihre Unterarme los und ergreife ihre Hand. „Komm, gehen wir zu mir nach Hause und sorgen dafür, dass du ins Bett kommst. Wir haben morgen viel vor."

Sie lächelt und nickt zustimmend. Den Rest des Weges zu meinem Auto gehen wir schweigend nebeneinander her.

Wir beide haben morgen viel vor. Sophie wird allein nach Pittsburgh zurückfliegen, wodurch ihre Ängste wieder ausgelöst werden könnten. Ich werde zum Büro des Staatsanwaltes gehen, um dort meine Opferaussage zu machen. Ich möchte, dass sie mit mir kommt, aber sie ist noch immer unentschlossen. Ich hoffe sehr, dass sie ihre Meinung noch ändert und mich begleitet, denn ich bin fest davon überzeugt, dass es viel dazu beitragen könnte, mit diesem Teil ihres Lebens abzuschließen.

***

In meinem Haus ist es still. Hier knackt nichts, so wie bei Sophie, und mir wird bewusst, dass mir diese Geräusche irgendwie fehlen. Nachdem wir nach Hause gekommen sind, hat Sophie eine Flasche Wasser getrunken und eine Excedrin gegen mögliche Kopfschmerzen eingenommen. Sie hat sich für den schönen Abend bedankt und mir eine rein freundschaftliche Umarmung gegeben.

„Ich werde vor dem Schlafengehen noch duschen gehen", hat sie angekündigt, während sie zur Treppe gegangen ist. „Gute Nacht."

„Bis morgen früh", habe ich geantwortet.

Und nun lausche ich dem Rauschen des Wassers, während ich in meinem Bett liege und mir ausmale, wie sie wohl aussieht, während sie nackt unter der warmen Dusche steht. Es ist nicht das erste Mal, dass ich auf diese Weise an Sophie denke, und ich bin mir sicher, dass es auch nicht das letzte Mal sein wird. Ihr Kuss heute Abend hat dafür gesorgt, dass ich wieder auf diese Weise an sie denken muss, und ich kann mir selbst offen und ehrlich eingestehen, dass ich sie will.

Allerdings weiß ich nicht, ob ich den Mut aufbringen könnte, so weit zu gehen. Ich bin mir wohl bewusst darüber, wie Sophie mich sieht. Für sie bin ich der Mann, der dem Tod von der Schippe gesprungen ist und der heldenhaft und erfolgreich gegen ein Leben im Rollstuhl angekämpft hat. Meine eigenen Ängste würde ich ihr nie offenbaren.

Meine ganz persönlichen Unsicherheiten.

Ich bin seit Ewigkeiten mit keiner Frau mehr zusammen gewesen. Glücklicherweise funktioniert meine Hardware einwandfrei, aber bisher habe ich keinen Grund gehabt, sie einzusetzen. Mit einer Frau zusammen zu sein, war das Letzte, worüber ich mir Gedanken gemacht habe, als ich nicht gehen konnte – und auch danach. Bis zu dem Moment, als ich Kontakt zu Sophie aufgenommen habe.

Ja, ich laufe wieder, und ja, anscheinend kann ich auch wieder eine Runde auf dem Eis drehen, aber ich bin noch lange nicht wieder voll da. Meine Beine haben in den ersten Monaten viel Muskelmasse eingebüßt, und egal, wie viel ich trainiere, sie sind noch lange nicht so fit wie mein Oberkörper oder meine Arme, die ich die ganze Zeit über mittrainiert habe. Es ist beinahe so, als hätte ich zwei verschiedene Körper. Eine muskulöse obere Hälfte und eine viel dünnere, weitaus weniger wohlgeformte untere Hälfte.

Ich weiß, es ist oberflächlich von mir, mir über so etwas Gedanken zu machen, aber Sophie ist nun mal eine Göttin. Sie ist so wunderschön, dass sie jeden haben könnte. Warum also sollte sie jemanden wie mich wollen? Jemanden, der nicht ganz vollständig ist.

Das ist meine Schwäche, die sich meldet.

Aber der Mann in mir, der Sophie kennt und mit Leib und Seele daran glaubt, dass sie auf diese Dinge keinen Wert legt, wird weiter darüber nachgrübeln, ob mehr zwischen uns sein könnte.

Alles, was dafür nötig wäre, wäre ein richtiger, ein echter Kuss.

Könnte ich doch nur den Mut dazu aufbringen.

Denn wenn ich mich täusche und sie nicht an mir interessiert ist, wäre alles ruiniert.

Kapitel 21

Sophie

In jeder Hand eine Tasche, meine Handtasche über meine Schulter gehängt, und ein kurzer Moment, in dem ich nach meinen Schlüsseln suche und nicht auf meine Umgebung achte. Ich war noch kurz im Einkaufszentrum, bevor es für den Abend wieder zurück ins Hotel gehen sollte. Ich habe geplant, mir etwas zu essen aufs Zimmer liefern zu lassen, ein langes Bad zu nehmen und mir dann einen Film anzuschauen. Mein Flug zurück nach Pittsburgh geht früh am nächsten Morgen.

Es ist mir nie in den Sinn gekommen, wachsam sein zu müssen.

Sicher, ich habe meinen Wagen am entlegeneren Ende des Parkplatzes abgestellt, aber ich mag es, ein paar Extraschritte zu gehen.

Und ja, es wird bereits dunkel, aber es ist noch nicht so dunkel, dass ich mich unsicher fühle.

Doch genau das hätte ich tun sollen, denn während ich mit gebeugtem Kopf in meine Handtasche schaue und nach meinen Schlüsseln wühle, nehme ich meine Umgebung nicht genug wahr, um zu verhindern, was passiert.

Irgendetwas trifft mich am Rücken und dann schlingt sich ein Arm um mich. Eine riesige schwielige Hand wird auf meinen Mund gepresst. Etwas Kaltes drückt sich gegen meinen Nacken und ein Flüstern jagt mir einen eiskalten Schauer über den Rücken.

„Wehr dich ja nicht, du Schlampe, oder ich schlitz dich auf."

Ein weiterer Mann entreißt mir meine Taschen und meine Handtasche und durchwühlt sie an Ort und Stelle. Hilflos und stumm, das Messer an meinem Hals, sehe ich zu.

Wie aus dem Nichts erscheint ein dritter Mann. Er packt meinen Arm so fest, dass ich das Gefühl habe, er zerquetscht meine Knochen. „Schöne Frau.“

Der Mann mit dem Messer faucht: „Ich bin als Erster dran.“

Er befiehlt mir, still zu sein, und die Klinge an meinem Hals reicht vollkommen aus, um mir klarzumachen, dass ich besser den Mund halte. Sie sprechen jetzt nicht mehr von einem Überfall. Die beiden Kerle sprechen von Vergewaltigung. Man hat mir eingebläut, so laut zu schreien, wie es nur geht, und zu kämpfen, was das Zeug hält.

In dem Moment, als ich den Mund öffne, um zu schreien, bricht Chaos aus. Ein weiterer Mann erscheint, und es ist klar, dass er nicht zu den anderen gehört. Er brüllt sie an, bringt sie kurz aus der Fassung, und zu meiner großen Überraschung gelingt es ihm irgendwie, mich den beiden Männern zu entreißen. Ich werde so heftig herumgeschleudert, dass ich stolpere. Ich fange mich wieder und drehe mich um, um zu meinem großen Erschrecken zu sehen, wie der Mann mit der Klinge ausholt. Er erwischt meinen Retter im Gesicht und das Blut strömt nur so heraus.

Ein weiteres Mal öffne ich den Mund, um zu schreien, aber ohne Erfolg. Ich bleibe stumm. Mein Hals ist wie zugeschnürt, und als ich sehe, wie das Messer in den Bauch meines Retters gerammt wird, wird mir schwindelig. Mit zitternden Händen zieht er das Messer heraus, schaut mich an. Warme, bernsteinfarbene Augen voller Schmerz und Angst.

„Lauf!“, ruft er heiser.

Ich weiß, ich sollte wegrennen, aber ich bin wie angewurzelt, paralysiert von all der Gewalt und der Tatsache, dass dieser mutige Mensch sein Leben für mich riskiert. Vielleicht sogar sein Leben für meins gibt. Ich muss ihm helfen.

„Lauf!", ruft er, und ich kann mich erst vom Fleck bewegen, als einer der Männer irgendwoher eine Brechstange hervorholt und ihm damit auf den Hinterkopf schlägt. Mein Retter bricht zusammen und die drei widerwärtigen Arschlöcher gehen auf ihn los und treten und prügeln auf ihn ein.

Ich realisiere, dass mir nur einige wenige Sekunden bleiben, bis sie sich meiner wieder bewusst werden.

Ich renne los.

Beim Weglaufen glaube ich zu hören, wie der auf dem Boden liegende Mann nach mir ruft, und ich weiß nicht, was ich tun soll. Ich strauchele, bleibe stehen und sehe zu ihm. Hilfe suchend streckt er eine seiner blutüberströmten Hände nach mir aus und ruft: „Hilfe!"

Aber ich kann nicht. Wenn ich umkehre, werde ich sehr wahrscheinlich erstochen und verprügelt und mit Sicherheit auch vergewaltigt. Ich werde ebenfalls sterben, so wie dieser Mann.

„Hilf mir", fleht der blutüberströmte Mann. „Um Himmels willen, hilf mir doch."

Meine Angst vor dem Tod und dem Schmerz sind stärker als mein Mut und ich drehe mich wieder um. Ich renne weg, und obwohl der Mann immer wieder um Hilfe ruft, schaue ich nicht zurück.

Ich weiß, ich werde wegen meiner Feigheit eines Tages in der Hölle landen, aber dieser Tag wird nicht heute sein.

Hinter dem Parkplatz biege ich zwischen zwei Gebäuden in eine kleine Gasse ein.

Ich renne gegen etwas Hartes und … Nasses.

Ich strauchele zurück, und da ist er wieder, der Mann, der mir eben geholfen hat. Sein Hemd ist von der Stichwunde blutgetränkt und sein Gesicht blutüberströmt, sodass ich nur das Leuchten seiner bernsteinfarbenen Augen sehen kann.

Sein Gesicht ist schmerzverzerrt, und mit seinen Händen gegen seine Bauchwunde gedrückt, versucht er, die Blutung zu stoppen. Mit schwacher, aber immer noch deutlich hörbarer Stimme höre ich, wie er mich verflucht. „Du hast mich zum Sterben zurückgelassen und ich werde dir nie vergeben."

Ich schreie auf, vor Wut, aus Angst und vor allem aus Verzweiflung. Ich schreie, weil ich ohne Zweifel dafür in der Hölle schmoren werde.

Etwas zieht an mir, zieht mich aus dem Albtraum heraus. Ich sitze kerzengerade, mit wild pochendem Herzen und nach Luft ringend, in meinem Bett. Mein Mund ist weit geöffnet und mein Hals fühlt sich an, als hätten Rasierklingen das empfindliche Fleisch durchdrungen. Bekomme ich eine Erkältung?

Ich bin orientierungslos, befinde mich in einem Bett in einem Zimmer, das ich im Schein des Mondlichtes, das durch die Jalousien fällt, nicht erkenne.

Plötzlich fliegt die Tür zu meinem Zimmer so heftig auf, dass sie gegen eine Kommode knallt, und eine riesige dunkle Gestalt steht im Schatten des Raumes. Beinahe hätte ich aufgeschrien, doch dann geht das Licht an, und obwohl es meine Augen schmerzt, erkenne ich Baden, der mit weit aufgerissenen angsterfüllten Augen vor mir steht. Er trägt Shorts und seine Haare stehen wild zu Berge.

Er schaut sich im Zimmer um und sein Blick fällt auf mich. „Geht es dir gut?"

Zitternd wische ich mir meine Haare aus dem Gesicht. „Ja … ich glaube schon.“

„Du hast geschrien“, sagt er und kommt näher an mein Bett heran.

„Habe ich?“ Ich bin verwirrt. Ich habe in meinem Traum geschrien, oder? Ein Traum, der sich so echt angefühlt hat, dass ich den metallischen Geruch von Badens Blut beinahe riechen konnte. Ein eiskalter Schauer läuft mir über den Rücken, als das Blut wieder in meine Adern zurückfließt, und ich kann nichts gegen das jämmerliche Stöhnen tun, das ich daraufhin ausstoße. Ich ziehe die Beine an mich heran, sodass die Knie die Brust berühren, und lege die Arme um die Schienbeine. Mit gesenktem Kopf halte ich mich selbst umarmt, während mich weiter eiskalte Schauer überkommen.

„O Gott“, murmelt Baden, und bevor ich mich versehe, steigt er zu mir ins Bett und zwingt mich in seine Arme. Er zieht mich auf seinen Schoß und hält mich mit seinen starken Armen fest. Zusammengerollt wie eine Katze lege ich mich Schutz suchend mit der Wange an seine Brust.

Sein Kinn ruht auf meinem Kopf. „Möchtest du mir davon erzählen?“

Ein weiterer Schauer durchfährt mich und mir wird gleichermaßen heiß und kalt. Mein Magen hat sich vor Angst verkrampft, und mein Puls rast so schnell, dass ich das Blut in den Ohren rauschen höre.

O Gott, das war der schlimmste Traum, den ich seit dem Angriff gehabt habe. Er war viel beängstigender als all die anderen Träume. Und er hat nicht der

Wahrheit entsprochen. War verzerrt. Entsprach nicht der Wirklichkeit.

Baden fühlt sich warm und stark an, und dennoch kann ich nicht begreifen, dass er mich hält. Stattdessen sehe ich ihn immer noch, wie er mich blutüberströmt und verurteilend ansieht.

Tränen steigen auf, bahnen sich ihren Weg und strömen mir übers Gesicht. Ich mache mir nicht die Mühe, sie wegzuwischen, weil ich weiß, dass sie dennoch nicht versiegen werden.

Und trotz alledem scheint es so, als wäre ich noch immer nicht in der Lage, ein Geräusch von mir zu geben. Ich unterdrücke mein Schluchzen, denn ich befürchte, dass ich, wenn ich die Kontrolle verliere, wieder zu schreien beginne. Meine Tränen laufen an seiner Haut herunter, und er löst seinen Griff ein wenig, damit er mich ansehen kann. Ich kann es nicht ertragen, ihm in die Augen zu schauen.

„Was ist geschehen, Sophie?"

Ich schüttele meinen Kopf.

„Erzähle es mir", fordert er in dem Kommandoton, der mich sonst so belustigt, diesmal aber seine Wirkung verfehlt. „Hattest du einen Albtraum? Über diese eine Nacht? Denn das ist vorbei. Nichts und niemand kann dir mehr etwas anhaben."

„Es ging nicht darum, dass ich verletzt wurde." Meine Stimme ist so rau, dass ich mich ernsthaft frage, ob ich mir mit meinem Schreien die Stimmbänder verletzt habe. „In dem Traum ging es um dich."

Baden lehnt seinen Kopf nah an meinen und lächelt mich mitfühlend an. „Es war nur ein Traum."

„Nein." Ich schüttele den Kopf. „Es war ein schrecklicher Albtraum. Nachdem du mir zugerufen hast, ich solle weglaufen, bin ich losgelaufen. Aber dann hast du mich um Hilfe angefleht und ich habe dich im Stich gelassen. Ich hatte zu viel Angst. Ich bin gerannt und gerannt, und auf einmal hast du plötzlich blutüberströmt vor mir gestanden und mir gesagt, dass du mir niemals vergeben wirst." Diese letzten Worte stoße ich nach Luft ringend heraus, und ich bin nicht mehr in der Lage, mein Schluchzen zu unterdrücken. „Baden, ich habe dich einfach liegen lassen. Ich hätte dir helfen können. Ich hätte das alles verhindern können." Die Worte strömen nur so aus mir heraus, zwischen Schluchzen und Schluckauf, während ich die Fassung verliere. „Es tut mir so leid. Ich bin so ein Feigling gewesen und du wärst beinahe gestorben …"

„Stopp", sagt Baden, und seine Stimme ist so laut und wütend, dass ich versuche, von seinem Schoß herunterzurutschen.

Er festigt seinen Griff und lässt mich nicht los. Verärgert raunt er: „Es gibt nichts, wofür du dich entschuldigen müsstest, Sophie. Ich verstehe, es war ein Albtraum, aber was du geträumt hast, entspricht nicht der Realität. Ich habe nicht nach dir gerufen. Als ich dir gesagt habe, du sollst wegrennen, habe ich es auch so gemeint. Du solltest weglaufen und nicht zurückschauen. Wärst du nicht weggelaufen … und wäre dir etwas zugestoßen, hätte ich mich umsonst geopfert. Ich bin so froh, dass du weggelaufen bist."

„Aber …"

„Und wenn du dich verdammt noch mal noch einmal bei mir entschuldigst oder auch nur andeutest, dass du mehr hättest tun müssen als das, was ich von dir verlangt habe“, Baden nimmt mein Gesicht in seine Hände und lehnt sich ganz dicht an mich heran, „dann beende ich unsere Freundschaft.“

Die Angst, ihn zu verlieren, zerreißt mir schier das Herz. Er meint es absolut ernst. Er hat mit der ganzen Sache abgeschlossen und verlangt von mir, das Gleiche zu tun. Sollte ich mich weigern, wird er mich aus seinem Leben verbannen.

Badens Blick wird weicher und mit seinen Daumen wischt er meine Tränen weg. Mit sanfter, beruhigender Stimme redet er auf mich ein. „Ich kann die Albträume nicht aufhalten, Sophie. Das kannst nur du allein. Du musst endlich akzeptieren, dass du nichts falsch gemacht hast. Du musst akzeptieren, dass du nicht dafür verantwortlich bist, was mir zugestoßen ist. Diese drei Arschlöcher sind diejenigen, die schuld daran sind, und sie werden dafür zur Rechenschaft gezogen. Deine Wut sollte sich gegen sie und nicht gegen dich richten. Verstehst du, was ich sage?“

Ganz tief in meinem Innersten verstehe ich, was er meint, aber ich habe mir nie erlaubt, es auch zu fühlen. Doch genau das ist es, worum Baden mich bittet, und so nicke ich. „Ich will dich nicht verlieren.“

„Dann höre bitte auf, dir ständig die Schuld zu geben, denn es zerreißt mich, dir dabei zuzusehen, wie du dich geißelst. So können wir nicht weitermachen, und auch ich möchte dich nicht verlieren.“

Badens Stimme klingt heiser, seine Augen sind fest auf meine gerichtet, und er fixiert mich, um sicherzustellen, dass ich auch wirklich verstehe, was er sagt.

Er lehnt sich dichter an mich heran und flüstert: „Bitte, Sophie, lass los. Für mich."

Es kostet mich viel Kraft, aber ich zwinge mich dazu, ihm nicht mehr in die Augen zu schauen, und mein Blick bleibt an seinem Mund hängen. Er ist so nah, und ich muss daran denken, wie es war, seine Lippen auf meinen zu spüren, als ich ihn vorhin unvermittelt geküsst habe.

Aber er hat sich mir entzogen.

Was genau meint er mit *weitermachen*?

Baden beantwortet mir die Frage, indem er die kleine Lücke zwischen uns schließt und meine Lippen mit den seinen berührt. Mein gesamter Körper ist auf einmal hellwach. Nichts in meinem Leben hat sich bisher so einladend und so richtig angefühlt. Doch vorhin, auf dem Parkplatz, als ich ihn geküsst habe, hat er sich mir entzogen. Küsst er mich jetzt nur, damit ich nicht mehr an den Albtraum denken muss? Sollte ich ihn aufhalten?

Ich versuche, mich von ihm zu lösen, aber Badens Hand wandert weg von meinem Gesicht, hin zu meinem Nacken, und ich habe keine Chance, ihm zu entkommen. Er neigt den Kopf, sein Kuss wird intensiver und ich stoße einen Seufzer reinster Freude aus.

Vielleicht von meinem Seufzer ermutigt, schiebt er langsam seine Zunge in meinen Mund und ich versinke in Glückseligkeit. Ich umschließe seinen Nacken mit den Armen und bringe mich auf seinem Schoß in Position. Meine Finger gleiten durch sein

Haar, der Kuss wird intensiver, und ich kann fühlen, wie Baden unter meinem Hintern hart wird. Es macht mich heiß, dass er nur durch unseren Kuss bereits so angetörnt ist, aber mir geht es genauso. Ich kann nicht anders, als mich an ihm zu reiben, und er stöhnt in meinen Mund.

Wieder frage ich mich, ob es das ist, was er will, und beginne, mich von ihm zu lösen.

Und wieder lässt er mich nicht los, sondern wirbelt mich herum, sodass ich auf dem Rücken zu liegen komme und er, auf seiner Hüfte abgestützt, über mir liegt. Den Blick auf mich gerichtet, streicht er mit einem Finger meine Wange entlang.

„Du weißt, dass es unvermeidlich ist?"

„Ich habe es gehofft", flüstere ich, denn ich fühle, dass ich mit Baden reinen Herzens über alles sprechen kann. Egal, was es ist, er würde mich nie verurteilen.

„Ebenso." Ein Versprechen, zusammengefasst in einem einzigen Wort.

Über mich gelehnt, küsst Baden mich noch einmal, und seine Hände wandern in Richtung meiner Rippen. Ganz sanft und zaghaft. Wir haben uns innerhalb kürzester Zeit von Freunden zu Liebhabern entwickelt. Kein Dating. Kein Flirten. Kein Vorgeplänkel.

Eine zarte Hoffnung, dass es mehr sein könnte als Freundschaft, aber ich wage zu behaupten, dass wir beide Angst davor hatten, es uns einzugestehen. Ich wollte nicht zugeben, wie sehr ich mich zu ihm hingezogen fühlte, und er hat auch nicht angedeutet, dass er ähnlich fühlte wie ich.

So stellt also dieser Kuss, dieser Moment, in dem wir beide gemeinsam in einem Bett liegen und er mir sagt, dass es unvermeidlich ist, eine ziemlich schnelle und plötzliche Wendung in unserer Beziehung dar.

Ich gleite mit meiner Hand zu seiner Brust und verweile dort, spüre die Hitze seiner Haut und das Pochen seines Herzens. Badens Mund gleitet weg von meinem, meine Wange entlang und schließlich meinen Hals hinunter.

„Wir bleiben immer Freunde, nicht wahr?", flüstere ich.

Baden hebt den Kopf und ich habe nie zuvor so viel blanke Ehrlichkeit in den Augen eines Menschen gesehen. Seine Augen sagen bereits alles, noch bevor er den Mund öffnet. „Immer zuerst Freunde. Aber ich glaube fest daran, dass wir so viel mehr sein werden und dass sich das nie ändern wird."

Ich habe keine andere Wahl, als ihm zu glauben, denn etwas anderes kann und will ich nicht akzeptieren. Dafür bin ich ihm schon viel zu sehr verfallen und ich möchte mich da nicht wieder herauskämpfen müssen.

Meine andere Hand umschlingt seinen Nacken, und ich ziehe ihn an mich heran, um ihn noch einmal zu küssen. Erst sanft, dann immer stürmischer. Badens Hände fühlen sich nicht mehr zaghaft an. Stück für Stück wandern sie unter meinem Pyjamaoberteil hinauf und massieren meine Brust. Vor Lust stöhne ich auf und winde mich lustvoll, als er mit dem Daumen über meine Brustwarze fährt.

Das durch seine Berührungen ausgelöste Stöhnen ist mir peinlich, und ich habe das Bedürfnis, mich dafür zu entschuldigen. Ich drehe den Kopf weg, um den Kuss zu lösen, und wende mich ihm wieder zu, um ihn anzusehen. „Es ist sehr lange her, dass ich es getan habe.“

„Bei mir auch“, gesteht er. „Nicht seit …“

Seine Worte verebben, aber auch so weiß ich, dass wir beide gleich lang keine Intimität mehr erfahren haben. „Bei mir auch. Na ja, und auch davor bin ich nicht wirklich mit jemandem zusammen gewesen.“

Baden grinst spitzbübisch. „Man sagt, es sei wie Fahrrad fahren.“

„Das werden wir gleich herausfinden.“

„Stimmt“, antwortet er lachend.

Und dann küsst er mich wieder, und dieses Mal ist es noch heißer. Wir sind voll dabei. Ich spüre Badens Hände überall auf meinem Körper … unter meiner Kleidung streichelt er jeden Zentimeter meiner Haut. Auch ich streichele ihn, erkunde seine warme Haut, seine festen Muskeln. Definierte Bauchmuskeln und durchtrainierte Brust, kräftige starke Arme. Sein Körper ist wunderschön.

Irgendwie gelingt es Baden, mich auszuziehen, ohne den Kuss und oder seine Streicheleinheiten zu unterbrechen. Ich weiß nicht, wie er das gemacht hat, aber ich spüre ihn überall und gebe mich ihm ganz hin. Ich fühle mich kein bisschen unsicher, als ich nackt vor ihm liege. Er lehnt sich ein wenig zurück und betrachtet langsam meinen Körper von oben bis unten und wieder hinauf.

Wir sehen uns in die Augen, dann legt er sanft seine Hand auf meinen Bauch und lässt sie langsam hinab zwischen meine Beine gleiten. Bereitwillig öffne ich sie. Behutsam streichelt er meine Schamlippen, während wir uns weiterhin ansehen. Nachdem ich meinen Atem viel zu lange angehalten habe, atme ich heftig aus, und als ein langer Finger in mich hineingleitet, kann ich meine Augen nicht länger offen halten. Ich schließe die Augen und meine Hüften stemmen sich voller Lust und Vergnügen aufwärts. Badens Mund ist zu meiner Brust gewandert und seine Zunge spielt an meinem Nippel, während sein Finger sanft meine Klitoris umkreist. Es sind träge, langsame Berührungen, aber ich bin durch meine tiefe Zuneigung zu diesem Mann so erregt, dass ich sofort am Rande eines monumentalen Höhepunktes stehe.

Sein Finger legt sich auf meine Klitoris, während er zärtlich in meine Brustwarze beißt.

„Baden", sage ich mit bebender, verlangender Stimme.

„Nächstes Mal", murmelt er und küsst meine Brust, „werde ich dich mit meinem Mund zwischen den Beinen verwöhnen."

Schon allein diese Ankündigung gibt mir den Rest. Sterne explodieren hinter meinen Lidern und mein gesamter Körper spannt sich an, um daraufhin auseinanderzubersten. Ich schreie auf, stemme mich gegen Badens Hand und er verschließt meinen Mund mit einem innigen Kuss.

Unter normalen Umständen wäre ich nach einem solchen Orgasmus völlig zufrieden, aber ich bin noch nicht bereit, aufzuhören. Ich will ihn in mir spüren und ziehe hastig an seinen Shorts. Ich bin nicht gut darin, versuche gleichzeitig, das Beben meines

Körpers im Zaum zu halten, seine Zunge in meinem Mund zu spüren und ihn auszuziehen.

Er grinst an meinem Mund und hilft mir mit seiner Kraft und der Länge seiner Arme, sich seiner Shorts zu entledigen. Mehr Küsse, mehr Berührungen, mehr Streicheln. Ich nehme ihn in meine Hand, drücke zu und entlocke ihm damit ein genüssliches Stöhnen, welches ich sogar zwischen meinen Beinen spüre.

„Baden“, stöhne ich und ziehe ihn auf mich. Ich spreize die Beine. Bedeute ihm mit jeder Faser meines Körpers, dass ich von ihm gefickt werden will. Viel braucht es nicht, denn er will es genauso sehr wie ich. Er rollt sich auf mich und findet seinen Platz zwischen meinen Beinen, die ich bereitwillig noch weiter für ihn spreize.

Ich hebe die Knie an, gewähre ihm Einlass in meinen Körper. Baden drückt sich gegen mich, sein Gesicht ist direkt über meinem. Und wieder sehen wir uns tief in die Augen, während er langsam beginnt, in mich einzudringen. Wir sind auf wunderbare Weise miteinander verbunden, und nie zuvor ist meine Seele von einem anderen Menschen derart berührt worden. Badens Mund nimmt meinen in Besitz. Wir küssen uns innig, während er seine Hüften immer wieder behutsam gegen meine presst, sich wieder so weit zurücknimmt, bis er kurz davor ist, unsere körperliche Verbindung zu lösen, um dann wieder tief in mich einzudringen.

Immer und immer wieder.

Seine Küsse und seine erfahrene Art entfesseln mich vollends, und mein ganzer Körper kann es kaum erwarten, sich wieder zu entladen. Ich umschließe seine Hüften mit den Beinen, und die Arme um seinen Nacken gelegt, wiege ich mich in seinem Rhythmus. Unser Atem ist schwer, angestrengt … aufeinander abgestimmt. Wir sind kaum in der Lage, die Länge eines Kusses auszuhalten, denn wir sind kurz davor, den süßen Abgrund der Glückseligkeit hinabzustürzen.

Baden legt die Stirn an meine. „Ich bin so verdammt kurz davor.“

Ich kann ihm nicht sagen, dass ich dasselbe fühle. Nicht etwa, weil ich es nicht fühle, sondern weil ich genau dasselbe fühle. Ich bin da. Ich stehe am Abgrund. Und springe.

Ich schreie auf, als mich der zweite Orgasmus heftig übermannt. Mein Rücken hebt sich von der Matratze, während meine Hüften nach oben schießen, um ihn noch tiefer in mich hineinzuziehen. Baden zuckt zusammen, stößt hart in mich, und sein Körper wird ganz steif, während er einen langen, gequälten Schrei wunderbarer Erleichterung ausstößt.

Wir halten uns aneinander fest, zitternd und außer Atem saugen wir den Geruch des anderen auf.

Und dann fallen wir wieder auf die Erde zurück – na ja, die Matratze – und ich fühle mich vollkommen ausgelaugt. Irgendwie gelingt es Baden, uns auf die Seite zu rollen. Er ist immer noch in mir und zieht die Decke über unsere Schultern. Er zieht mich ganz dicht an sich heran, sodass mein Kinn auf seiner Schulter liegt, und hält mich fest umschlungen. In seiner Umarmung falle ich in einen tiefen Schlaf.

Kapitel 22

Im Zwielicht des Morgengrauens schaue ich an die Decke. Meine Augen sind bereits an die Schatten gewöhnt, weil ich schon eine ganze Weile wach liege. Ich habe nicht wirklich schlafen können, da meine Gedanken rasen.

Dennoch habe ich mich nicht bewegt oder gar das Verlangen dazu verspürt. Ich bin glücklich, so auf dem Rücken zu liegen. Eine Hand liegt unter meinem Kopf, mit der anderen halte ich Sophies warmen Körper, der halb auf mir liegt. Mit ihren Beinen hält sie meine umschlungen, und ich fühle so viel Frieden, dass ich mir wünschte, die Zeit würde langsamer vergehen und die Sonne würde nicht aufgehen.

Es gibt keine Worte, die beschreiben könnten, wie wir uns geliebt haben. Ich kann weder die Gefühle, die entfacht wurden, beschreiben, noch kann ich erklären, was wir beide uns nun gegenseitig bedeuten.

Ein heimtückisches, niederträchtiges Erlebnis hat dafür gesorgt, dass unsere Wege sich gekreuzt haben. Das Schicksal hat uns wiedervereint. Heilende Wunden haben uns miteinander verbunden und Sex hat alles besiegelt.

Sie gehört zu mir und ich gehöre zu ihr.

Ich verschwende nicht viel Zeit damit, mir über alles Gedanken zu machen, denn ich habe noch nie einem geschenkten Gaul ins Maul geschaut. Ich bin dankbar, dass uns etwas Mystisches oder Göttliches zusammengeführt hat, und habe keinen Zweifel daran, dass es Schicksal war.

Meine Bedenken, ob ich die richtige Entscheidung getroffen habe, als ich mich gegen eine mögliche Rückkehr aufs Eis entschied und für den Versuch, als Trainer in Pittsburgh neu zu beginnen, sind wie weggeblasen.

Ich bin genau da, wo ich sein muss.

Ich bin mir so sicher, dass ich, sollte mir eine Fee erscheinen und mir anbieten, die Zeit zurückzudrehen und den Angriff ungeschehen zu machen, das großzügige Angebot ablehnen würde. Denn das würde bedeuten, dass Sophie und ich uns nie begegnet wären.

Ich bin absolut genau da, wo ich hingehöre.

Sophie bewegt sich ein wenig und seufzt.

Es ist ein friedliches Seufzen. Nicht wie das gequälte Schreien, das mich um etwa zwei Uhr nachts aus dem Tiefschlaf gerissen hat. Noch nie habe ich so etwas gehört und möchte es auch nie wieder. Ich kann mich nicht einmal daran erinnern, dass ich zu Sophies Zimmer gerannt bin, aber ich erinnere mich daran, wie wichtig es mir war, bei ihr zu sein und mich dem zu stellen, was ihr so viel Angst bereitet. Ich kann es nicht ertragen, sie leiden oder von Schmerzen geplagt zu sehen.

Als ich erfuhr, dass ihre Träume sich verändert haben und nun voller Schuldgefühle sind, weil sie weggelaufen ist, wie ich es ihr befohlen hatte, hat es mir das Herz zerrissen. Gott, ich hoffe, sie hat mir vergangene Nacht zugehört und verstanden, was ich meinte, als ich sagte, sie solle loslassen, denn es ist mein ehrlicher Wunsch. Der wohl einzige Grund, weshalb es zwischen uns nicht funktionieren könnte, wäre ihr Unvermögen, loszulassen. Ich könnte es nicht ertragen, wenn sie mich schuldbewusst ansähe. Sie würde mich damit belasten und es würde all das Schöne und Gute zerstören, das zwischen uns ist.

Sie bewegt sich noch einmal, reibt eines ihrer seidenglatten Beine an meinem Bein und ich nehme sie fester in den Arm. Sie liegt beinahe ganz auf mir, und dennoch fühlt es sich an, als wäre sie nicht nah genug. Ihr Gewicht und ihre weiche Haut fühlen sich himmlisch an, und ich male mir bereits aus, wie unsere gemeinsame Zukunft aussehen könnte.

„Bist du wach?", fragt sie leise und überrascht mich ein wenig.

Ich habe angenommen, sie würde noch tief und fest schlafen, aber ihre Stimme klingt klar und gar nicht schläfrig.

„Ja, ich konnte irgendwie nicht richtig schlafen", gebe ich zu. Sie streichelt meine Brust. „Du fühlst dich so gut an. Ich wollte nicht schlafen, um das hier nicht zu verpassen."

Sophie kichert. „Also, ich habe eine Weile tief und fest geschlafen. Du und deine Zaubertricks haben mich echt geschafft."

Ich schnaube, denn sie hat mich ebenso geschafft.

„Wie spät ist es?", fragt sie.

Ich ziehe meine Hand unter meinem Kopf hervor und schaue auf die Uhr an meinem Handgelenk. „Beinahe Viertel vor sechs."

„Ich bin hellwach", antwortet sie und schmiegt sich an mich. „Ich kann nicht mehr schlafen."

Ich kann auch nicht mehr schlafen, also fasse ich zum Nachttisch hinüber und schalte die Nachttischlampe ein. Wir müssen ein paarmal gegen die plötzliche Helligkeit anblinzeln, doch schließlich drehe ich mich um und sehe sie an. Unsere Beine sind immer noch ineinander verschlungen und sie schiebt eine Hand unter ihr Kissen. Ich stütze mich auf dem Ellbogen ab und meinen Kopf auf meine Hand.

Dann beuge ich mich zu ihr hinunter und stehle mir einen Kuss. Als ich wieder zurückweiche, sind ihre Augen geschlossen und auf ihren Lippen erstrahlt ein Lächeln.

Sie öffnet die Augen und murmelt: „Guten Morgen.“

„Guten Morgen.“ Ich hebe meine Hand und fahre mit meiner Fingerspitze ihre Wangen entlang, den Hals entlang zu ihrem Haar. Ich greife mir eine ihrer Locken und betrachte sie im Licht der Nachttischlampe. „Wie fühlst du dich?“

„Du meinst körperlich?“, fragt sie genüsslich und träge lächelnd. „Ich fühle mich herrlich benutzt. Mental bin ich auf alle erdenklichen Arten glücklich und aufgewühlt und verängstigt. Und du?“

Mein überglückliches Lächeln sollte eigentlich für sich sprechen, aber dennoch antworte ich ihr. „Ebenso.“

An ihrer Reaktion, dem Aufleuchten ihrer Augen und dass sie sich kurz aufsetzt, um mich zu küssen, erkenne ich, dass es sie noch glücklicher macht, dass es mir auch so geht. Meine Hand berührt ihre Wangenknochen, während sich unsere Lippen vereinen.

Als sie sich wieder zurücklegt, beschließe ich, etwas Wichtiges anzusprechen. „Wir hatten ungeschützt Sex."

Sophies Augen verdunkeln sich und sie schaut nach unten auf meine Brust. Ich werte es als Zeichen, dass es ihr unangenehm ist, und lege zwei meiner Finger unter ihr Kinn und hebe ihren Kopf, damit sie mich ansieht.

„Aber für mich hat es sich nicht ungeschützt angefühlt", fahre ich fort. „Es hat sich vollkommen richtig angefühlt. Liege ich da falsch?"

„Ich habe gar nicht darüber nachgedacht, zu verhüten", gibt sie unverblümt zu. „Ich war so mit dir beschäftigt, ich hätte es nicht einmal bemerkt, hätte mir jemand ein Kondom unter die Nase gehalten."

Ich kann nicht anders, als zu lachen. „Ich weiß genau, was du meinst."

Für einen Moment sind wir still, denken über mögliche Konsequenzen nach. Schließlich unterbreche ich die Stille. „Falls es hilft, ich habe nie zuvor mit jemandem geschlafen, ohne mich zu schützen. Ich habe es nie ohne Kondom gemacht."

Sie rümpft die Nase. „Ich möchte mir nicht einmal ansatzweise Situationen vorstellen, in denen du ein Kondom benötigt hast."

Ihr kleiner Anflug von Eifersucht erfreut mich und ich ziehe sie dicht an mich heran. „Ich wollte noch nie zuvor mit jemandem ohne Schutz zusammen sein", sage ich, um ihr deutlich zu machen, wie sehr sie sich für mich von den zahllosen anderen Frauen unterscheidet.

Sophie räuspert sich. „Nun ja … ich habe nicht wirklich viel Erfahrung. Auf dem College hatte ich einen festen Freund und er hat sich immer geschützt. Danach bin ich nur mit zwei anderen Männern zusammen gewesen. Mit einem habe ich mich lange getroffen, und der andere war das Resultat eines schwachen Moments nach einer Menge Alkohol, als ich mit Frankie unterwegs war. Und Kondome wurden jedes Mal eingesetzt.“

„Ja, schon gut“, unterbreche ich sie. „Ich brauche keine Einzelheiten.“

Sophie kichert. „Entschuldige. Es gab nur drei Männer in meiner Vergangenheit und alle haben sich geschützt. Aber …“

Ihr Gesichtsausdruck wird besorgt, und ich weiß, was sie gleich sagen wird. Also beende ich den Satz für sie. „Du verhütest gerade nicht.“

Und wieder schaut sie weg.

„Sophie.“ Sie schaut mich wieder an. „Warum bist du so schüchtern bei diesem Thema?“

Sie seufzt schwer. „Doch, ich nehme die Pille, damit meine Periode regelmäßiger wird. Ich wollte nur nicht, dass du mich für eine Schlampe hältst.“

Ich kann nicht anders, laut lachend ziehe ich sie für eine kräftige Umarmung an mich heran und wiege sie sanft.

O Gott, sie ist so zauberhaft.

Ich versuche, nicht mehr zu lachen, als ich meine Umarmung lockere, und mache ein ernstes Gesicht. „Ich würde nie so von dir denken. Aber du kannst gern meine Schlampe sein, wann immer es dir beliebt.“

Sophie kichert, und ich lehne mich zu ihr, um sie als kleine Erinnerung daran, wie sehr ich in diesem Moment in sie vernarrt bin, zu küssen. Sie aber umschlingt mich mit ihren Armen, und der Kuss wird unvermittelt intensiver.

Mein Körper reagiert prompt. Heißes Blut, stockender Atem, mein Schwanz regt sich. Sophie nimmt ihn in die Hand, und kaum dass sie ihn drei- oder viermal gestreichelt hat, bin ich steinhart. Sie scheint sich über meine Reaktion zu freuen, knurrt kehlig und streift mit der anderen Hand die Decken beiseite. Ich schließe meine Augen und fühle den Luftzug dieser Bewegung an der Brust, am Bauch, und die Hitze ihrer Hand, mit der sie meinen Schwanz berührt.

Als sie die Decken ganz von uns streift, werde ich augenblicklich von Selbstzweifeln übermannt, ihr meinen nackten Körper so zu zeigen. Ich setze mich abrupt auf, greife nach den Decken. Überrascht lässt Sophie mich los und schaut mich vorsichtig an. Mit den Decken um meine Hüfte geschlungen, liege ich vor ihr. Sophie stützt sich mit der Hand auf der Matratze ab.

„Baden, was ist los?"

Frustriert schnaubend fahre ich mir mit meiner freien Hand durch die Haare und sehe sie schließlich an. „Es ist nur …" Wie, verdammt noch mal, soll ich ihr sagen, dass ich unsicher wegen meiner unteren Körperhälfte bin? Wie zur Hölle soll ich ihr das erklären, ohne sie vor den Kopf zu stoßen, denn ich sollte doch eigentlich darauf vertrauen können, dass es nicht von Belang ist.

Für mich ist es in den vergangenen Wochen selbstverständlich gewesen, auf Sophies Ängste und Zweifel einzugehen. Es hat mir ein Gefühl von Männlichkeit gegeben, für sie da sein zu können.

Doch nun fährt ihre Hand meinen Hals entlang, und sie neigt den Kopf, sodass ich sie ansehen muss. Sie schaut mir direkt in die Augen. „Du bist wunderschön, Baden. Alles an dir ist wunderschön für mich."

Ich schüttele den Kopf. „Meine Beine … sind es nicht … sie sind anders."

„Sie gehören zu dir", entgegnet sie und zieht an der Decke, die ich mit meiner Hand umschlossen halte. Ich greife fest zu, nicht bereit, meine Deckung fallen zu lassen.

Ihre Hand wird schlaff, und ich bin beinahe erfreut, dass sie nicht weiter darauf drängt. Gleichzeitig verfluche ich mich dafür, so ein Weichei zu sein.

„Das ist nicht fair", sagt sie unerwartet. Ich sehe sie wieder an. „Als ich gestern Nacht den Albtraum hatte, hast du zu mir gesagt, ich solle meine Schuldgefühle loslassen. Du wolltest, dass ich dir vertraue, und das tue ich. Ich lasse los. Auch du musst loslassen. Auch du musst deine wie auch immer gearteten negativen Gefühle dir selbst gegenüber loslassen und mir vertrauen."

Die Deutlichkeit ihrer Ansage beeindruckt mich. Es geht um Vertrauen. Ich habe von ihr verlangt, mir zu vertrauen. Tief in meinem Innersten weiß ich, dass auch ich ihr vertrauen muss.

Ich entspanne die Hände und lasse die Decke los.

„Leg dich hin", flüstert sie und drückt mich mit einer Hand auf meiner Brust nach hinten.

Ich werde es gleich tun, doch zuvor greife ich nach ihrer Hand und küsse sie, bevor ich sie dicht an mein Herz halte. Dann lasse ich sie los. Ich lege mich wieder zurück auf die Matratze.

Ich beobachte Sophie und hasse die leichte Angst, die ich verspüre, als sie langsam die Decke von meinen Beinen zieht. Mein Ständer, den ich noch vor wenigen Sekunden hatte, ist erschlafft, und ich halte die Luft an, während ich meinen Blick auf sie gerichtet halte.

Sophie zögert nicht. Behutsam erkundet sie meine untere Hälfte, streicht mit ihrer Hand meinen Schenkel entlang, hinab zum Knie und weiter die Wade hinab. Ich brauche nicht erst hinzusehen, um zu erkennen, was für jeden normalen Menschen aussieht wie zwei gewöhnliche Beine. Im Vergleich zu meinem Oberkörper sind sie blass und nicht muskulös. Aber immerhin sind sie nicht mehr dürr und ich kann Sophies Berührungen spüren.

Ist es nicht das, was zählt? Ich kann sie fühlen.

Sophie sagt nichts, gleitet nur mit ihren Händen an der Innenseite meiner Beine hinauf. Als sie etwa in der Mitte meiner Oberschenkel angekommen ist, rührt sich mein Schwanz wieder. Als sie ihn mit der Hand umschließt, schnellt er nach oben. Ich hebe den Kopf und sehe hinab auf meinen Körper, sehe ihre zarte Hand, die meinen Schaft, der definitiv nicht unter dem gleichen Muskelschwund gelitten hat wie meine Beine, umschlossen hält. Sie streicht sanft mit dem Daumen über die Spitze, verreibt den

Lusttropfen, und ich kann nicht anders, als bei dieser wunderbaren Berührung aufzustöhnen.

„Baden", wispert sie und ich sehe sie an. „Ich würde mich auch zu dir hingezogen fühlen, wenn deine Beine nicht funktionieren würden. Selbst wenn du im Rollstuhl wärst, würde ich dich immer noch mit Leib und Seele begehren. Du bist wundervoll, so wie du bist, und es gibt nicht einen Teil von mir, der dich nicht will."

Ich atme erleichtert aus.

Ich vertraue und glaube ihr.

Aber dann verschwende ich keinen Gedanken mehr an irgendwas, als sie sich über mich beugt und mich in den Mund nimmt. Alles dreht sich, und ich fühle nur noch Lippen, Zähne und Zunge. Ich knirsche mit den Zähnen, möchte es so lange wie möglich herauszögern, aber ich weiß, dass es vergebens ist. Dafür löst sie viel zu viele Gefühle in mir aus.

Also schließe ich die Augen und genieße es so lange, wie ich kann.

***

Gott, mein Orgasmus hat mir beinahe die Sinne geraubt, denn Sophie hat mich noch hart geritten, nachdem sie mich mit dem Mund verwöhnt hatte. Sie hat mich an den Rand des Orgasmus getrieben, ist dann langsamer geworden, immer und immer wieder. Dann hat sie sich erhoben, sich auf mich gesetzt, und ich habe noch nie in meinem Leben so etwas Schönes gesehen wie den Anblick, als sie sich auf mich niedersinken ließ.

In sich zusammensinkend, murmelt Sophie: „Bitte sag mir, dass es immer so gut sein wird.“

„Noch besser“, raune ich. Denn ich weiß nur zu gut, dass es immer besser und besser werden wird. Um ehrlich zu sein, kann ich kaum das nächste Mal und übernächste Mal erwarten. Ich vermute, Betten werden kaputtgehen und Nachbarn werden vermutlich von dem Lärm, den wir veranstalten werden, genervt sein. Zumindest ist das meine Vorstellung davon, wie unser Leben sein wird, wenn wir nach Pittsburgh zurückkehren.

Während Sophie federleicht auf mir liegt, hebe ich meinen Arm, um auf meiner Uhr nachzusehen, wie spät es ist. Ich seufze vor Bedauern darüber auf, dass wir bald losmüssen. Ich muss zum Büro der Staatsanwältin und weiß noch nicht, was Sophie tun wird. Entweder fährt sie zum Flughafen oder sie verschiebt ihren Flug und begleitet mich, damit wir beide unsere Aussagen machen können.

„Wie fühlst du dich?“, frage ich, ihren unteren Rücken streichelnd.

„Wunderbar“, haucht sie an meinem Hals.

„Gut“, antworte ich und rolle sie von mir hinunter. Ich stütze mich auf meinen Ellbogen ab und beuge mich über sie. „Wir sollten nämlich darüber reden, was wir noch tun können, damit wir uns von all den schlechten Dingen lösen.“

Ihre Augen verdunkeln sich. „Du meinst, dass ich meine Zeugenaussage machen soll.“

Ich nicke ernst. „Genau das denke ich.“

Kapitel 23

Baden

Auf das, was im Büro der Staatsanwältin geschehen würde, bin ich nicht gefasst gewesen. Ich war so stolz auf Sophie. Darauf, dass sie sich dazu durchgerungen hat, ihre Aussage zu machen. Und als wir Hand in Hand ins Gericht gingen, erkannte ich an ihrem Gang und an der Art, wie sie meine Hand hielt, wie stark und selbstsicher sie sich fühlte.

Ich hatte ihr versichert, dass es nicht zu aufwühlend werden würde, da wir unsere Aussagen nur vor der Staatsanwältin machen würden. Sie würde uns aufnehmen und die Videos dann bei Gericht einreichen, sobald die Anträge für das verhandelte verringerte Strafmaß bei Gericht eingehen. Man hatte uns gesagt, dass die Mühlen der Rechtsprechung zu langsam mahlen, als dass mit einer schnellen Entscheidung gerechnet werden könne. Das hatte Sophie dabei geholfen, sich zu entscheiden, ihre Aussage zu machen. Sie wollte nicht all den Menschen gegenüberstehen, während sie von einem so persönlichen Teil ihres Lebens berichtete.

Doch unglücklicherweise sind die Mühlen in der Zwischenzeit anscheinend ordentlich geölt worden. Die junge Staatsanwältin war ganz aus dem Häuschen, dass es ihr gelungen ist, die Anhörung für Henry Camarinos Antrag wegen des verringerten Strafmaßes zügig durchzubringen. Der Fall sollte in einer öffentlichen Verhandlung von einem Richter angehört werden.

Heute früh.

Für uns bedeutete das, dass wir unsere Opferzeugenaussagen heute vor einem Richter in einem Gerichtssaal während einer öffentlichen Verhandlung machen müssten, bei der jeder zuschauen kann.

Ich rechnete damit, dass Sophie sich weigern würde, und sollte sie sich dafür entscheiden, die Reißleine zu ziehen, würde ich nicht versuchen, sie umzustimmen. Mir reichte es aus, dass sie den Mut aufgebracht hat, hierher zu kommen. Auf das, was nun hier abgeht, hat sie sich mental nicht eingestellt.

Zu meiner Überraschung stellte Sophie der Staatsanwältin jedoch zielgerichtete Fragen darüber, was sie zu erwarten hätte, wie viele Leute zusehen würden und ob der Angeklagte auch anwesend wäre.

Sie hörte sich die Antworten an, dachte darüber nach, und zu meiner Überraschung erklärte sie sich bereit, ihre Aussage dennoch zu machen.

Der Gerichtssaal ist kaum gefüllt, während wir auf den Richter warten. Anwälte sind anwesend, wie auch Ms. DuBose, die heute für alle Strafsachen zuständig ist und bereits an einem Tisch vor dem Richterstuhl Platz genommen hat. Eine Handvoll Leute sitzen auf den Zuschauerbänken, welche bis hinten zu den Doppeltüren aufgereiht sind. Ich gehe davon aus, dass es ebenfalls Opfer sind, so wie Sophie und ich, oder vielleicht Familienangehörige, die einige der Angeklagten unterstützen wollen. Beim Umsehen frage ich mich, ob darunter auch Angehörige des

Mannes sind, der sich gleich schuldig bekennen wird, uns angegriffen zu haben.

Eine der Türen hinter dem Richterstuhl öffnet sich und ein Gerichtsdiener betritt den Saal, gefolgt von der Richterin.

„Erheben Sie sich", schallt die Stimme des Gerichtsdieners durch den Saal. „Die ehrenwerte Richterin Petra M. Dobrovsky hat den Vorsitz."

Sophie und ich erheben uns von der Bank hinter der Staatsanwältin und bleiben so lange stehen, bis wir aufgefordert werden, uns wieder zu setzen.

Die nächsten fünfzehn Minuten verbringt Ms. DuBose damit, Plädoyers abzuarbeiten. Einige der Angeklagten sitzen auf den Zuschauerbänken im Gerichtssaal und betreten den Verhandlungsraum durch eine kleine Schwingtür. Sie bekennen sich nicht schuldig und bitten darum, von einem durch das Gericht gestellten Anwalt vertreten zu werden.

In einigen Fällen sind bereits Strafverteidiger anwesend und übernehmen größtenteils das Reden für ihre Klienten. Einige der Angeklagten befinden sich in irgendwelchen Räumlichkeiten hinter dem Gerichtssaal und werden durch eine weitere Tür hereingebracht, gekleidet im matten Taupe der Gefängnisoveralls und mit Latschen. Manche werden in Handschellen hereingeführt und andere sind sowohl an den Händen als auch an den Füßen gefesselt.

Ich halte Sophies Hand und höre aufmerksam zu.

Nachdem sie bei einer jungen Frau, die wegen Ladendiebstahls angeklagt war, einem verringerten Strafmaß zugestimmt und sie zur Bewährung und zu gemeinnütziger Arbeit verurteilt hat, verkündet

Richterin Dobrovsky: „Das scheint für heute alles auf der Prozessliste gewesen zu sein."

Angela DuBose erhebt sich. „Euer Ehren, man hat heute Morgen noch einen weiteren Fall zu Ihrer Prozessliste hinzugefügt. Der Staat gegen Henry James Camarino."

Als ich den Namen des Mannes höre, der mich angegriffen hat, spüre ich, wie sich knisternde Wut in mir ausbreitet. Sophies Hand zittert ein wenig und ich drücke sie.

Die Richterin lehnt sich hinunter zu einem Mann, der links neben ihr an einem Tisch sitzt, welcher auf einem niedrigeren Level steht als ihr Richterstuhl. Der Mann reicht ihr eine Mappe. Sie öffnet sie, schaut sie sich ein paar Minuten lang an und wendet sich wieder an Ms. DuBose.

„Na gut … es sieht ganz danach aus, als hätten sich der Staat Arizona und Mr. Camarino auf ein verringertes Strafmaß geeinigt und dass er gern mit der Verurteilung fortfahren würde."

„Die beiden Opfer sind ebenfalls anwesend, um ihre Aussagen zu machen", antwortet Ms. DuBose und wirft uns einen flüchtigen Blick zu. „Mr. Baden Oulett und Ms. Sophie Winters."

Als die Richterin meinen Namen hört, hebt sie den Blick und sieht sich suchend im Gerichtssaal um, bis sie mich schließlich entdeckt. In Eishockeykreisen weiß man, wer ich bin. Nicht nur, weil ich der Goalie der Vengeance war, sondern auch, weil die Medien landesweit über den Angriff und meine Verletzungen berichtet haben.

„In seiner derzeitigen Funktion als Goalie-Trainer der Pittsburgh Titans ist Mr. Oulett aufgrund seines Spielplans gerade hier in Phoenix“, erläutert DuBose. „So passt es also für ihn, dass er heute seine Aussage machen kann.“

„Das kann ich gut nachvollziehen“, antwortet Richterin Dobrovsky, schaut kurz auf Sophie und dann wieder einen Moment zu mir, bevor sie sich wieder an die Staatsanwältin wendet. „Wurde der Angeklagte vom Gefängnis hierher gebracht?“

Ein Mann in einem Anzug, vermutlich der Strafverteidiger, tritt vor und stellt sich an einen Tisch neben dem der Staatsanwältin. „Tim McCabe, Euer Ehren. Ich vertrete Mr. Camarino, und er ist bereit, sein Urteil zu empfangen.“

„Nun denn“, sagt die Richterin und nickt dem Gerichtsdiener zu, der sich daraufhin entfernt.

Die nächsten Sekunden, in denen wir darauf warten, dass der Gerichtsbeamte wieder erscheint, sind sehr angespannt. Als ich Henry Camarino zum ersten Mal sehe, bin ich etwas überrascht, dass ich nicht wirklich viel fühle. Ich habe stärker darauf reagiert, als sein Name zum ersten Mal aufgerufen wurde, aber nun fühle ich mich einfach nur … abgestumpft.

Es ist nicht der Mann, der mir das Gesicht zerschnitten und auf mich eingestochen hat, sondern der Kerl, der mir mit der Brechstange auf den Kopf geschlagen hat. Nicht, dass ich tatsächlich gesehen hätte, dass er es getan hat, aber das ist es, was Detective Gilmore aufgrund der Aussagen der drei Täter zusammengetragen hat, nachdem sie sich dazu entschlossen hatten, sich schuldig zu bekennen.

Ich drehe mich um, um Sophie zu meiner Linken anzusehen. Sie hält ihren Kopf gesenkt, die Augen starr auf unsere ineinander verschränkten Hände auf ihrem Oberschenkel gerichtet.

Camarino wird schlurfend, mit klirrenden Handschellen an Händen und Beinen, hereingeführt. Er ist dürr, hat fettige Haare und ein pockennarbiges Gesicht. Er schaut sich nicht im Gerichtssaal um, sondern nimmt mit ebenso gesenktem Kopf wie Sophie neben seinem Anwalt Platz. Es ist offensichtlich, dass keiner von beiden gern bei dieser Anhörung zugegen ist. Aber ich bin bereit, meine Aussage zu machen.

Nach dem üblichen Vorgeplänkel, bei dem der Richterin die ursprünglichen Anklagepunkte, die Reduzierung des Strafmaßes in einigen dieser Punkte und das verhandelte Strafmaß vorgelegt werden, wendet sich Angela DuBose an mich. Wir haben heute Morgen verabredet, dass ich meine Aussage vor der von Sophie machen werde.

„Mr. Oulett", fordert sie mich mit einem Nicken in Richtung der Schwenktür auf. „Würden Sie bitte in den Zeugenstand treten, um ihre Aussage zu machen?"

Ich hebe Sophies Hand, drücke sie für einen sanften Kuss an meine Lippen und lege sie wieder auf ihren Schoß zurück. Ich stehe auf und bemerke, dass alle Augen im Gerichtssaal auf mich gerichtet sind. Ich schätze, dass auch Reporter anwesend wären, wenn diese Anhörung nicht so kurzfristig angesetzt worden wäre. Ich bin froh, dass dem nicht so ist. Alle Augen sind auf mich gerichtet, als ich sicheren Fußes und mit der gleichen Festigkeit wie vor dem Angriff durch den Gerichtssaal schreite.

Alle Augen, außer die von Camarino.

Nachdem ich durch die Schwingtür getreten bin, muss ich an dem Tisch vorbeigehen, an dem er neben seinem Anwalt sitzt. Meine Gefühllosigkeit verschwindet, und ich bin wütend darüber, dass er mich nicht einmal ansieht.

Ich bleibe vor seinem Tisch stehen und die Spannung im Raum ist deutlich spürbar. Aus dem Augenwinkel sehe ich, wie Angela DuBose einen Schritt auf mich zumacht, und so beeile ich mich, zu sagen, was ich zu sagen habe.

Meine Worte sind ruhig, mit Bedacht gewählt und nicht zu laut gesprochen, um die Ehrwürdigkeit des Gerichts nicht zu verletzen. „Ich hoffe, du hast wenigstens dann den Anstand, mich anzusehen, wenn ich gleich da oben meine Aussage mache." Ich zeige auf den Zeugenstand. „Ich weiß es zu schätzen, dass du die Verantwortung für deine Taten übernimmst und dich schuldig bekennst, aber ich finde, du bist es mir schuldig, dir wenigstens anzuhören, was ich deinetwegen durchgemacht habe."

Der Mann zeigt keine Reaktion, außer dass er vielleicht noch ein wenig mehr in sich zusammenfällt. Sein Gesicht ist gerötet, verkniffen, aber verärgert wirkt er nicht. Es sieht so aus, als würde ich in dieser Hinsicht keine Genugtuung erhalten. Doch kurz bevor ich den Zeugenstand erreiche, ertönt die Stimme einer Frau aus dem hinteren Teil des Gerichtssaals.

„Schau ihn gefälligst an, Henry James Camarino."

Einige Leute schnauben überrascht, und ich versuche auszumachen, wem die Stimme gehört. Hinten im Gerichtssaal steht eine alte Frau. Sie hat graues Haar, das Gesicht ist von Falten durchzogen und ihr Ausdruck leidend.

Vielleicht seine Großmutter?

Wie auch immer sie zueinander stehen, der Mann setzt sich aufrechter hin, hebt langsam den Kopf und schaut mir schließlich endlich in die Augen. Nicht beschämt. Nicht um Entschuldigung bittend. Aber auch nicht wütend. Seine Augen wirken irgendwie tot, und nun, da ich darüber nachdenke, wird mir klar, dass er sich sehr wahrscheinlich darüber bewusst ist, dass mit dem Ende des heutigen Tages sein Schicksal besiegelt wird. Angela DuBose hat uns mitgeteilt, dass das geringste Strafmaß für all seine Anklagepunkte bei zweiunddreißig Jahren liegt. Angesichts der Niederträchtigkeit dessen, was sie mir – einem barmherzigen Samariter, der nur versucht hat, jemand anderen zu retten – angetan haben, könnte er auch zu einer lebenslänglichen Haftstrafe mit der Möglichkeit auf eine erneute Anhörung verurteilt werden.

Ich trete in den Zeugenstand. Da es sich um eine informelle Aussage vor Gericht handelt, werde ich nicht vereidigt. Richterin Dobrovsky lächelt mich freundlich an und nickt mir zu, um mir zu bedeuten, dass sie bereit ist, mir zuzuhören.

Ich sehe zu Sophie hinüber. Sie hat sich vorgebeugt, ihr Gesicht voller Sorge und Unterstützung. Ich sehe zu Camarino, der mir immer noch, wie von mir gefordert, seine Aufmerksamkeit schenkt. Dann schaue

ich zu der alten Frau im hinteren Teil des Gerichtssaals. Mit gesenktem Kopf sitzt sie da und tupft sich
die Augen trocken. Ich richte den Blick wieder auf
Camarino und wende ihn nicht von ihm ab, während
ich meine Aussage mache.

Ich übertreibe nicht, als ich erzähle, was mir widerfahren ist. Die Richterin bekommt von mir die ganze
Wahrheit über die schwerwiegenden Verletzungen,
und dafür brauche ich nicht zu übertreiben. Mein
Kampf, um diese zu überwinden, war traumatisierend genug. Dass ich aufgrund dieser Verletzungen
meiner Karriere als professioneller Eishockeyspieler
den Rücken kehren musste, könnten einige sogar mit
einem Todesurteil gleichsetzen. Sie können ja nicht
wissen, dass ich so Sophie kennengelernt habe, und
das werde ich ihnen auch nicht auf die Nase binden.
Ich möchte nicht, dass sie einen Anteil an dem Wunder unserer Verbindung haben, und ich möchte Camarino nicht einmal eine Sekunde glauben lassen,
dass aus seiner Tat etwas Gutes entstanden ist.

Nachdem ich mit meiner Aussage fertig bin, bedankt sich die Richterin und ich verlasse den Zeugenstand. Die Staatsanwältin wendet sich an Sophie, die
mit einem Nicken bestätigt, dass sie bereit ist. Ihr
Name wird aufgerufen und wir begegnen uns an der
Schwingtür.

Vermutlich sieht das Gerichtsprotokoll vor, dass
wir stillschweigend aneinander vorbeigehen müssen,
aber ich kann einfach nicht anders. Ich lege ihr eine
Hand in den Nacken, beuge mich zu ihr hinunter und
gebe ihr einen Kuss auf die Stirn.

„Du schaffst das", sage ich ihr.

Sie lächelt und nickt und geht dann an mir vorbei zum Zeugenstand.

Sophie würdigt Camarino keines Blickes. Ich frage mich, ob sie ihn jetzt erkennt, wo sie doch nicht in der Lage war, ihn bei der Foto-Gegenüberstellung zu identifizieren. Wir haben oft darüber gesprochen, woran es liegen könnte, dass ich mich erinnern kann und sie nicht. Und ich glaube, es liegt daran, dass wir manchmal Dinge aus unserem Gedächtnis verdrängen, um den Schmerz zu lindern. Es könnte gut sein, dass die Erinnerung an die Gesichter ihrer Angreifer einfach zu viel für ihr Unterbewusstsein ist.

Die Richterin wartet, bis Sophie Platz genommen hat. „Sie dürfen beginnen, Ms. Winters."

Ich beobachte Camarino. Wie die alte Frau es von ihm verlangt hat, starrt er Sophie an, aber ich erkenne, dass er nicht wirklich bei der Sache ist. Vielleicht steht er unter dem Einfluss von Medikamenten, aber irgendwie sieht er ein wenig aus wie ein Zombie. Bereut er wenigstens, was sie ihr antun wollten? Oder denkt er vielleicht an all die grausamen Dinge, die er mit ihr anstellen wollte, aber nicht konnte?

Und plötzlich ist sie da. Die Wut, mit der ich gerechnet habe. Ich rase innerlich und muss mich zusammenreißen, nicht von meinem Sitz aufzuspringen, durch die Tür zu preschen und den Wichser für das, was er ihr angetan hat, zu verprügeln.

Nicht für mich, sondern für Sophie. Für all die Monate, die er und seine Kumpane ihr genommen haben.

Dafür, dass sie wegen ihnen Angst vor ihrem eigenen Schatten hat.

Für die Schuldgefühle, unter denen sie leidet wegen dem, was sie mir angetan haben.

Für den Teil ihrer Persönlichkeit, den sie zerstört haben.

„Ich vergebe Ihnen das, was Sie mir angetan haben", sagt Sophie leise und mein Blick schnellt zu ihr hinüber.

Ihre ersten Worte versetzen den Gerichtssaal in ein Vakuum. Man hört, wie die Frau in der hinteren Reihe anfängt, laut zu schluchzen.

„Es tut mir leid", fährt Sophie, ihren Blick auf Camarino gerichtet, fort. „Aber für das, was Sie Baden angetan haben, kann ich Ihnen nicht vergeben."

Sophie schaut mich kurz an, bevor sie ihren Blick wieder auf Camarino richtet. „Sie haben diesem guten Mann Unaussprechliches angetan, und dafür, so hoffe ich, wird die Richterin Sie so hart, wie es das Gesetz zulässt, bestrafen. Ich hoffe sehr, dass Sie ehrlich bedauern, was Sie getan haben." Sophie hält inne und schaut nach hinten in den Gerichtssaal. Auch ich schaue nach hinten. Die alte Frau sieht Sophie mit tränenüberströmten Augen an, und kurz scheint es so, als würden sie sich wortlos miteinander verständigen.

Dann wendet sich Sophie wieder an Camarino. „Anscheinend ist hier heute jemand erschienen, dem Sie wichtig sind. Und sollte sie Ihnen auch etwas bedeuten, hoffe ich sehr, dass Sie an sich arbeiten, um eines Tages dem zu entsprechen, was sie sich von Ihnen wünscht. Vermutlich werden Sie dann immer noch im Gefängnis sitzen, aber auch dort werden Sie die Möglichkeit bekommen, Gutes zu tun. Sie können sie immer noch stolz machen."

Verdammte Scheiße, meine Augen brennen vor Tränen, und ich blinzele wie wild, damit sie verschwinden. Ich sehe mich um. Die Richterin weint, Angela DuBose weint und die Frau hinten im Saal schluchzt.

Sogar Camarino laufen ein paar Tränen die Wangen herunter.

Dann schaue ich zu Sophie, wie sie sich mit trockenen Augen ruhig von ihrem Stuhl erhebt und den Zeugenstand verlässt. So gern würde ich ihr applaudieren. Sie hat ihre eigenen Erwartungen bezüglich dessen, was sie heute hier ausrichten kann, übertroffen. Ich warte an der Schwingtür auf sie, strecke ihr meine Hand entgegen und wir verlassen gemeinsam den Gerichtssaal.

Camarino wird zugestanden, Leumundszeugen aufzurufen, und danach werden die Anwälte ihr gefordertes Strafmaß verteidigen. Sophie und ich haben vorab entschieden, das nicht mit anzuhören, und Ms. DuBose hat zugestimmt, uns über den Ausgang der Verhandlung telefonisch zu benachrichtigen. Wir sind zuversichtlich, dass er eine angemessene Strafe erhalten wird.

Genau, wie wir heute das bekommen haben, was uns zusteht. Die Gelegenheit, einen der Männer, die uns so viel Leid und Schmerz verursacht haben, damit zu konfrontieren. Es fühlt sich befreiend an, und Sophies leichtem Schritt und dem Lächeln auf ihrem Gesicht zufolge, geht es ihr genauso.

Kapitel 24

Sophie

Ich gehe meine Schränke durch und verschaffe mir einen Überblick über die vorhandenen Dinge, dann geht es weiter zum Kühlschrank. Ich bücke mich, um das untere Gefrierfach aufzuziehen.

„Nette Aussicht", sagt Baden, der hinter mir am Küchentisch zu Ende frühstückt.

Ich schaue über meine Schulter und sehe, wie er meinen Hintern betrachtet.

„Lüstling", antworte ich liebevoll, bevor ich mich wieder dem Gefrierfach zuwende. Ich lächle, so wie schon die ganze Zeit, seit wir aus Phoenix zurückgekommen sind und uns in unsere neuen Rollen in dieser Viel-mehr-als-Freundschaft eingelebt haben.

Ich nehme eine Packung Rinderhack aus dem Tiefkühlfach. „Ich mache heute Lasagne zum Abendessen. Dafür habe ich alles da."

Es ist eine gute Mahlzeit für ein intimes und kuscheliges Abendessen an einem kalten Abend. Ich habe noch eine Flasche guten Rotwein und wir können uns danach vor den Kamin setzen und uns unterhalten. Auch wenn es kitschig und klischeehaft klingt, mögen Baden und ich es, nur so dazusitzen und miteinander zu reden. Was ich damit sagen will … wir lieben diese neue sexuelle Spannung zwischen uns, aber wir sind dermaßen von uns angetan, dass wir manchmal einfach nicht aufhören können, miteinander zu sprechen.

Als ich mich zu Baden umdrehe, bemerke ich, wie sich für einen winzigen Augenblick ein Schatten über sein Gesicht legt, bevor er mich anlächelt.

„Klingt gut.“

Er hat das Gesicht verzogen. Ich bin mir sicher, dass er das hat.

„Du magst Lasagne nicht?“

„Alles gut.“ Er winkt ab, als wäre es keine große Sache, aber an dem Klang seiner Stimme erkenne ich, dass es nicht gut ist.

Ich lege das gefrorene Hack auf die Arbeitsfläche, gehe um die Kücheninsel herum und stelle mich vor ihn. „Wenn du keine Lasagne magst, kann ich uns gern etwas anderes machen.“

Er steht auf und zieht mich in seine Arme. Daran muss ich mich noch gewöhnen. Aber tief in meinem Herzen weiß ich, dass es sich mit ihm jedes Mal wieder frisch und erhebend anfühlen wird. Er gibt mir einen Kuss auf die Stirn.

„Doch, ich mag Lasagne.“

Da ist es wieder. Dieses kleine Etwas in seiner Stimme, das mir sagt, er würde mir zuliebe etwas essen, was er eigentlich nicht mag. Er bringt Opfer für mich. Und auch wenn es eine liebevolle Geste ist, möchte ich nicht, dass er auf diese Art Rücksicht auf mich nimmt. Ich will, dass wir Partner sind. „Du hast mich vor viel Schmerz und wahrscheinlich auch vor dem Tod bewahrt, stimmt’s?“

Baden verzieht das Gesicht. „Ja, aber …“

„Wir beide sind sexuell aktiv miteinander, was bedeutet, dass wir inzwischen noch enger miteinander verbunden sind, als wir es nach unserem gemeinsamen Erlebnis im vergangenen Sommer waren.“

Badens Mundwinkel zucken amüsiert. „Das letzte Mal, als ich in dir gewesen bin, war mir noch so.“

Das war erst heute früh. Er hat mich mit seiner Hand zwischen meinen Beinen geweckt, und das hat zu noch viel schöneren Dingen geführt.

Es bleibt festzuhalten, dass Baden und ich seit unserer Rückkehr aus Phoenix selbstverständlich gemeinsam in meinem Bett geschlafen haben. Ich bin allein nach Hause geflogen, ermutigt durch die Erleichterung, die ich nach meiner Opferaussage verspürt habe, und in dem Wissen, dass mein Vater direkt vor den Türen des Flughafens auf mich warten würde. Dennoch bin ich froh darüber, dass ich es geschafft habe, und es hat mir sehr dabei geholfen, die letzten offenen Wunden zu verschließen.

Ich fahre mit meiner Argumentation fort. „Und all das bedeutet, dass wir uns einander nahestehen. Und das wiederum bedeutet, dass du auch in der Lage sein solltest, es mir offen zu sagen, wenn du Lasagne nicht ausstehen kannst. Dann werde ich einfach etwas anderes kochen.“

Baden schaut mich nachdenklich an. „Also“, sagt er langsam mit tiefer Stimme, „wenn du es nicht mögen würdest, mir einen zu blasen, hättest du kein Problem damit, es mir zu sagen?“

Ich drücke mich mit meinen Händen von seiner Brust ab und schimpfe: „Du weißt verdammt gut, dass ich dir sehr gern einen blase. Das ist ein blöder Vergleich.“

Baden zuckt mit den Schultern, seine Augen leuchten spitzbübisch auf. „Ich wollte mich nur vergewissern. Also, wenn du es beweisen möchtest …“

„O ja, und wie ich es dir beweisen werde“, rufe ich aus und greife nach dem Bund seiner Trainingshose. Glücklicherweise trägt er Trainingskleidung, da er meist morgens zuerst ins Fitnessstudio geht.

Selbstverständlich gibt es da nichts, was ich noch beweisen müsste. Seit Baden einen Tag nach meiner Rückkehr aus Phoenix von seinem Trip nach Houston nach Hause gekommen ist, haben wir ziemlich viel Zeit im Bett verbracht, und, formulieren wir es einmal so, wir beide stehen sehr auf Oralsex.

Baden wehrt meine Hände ab, bevor er mich für einen wunderschönen, bis in die Fußspitzen prickelnden Kuss an sich heranzieht. Als er sich wieder zurücklehnt, sagt er: „Auch wenn ich nichts lieber sähe, als dass du vor mir kniest, ich muss jetzt los. Und ja, ich gebe es zu … ich hasse Lasagne.“

„Shepherd's Pie?“, biete ich an. Das ist ein traditioneller Kartoffelbrei-Hackfleisch-Auflauf.

„Perfekt“, antwortet er, und nach einem weiteren Kuss ist er schon zur Tür hinaus.

Ich seufze vor romantischer Glückseligkeit und aktiviere die Alarmanlage.

Nachdem ich mir noch eine Tasse Kaffee gemacht habe, rufe ich die Supermarkt-App auf meinem Smartphone auf, um noch schnell ein paar Zutaten zu bestellen, die ich für den Kartoffelbrei-Hackfleisch-Auflauf benötige.

Ich bin gerade einmal dazu gekommen, die Kartoffeln in den Warenkorb zu legen, als Frankie mich anruft.

„Was machst du gerade?“, will sie mit viel zu leiser Stimme wissen, was bedeutet, dass sie sehr wahrscheinlich noch im Bett liegt. Sie zieht es vor, erst ab dem späten Morgen bis in den frühen Abend hinein zu unterrichten, da sie eher eine Nachteule ist.

„Bin gerade dabei, Zutaten für das Abendessen zu bestellen“, antworte ich. „Magst du mitessen?“

„Was gibt es denn?“

„Shepherd’s Pie. Und vielleicht noch einen Nachtisch.“

„Ich passe“, sagt Frankie. „Ich denke darüber nach, mich zukünftig vegan zu ernähren.“

„Nicht dein Ernst!“, rufe ich aus.

„Vielleicht“ ist alles, was sie dazu sagt, bevor sie das Thema wechselt. „Na, wie läuft es mit deinem gut aussehenden Eishockeytrainer? Schöne Orgasmen?“

Frankie weiß, wie sich die Dinge mit Baden entwickelt haben, da ich sie angerufen habe, als ich am Flughafen von Phoenix auf meinen Flug nach Hause gewartet habe. Ich habe ihr keine Einzelheiten erzählt, aber sie ist sich wohl darüber im Klaren, dass wir nun ein Pärchen sind. Ich habe mehr Zeit damit verbracht, ihr zu berichten, was sich bei Gericht während unserer Opferaussagen zugetragen hat. Es gibt nicht viel, worüber ich nicht mit Frankie spreche, aber an dieser Stelle weigere ich mich schlichtweg, auf ihre Frage nach den Orgasmen einzugehen.

„Dir muss echt etwas an diesem Kerl liegen, wenn du schon eure privaten Angelegenheiten für dich behältst.“

„Ja, das ist wirklich so“, antworte ich leise.

„O Mann“, sagt Frankie hysterisch lachend ins Telefon. „Du bist verliebt.“

Ich habe nicht das geringste Bedürfnis, dem zu widersprechen, aber weiß auch nicht, wie ich es zugeben soll. Baden und ich kennen uns erst seit ein paar Wochen und alles passiert so schnell. Und auch wenn ich nicht über Sex reden will, so könnte ich den lieben langen Tag damit verbringen, mit Frankie über Gefühle zu reden. „Ich empfinde sehr viel. So etwas habe ich noch nie zuvor gefühlt. Ich habe nur ein wenig Angst davor, weil alles so unwahrscheinlich schnell geht.“

„Klingt logisch“, denkt sie laut nach. „Ihr zwei habt eine gemeinsame Erfahrung gemacht, die niemand anderes nachvollziehen kann. Ich denke, du solltest dir keine Gedanken über irgendwelche zeitlichen Abläufe machen, sondern dich eher darauf konzentrieren, was ihr füreinander empfindet. Lasst es auf euch zukommen.“

Es ist ein simpler Ratschlag und vermutlich auch der beste.

„Und wage es ja nicht, online zu bestellen“, sagt Frankie. Der Themenwechsel ist so unvermittelt, dass ich ihr einen Moment nicht folgen kann.

„Was?“

„Du hast vorhin gesagt, du wärst gerade dabei, Lebensmittel online zu bestellen. Ich denke aber, dass du selbst in den Laden gehen solltest. Du beginnst gerade damit, deine Komfortzonen zu erweitern. Du bist nach Phoenix gereist, hast einen deiner Angreifer mit seiner Tat konfrontiert und bist ganz ohne Begleitung wieder nach Hause geflogen. Geh einfach in den verdammten Supermarkt, Süße."

Sie hat vollkommen recht. Es gibt keinen Grund, weshalb ich diesen Schritt nicht wagen sollte. Es ist einfach nur die Straße runter, es ist heller Tag, und ich bin schon oft in dem Laden gewesen. Das ist ungefährlich, und es gibt nichts, worüber ich mir Sorgen machen müsste.

„Okay", sage ich entschlossen. „Genau das werde ich tun."

Nach ein wenig Small Talk beenden wir das Gespräch, und ich beschließe, dass ich noch eine ausführliche Einkaufsliste schreiben werde, bevor ich mich auf den Weg mache. Ich brauche eine halbe Stunde dafür, und entscheide mich dann, noch schnell unter die Dusche zu springen. Ich nehme mir Zeit, mich zu schminken, denn ich mag es in letzter Zeit, hübsch auszusehen.

Wieder in der Küche angekommen, um meine Einkaufsliste zu holen, beschließe ich, noch die Küche aufzuräumen, bevor ich das Haus verlasse. Es ist schöner, Lebensmittel in einer sauberen und aufgeräumten Küche auszupacken.

Das wiederum führt dazu, dass ich meinen Vorratsschrank umräume.

Als ich damit fertig bin, überlege ich, ob ich sonst noch etwas erledigen müsste, bevor ich das Haus verlasse, und bemerke, wie mein Magen knurrt. Ich sollte mir erst einmal etwas zum Mittagessen machen, da es ja nie gut ausgeht, wenn man mit leerem Magen einkaufen geht. Also mache ich mir ein Sandwich, setze mich mit meinem Laptop an den Küchentisch und checke meine Mails.

Da ist eine E-Mail einer Pharmafirma, bei der ich mich auf eine Stelle in der Kundenbetreuung beworben habe. Ich bin zwar überqualifiziert und würde nicht einmal ansatzweise das verdienen, was ich bei Reynis verdient habe, aber es ist eine Stelle im Homeoffice.

Zusätzlich bin ich gerade mit einem Konkurrenten von Reynis im Gespräch, ebenfalls ein Hersteller medizinischer Geräte. Es wäre keine Position, bei der ich viel reisen müsste, sondern ich müsste eher übers Telefon unterstützen und würde dafür auch noch besser bezahlt. Gestern hat ein Vorstellungsgespräch über Zoom stattgefunden, und sie haben mir mitgeteilt, dass sie noch ein weiteres Vorstellungsgespräch mit einer anderen Bewerberin abwarten wollen, bevor sie sich entscheiden. Also warte ich auf eine Antwort.

Mein Herz schlägt ein wenig schneller, als ich eine E-Mail von der La Roche University in Pittsburgh entdecke. Auf Badens Drängen hin habe ich sie darum gebeten, mir Informationsmaterial über ihr Innenarchitekturausbildungsprogramm zuzusenden. Im Anhang der E-Mail befindet sich eine ausführliche Broschüre mit Einzelheiten.

Ich lasse mich mitreißen und verschlinge sämtliche Informationen über die Universität und darüber, was ich tun müsste, um Innenarchitektin zu werden.

Ich sauge die Informationen über den Innenarchitekturstudiengang auf und bin Feuer und Flamme, etwas zu studieren, was mich gleichermaßen interessiert und begeistert. Gleichzeitig bin ich aber auch hin- und hergerissen von der Frage, ob es überhaupt eine gute Idee wäre. Baden hat mich gedrängt, es anzugehen, aber ich würde mich gern mehr mit ihm darüber unterhalten. Ebenso wie mit Frankie und selbstverständlich mit meinen Eltern.

Ich hole einen Schreibblock hervor und schreibe mir Fragen auf. Als ich damit fertig bin, öffne ich den Internetbrowser und suche nach weiteren Fernstudiengängen, denn vielleicht kann ich auch von zu Hause aus studieren.

Und plötzlich wird mir etwas klar.

Ich schinde Zeit.

Ich tue alles Menschenmögliche, um nicht zum Supermarkt fahren zu müssen, was ich mir doch vor Stunden so mutig vorgenommen habe. Verdammt, es ist kurz nach sechzehn Uhr dreißig, und ich habe durch meine unbewusste Weigerung, das Haus zu verlassen, den ganzen Tag vertrödelt. Ich schäme mich, und ich beeile mich, Schuhe anzuziehen und mich schleunigst zur Tür zu bewegen, damit ich meine Meinung ja nicht wieder ändere.

Bevor ich aus der Garage fahre, sende ich Baden noch schnell eine kurze Nachricht. Ich mag es nicht, ihn tagsüber zu belästigen, auch wenn ich weiß, dass er mir sagen würde, es würde ihn nicht stören. Aber gerade brauche ich es, damit ich mein Vorhaben auch wirklich durchziehe.

Fahre zum Supermarkt. Lass mich wissen, falls du noch etwas brauchst.

So.

Erledigt.

Ich habe Baden mitgeteilt, dass ich gehen werde, und nun muss ich es auch durchziehen, weil ich nicht in alte, schwache Verhaltensmuster zurückkehren will.

Ich erwarte keine sofortige Antwort. Falls er zu viel zu tun hat, könnte es sein, dass er überhaupt nicht dazu kommt, mir zu antworten. Es gibt also nichts mehr zu tun, außer den Gang einzulegen und zum Supermarkt zu fahren.

***

Das ist ja einfach. Alles läuft reibungslos.

Ich habe ganz vergessen, wie gern ich einkaufen gehe und den Wagen mit der Einkaufsliste in der Hand durch die Gänge schiebe. Viele Leute nutzen irgendwelche schicken Apps, um den Überblick über den Inhalt ihrer Vorratsschränke zu behalten und was sie wann kochen wollen, woraufhin die App ihnen eine maßgeschneiderte Einkaufsliste ausspuckt. Auch wenn ich ein echtes Kind des einundzwanzigsten Jahrhunderts bin und gern neue Technologien einsetze, ziehe ich es immer noch vor, mir meine eigene Liste zu schreiben. Ich kaufe nämlich meist recht impulsiv ein und lasse mich beim Anblick einer bestimmten Zutat oft auch zu einer Mahlzeit inspirieren. Irgendwie gibt mir das Einkaufen mit einer auf Papier geschriebenen Liste das Gefühl von Spontanität.

Außerdem koche ich meist nach den auf Karteikarten handgeschriebenen Rezepten meiner Großmutter, und es ist angenehmer, sie durchzugehen und von Hand aufzuschreiben, welche Zutaten ich benötige.

Ich durchstöbere den ganzen Laden und sammle alles zusammen, was sich auf meiner Liste befindet. Als ich an den Schreibwaren vorbeikomme, bemerke ich, dass alle Kassen ziemlich voll sind. Also beschließe ich, noch einmal durch die Frischeabteilung zu schlendern und mehr Obst zu kaufen und dann noch durch die Regale mit den Backzutaten. Vielleicht backe ich einen Kuchen fürs Frühstück.

Wieder bei den Kassen angekommen, stelle ich fest, dass die Schlangen noch genauso lang sind wie vorhin, und ich stelle mich auf eine längere Wartezeit ein.

Zwanzig Minuten später habe ich bezahlt, meine Einkäufe eingetütet und in meinem Einkaufswagen verstaut, um sie zu meinem Auto zu bringen. Ich gehe auf die elektronischen Schiebetüren zu und rechne mir im Kopf aus, wie viel Zeit mir noch bleibt, um alles vorzubereiten, damit wir nicht zu spät essen. Die Türen öffnen sich und ich bleibe abrupt stehen. Draußen ist es dunkel. Die Sonne ist zu der Zeit untergegangen, als ich die letzte Runde durch den Laden gedreht habe. Mir wird klar, dass ich diese letzte Runde wahrscheinlich nur gedreht habe, um nicht die Sicherheit des Supermarktes verlassen und über den Parkplatz gehen zu müssen.

Ich blicke nach draußen und kann mein Auto sehen, das vermutlich nicht mehr als dreißig Meter von mir entfernt steht. Obwohl der Nachthimmel dunkel ist, ist alles gut beleuchtet. Leute schieben Einkaufswagen hinaus und andere betreten gerade den Laden.

Ich könnte nicht sicherer sein.

Ich atme tief ein und langsam wieder aus.

Du schaffst das, Sophie. Nur ein paar Meter über einen hell erleuchteten Parkplatz voller Menschen.

Es ist ganz einfach.

Geh einfach los.

Einen Schritt nach dem anderen.

Nichts passiert. Wie versteinert stehe ich an Ort und Stelle. Mein Körper weigert sich, die Befehle meines Gehirns auszuführen.

Vielleicht brauche ich eine Starthilfe. Ich drehe meinen Einkaufswagen um und schiebe ihn zurück in den Hauptteil des Supermarktes. Vor den Kassen biege ich rechts ab und gehe wieder in Richtung der Frischeabteilung, gehe noch einmal gegen den Uhrzeigersinn durch den Laden. Ich komme an der Fleischabteilung vorbei, der Fischabteilung und schließlich an den Milchprodukten. Ich gehe mit dem Verlangen nach einer Packung Eis in Richtung der Tiefkühlabteilung. Manchmal neige ich dazu, in Stresssituationen zu essen. Ich widerstehe der Versuchung und gehe entschlossen auf den Ausgang zu.

Ich schiebe meinen Wagen ein wenig schneller.

Die Türen öffnen sich, und ich befehle mir, weiterzugehen.

Geh, geh, geh.

Frustriert stöhne ich auf, als ich meinen Einkaufswagen abrupt zum Stehen bringe.

Ich schaffe es nicht. Zu viele Dinge könnten mir auf dem Weg zwischen der Tür und meinem Auto zustoßen. Ich weiß nur zu genau, was alles passieren kann.

***

Um halb sieben schickt Baden mir eine Nachricht. *Wo bist du? Ich bin bei dir zu Hause und du bist nicht da.*

Ich sitze auf einer Bank neben den Schiebetüren. Ich sitze hier, nachdem eine freundliche Ladenangestellte mir meinen Einkaufswagen abgenommen und in einen der Kühlschränke für die Frischeprodukte gestellt hat. Nachdem ich die fünfte Runde durch den Laden gedreht hatte, um endlich den Mut zu finden, aus dem Laden herauszutreten, ist sie auf mich aufmerksam geworden und hat es mir angeboten. Zugegeben, zunächst ist sie davon ausgegangen, dass ich nichts Gutes im Sinn habe. Aber nachdem ich ihr erzählt hatte, weshalb ich den Laden nicht verlassen kann, hatte sie Mitleid mit mir.

Sie hat angeboten, mit mir gemeinsam zu meinem Wagen zu gehen, aber das habe ich abgelehnt. Sie hat auch angeboten, mir einen der großen, starken Jungs, die sonst die Regale einräumen, zur Seite zu stellen, aber auch das habe ich abgelehnt.

Keinem von ihnen würde es gelingen, mich zu beschützen, wenn etwas Schlimmes geschehen würde, und ich wollte sie dieser Gefahr nicht aussetzen. Außerdem wollte ich selbst die Kraft dazu haben, und seitdem sitze ich auf dieser Bank und versuche, den

Mut aufzubringen, mich zu bewegen. Doch das passiert verdammt noch mal nicht, und während ich bemerke, dass ich mich meiner Feigheit hingebe und außerstande bin, einfach aufzustehen, mache ich dicht und bleibe einfach nur sitzen.

Ich habe Baden einen leckeren, herzhaften Shepherd's Pie zum Abendessen versprochen. Doch ich habe vollends darin versagt, mir und jedem anderen zu beweisen, dass ich meine irrationalen Ängste endlich überwunden habe.

Aus mir ist eine absolute Versagerin geworden.

Ich starre auf mein Handy. Was soll ich Baden antworten?

Ich schätze mal, die Wahrheit. *Ich bin im Supermarkt.*

Er antwortet sofort. *Bist du nicht schon vor Stunden dahin gefahren? Was musst du denn bitte alles besorgen?*

Er ist vollkommen ahnungslos. Er denkt, ich wäre auf einer Tour durch die Läden, obwohl ich nicht einmal zwanzig Minuten gebraucht habe, um zu besorgen, was ich benötige.

Ich schreibe ihm zurück. *Es sieht ganz danach aus, als käme ich hier nicht weg.*

Ich warte darauf, dass er mit einer weiteren lustigen Nachricht antwortet. Ich halte meine Antworten vage, weil es mir einfach zu peinlich ist, zuzugeben, dass ich vollkommen außer mir bin.

Statt mir eine Nachricht zu senden, klingelt mein Telefon. Das Display zeigt Badens Namen.

Mit gekünstelter Fröhlichkeit nehme ich den Anruf entgegen. „Hey … was geht ab?"

„Du hast Angst." Es ist eine Feststellung. Keine Frage.

„Nein“, sage ich mit Nachdruck.

Baden kauft es mir nicht ab. „Es ist dunkel und du musst über einen Parkplatz laufen. Es ist genau die gleiche Situation wie in der Nacht, als du überfallen wurdest. Natürlich hast du Angst, und das ist auch völlig in Ordnung. Bleib einfach, wo du bist, und ich komme, so schnell ich kann.“

„Nein!“, rufe ich aus. „Ich schaffe das. Ich brauche nur noch ein bisschen mehr Zeit. Du musst mich nicht retten kommen.“

„Ich komme nicht, um dich zu retten. Du wirst allein aus dem Laden gehen, aber warte damit, bis ich da bin.“

Ich will gerade versuchen, ihn davon abzuhalten, aber er hat bereits aufgelegt. Seufzend gehe ich zum Büro der Managerin und bitte sie darum, mir den Einkaufswagen aus der Kühlung zu holen. Jetzt heißt es alles oder nichts.

Als ich wieder am Ausgang ankomme, ruft Baden mich an. „Ich bin hier und sehe dich“, sagt er. „Ich möchte, dass du jetzt zu deinem Auto gehst.“

Ich schaue nach draußen auf den Parkplatz und halte Ausschau nach Badens silberfarbenem Mietwagen. Er hat vorgehabt, seinen Wagen aus Phoenix überführen zu lassen, dann aber beschlossen, sich einen neuen Wagen zu kaufen. Wir sind aber noch nicht dazu gekommen, uns nach einem neuen Fahrzeug umzusehen.

„Ich kann dich nicht sehen.“ Ich hasse es, wie armselig ich klinge.

„Aber ich dich." Seine Stimme klingt beruhigend und versichernd. „Vertrau mir. Dir wird absolut nichts geschehen und ich passe auf dich auf."

Ich kann ihn immer noch nicht ausmachen, aber ich vertraue ihm, wenn er sagt, dass er hier irgendwo ist. Vielleicht hat er weiter hinten abseits der Beleuchtung geparkt oder er steht weiter links oder rechts außerhalb meines Blickfeldes. Aber ich vertraue ihm. Ich weiß, dass er mich beobachtet, und falls mir etwas zustoßen sollte, wird er einschreiten und mich retten.

Und genau das löst eine andere Angst in mir aus. „Ich möchte nicht, dass dir etwas zustößt."

„Wie kommst du darauf?"

„Falls jemand kommt und mich angreift und du eingreifen würdest, könntest du wieder ernsthaft verletzt werden."

„Das wird nicht passieren", sagt Baden abgespannt, und ich erkenne an seiner Stimme, dass er frustriert ist. „Ich verspreche dir, Sophie, das wird nicht passieren. Kein Mensch kann derart vom Pech verfolgt werden, und ich weigere mich schlichtweg, in ständiger Angst davor zu leben. Und genau das wünsche ich mir auch von dir."

Ich fühle mich schrecklich. Ich habe so viel Zeit damit verschwendet, mich von meiner Schwäche einschränken zu lassen. Und was noch schlimmer ist, ich habe Baden offensichtlich enttäuscht.

„Okay", antworte ich und lege auf.

Es kostet mich viel Kraft, den Wagen durch die Tür zu schieben, und zähneknirschend schaffe ich es nach draußen. Ich gehe zügig zu meinem Auto. Die

Gummiräder des Einkaufswagens rattern laut auf dem Asphalt. Ich sehe mich nicht um, um nachzusehen, wo Baden ist.

Am Auto angekommen, lade ich schnell meine Einkäufe in den Kofferraum und bringe sogar den Einkaufswagen zu einer Abstellstation drei Autos weiter zurück – und das alles in unter einer Minute. Ich versuche, nicht zu meinem Auto zurückzurennen, sondern ruhig und gefasst auszusehen. Erst als ich bei meiner Autotür angekommen bin und sie geöffnet habe, taucht Baden in seinem Wagen neben mir auf. Ich kann förmlich spüren, wie sich das Gewicht der Angst verflüchtigt.

Er lässt sein Fenster runter, und seine Worte kommen mit einer frostigen Nebelwolke aus seinem Mund. „Hey, heiße Braut. Fährst du in meine Richtung?" Sein Lächeln ist warm und ermutigend. Er wirkt kein bisschen frustriert wegen meiner Einschränkungen.

„Und wie ich in deine Richtung fahre. Ich werde dir sogar ein richtig gutes Abendessen kochen."

Baden nickt in Richtung meines Autos. „Na, dann mal los. Ich habe Hunger."

Ich gehe einen Schritt auf mein Auto zu und drehe mich dann noch einmal zu ihm um. „Es tut mir leid."

„Nein", sagt er ernst. „Entschuldige dich nicht bei mir dafür, dass du Angst vor etwas hast. Überhaupt, entschuldige dich niemals bei irgendjemandem dafür, dass du Angst hast."

Wir schauen einander an, und ich bin mir ziemlich sicher, dass rückblickend dies der Moment gewesen

sein wird, in dem mein Herz beschlossen hat, endgültig Baden zu gehören.

„Bis gleich, zu Hause", murmele ich.

Kapitel 25

Als der Mannschaftsbus vor dem Hotel vorfährt, herrscht im Inneren des Busses lebhaftes Geschnatter. Alle sind ganz aus dem Häuschen wegen unseres Sieges heute Abend gegen die New York Phantoms. Einen erhebenden Abend lang, über alle Drittel hinweg – hat unser Team endlich zusammengefunden.

Die Kommunikation untereinander hat hervorragend geklappt.

Pässe wurden exakt und mühelos zugespielt.

Es schien, als wären wir dem anderen Team einen Schritt voraus.

Und sogar Patrik hat heute im Tor eine außerordentlich gute Performance hingelegt. Minute um Minute gewann er an Selbstvertrauen. Er hat nicht einen einzigen Puck ins Netz gelassen.

Die Spieler verlassen den Bus und stehen in Grüppchen zusammen. Mir ist aufgefallen, dass sich im Laufe der vergangenen Wochen Freundschaften entwickelt haben, und die meisten verabreden sich, um später noch auszugehen. Das haben sie sich auch verdient, und dank unseres Spielplans können sie heute sogar richtig einen draufmachen. Wir sind noch für zwei weitere Nächte in New York, bevor wir am Samstag gegen die Vipers spielen und danach wieder zurück nach Pittsburgh fliegen.

Wir hätten schon heute Abend zurückfliegen können. Immerhin dauert der Flug gerade einmal achtzig

Minuten, aber jemand von der Planungsabteilug hat beschlossen, dass wir noch eine zusätzliche Nacht in New York verbringen sollen. Wahrscheinlich, damit das Team genügend Zeit hat, um sich auszuruhen.

Ich bin ziemlich froh darüber, dass wir heute Abend noch nicht zurückfliegen werden. So habe ich Zeit, mich im Geschenke-Shop der Hotellobby mit Erkältungsmedizin einzudecken, mich damit zuzudröhnen und mir eine ordentliche Mütze Schlaf zu gönnen. Schon den ganzen Tag über habe ich mich richtig mies gefühlt. Ich habe Schüttelfrost, leichtes Fieber, Husten und Halsschmerzen. Während des Spiels fühlte ich mich so elend, dass ich es mir, statt wie sonst unten an der Bande stehend, sogar vom Büro der Gasttrainer aus angesehen habe, weil ich dort die ganze Zeit sitzen konnte.

Auf dem Weg in die Lobby sehe ich einige Spieler, die darauf verzichten, heute Abend auszugehen und stattdessen in Richtung der Aufzüge unterwegs sind. Während sich manche Spieler miteinander anfreunden, tun andere es nicht. Dennoch hoffe ich, dass es mit der Zeit besser wird.

In dem kleinen Geschenkeladen gibt es einen Drehständer mit verschiedensten Medikamenten, Toilettenartikeln und anderen Dingen, die auf Reisen nützlich sein könnten. Ich entscheide mich für Tylenol und Hustendrops. Ich schaue all die verschiedenen Schnupfenmedikamente durch, weiß aber nicht, was davon ich kaufen soll. Ich bin so gut wie nie krank und weiß daher nicht, was ich außer den Medikamenten, die ich bereits in den Händen halte, kaufen sollte. Ich würde ja Sophie anrufen, aber ich weiß, dass sie um diese Zeit bereits schläft. Mein Mädchen ist keine Nachteule und schläft meist ab elf Uhr. Und da es bereits kurz vor Mitternacht ist, möchte ich sie nicht mehr stören.

Mir wird es richtig fehlen, wie sie sich um mich sorgt. Wir haben heute Abend vor dem Spiel etwa eine Stunde miteinander telefoniert und sie hat die Heiserkeit in meiner Stimme bemerkt. Ich habe zugegeben, dass ich mich nicht sonderlich gut fühlte, und es war süß, wie besorgt sie um mich war. Noch nie hat eine Frau sich so um mich kümmern wollen wie sie. Sie hat sogar damit gedroht, in ein Flugzeug zu steigen und hierher zu kommen, aber ich habe ihr versichert, dass es einfach nur eine heftige Erkältung ist. Und außerdem wissen wir beide, dass dieses Vorhaben viel zu sehr außerhalb ihrer Komfortzone liegt. Aber es berührt mich, dass sie bei mir sein will.

„Mucinex", sagt jemand hinter mir.

Ich drehe mich um und entdecke Gage, der hinter mir steht. In seiner Hand hält er eine Flasche Wasser und einen Schokoriegel. Gage ist einer der Lichtblicke dieses Teams und meiner Meinung nach der beste Spieler, den wir für das Team haben verpflichten können. Er hat bisher nicht nur exzellent Eishockey gespielt, sondern war auch die Stimme der Weisheit und der Vernunft. Er sollte eigentlich das *C* für *Captain* auf seinem Trikot tragen, nicht das *A* für *Alternate Captain*. Aber Keller ist davon überzeugt gewesen, Coen zum Captain zu ernennen, da er bereits zum alten Team gehört hat und einer der besten Spieler in der Liga ist. Selbstverständlich liegen Kellers und meine Meinung darüber, was einen guten Spieler ausmacht, meilenweit auseinander, aber ich habe in dieser Sache sowieso kein Mitspracherecht.

Ich greife zu einer Schachtel Mucinex und winke Gage damit zu. „Danke.“

„Du siehst richtig scheiße aus“, sagt er schmunzelnd.

„So fühle ich mich auch“, gebe ich zu und unterdrücke den Husten, der durch das Kitzeln in meinem Hals ausgelöst wird. Wir gehen gemeinsam in Richtung Kasse und ich nicke zu seinen Einkäufen. „Kartoffelchips?“

Er zuckt mit den Schultern. „Ich habe heute Abend genug Kalorien verbrannt, um mir das gönnen zu können.“

„Wie kommt es, dass du nicht mit den anderen feiern gehst?“, frage ich. Ich weiß, dass er bei anderen Gelegenheiten immer mitgegangen ist.

„Die Wahrheit?“, fragt er zurück.

Ich ziehe eine Augenbraue hoch. „Was denn sonst?“

Gage lacht. „Stimmt. Sagen wir einfach, dass ich ab und zu eine Pause von den Youngstern brauche. Ihre Vorstellung und meine Vorstellung von einem lustigen Abend unterscheiden sich inzwischen doch ziemlich voneinander.“

Ich kann nicht anders, als auch zu lachen, da ich nur zu gut weiß, was er meint.

Ich bezahle meine Einkäufe und warte auf Gage. Ich muss wirklich ins Bett, aber ich sollte auch die Gelegenheit nutzen, herauszufinden, wie die Dinge innerhalb des Teams stehen. Das fällt eher in Kellers Zuständigkeitsbereich als in meinen, aber er benimmt sich wie ein Elefant im Porzellanladen, wenn es um zwischenmenschliche Angelegenheiten geht, sodass ich mir gern selbst ein Bild machen möchte. Keller ist entweder seltsam überengagiert oder vollkommen ahnungslos, und ich habe keine Angst davor, ihm zu sagen, wie ich die Dinge sehe.

Auf der anderen Seite der Lobby entdecke ich einen kleinen Kaffeestand und zeige darauf. „Ich hole mir einen Tee. Hast du Zeit für ein kurzes Gespräch?"

„Klar", sagt Gage und wir gehen los.

„Wie läuft es mit den Jungs?", frage ich, als wir den Stand erreichen. Außer uns steht keiner an und ich bestelle mir einen Pfefferminztee.

In der Zeit, in der die Dame meinen Tee zubereitet, bringt Gage mich auf den neuesten Stand. „Die meisten der jüngeren Spieler, auch die aus den Minors, freunden sich miteinander an. Das ist ja unschwer daran zu erkennen, dass sie heute Abend gemeinsam auf die Piste gehen. Einige haben noch Schwierigkeiten damit, sich anzupassen."

Ich weiß nicht, ob er absichtlich nicht ins Detail geht, also spreche ich es direkt an. „Sag mir wer und wie wir sie unterstützen können."

„Meinst du mit *wir* dich und mich?", will er wissen.

Ich weiß, was er meint. Er will wissen, ob dieses Gespräch unter uns bleibt und nicht an Keller weitergetragen wird, da er sich bei den Männern nicht gerade beliebt macht.

„Nur dich und mich", bestätige ich ihm.

Die Dame gibt mir den Tee, und ich ziehe eine der Pappmanschetten über den Becher, um mir nicht die Finger zu verbrühen. Da sich die Lobby inzwischen geleert hat, gehe ich hinüber zu einer Sitzgruppe in der Ecke, in der wir ungestört reden können. Dann nehme ich den Deckel vom Becher und stelle ihn auf den Tisch, damit der Tee abkühlen kann.

Gage öffnet seine Packung Kartoffelchips und beginnt zu knabbern. „Zunächst einmal, Coen ist voll neben der Spur.“

Ich nicke zustimmend. Während der meisten Trainingseinheiten hat er sich benommen wie ein Arsch, und auch seine Leistung als Spieler ist inkonsistent. Was aber nachvollziehbar ist, da er immerhin ein vollkommen neues Team um sich hat.

„Wenn wir feiern gehen, trinkt er zu viel, und gelegentlich benimmt er sich auch daneben.“

„Inwiefern?“ Ich sorge mich immer mehr.

Gages Blick schweift durch die Lobby, als würde er darüber nachdenken, wie er seine nächsten Sätze formulieren sollte. „Du weißt doch, dass er augenscheinlich ein Spaß liebender, offenherziger und selbstbewusster Star war. Liebt die Frauen, liebt es, zu feiern, und ist dabei ein bisschen frech.“

„Allerdings. Solche Spieler gibt es einige.“

„Aber wenn er jetzt trinkt, wird er gemein, und es macht so gar keinen Spaß, sich dann in seiner Nähe aufzuhalten. Er macht noch immer Frauen an und sie reagieren auch darauf, aber er versucht nicht einmal mehr, das Ganze charmant zu gestalten. Ich bin letztens dabei gewesen und habe mitbekommen, wie er auf eine Frau zuging, die mit ihrem Freund unterwegs war. Er hat sie trotzdem gefragt, ob sie Lust hätte, mit ihm zu vögeln. Wir mussten eingreifen, um eine Schlägerei zu verhindern. Und er ist auch nicht mehr auf die allgemein tolerierte Weise frech. Er ist arrogant und total drüber. Es ist so schlimm, dass er heute nicht einmal gefragt wurde, ob er Lust hätte, mit den Jungs auf die Piste zu gehen. Ich habe aber mitbekommen, dass er sich wohl allein auf den Weg gemacht hat.“

Verdammt, das ist gar nicht gut. Jetzt sitze ich in der Zwickmühle, denn so, wie das klingt, könnten wir es hier wirklich mit Verhaltensproblemen zu tun bekommen, und Keller sollte darüber in Kenntnis gesetzt werden. Aber ich habe Gage versprochen, nichts zu sagen.

„Ich werde mir Zeit nehmen, um mit ihm zu sprechen“, biete ich schließlich an.

„Sehr gut.“ Gage zieht einen Chip aus der Packung. „Denn Coen kann Keller nicht ausstehen. Würde er mit ihm reden, könnte man genauso gut ein Streichholz an einen Benzinkanister halten.“

„Na toll“, brumme ich und reibe mir wegen meiner immer schlimmer werdenden Kopfschmerzen die Stirn. Ich sollte wirklich ins Bett gehen.

Aber genau in dem Moment läuft Stone Dumelin mit eingezogenen Schultern und den Händen in den Hosentaschen durch die Lobby. Er geht mit gesenktem Blick, als wollte er vermeiden, mit jemandem reden zu müssen, in Richtung des Fahrstuhls. Seit der Neugründung des Teams hat er sich distanziert verhalten. Er erinnert mich sehr an Riggs, und ich weiß, dass Riggs damals mit persönlichen Problemen in seinem privaten Umfeld zu kämpfen hatte. Wenn man bedenkt, dass Stone seinen Bruder bei dem

Flugzeugabsturz verloren hat, hat er jedes Recht, sich beschissen zu fühlen.

„Und was ist mit Stone?“, frage ich, während ich ihn dabei beobachte, wie er im Aufzug verschwindet.

„Er distanziert sich total vom Team. Er geht raus aufs Eis, macht seinen Job, und das war es dann. Soweit ich weiß, hat er sich mit niemandem im Team angefreundet. Und weiß Gott, ich habe es echt versucht.“

„Es muss hart für ihn sein. Erst verliert er seinen Bruder bei dem Absturz und dann wird er ins Team berufen.“

Gage lehnt sich zu mir herüber und senkt die Stimme. „Ich weiß es nicht aus erster Hand, aber man munkelt, dass er und sein Bruder sich nicht wirklich nahestanden. Ich glaube, sie haben sich zerstritten, als Stone in die Minors geschickt wurde.“

„Dabei hat er einfach nur Pech gehabt.“ Sein Aufstieg wurde von einer Verletzung unterbrochen, die dafür gesorgt hat, dass er immer wieder zwischen der Profiliga und den Minors hin und her geschoben wurde, während Brooks eine steile Karriere hinlegte. Stone hat, seit er ins Team geholt wurde, fast perfekt gespielt. Vielleicht versucht er so, dem Geist seines Bruders etwas zu beweisen. Vielleicht fällt es ihm schwer, zu verkraften, dass sie immer noch zerstritten waren, als Brooks starb. Nach meinen Erfahrungen mit Riggs könnte es gut sein, dass sich in Stone vermutlich gerade eine Menge anstaut und er kein Ventil dafür hat. Er ist in einem neuen Team unter lauter Menschen, die er nicht kennt.

„Vielleicht sollte ich versuchen, irgendwie zu ihm durchzudringen.“

„Ich würde es nicht zu auffällig versuchen“, sagt Gage ernst. „Vielleicht einfach nur ein paar Spieler zu einem gemeinsamen Abendessen einladen.“

„Das ist eine gute Idee. Hast du Lust, mir dabei zu helfen, Papa Bär zu spielen?“, frage ich.

„Na klar.“

Ich erhebe mich aus dem Stuhl und greife zu meinem Pfefferminztee, der immer noch zu heiß ist, um ihn zu trinken. „Ich werde mich mit Sophie besprechen, und wir werden sehen, wann es passt. Aber jetzt muss ich unbedingt diese Medikamente nehmen und ins Bett gehen, damit ich diese Seuche loswerde.“

Gage steht ebenfalls auf und wir gehen gemeinsam zu den Aufzügen. „Wie läuft es mit Sophie?“

Die Spieler wissen, wer Sophie ist. Ich habe sie immer wieder erwähnt, insbesondere, nachdem wir noch in Phoenix geblieben sind, um unsere Opferaussagen zu machen. Sie wussten, dass ich mit ihr zusammen geflogen bin, und ich bin mir sicher, dass sie ihre Schlüsse gezogen haben.

Aber das ist das erste Mal, dass mich einer der Spieler direkt nach unserem Beziehungsstatus fragt, und ich finde es schön, jemandem die Wahrheit sagen zu können.

„Sie ist wunderbar“, sage ich, während Gage den Aufzugknopf drückt. „Ich kann immer noch nicht begreifen, wie etwas so Schlimmes geschehen und dann zu dem Besten werden konnte, was mir je im Leben passiert ist.“

Gage grinst breit. „So ist das also zwischen euch beiden, was?"

„Yep", antworte ich beim Einsteigen. „So und noch viel mehr."

„Das freut mich für dich, Mann." Gage streckt die Hand aus und drückt auf den Knopf zur dritten Etage. Dieselbe Etage wie ich.

„Und bei dir? Jemand Besonderes in Sicht?"

Gage schüttelt den Kopf. „Nein. Die Richtige ist mir irgendwie noch nicht begegnet."

„Es wird genau dann passieren, wenn du am wenigsten damit rechnest", versichere ich ihm. „Glaub mir."

***

Nachdem wir uns voneinander verabschiedet haben, versuche ich, gegen diese Seuche anzukämpfen. Ich kann fühlen, wie sie sich in meiner Brust festsetzt. Also trinke ich Pfefferminztee und stelle mir eine heiße Dusche an. Bevor ich unter die Dusche gehe, schlucke ich ein paar Tylenol und Mucinex, ohne mich darum zu kümmern, ob man sie miteinander kombinieren darf. Ich bin einfach zu müde, um mir darüber Gedanken zu machen.

Die Dusche tut mir gut, und als ich endlich ins Bett falle, bin ich total erledigt. Bevor ich einschlafe, sende ich Sophie eine Nachricht.

Ich weiß, dass du schon schläfst, aber ich wollte dich noch wissen lassen, dass ich es kaum erwarten kann, dich in ein paar Tagen endlich wiederzusehen.

Gern würde ich noch *Ich liebe dich* dazuschreiben, aber so etwas sollte man nicht per Textnachricht sagen, wenn man es zum ersten Mal äußert. So etwas sagt man persönlich, vorzugsweise während eines romantischen Moments. Vielleicht nachdem wir uns geliebt haben? Oder während des morgendlichen Kaffees – als spontane Erklärung in einem Moment, in dem sie so gar nicht damit rechnet?

Ja, so etwas in der Art. Sie überrumpeln, obwohl ich Sophie genug Vertrauen entgegenbringe. Ich bin zuversichtlich, dass sie es erwidern wird, unabhängig davon, wann ich es ihr sage.

Kapitel 26

Baden

Mein Handywecker reißt mich aus einem tiefen Schlaf, und ich schaffe es, ihn punktgenau auszuschalten, ohne dabei die Schlummerfunktion zu aktivieren. Ich bin kein Schlummerfunktionsmensch. Wenn es an der Zeit ist, aufzustehen, wird aufgestanden.

Selbstverständlich öffne ich dennoch zögernd ein Auge und mache eine Bestandsaufnahme meines Gesundheitszustandes. Als ich gestern Abend endlich ins Bett gefallen bin, habe ich mich mies gefühlt, und ich habe es mir gegönnt, bis halb neun auszuschlafen, weil das Team außer einem leichten Eislauftraining heute nichts weiter auf der Agenda stehen hat.

Im Großen und Ganzen fühle ich mich nicht mehr wie der Tod auf Latschen. Meine Nebenhöhlen sind ein wenig verstopft, aber ich bin ausgeruht. Vielleicht war das Mucinex die Geheimwaffe.

Ich greife zum Handy, um Sophie anzurufen, als jemand an meine Tür klopft.

Bedauernd seufzend werfe ich das Handy auf mein Bett und schwinge die Beine über die Bettkante. Ich schlafe immer in Boxershorts, aber da ich nicht weiß, wer vor meiner Tür steht, ziehe ich mir schnell ein T-Shirt aus meinem Koffer über, bevor ich durch den Spion in der Tür schaue.

Dann öffne ich die Tür. Gage steht im Gang und sieht beunruhigt aus.

„Was ist los?", frage ich.

„Fühlst du dich besser?“

Ich verziehe das Gesicht, weil ich verdammt genau weiß, dass er nicht an meine Tür geklopft hat, um sich nach meinem Befinden zu erkundigen. Dafür hätte er mir auch einfach eine Nachricht senden können. „Ja, warum?“

Gage fährt sich mit der Hand durch die Haare und verzieht das Gesicht. „Coen wurde festgenommen.“

„Wie bitte?“

Nickend und mit einem unbehaglichen Gesichtsausdruck erklärt er mir, was los ist. „Er hat mich gerade angerufen. Wie es aussieht, wird ihm Trunkenheit und Belästigung vorgeworfen. Er will, dass ich ihn auf Kaution raushole. Ich dachte, nach dem, was wir gestern Abend besprochen haben, gehe ich vorher besser zu dir.“

Und dann ist da noch die Tatsache, dass nicht abzusehen ist, wie Keller das Ganze aufnehmen wird.

„Jesus“, grummle ich und grüble darüber nach, was nun zu tun ist. „Gib mir fünfzehn Minuten, um zu duschen, und dann werde ich dich begleiten. So kann ich mir wenigstens einen Überblick über die gesamte Situation verschaffen, und dann können wir überlegen, wie wir es Keller beibringen.“

„Wir gehen damit zu Keller?“, fragt Gage skeptisch.

„Wir müssen. Das wird mit Sicherheit für Schlagzeilen sorgen.“

„Scheiße“, knurrt Gage. „Darüber hatte ich gar nicht nachgedacht.“

„Treffen wir uns in der Lobby“, sage ich und Gage nickt. Als er geht, schließe ich die Tür und gehe ins Bad, um die Dusche anzustellen. Ich frage mich, wie mein Leben als Goalie-Trainer so kompliziert werden konnte, aber so ist es nun mal. Seltsamerweise finde ich es gar nicht schlimm. Sollte es mir möglich sein, den Spielern bei Dingen zu helfen, die nicht in meiner Jobbeschreibung stehen, tue ich es gern. Aber ich werde Keller dabei nicht übergehen. Das hier ist etwas, was ich nie im Leben vor ihm verbergen würde. Ich möchte nur nicht, dass er derjenige ist, der Coen aus dem Knast holt. Es wäre wie eine Bombe, die kurz vor der Detonation steht, wenn er bei diesem Spieler die falschen Worte wählt.

Nicht, dass ihm nicht der Kopf zurechtgerückt gehört. Das hat Coen definitiv nötig, aber es muss auf eine konstruktive Weise geschehen. Sonst könnte man einen sehr guten Spieler zerstören. Einer der Vorteile, die mein früheres Leben als Goalie mit sich bringt, ist, dass ich die Psyche eines Spielers kenne. Ich kann das alles sehr gut nachvollziehen.

Als das Wasser die gewünschte Temperatur hat und ich dabei bin, mir mein T-Shirt auszuziehen, klopft es erneut an meiner Tür. Also streife ich mir das T-Shirt wieder über den Kopf und verlasse das Badezimmer.

Durch den Spion sehe ich, dass es wieder Gage ist, der da vor meiner Tür steht.

Dieses Mal in Begleitung von Keller.

Na prima.

Sobald ich die Tür öffne, stürmt Keller an Gage und mir vorbei. Mein Blick stellt ihm die Frage: *„Hast du es ihm erzählt?"*

Kaum merklich schüttelt Gage den Kopf.

Ich schaue in mein Zimmer, als Keller sich gerade die Fernbedienung schnappt und sie auf den Fernseher richtet.

„Das ist nicht zu fassen“, knurrt er, während er darauf wartet, dass der Fernseher angeht.

Ein weiterer fragender Blick in Gages Richtung, aber er nickt nur in Richtung des Fernsehers.

Ich stelle mich neben Keller, der den Sportsender einschaltet und die Fernbedienung aufs Bett wirft.

Auf dem Bildschirm ist zu sehen, wie Stone und Coen gemeinsam das Polizeirevier verlassen. Die Bildunterschrift lautet: „*Captain der Titans wegen Trunkenheit und Belästigung verhaftet. Teamkollege zahlt Kaution.*“

Mein Blick fliegt zu Gage, der immer noch in der Nähe der Tür steht. „Was zur Hölle?“

Er zuckt mit den Achseln. „Ich schätze mal, Coen hat noch mehr Leute außer mir angerufen, damit sie die Kaution für ihn bezahlen. Anscheinend war Stone schneller als ich. Aber da es bereits in den Nachrichten ist, scheint es so, als wüsste das ganze Team schon Bescheid.“

Ich bin dankbar, dass Gage nicht verraten hat, dass wir beide vorhatten, Coen freizukaufen. Keller hätte es wahrscheinlich als Verrat aufgefasst, selbst wenn ich vorgehabt habe, mit ihm darüber zu reden, sobald wir wieder hier gewesen wären.

„Die ganze scheiß Welt weiß bereits Bescheid!“, schreit Keller. „Was hat sich dieses Arschloch dabei gedacht?“

„Auf ihm liegt viel Druck …“, versuche ich, eine Erklärung vorzubringen.

Keller wirbelt mit erhobenem Zeigefinger zu mir herum. „Wage es ja nicht, dieses Verhalten zu entschuldigen.“

„Das habe ich nicht vor“, schnauze ich zurück. „Lass mich aussprechen. Ich wollte vorschlagen, dass dies die beste Verteidigungsstrategie für die Presse wäre. Selbstverständlich muss ein solches Verhalten konsequent bestraft werden.“ Das scheint Keller fürs Erste zu beruhigen, bis ich hinzufüge: „Trotzdem bin ich der Meinung, dass bei Coen eine bedachte und ruhige Herangehensweise angebracht ist. Ihn aufgewühlt und wütend zu konfrontieren, erscheint mir kontraproduktiv.“

„Sag du mir nicht, wie ich mit meinen Spielern umzugehen habe“, schnauzt Keller und stürmt dann an Gage und mir zur Tür hinaus. „Ich werde Callum anrufen.“

„Jesus.“ Ich reibe mir das Kinn.

„Er wird das Streichholz anzünden“, murmelt Gage.

„Ich bin erleichtert darüber, dass er Callum anrufen wird“, sage ich nachdenklich. „Callum wird nicht zulassen, dass die Dinge außer Kontrolle geraten.“

„Sollte das geschehen, wäre es das fürs Team.“ Gage geht in Richtung Tür. „Ich werde mit den anderen Spielern sprechen und versuchen, sie im Zaum zu halten, bis wir wissen, was genau passiert ist. Ich möchte nicht, dass die Jungs voreilige Schlüsse ziehen.“

„Ich komme nach, sobald ich geduscht habe.“

Gage geht und schließt die Tür hinter sich.

Ich tigere kurz hin und her und versuche, mir darüber klar zu werden, was genau ich als Nächstes tun sollte.

Sollte ich zu Keller gehen und versuchen, mit ihm zu reden, oder sollte ich es Callum überlassen? Vielleicht sollte ich Brienne anrufen?

Vielleicht sollte ich mich einfach raushalten. Immerhin bin ich der Goalie-Trainer. Aber irgendwie erscheint mir das auch nicht die richtige Lösung zu sein.

Ich sollte wenigstens Sophie anrufen und hören, wie sie über die Sache denkt, aber die Dusche läuft bereits, und ich habe gesagt, dass ich gleich herunterkommen und mit Gage zusammen mit den anderen Spielern reden würde. Seufzend gehe ich in Richtung Badezimmer.

Und wieder klopft jemand an meine Tür.

Überzeugt, dass es wieder Gage ist, der mir noch etwas sagen will, öffne ich die Tür, ohne hinzusehen.

Als ich Sophie mit einem Rollkoffer erblicke, trifft mich fast der Schlag. Besorgt betrachtet sie mich, insbesondere mein Gesicht. Sie tritt über die Schwelle, und statt mich zu umarmen oder zu küssen, legt sie ihre Handfläche auf meine Stirn.

„Du hast kein Fieber. Das ist schon mal gut."

Mir fehlen die Worte. Wortlos geht sie an mir vorbei, und ich nehme mir einen Moment, um mich auf dem Gang umzusehen, bevor ich die Tür schließe. Sophie ist hier in New York, und ich kann nicht glauben, dass sie ganz allein hergekommen ist. Aber da ist niemand auf dem Gang, also vermute ich, dass

Frankie unten in der Lobby wartet. Oder vielleicht ihre Eltern.

Sophie stellt ihren Koffer in der Nähe der Kommode ab, prüft die Medikamente, die auf dem Nachttisch stehen, und nickt zustimmend. „Genau die Medikamente hätte ich dir auch empfohlen. Wir müssen dir aber auch noch Zink besorgen. Das wird der Seuche endgültig den Rest geben."

Endlich gelingt es mir, mich aus meiner Schockstarre zu lösen und sie zu fragen: „Was machst du denn hier?"

Sophie dreht sich zu mir um und strahlt mich an, während sie ihre Jacke auszieht. „Du hast doch nicht geglaubt, dass ich dich allein lasse, wenn du krank bist, oder?"

Ich bin durcheinander, schaue zwischen Sophie und der Tür hin und her. „Du bist nach New York gekommen, weil ich dir gestern gesagt habe, dass ich mich nicht wohlfühle?"

„Du hast gefiebert, hattest Schüttelfrost, Halsschmerzen und Husten. Das kann leicht etwas Schlimmeres werden. Selbstverständlich bin ich hergekommen."

„Es ist eine Erkältung, Sophie. Nicht mehr und nicht weniger."

„Aber das habe ich da ja noch nicht gewusst, oder?", antwortet sie keck.

„Du bist also in ein Flugzeug gestiegen und hergeflogen, um nach mir zu sehen?" Ich bin gespannt, wie sie das bewerkstelligt hat. „Hat Frankie dich begleitet?"

Sophie schaut entrüstet mit überrascht funkelnden Augen drein. „Weißt du … ich habe gar nicht darüber nachgedacht, sie zu fragen, ob sie mich begleiten will. Oder meinen Vater oder meine Mutter. Du warst krank, und ich hatte Angst, dass es schlimmer werden würde und dass du nicht auf dich achtest. Also habe ich eine Tasche gepackt und habe mich auf zum Flughafen gemacht. Es gab einen Flug um fünf Uhr morgens.“

So langsam dämmert es mir und ich fühle mich wie von einem Zug überrollt.

Sophie ist gerade ganz allein nach New York geflogen, um nach mir zu sehen.

„Ich bin erkältet“, wiederhole ich ungläubig, während ich versuche, nachzuvollziehen, weshalb sie so etwas tun sollte. Und dann überrollt mich eine Welle voller Euphorie, Stolz und Bewunderung. Ich werde ein bisschen zu laut. „Heilige Scheiße. Sophie, du bist bis nach New York gereist, obwohl ich einfach nur erkältet bin!“

Sie hat ihre Ängste überwunden … für mich.

Und ich bin einfach nur erkältet.

Ich gehe auf sie zu, will sie hochheben und sie vor lauter Freude herumwirbeln, aber sie runzelt zweifelnd die Stirn.

„O mein Gott“, flüstert sie entschuldigend. „Bin ich zu aufdringlich? Zu anhänglich? War das dumm von mir? Habe ich dich bloßgestellt?“

Scheiße, ist sie süß.

Ich stürze mich auf sie, schließe sie fest in meine Arme und wiege sie zwei, drei Mal hin und her, bevor ich mich drehe und uns beide aufs Bett fallen lasse.

Sie kreischt und lacht und ich lande halb auf ihr. Noch bevor sie protestieren kann, küsse ich sie mit aller Leidenschaft, die ich in mir trage.

Sie ist einfach nur wunderbar.

Als ich den Kopf hebe, schaut Sophie zu mir auf. „Es ist also okay für dich, dass ich hier bin?“

„Es ist einfach nur herrlich, Sophie. Noch vor ein paar Tagen konntest du dich nicht einmal dazu überwinden, aus dem Supermarkt zu gehen, und jetzt meisterst du mutig die gefährlichen Straßen New Yorks, nur um bei mir zu sein. Ich bin einfach nur überwältigt.“

„Du bist ja auch tausendmal wichtiger als ein Kartoffelbrei-Hackfleisch-Auflauf.“

Ich lache, bevor ich sie heftig küsse. „Ich finde es nur schade, dass du den ganzen weiten Weg umsonst auf dich genommen hast. Mir geht es schon viel besser.“

Sophie zuckt mit den Achseln. „Kein Ding. Ich kann auch einfach wieder den nächsten Flug zurück nehmen.“

Ich küsse sie noch einmal, noch heftiger als zuvor, weil sie einfach unglaublich ist. „Du fliegst nirgendwohin. Du wirst schön hierbleiben und morgen Abend mit zum Spiel kommen.“

Sie legt ihre Arme um meinen Hals. „Bist du sicher, dass es okay ist?“

Ich schnaube. „Sophie … bist du dir darüber im Klaren, was du getan hast?“

Wieder schaut sie mich verwirrt an. „Nein … was?“

„Du bist in ein Flugzeug gestiegen. Ganz allein. Das bedeutet, dass du zum Flughafen gefahren bist, dort geparkt hast oder dass du ein Uber genommen hast. Beides bereitet dir große Probleme. Du hast dich ganz allein auf den Weg durch New York City gemacht, um ins Hotel zu kommen. Du hast der Welt die Stirn geboten, um nach mir zu sehen, und ich habe einfach nur eine blöde Erkältung. Du verrücktes Huhn, was hat dich geritten, das zu tun?"

Sophies Blick wird sanft. Beinahe schüchtern neigt sie den Kopf ein wenig. „Ich bin gekommen, weil ich dich liebe und weil das wichtiger ist als alles andere. Keine Angst der Welt könnte mich je davon abhalten, zu dir zu kommen."

Mir stockt der Atem. Dieses Geständnis hat meine Welt in ihren Grundfesten erschüttert. Ich kann nicht mehr liegen bleiben. Ich drücke mich vom Bett ab und ziehe Sophie mit mir. Meine Hände umfassen ihr Gesicht. „Du liebst mich?"

„Ja", haucht sie. „Auch wenn du mehr bist, als ich je im Leben verdienen könnte, gehört mein Herz dir."

„Warum sagst du so etwas?", tadele ich sie, bevor ich sie küsse. „Du hast mich absolut verdient."

Sophie kichert und ich küsse sie noch einmal. Nach dem Kuss bleibe ich mit meinem Gesicht nah an ihrem. „Ich liebe dich, Sophie. Du bist mein Schicksal, und ich bin genau da, wo ich sein sollte. Wenn ich wüsste, dass am Ende ein Leben mit dir meine Belohnung wäre, würde ich dich Tausende und Abertausende Male retten. Ich würde mich immer und immer wieder Schmerzen aussetzen, wenn es bedeuten würde, dass ich am Ende mit dir zusammen sein kann."

Okay … das war zu viel.

Sophie beginnt zu weinen, und obwohl ich weiß, dass es Freudentränen sind, weiß ich auch, dass meine Liebeserklärung furchtbare Erinnerungen in ihr wachruft, die ihr in der Vergangenheit viel Schmerz und Schuldgefühle bereitet haben. Jetzt ist es Sophie, die sich zu mir beugt und ihren Mund voller Zärtlichkeit, Hoffnung und Zuversicht auf meinen legt.

Als ich mich nach dem Kuss zurücklehne, ist mir leicht schwindlig. Vielleicht liegt es an der Erkältung, oder aber daran, dass die Erkenntnis, dass Sophie mich liebt, wie eine Tonne Ziegelsteine auf mich wirkt – auf die bestmögliche Art. Jedenfalls wird mir von all den Gefühlen und dem, was es bedeutet, ganz taumelig zumute.

Es bedeutet … ich habe die Eine gefunden.

Sie ist mein, für immer.

Ich nehme die Hände von ihrem Gesicht, lege die Arme um sie und ziehe sie ganz nah an mich. Ich halte sie fest, inhaliere den Duft ihrer Haare und präge mir diesen Moment in meine Erinnerung ein.

Der erste Tag meines neuen Lebens.

„Du musst meine Eltern kennenlernen", sagt Sophie.

„Und du meine", sage ich und denke an all die wunderbaren Dinge, die das Leben für uns bereithält.

„Sollen wir uns etwas Größeres suchen oder möchtest du in deinem Haus wohnen bleiben?" Noch bevor sie antworten kann, rufe ich aus: „Ich werde uns ein altes viktorianisches Haus kaufen und du kannst es umbauen."

Sophie lacht. „So viele Entscheidungen, aber wir werden alle Zeit der Welt haben." Sie schaut zum Bett und dann wieder zu mir und sagt mit einem verführerischen Unterton in ihrer Stimme: „Wir könnten unsere Liebeserklärungen gemeinsam im Bett feiern."

Verdammt, ja. Scheiß auf die verdammte Erkältung. Ich fange an, sie in Richtung des Bettes zu führen, bleibe dann aber abrupt stehen. „Scheiße", knurre ich. „Können wir nicht. Ich muss mich da um etwas kümmern. Coen Highsmith wurde gestern Nacht verhaftet und es ist bereits in den Nachrichten zu sehen."

„O wow", murmelt sie. „Nun ja, bist du sicher, dass ich bleiben soll?"

„Du musst unbedingt bleiben", antworte ich und küsse ihre Hand. „Man sagt nicht, ‚Ich liebe dich' und fliegt dann einfach so wieder nach Pittsburgh zurück."

„Okay … dann werde ich auf dich warten …"

Ich drehe mich in Richtung des Badezimmers und ziehe sie mit mir. „Du wirst mit mir duschen."

„Hast du denn Zeit dafür?", fragt sie, während sie bereitwillig mit mir kommt.

„Nicht wirklich", antworte ich und beabsichtige, Gage eine Nachricht zu senden, dass ich noch etwa eine halbe Stunde brauche. Der Scheiß mit Coen kann warten.

Aber zuerst ziehe ich Sophie noch einmal ganz dicht an mich.

Nur noch einen Kuss.

Nur noch eine innige Umarmung.

Noch eine Liebeserklärung. „Wir sind genau da, wo wir sein sollten.“

Es ist zu unserem Mantra geworden.

Sie seufzt und lehnt sich an mich. „Genau da, wo wir hingehören.“

Autorin

Seit ihrem Debütroman im Jahr 2013 hat Sawyer Bennett zahlreiche Bücher von New Adult bis Erotic Romance veröffentlicht und es wiederholt auf die Bestsellerlisten der New York Times und USA Today geschafft.

Sawyer nutzt ihre Erfahrungen als ehemalige Strafverteidigerin in North Carolina, um mitreißende und sexy Geschichten zu schreiben.

Sie mag ihre Helden stark und mit Ecken und Kanten. Wenn sie nicht gerade die Figuren ihrer Romane zum Leben erweckt, ist Sawyer Chauffeurin, Stylistin, Köchin, Putzfrau und die persönliche Assistentin ihres lebhaften Kindes sowie Vollzeitbetreuerin zweier niedlicher, aber ungezogener Hunde. Sie glaubt an das Gute im Menschen und auch daran, dass ein schlechter Tag durch ein Work-out oder ein Stück Kuchen – gern auch durch beides – besser wird.

www.sawyerbennett.com

www.sawyerbennett.com/bookshop/german